Alberto Vázquez-Figueroa · Océano

EDITION RICHARZ
Bücher in großer Schrift

Alberto
Vázquez-Figueroa

Océano

Roman

Edition Richarz
Verlag CW Niemeyer

CIP-Titelaufnahme der Deutschen Bibliothek
Vázquez-Figueroa, Alberto:
Océano: Roman / Alberto Vázquez-Figueroa.
[Aus d. Span. von Jean Paul Ziller].
– 1. Aufl. – Hameln: Niemeyer, 1989
(Edition Richarz, Bücher in großer Schrift)
Einheitssacht.: Océano ‹dt.›
ISBN 3-87585-877-8

Die Originalausgabe erschien unter dem Titel
»Océano« bei Plaza & Janés Editores S.A., Barcelona

Aus dem Spanischen von Jean Paul Ziller

Eine Landkarte, ein Glossar sowie die Übersetzung des Gedichts auf
Seite 171 befinden sich am Schluß des Buches.

1. Auflage 1989
Gesamtherstellung: Carl Ueberreuter Druckerei Gesellschaft m.b.H.

Printed in Austria
ISBN 3-87585-877-8

Es heißt, Margarita, die Tochter des Leuchtturmwärters, sei die einzige Frau gewesen, die je auf der Isla de Lobos zur Welt kam, denn schon wenige Jahre nach ihrer Geburt wurde der Leuchtturm automatisiert, und niemand lebte mehr das ganze Jahr über auf jener winzigen Klippe, die sich zwischen den Inseln Fuerteventura und Lanzarote wie ein Wachtturm vor den Küsten der afrikanischen Wüste erhebt.

Es heißt weiter, Margarita sei zur Taufe nach Corralejo gebracht worden, an Bord der »Isla de Lobos«, eines Schoners, den der alte Schiffsführer Ezequiel Perdomo, besser bekannt als Ezequiel Maradentro, mit eigenen Händen gebaut hatte. Er habe nämlich vorgehabt, den Stapellauf seines neuen Bootes zusammen mit der Patenschaft des Mädchens zu feiern, der Tochter seines Freundes, jenes Leuchtturmwärters, der ihm schon in mancher dunklen Nacht von ferne zugeblinkt und den Weg nach Hause gewiesen hatte. Die Perdomos oder Maradentros waren seit Menschengedenken im kleinen Hafen von Playa Blanca auf Lanzarote beheimatet gewesen, genau gegenüber dem Leuchtturm, und besaßen von jeher den Ruf, die tüchtigsten und wagemutigsten Fischer in jenen Gewässern zu sein.

Und schließlich heißt es, aufgrund eines merkwürdigen Zufalls habe sich die Tragödie, die das Leben der Maradentros veränderte, genau in der Woche ereignet, in der – weit von Playa Blanca entfernt, doch auf ebenso tragische Weise – dieses Mädchen, das sie damals auf ihrem Schoner zur Taufe gebracht hatten, umkam. Tatsächlich starb meine Mutter, Margarita Rial, als junge Frau am Morgen des Feiertags Peter und Paul im Jahre neunundvierzig, vier Tage, nachdem im Schein des Johannisfeuers drei junge Herren aus der Stadt zum ersten Mal Yaiza Perdomo, die Jüngste aus der Maradentro-Sippe, erblickt hatten.

Sie waren eigens nach Playa Blanca gekommen, um sie zu sehen, denn bis zur Hauptstadt und sogar noch weiter reichte Yaizas Ruf. Sie war die Tochter von Abel, Enkelin von Ezequiel und Schwester von Asdrúbal und Sebastián Perdomo, entstammte also einer Familie von Fischern, die von tausend Sonnen und Stunden auf dem Meer gezeichnet waren. Dennoch betörte sie durch die Schönheit ihres zarten, von schmalen grünen Augen beherrschten Gesichtes, den zerbrechlichen und doch wohlgeformten Körper einer Frau, die noch halb Kind war, und durch das unbeschreibliche Geheimnis, das ihr Wesen immerfort umgab. Nicht ohne Grund versicherte man sich, daß Yaiza Maradentro das Zweite Gesicht besäße, »die Gabe, die wilden Tiere zu besänftigen, die Fische anzulocken, das Leid der Kranken zu lindern und den Toten zu gefallen.«

Nichts von alledem bemerkten die Fremden auf dem Johannisfest, denn vom ersten Augenblick an waren sie geblendet von der Anmut, mit der Yaiza lachte, dem unerschöpflichen Licht, das in ihren Augen leuchtete, und der geballten unbewußten Sinnlichkeit, die sich in jeder ihrer Gesten offenbarte.

Zugleich aber waren sie erhitzt durch den Alkohol und die Tatsache, daß sie keinem von ihnen während des ganzen Abends einen Tanz gewährt noch ein Wort mit ihnen gesprochen oder sie auch nur eines Blickes gewürdigt hatte.

So geschah es, daß die drei Männer ihr am Ende des Festes, als sie sich auf dem Heimweg befand, am dunklen Wegesrand auflauerten, um sich mit Gewalt zu holen, was sie mit Schmeicheleien nicht zu gewinnen vermocht hatten. Jedoch ahnten sie nicht, denn sie waren Fremde im Dorf, daß einer ihrer Brüder von der Straßenbiegung aus darüber zu wachen pflegte, daß niemand Yaiza etwas zuleide tat, bis sie den Hof ihres Hauses erreicht hatte.

Es war Asdrúbal, der jüngere, der sie in jener Nacht entdeckte – der schrie, ohne daß die anderen, die um das Feuer versammelt noch sangen, ihn hörten; der sich entschlossen auf die Angreifer stürzte, einem der Fremdlinge sein Messer entwand und ihn mit einem einzigen unglücklichen Stich auf der Stelle tötete.

Es war Asdrúbal, der eben erst zweiundzwanzig Jahre alt geworden war.

Das Opfer jedoch war noch jünger. Es war der einzige Sohn von Don Matías Quintero, Herrscher über alle Weingärten von Mozaga und damals einflußreichster Großgrundbesitzer der ganzen Insel, denn die Macht, die ihm seine Weingärten und Ländereien verliehen, wurde noch verstärkt durch die unangefochtene politische Stellung, die er sich auf den Schlachtfeldern von Toledo, Madrid und Saragossa als hochdekorierter Hauptmann der Legion erkämpft hatte.

»Du mußt dich verstecken!« Das war das erste, was Aurelia Perdomo ihrem Sohn riet, nachdem sie noch in derselben

Nacht die Identität des Toten erfahren hatten. »Versteck dich und warte, bis wir wissen, woran wir sind. Don Matías Quintero brächte es fertig, dich im ersten Anflug von Zorn umzubringen, und er ist ein Mann, den niemand zur Rechenschaft ziehen würde...«

»Aber Mutter, es war Notwehr!« protestierte Asdrúbal. »Sie wollten meiner Schwester Gewalt antun. Warum soll ich mich verstecken wie ein Mörder?«

»Weil immer noch Zeit ist, deine Unschuld zu beweisen, niemals jedoch, einen Toten wieder lebendig zu machen«, lautete ihre Antwort. »Also mach dich auf den Weg und widersprich mir nicht.«

Sie wollte noch mehr sagen, aber der Vater des Jungen mischte sich ein und sprach mit einer Autorität, die keiner in der Familie je in Frage zu stellen gewagt hätte. »Tu, was deine Mutter sagt, mein Sohn«, befahl er. »Dein Bruder wird dich zur Isla de Lobos bringen, und dort hältst du dich im Leuchtturm versteckt.« Er legte ihm die massige Hand auf die Schulter und fuhr fort: »In ein paar Tagen wird alles überstanden sein. Die Guardia Civil wird einsehen, daß dir keine andere Wahl blieb.«

»Heutzutage kommt es nicht mehr darauf an, was die Guardia Civil meint«, warf Aurelia ein. »Alles hängt von Don Matías Quintero ab, und ich weiß nicht, ob er verstehen will, was da passiert ist.«

Aurelia Perdomo war vor sechsundzwanzig Jahren nach Lanzarote gekommen. Sie stammte von der Insel Teneriffa, hatte gerade ihre Lehrerausbildung beendet und war fest entschlossen, während der nächsten vier Jahre im kleinen Nachbardorf Femés ihren Beruf auszuüben, um etwas Geld zu sparen, dann heimzukehren und Jura zu studieren, damit die Familientradition gewahrt bliebe und sie die Anwaltskanzlei, die seit dem Tode ihres Vaters unbesetzt war, übernehmen könnte. Damals, vor so langer Zeit, hätte sie nicht im Traum daran gedacht, für immer in Lanzarote zu bleiben, doch dann schlug sie der eigentümliche faszinierende Zauber der Insel in seinen Bann. Und als eines Morgens ein fast zwei Meter großer Riese mit breiten Schultern dem Meer entstieg und sein Boot an Land zog, fielen ihre Pläne zusammen wie ein Kartenhaus.

Auf den ersten Blick verliebte sich Aurelia Ascanio in Abel Perdomo Maradentro, diesen stattlichen, schüchternen und ernsten Koloß, und alle Einwände von Doña Concha – aus dem ältesten Adelsgeschlecht von Teneriffa – oder gute Ratschläge ihrer Freunde und Verwandten stießen auf taube Ohren. Sie vergaß ihre Rechtslehrbücher und vertraute ihren Körper und ihr Schicksal den riesigen, schwieligen Händen an, unter denen sie seit der ersten zaghaften Berührung erbebte. Auch heute noch erschauerte sie bei der Liebkosung dieser Hände, auch heute noch liebte sie jeden Zoll seines gewaltigen Körpers, und es gab nicht einen Tag in ihrem Leben, an dem sie den Entschluß bereut hätte, alles aufgegeben zu haben, um die Frau eines einfachen Fischers zu werden, der manchmal wochenlang auf See blieb.

In solchen Zeiten aufgezwungener Einsamkeit sorgte Aurelia nicht nur für ihre Kinder und brachte den Jungen und Alten in Playa Blanca Lesen und Schreiben bei, sondern fing auch an, die Insel, auf der ihr Mann geboren war, kennen- und liebenzulernen – diese eigenwilligste, rätselhafteste und ungeschliffenste aller Inseln, die der Schöpfer auf den Meeren verstreut hat. Zugleich hatte sie auch die Bewohner dieser Insel schätzen gelernt, doch über Don Matías Quintero hatte sie nicht viel Gutes gehört. Sie ahnte, daß er keinesfalls der Mann war, der sich mit der Tatsache abfinden würde, daß sein einziger Sohn Opfer einer Messerstecherei geworden war, als er versuchte, die Tochter eines zerlumpten Fischers zu vergewaltigen.

»Er wird uns das Leben zur Hölle machen«, sagte sie unbeirrt. »Zur Hölle... darin ist er ein Meister, auch ohne daß man ihm einen Sohn nimmt.«

Widerwillig tat Asdrúbal, wie ihm seine Mutter geheißen hatte, stopfte das Notwendigste in einen Rucksack, verabschiedete sich mit einem Kuß von Yaiza, die, von den Ereignissen noch wie betäubt, bisher kein Wort herausgebracht hatte, und folgte seinem Bruder Sebastián zum Strand. Dort ließen die beiden im Schutz der Dunkelheit das Boot zu Wasser und waren schon ein gutes Stück geräuschlos und ohne Hast hinausgerudert, bevor sie das Segel setzten, das den Dorfbewohnern ihre Flucht hätte verraten können.

Mehr als eine halbe Stunde verstrich, ehe sie anfingen, miteinander zu sprechen. Jeder hing seinen Gedanken nach. Sie wußten, daß jene herrlichen Jahre endgültig vorbei waren, in denen ihre einzige Sorge dem Meer, den Fischen und dem Ehrgeiz gegolten hatte, dem Ruf des einst von ihrem Großvater mit eigenen Händen gebauten Schiffes – trotz seines Alters – als stolzester Schoner der Insel gerecht zu werden.

»Ich konnte einfach nicht anders...«

»Vor mir brauchst du dich nicht zu rechtfertigen!« Sebastián war schon immer seines Bruders Berater, Vertrauter und Vorbild gewesen. »Ich hätte es genauso gemacht, und du weißt ganz genau, daß dies nicht deine Angelegenheit ist, sondern die der ganzen Familie.«

»Wieso sollt ihr für etwas büßen, das ich allein getan habe? Das ist doch ungerecht.«

Er hatte es ausgesprochen, obschon er wußte, wie gerecht es war. Seit sie zurückdenken konnten, hatten die Maradentros nicht nur die ergiebigen Fangtage, sondern auch die Tage des Hungers geteilt, und jenes eiserne Gesetz des gegenseitigen Füreinandereinstehens hatte von jeher ihr Leben bestimmt.

Als sie jetzt eine leichte Nordbrise auf die Luvseite der Insel zutrieb, und sie, vom beruhigenden Lichtstrahl des Leuchtturms geleitet, Ausschau nach der kleinen Bucht und dem Anlegeplatz hielten, dachten sie daran, wie oft sie hier ihre Köder ausgeworfen hatten, in der Nähe jener Klippen, die ihr Großvater Ezequiel vor vielen Jahren entdeckt und deren Geheimnis er für die Familie gehütet hatte. Es war ein felsiges Terrain, immer gut für einen ergiebigen Fang, ganz gleich wie aufgewühlt das Meer sein mochte oder wie stark der Schirokko von der afrikanischen Küste herüberblies.

Ja, es waren glückliche Nächte gewesen, als sie, halbe Kinder noch, diese Stelle suchten, deren Lage sie sich mit Hilfe des Lichts vom Leuchtturm auf Pechiguera und dem der Insel, dem Schein der Lampe, die sie in der Küche hatten brennen lassen, und dem des vierten Hauses von Corralejo eingeprägt hatten. »Hier ist es, laßt den Anker runter!« hatte dann Abel befohlen, und jedesmal konnten sie nicht ohne Stolz feststellen, daß sie es wieder geschafft hatten, jene Stelle zu finden. Es dauerte keine fünf Minuten, bis sich dreißig Faden unter ihnen die ersten hungrigen Ziegen-, Grau- und Riesenzackenbarsche auf die Köder stürzten.

Dies war das Erbe, das Ezequiel seiner Familie hinterlassen hatte, die unerschöpfliche Vorratskammer der Maradentros für schlechte Zeiten, eine natürliche Fundgrube, die man weder mißbrauchen noch preisgeben durfte, ein versunkener Schatz auf dem Grund des Meeres, der mit Samthandschuhen angefaßt werden wollte. »Kein Wort davon zu irgend jemand und daß ihr mir ja leise fischt«, hatte Abel den Jungen eingeschärft. »Im Dorf würden sie sonst was dafür geben, wenn sie erfahren könnten, wo diese Fischgründe liegen, doch werden womöglich noch eure Söhne und die Söhne eurer Söhne mit den Kindern und Kindeskindern dieser Fische ihren Hunger stillen.«

Während sie jetzt an jenen Felsen vorbeisteuerten, an denen sich die herrlichsten Abenteuer ihrer Jugend abgespielt hatten, spürten Asdrúbal und Sebastián instinktiv, daß jene Nächte unwiederbringlich verloren waren.

»Es wird schrecklich werden ...«

Asdrúbal sagte dies, ohne nachzudenken, so wie Yaiza es tat, deren Vorahnungen ihren Mund stets schneller zu erreichen schienen als ihren Geist, und die selbst am meisten überrascht war, wenn sie sich der Visionen, die sie soeben verkündet hatte, bewußt wurde: draußen ertrinkt ein Fischer; morgen kommen die Thunfische; die Frau von Benjamin wird Zwillinge gebären, von denen nur einer überlebt.

»Du bist noch zu durcheinander«, beruhigte ihn sein Bruder. »Sicher, uns stehen schlimme Zeiten bevor, aber alles wird wieder gut werden. Immerhin gibt es Zeugen, und die werden aussagen, daß du nicht anders konntest.«

»Und wo sind diese Zeugen? Sind sie nicht schleunigst geflohen, als ihr Kumpan starb?«

»Die Polizei wird sie schon ausfindig machen. Wahrscheinlich kamen sie aus Mozaga oder aus Arrecife; wir haben sie doch alle gesehen. Sie schienen Freunde zu sein.«

»Feine Freunde! Alle vom gleichen Kaliber, und alle hatten dasselbe vor. Ich bin mir nicht mal mehr sicher, ob das Messer dem Toten gehörte oder einem von denen. Es war so finster!«

»Es gehörte dem Toten«, erinnerte ihn sein Bruder. »Du hast es selber gesagt. Weißt du das etwa nicht mehr? ›Ich habe ihn am Handgelenk gepackt, seinen Arm umgedreht und ihm das eigene Messer ins Fleisch gestoßen‹ – das waren deine Worte!«

Während er den Blick starr auf den Leuchtturm der Isla de Lobos gerichtet hielt, dessen Licht bald hinter dem Felsen im Westen verschwinden würde, grübelte Asdrúbal nach und versuchte, die Ereignisse, die nur vier Stunden zurücklagen, genau zu rekonstruieren.

»Er war sehr schwach«, murmelte er so leise, daß sein Bruder ihn kaum verstehen konnte. »Hager und schwach. Sein Handgelenk war nicht viel dicker als das Ankertau. Ich hätte ihn mit bloßen Händen ...« Er schüttelte den Kopf, als wollte er die Gedanken vertreiben. »Warum mußte er bloß ein Messer ziehen?« fragte er verzweifelt. »Ohne dieses Messer wäre alles ganz anders gekommen.«

Sebastián brauchte seinen jüngeren Bruder nicht anzusehen, um zu wissen, daß das, was er sagte, zutraf. Dieser Junge aus der Stadt, zweifellos eher an Bücher und ein müßiges Leben gewöhnt als an harte Arbeit, wäre zwischen den Pranken Asdrúbals zerbrochen wir ein Stück Kreide. Dieser mochte an Wuchs vielleicht der kleinste von allen Männern der Familie sein, war jedoch der einzige, der es mit dem riesigen Abel aufnehmen konnte, wenn es darum ging, ein Boot an Land zu ziehen oder zwei Kisten mit Fischen zu stemmen.

Sebastián und Yaiza waren ganz nach der Familie ihrer Mutter geraten, mit den feinen Zügen der Ascanios aus Teneriffa;

Asdrúbal jedoch war bis ins Mark hinein ein echter Perdomo: olivbraunes Gesicht, widerspenstiges Haar, ein Körper wie ein Bulle und Sehnen, die aus dünnen Stahlfasern geflochten schienen, kaum bedeckt von einer glatten, stets glänzenden Haut. Er war ein gefürchteter Gegner bei den *luchadas*. Selbst den berüchtigten *Pollo de Teguise* mit seinen hundertzwanzig Kilo konnte er hochheben und in einer tollkühnen Pirouette durch die Luft wirbeln. Es hätte ihm sicher keine Schwierigkeiten bereitet, einem verweichlichten Bürschchen wie diesem Städter mit einem Schlag das Genick zu brechen.

»Warum mußte er bloß ein Messer ziehen?« stöhnte er wieder und schaute zu seinem Bruder auf.

»Weil er ein Schwächling war und Angst hatte.«

»Ich wollte ihm nichts tun«, beteuerte Asdrúbal. »Ich wollte die drei nur in die Flucht schlagen – sie sollten Yaiza in Ruhe lassen.«

»Vielleicht kriegte er plötzlich selber Angst und verlor die Nerven.«

»Yaiza war so erschrocken, genauso erschrocken wie in jener Nacht, als sie im Traum sah, wie die ›Timanfaya‹ sank.«

»Alle drei hätten den Tod verdient für das, was sie vorhatten!«

»Sag so was nicht«, erwiderte Asdrúbal vorwurfsvoll. »Der Tod ist etwas Schreckliches. Der Junge blieb ganz ruhig, rang immer wieder vergeblich nach Luft und schaute mich an. Dann streckte er die Beine aus und zuckte noch einmal wild auf – wie ein Fisch auf Deck, der versucht, wieder ins Wasser zu schnellen. Mir kam es vor, als wollte er mit einem Satz zurückspringen, nur eine Minute zurück! Und ich, ich wollte auch, daß er es schafft!«

»Es ist nun mal geschehen. Du mußt es vergessen.«

»Du weißt, daß ich das nie vergessen kann. Was heute nacht passiert ist, wird uns auf ewig verfolgen, das steht fest.«

Sebastián mochte hierauf nicht antworten. Er hatte alle Hände voll zu tun, die Segel einzuholen und die kleine Feluke trotz der Finsternis heil an den winzigen Felsvorsprung zu manövrieren, der als Anlegeplatz diente und an dem sich jetzt die sanften Wellen der Nacht brachen.

Asdrúbal griff nach dem Tau am Bug und sprang an Land mit der Geschmeidigkeit eines Mannes, der sein ganzes Leben in dieser Landschaft verbracht hat. Mit der freien Hand nahm er den schweren Rucksack, den sein Bruder ihm herüberreichte, legte ihn an einer trockenen Stelle ab und beugte sich etwas vor. »Paß auf Yaiza auf! Du weißt, wie verletzlich sie ist, und das Ganze ist ihr sehr nahe gegangen.«

Sebastián nickte stumm und blieb aufrecht in seinem kleinen Boot stehen. Reglos beobachtete er, wie sein Bruder sich der Spitze des Felsens zuwandte, wo der Leuchtturm aufragte, und in der Dunkelheit verschwand.

Don Matías Quintero hatte leidenschaftlich eine zierliche, zerbrechliche Frau geliebt, deren Kräfte nicht ausgereicht hatten, um ein noch zierlicheres und zerbrechlicheres Kind zur Welt zu bringen. Bei der Geburt war sie erschöpft wie ein kleiner Vogel, der neun Monate lang vergeblich versucht hatte, sich in die Lüfte zu schwingen.

Hauptmann Quintero hatte Trost für seinen aufrichtigen Schmerz darin gefunden, das wimmernde, schwächliche Würmchen, das seine Frau ihm zur Erinnerung hinterlassen hatte, aufzuziehen, den Löwenanteil des besten Mostes seiner Weingärten selbst zu konsumieren und Domino zu spielen. Einmal in der Woche half ihm seine dürre Haushälterin Rogelia, die wegen ihres Aussehens von jedermann El Guirre genannt wurde, seine sexuellen Probleme bis zum nächsten Samstag zu lösen.

Das war nicht viel für jemanden, der so lange eine prächtige, mit allerlei Auszeichnungen geschmückte Uniform zur Schau getragen hatte und den Gipfel der politischen Macht erklommen hätte, wenn er in Madrid geblieben wäre im Schatten seines Mentors und Freundes, des überaus mächtigen Generals Ocampo. Doch anfangs erforderten sein Sohn und die Weingärten seine Anwesenheit, und später starb Ocampo, und Deutschland verlor den Krieg. Hauptmann Quintero erkannte, daß seine Zeit vorüber war. Jetzt kam es darauf an, sich ins Alter zu fügen, zuzuschauen, wie seine Ländereien wuchsen, und die hypothetische politische Macht auf die konkretere der Insel zu beschränken, denn in Lanzarote würde er immer »Don Matías« sein, ob Ocampo einen Ministerposten erhielt oder das Zeitliche segnete. Hier auf der Insel war auch sein Sohn, der das wechselhafte Klima der Hauptstadt vielleicht nicht ertragen hätte.

Und jetzt hatten sie ihn getötet.

Man überbrachte ihm die Nachricht im Kasino, mitten in einer Partie Chamelo. Sein Verstand war benebelt vom Wein und vom Rauch, so daß er anfangs glaubte, zu ihm sprächen Stimmen aus einem Traum oder irgend jemand erzählte von einem Film, den er im Dorf gesehen habe.

»Sie können ihn nicht getötet haben«, soll er gesagt haben, wie man ihm später erzählte, »er ist alles, was ich habe.«

Und alles, was er hatte, lag hier vor ihm. »Wer war es?«

»Ein besoffener Fischer.«

»Tausend Leben – wenn er sie hätte – könnten das hier nicht sühnen.«

Die Toten sind immer unschuldig, und sei es nur deshalb, weil sie tot sind. Es ist schwer, die Schuld eines ermordeten Sohnes zu akzeptieren, wenn man ihn reglos auf dem Tisch des Eßzimmers ausgestreckt liegen sieht. Vielleicht brachte niemand den Mut auf, Don Matías zu erzählen, wie alles gekommen war; vielleicht hätte er aber nicht einmal hören wollen, daß dieser Schwächling, dem all seine Sorge gegolten hatte, ein nach Fisch stinkendes Flittchen vergewaltigen wollte.

»Ich will, daß er hergebracht wird.«

»Er ist geflohen.«

»Dann soll man ihn suchen. Ich werde nicht ruhen, bis ich ihn so vor mir sehe wie jetzt meinen Sohn. Wer ist es?«

»Asdrúbal Perdomo – von den Maradentros aus Playa Blanca. Harte Burschen.«

»Nicht härter als die ›Roten‹ im Krieg, und die sind jetzt auch alle tot.«

»Wir sind nicht mehr im Krieg, Don Matías.«

»Ich weiß. Es ist schlimmer. Im Krieg hat mir keiner meinen Sohn getötet.«

Sie gaben sich Mühe, ihn zur Vernunft zu bringen, aber es war vergebens. In seinem alten Haus in Mozaga saß er auf der Veranda unter der Weinlaube, von wo aus er über seine Weingärten herrschte, betrachtete die *Montañas del Fuego* am Horizont und wartete auf dem gleichen Platz, an dem er jeden Nachmittag die Heimkehr seines Sohnes erwartet hatte, daß ihm jemand den Mörder vorführe. Sein Schmerz war so stumm und so tief wie damals, als er die Mutter dieses hilflosen und unglücklichen Geschöpfs begraben hatte. Doch die Tage, die Stille und die Abgeschiedenheit vermochten nicht, sein Leid zu mindern – im Gegenteil, sie vergrößerten es nur, verwandelten es in blinde Wut, in ein Gefühl, das über einfache Rachsucht hinausging: die absurde Überzeugung, daß einzig und allein der Tod von Asdrúbal Perdomo das Wunder fertigbrächte, ihm seinen Sohn zurückzugeben. Nur Rogelia, wortkarg und still wie immer, in schwarze Gewänder gehüllt, wagte es hin und wieder, sich ihm mit einem Tablett voller Essen zu nähern, das jedoch unangetastet auf dem Tisch stehenblieb.

Nach zwei Wochen stattete ihm sein treuer Kamerad aus dem Kasino, Leutnant Almendros, einen Besuch ab. Leider brachte er nicht die ersehnte Nachricht. »Der Mann bleibt verschwunden, obwohl wir jeden Winkel der Insel durchkämmt haben. Die Familie schweigt sich aus, aber ich habe mich umgehört, soweit das möglich war. Es gab einen Kampf, und es sieht so aus, als habe das Messer Ihrem Sohn gehört.«

»Mein Sohn hat nie ein Messer getragen – wer behauptet das?«

»Ein Eisenwarenhändler aus Arrecife. Er hat es ihm verkauft.«

»Sie werden ihn bezahlt haben, damit er diese Lüge erzählt. Er wird seine Meinung ändern.«

Der Beamte der Guardia Civil warf einen langen Blick auf seinen Freund, der in vierzehn Tagen um Jahre gealtert schien. Gemeinsam hatten sie vier Domino-Turniere und unzählige Partien gewonnen. Er hatte gelernt, ihn zu schätzen, obgleich Quintero ein schlechter Verlierer war und ihn ständig beschimpfte, einen Stein falsch gesetzt zu haben. Auch der Leutnant bedauerte, was geschehen war, aber er hatte Gelegenheit gehabt, eine ziemlich konkrete Vorstellung von dem zu gewinnen, was sich in Playa Blanca zugetragen hatte.

»Ihr Sohn war unvorsichtig in jener Nacht«, begann er zaghaft. »Er und seine Freunde haben ein Mädchen belästigt.«

»Dummes Zeug! So habe ich ihn nicht erzogen! Diese Schlampe treibt es mit jedem, man hat es mir erzählt. Wahrscheinlich hat sie sich mit allen dreien amüsiert, bis ihr betrunkener Bruder aufgetaucht ist und ohne ein Wort meinen Jungen umgebracht hat!«

»So war es nicht, Don Matías...«

»Ich weiß, daß es so war!« unterbrach der andere ihn wütend. »Die Maradentros bilden sich ein, sie wären die Könige in Playa Blanca. Sie haben schon immer gemacht, was sie wollten, aber jetzt haben sie es mit mir zu tun, Hauptmann Matías Quintero!«

»Sie sollten keine persönliche Angelegenheit daraus machen.«

»Gibt es etwas Persönlicheres als den Tod eines Sohnes? Meines einzigen Sohnes! Meines einzigen Nachkommen!« Er machte eine ausladende Handbewegung und zeigte auf die Ländereien, die sich vor ihnen ausbreiteten. Jeder Weinstock war liebevoll von einer Steinmauer umgeben, die ihn vor dem Wind schützte. »Hier habe ich meine ganze Kraft investiert«, erklärte er, »damit der schwierige, trockene Boden die besten Früchte trägt, und damit es auf der ganzen Insel keinen Wein wie den der Quinteros gibt. Der Junge sollte mein Werk fortführen. Er sollte in Frankreich studieren, und nach seiner Rückkehr wollte ich noch mehr Land kaufen, damit er mit neuen Züchtungen experimentieren könnte. Er war sehr begabt. Begabt und neugierig.« Er schüttelte den Kopf, als fiele es ihm noch immer schwer, die Realität seines schrecklichen Verlustes zu akzeptieren. »Wem soll ich Ihrer Meinung nach jetzt das Land vererben? Der habsüchtigen Rogelia oder gar ihrem mit seinem Einverständnis betrogenen Hornochsen von Mann?«

Es schien zwecklos, einem vom Haß so geblendeten Mann wie Don Matías zur Vernunft bringen zu wollen, und Leutnant

Almendros war furchtbar müde. Ihm fehlten nur noch acht Tage bis zu seinem Urlaub, und schon jetzt sehnte er den Augenblick herbei, in dem er sich und seine Familie einschiffen und den Sommer irgendwo in Ruhe verbringen würde, weit weg von diesem verworrenen Fall, der ihm nur Enttäuschungen und Kopfzerbrechen einbringen konnte. Er vermied es jedoch, seinem Freund zu erzählen, daß er den Fall einem Untergebenen überlassen würde, und versuchte, das Gespräch auf Unwichtigeres zu lenken, obwohl es offensichtlich war, daß nichts Don Matías von der Frage, die zum Mittelpunkt seines Lebens geworden war, abbringen konnte.

»Wo kann er sich bloß versteckt haben?« fragte er plötzlich. »So groß ist die Insel nicht.«

»Vielleicht ist er fortgegangen. Wahrscheinlich ist er in Teneriffa, hat Unterschlupf bei Verwandten seiner Mutter gefunden oder auf einem der Fischkutter angeheuert, die bis hinunter nach La Güera und Mauretanien fahren.«

»Ich werde dafür sorgen, daß er zurückkommt.«

»Wie?«

»Mir wird schon was einfallen.«

»Handeln Sie sich keinen Ärger ein, Don Matías«, bat ihn der Beamte. »Ich kann Sie verstehen, aber Sie dürfen sich nicht über das Gesetz hinwegsetzen.« Er hielt inne, zündete sich eine Zigarette an und betrachtete einen Augenblick lang seine Finger, auf denen das Nikotin unauslöschliche Spuren hinterlassen hatte. »Ich habe mit den Eltern gesprochen. Sie haben mir versichert, daß er sich stellen wird, sobald Sie sich beruhigt haben und wir ihnen eine Kopie der eidesstattlichen Zeugenaussage zukommen lassen.«

»Was für Zeugen?«

»Die Jungen, die mit Ihrem Sohn zusammen waren.« Er stieß einen tiefen Seufzer aus. »Wenn sie die Wahrheit sagen, wird Asdrúbal die Strafe akzeptieren, die man ihm auferlegt.«

»Die einzige Wahrheit ist, daß er meinen Sohn ermordet hat, hinterrücks und bei Nacht. Vielleicht, um ihn auszurauben.« Er sprach langsam, mit merklich abfallender Stimme, wie um den Worten mehr Gewicht zu verleihen. »Vielleicht aber auch, weil er mein Sohn war und die Schweine nicht einsehen wollen, daß wir sie in einem fairen Kampf besiegt haben. Vielleicht glauben sie, dies sei der richtige Zeitpunkt, um Rache zu nehmen.«

»Aber Don Matías! Machen Sie die Sache nicht noch komplizierter. Der Krieg ist seit zehn Jahren vorbei!«

»Da sehen Sie's – die vergessen nicht. Aber ich auch nicht!«

Der Abend nahte. Seit einigen Minuten hatte sich die Sonne hinter den Vulkanen von Timanfaya versteckt, und vereinzelt färbten sich die Wolken rot, während sie von einer Brise, die von Famara kam, südwärts getrieben wurden. Es war ein überwältigender Augenblick: jeder einzelne Vulkan trug einen anderen Farbton zur Schau, und die Skala reichte von schwarz über magentarot und hundert verschiedener Braunschattierungen bis gelb. Es war der Augenblick, in dem Don Matías sich sonst auf die Veranda gesetzt und dem Jungen von seiner Mutter erzählt hatte, vom Krieg, der unmittelbaren Zukunft und jener anderen, in weiter Ferne, für die er sich noch nicht im geringsten gewappnet fühlte.

»Vielleicht wäre es gar keine schlechte Idee, wenn du mir bald eine Frau nach Hause bringst«, hatte er immer wieder gesagt. »Ein anständiges Mädchen, das mir Enkelkinder schenkt und etwas Fröhlichkeit in dieses Mausoleum bringt. Rogelia wird von Tag zu Tag mürrischer und diebischer, lauert mit ausgestreckten Krallen wie eine Elster, bereit, alles an sich zu reißen, was man in ihrer Reichweite liegenläßt. Selbst die Hühner stiehlt sie, und die Eier läßt sie mir nur, weil ich sie jedesmal nachzähle, wenn sie samstags bei mir war.«

Don Matías sprach so, weil er wußte, daß sein Sohn vor zwei Jahren in die große und keineswegs auserlesene Gruppe von Jungen aufgenommen worden war, die durch Rogelia ihre Unschuld verloren hatten. Er war bereits ein Mann, und sie konnten über solche Sachen reden wie Männer, obgleich Don Matías hier vielleicht zu übertriebener Eile neigte, denn er hatte mit Mißtrauen beobachtet, daß der Junge viel zu kränklich und passiv war, um das Geschlecht der Quinteros wiederzubeleben.

Das stattliche Haus mit den dicken Wänden, das sich stolz auf einem der dunklen Hänge erhob, hatte bessere und lebendigere Zeiten gesehen, und Don Matías erinnerte sich an seine Kindheit, an die Stimmen und das Gelächter einer ganzen Schar von Freunden und Verwandten, die immer in Bewegung waren, von einem Ort zum anderen, von der Veranda auf die Felder und vom Garten in die Haine mit den Feigenbäumen.

Wo waren sie hin? Wie konnte es sein, daß sie nacheinander verschwunden waren, ohne auch nur die geringste Spur zu hinterlassen? Er mußte sein Gedächtnis anstrengen, um die vergessenen Erinnerungen wieder zurückzuholen, nur um dann festzustellen, daß der Hauch des Todes tatsächlich all die Stimmen und das Gelächter heimlich und spurlos hinweggeweht hatte. Seine Großeltern, seine Eltern, besiegt durch die unerbittlich fortschreitende Zeit. Seine Brüder, seine Vettern, hier und da, überall verstreut gefallen, wie wenn eine riesige, unsichtbare Hand sie ohne erkennbaren Grund aus dem Leben gestoßen hätte. Dann sie, zerbrechlich wie Glas. Er hatte sich gewundert, daß sie in der Hochzeitsnacht, als er zum ersten Mal in sie eindrang, nicht in tausend Stücke zerbarst. Schon damals waren die Mauern des Hauses erfüllt vom Hauch des Todes: sieben verschlossene Räume, in denen nichts mehr verändert worden war, seit man die Toten fortgetragen hatte.

So war bereits in jedem Bett des Hauses jemand gestorben, und nur sein Sohn, der auserwählt war, den Stammbaum der Quinteros fortzuführen, hatte es vorgezogen, fernab zu sterben, auf einem steinigen Weg.

Zuweilen fragte er sich, ob es Groll war, was er dem Jungen gegenüber empfand; Groll, weil er sich auf so törichte Art hatte umbringen lassen, ohne selber einen Nachkommen zu zeugen. Die letzten Hoffnungen der Quinteros aus Monzaga waren, ohne Früchte zu tragen, in Rogelias unersättlichem Schlund begraben, einem finsteren Abgrund ohne Wiederkehr, so wie die rotglühende, lebendige Lava eines Vulkans stirbt und erstarrt, wenn sie auf das kalte, tiefe Meer trifft.

Don Matías Quintero verabscheute das Meer seit frühester Kindheit, seit es vor seinen Augen, drüben in Famara, seinen Vetter Andrés verschlungen hatte. Stets hatte er dem Ozean, den er für seinen Feind hielt, den Rücken gekehrt, als ahnte er, daß ihm von diesem Ozean und seinen Menschen eines Tages das größte Unheil drohte.

Er blieb allein und erwartete den Einbruch der Nacht in dem Bewußtsein, daß dies von nun an sein Schicksal war: sich hinzusetzen und auf die schwärzeste aller schwarzen Nächte zu warten, jene, die keine Hoffnung mehr auf einen neuen Morgen verspricht.

Er blieb allein und lauschte der Stille. Selbst der Wind, der niemals ruhte, huschte auf Zehenspitzen über die Mauern der Weingärten, um sich dann heimlich am Tor des vom Tode gezeichneten Hauses vorbeizustehlen und schleunigst davonzumachen. Seinen Gesang stimmte er erst in Masdache an, von wo er sich übermütig bis zu den Gipfeln von Femés hinaufschwang und dann fröhlich an die Küsten von Playa Blanca hinabstieß, dorthin, wo die Maradentros vermutlich gerade feierten, wie einfach sie straflos davongekommen waren, nachdem sie den letzten der Quinteros aus Mozaga erledigt hatten.

Er blieb allein in seinem finsteren Groll und sann auf Rache. Seine Geduld war erschöpft. Er war überzeugt, daß es auf der ganzen Insel keine Gerechtigkeit mehr gab, daß der Augenblick gekommen war, etwas zu unternehmen und jedermann vorzuführen, wie man einen Mörder zur Strecke brachte und mit dem eigenen Blut für sein Verbrechen bezahlen ließ.

Als Rogelia mit ihrem verfluchten Tablett erschien, wies er sie mit einer widerwilligen Geste zurück. »Nimm das wieder mit«, knurrte er. »Ich habe keinen Hunger. Nimm es wieder mit und sag deinem Mann, daß er morgen früh runter nach Arrecife muß, um ein Telegramm aufzugeben.«

»Ein Telegramm?« fragte die alte Hexe verwundert. »An wen?«

»An jemanden, der weiß, wie man mit Hurensöhnen umspringt.«

In der Nacht, in der Yaiza geboren wurde, kam der Regen. Es war ein ausgiebiger, sanfter, süßer und belebender Regen, der den Boden durchtränkte, die Zisternen überlaufen ließ und der Insel, die seit Noahs Zeiten nicht mehr so viel Süßwasser gesehen hatte, das Gesicht wusch.

Neun Tage Regen in einer Region, in der oft neun Jahre verstrichen, ohne daß auch nur ein einziger Tropfen fiel – das war ein historisches Ereignis, ein Datum, das einer Eintragung in die Annalen des Rathauses würdig war. Und »Señá« Florinda, die die Zukunft aus den Eingeweiden der Haie las, versicherte, daß dieses unerwartete Geschenk nichts anderem zu verdanken sei als der Geburt der Enkelin von Ezequiel Maradentro. Doch jeder wußte, daß »Señá« Florinda mit jedem Tag wunderlicher wurde und immer häufiger dummes Zeug redete.

Zwei Wochen später erblühten Millionen von Blumen, selbst zwischen den Spalten der Lava, und die ausgetrockneten und steinigen Böden des Rubicón verwandelten sich in sattes Weideland, auf dem Ziegen und Kamele grasten. Als dann der Tag kam, an dem das Mädchen einen Monat alt wurde und die *bonitos* durch die Punta de Papagallo bis an den Strand sprangen, wo sie liegenblieben und darauf warteten, daß die

Fischer sie mit bloßer Hand einsammelten, da mußten sogar die Ungläubigsten zugeben, daß es irgend etwas Sonderbares mit der grünäugigen Kleinen, die den Perdomos geboren worden war, auf sich hatte.

»Sie hat die *barakka*«, versicherte Abdul, der Maure, der vor dreizehn Jahren bei Puerto Muelas Schiffbruch erlitten hatte und für immer auf der Insel geblieben war. »Sie hat die *barakka*, das Zweite Gesicht, und wunderbare Sachen werden sich in ihrer Umgebung ereignen, bis sie sich für immer einem Mann hingibt.«

Sie war gerade fünf geworden, als ein brünstiges Kamel, das seinen Besitzer angreifen wollte, sich auf Befehl des Mädchens unversehens beruhigte. Später sagte sie alle Schiffbrüche auf der Insel voraus, kündigte die Ankunft der stärksten Stürme an, senkte das Fieber, minderte die Geschwülste der Kranken und zog die Heuschreckenplage an, als sie zum ersten Mal menstruierte. »Señá« Florinda war die erste Tote, die ihr im Traum erschien, nachdem man sie mehr als zwei Monate zuvor begraben hatte. Sie zeigte ihr den Ort, an dem die Ersparnisse der Familie versteckt lagen, die ihr Sohn die ganze Zeit vergeblich gesucht hatte.

Als Yaiza zum ersten Mal Damián Centeno vor der Tür des Hauses erblickte, das er gerade gemietet hatte, lief sie zu ihrer Mutter und erzählte ihr, das »Unheil« sei eingetroffen.

»Wieso Unheil?«

»Weil es in seinen Augen geschrieben steht und auf seinen rechten Arm tätowiert ist. Immer, wenn ich von Schiffbrüchen oder anderen Unglücken geträumt habe, tauchte dieses Zeichen unter den Toten auf.«

»Wie sieht es aus?«

»Es ist ein blutendes Herz, durchbohrt vom Bajonett eines Gewehrs.«

Als sie ihn in der Taverne nach dem Ursprung dieser Tätowierung fragten, antwortete Centeno mit heiserer Stimme: »Ich habe sie mir an dem Tag machen lassen, als ich erfuhr, daß die ›Roten‹ in Barcelona meine Mutter getötet hatten. Das Zeichen sorgt dafür, daß ich sie nie vergesse – und die ›Roten‹ auch nicht.«

Niemand wollte etwas dazu sagen. Lanzarote hatte den Bürgerkrieg mit all seinen Schrecken aus der Ferne erlebt, und obwohl in diesen traurigen Jahren einige Männer mit einem Stein um den Hals ins Meer geworfen oder vom höchsten und steilsten Felsen Famaras in die Tiefe gestürzt worden waren, bemühte sich jedermann, das Vergangene zu vergessen, denn auf einer so kleinen Insel hätte die Eskalation von Rache und Gewalt nur dazu geführt, sie in eine Wüste zu verwandeln. Doch der Tonfall, mit dem Centeno das Wort »Rote« ausgesprochen hatte, beschwor schmerzliche Erinnerungen herauf. Es war, als hätte es die Jahre des Friedens nie gegeben.

Damián Centeno war klein und hager und sprach mit einer autoritären, heiseren Stimme, bei der man unweigerlich auf die Idee kam, daß alle Energie seines Körpers sich in ihr bündelte. Schon auf den ersten Blick ließ er keinerlei Zweifel aufkommen, daß er trotz seiner mehr als vierzig Jahre durchaus in der Lage war, mit drei Jugendlichen gleichzeitig fertig zu werden. Die Tätowierung, seine Art, Befehle auszuteilen und sich zu bewegen sowie die langen, vollen Koteletten – all dies verriet beim bloßen Hinsehen den alten Legionär. Das grüne, halb offenstehende Hemd gab stolz den Blick auf die breite und tiefe Narbe eines langen Messerstichs unter einem schweren silbernen Medaillon frei.

»Was machen Sie hier?«

»Urlaub. Was dagegen?«

»Keineswegs, aber Fremde verirren sich nicht oft in so abgelegene Regionen. Wollen Sie länger bleiben?«

»Bis mir der Fisch ins Netz geht, auf den ich es abgesehen habe.«

»An der Costa del Moro gibt es bessere Fischgründe. Kommen Sie nicht aus Marokko?«

Centeno warf Maestro Julián einen Blick zu, lächelte mühsam und bleckte einen Augenblick lang die strahlendweißen Zähne. »Nur nicht für die Sorte, die ich suche. Wie kommen Sie darauf, daß ich aus Marokko stamme? Ich habe nichts dergleichen gesagt.«

»Ich habe es erraten, denn dort befindet sich der größte Teil des Tercio. Ich habe selber einen Enkel bei der Fremdenlegion.«

»Ist er auch so schlau wie Sie?«

»Das muß in der Familie liegen.« Trotz seines Alters war Maestro Julián nicht der Mann, der sich einschüchtern ließ. »Der Geruch der Legion bleibt bis zu seinem Lebensende an einem Mann haften. Sind Sie schon lange dabei?«

»Achtundzwanzig Jahre.« Er knöpfte sich das Hemd auf. »Sehen Sie diese Narbe? Sie ist ein Andenken an die Landung bei Alhucemas. Und im Bein steckt noch eine Kugel aus Stalingrad.«

»Und die da auf der Brust?«

»Ein meuternder Korporal in Ceuta. Ich habe ihn mit seinem eigenen Messer getötet.«

»Hier ist vor kurzem etwas ganz Ähnliches passiert. Ein Junge zog im Streit ein Messer, mit dem man ihn dann tötete.«

»Komischer Zufall«, räumte Centeno ein. »Obwohl ich die Geschichte etwas anders gehört habe. Ein Eisenwarenhändler aus Arrecife hat sein Gedächtnis wiedergefunden und zugegeben, daß er in Wahrheit dem Mörder das Messer verkauft hat.«

»Das ist aber neu.«

»Von vorgestern«, stellte Centeno fest. »Genauer gesagt, man hat es mir abends in einer Bar von Arrecife erzählt.«

»Sicher auch wieder einer von diesen komischen Zufällen. Und wo wir schon mal bei den Zufällen dieser Nacht sind: Sie sind nicht zufällig ein Freund von Don Matías Quintero aus Mozaga?«

»Hauptmann Quintero?« fragte der Legionär. »Ja, natürlich! Ich hatte die Ehre, die letzten beiden Jahre des Krieges unter seinem Befehl zu kämpfen.«

»Der Tote war sein Sohn.«

»Das habe ich gehört. Und auch, daß der, der ihn ermordet hat, durchs Netz geschlüpft ist.«

»Jetzt verstehe ich, welchen Fisch Sie meinen.«

Von der Taverne aus begab sich Maestro Julián geradewegs zum Haus seines alten Freundes Abel Perdomo, um ihm zu berichten, was er über den Fremden erfahren hatte. »Er macht aus seinem Vorhaben kein Hehl«, schloß er, »und außerdem scheint er seiner Sache sehr sicher.«

»So etwas Ähnliches habe ich mir vorgestellt«, sagte Aurelia, die dem Bericht schweigend gelauscht hatte. »Schon hat Don Matías erreicht, daß der Eisenwarenhändler seine Aussage revidiert, und ich will nicht wissen, was diese Jungen noch alles aussagen werden.« Sie seufzte und legte die Hose beiseite, die sie zum ungezählten Mal flickte. »Du brauchst nur Geld zu haben, und schon ist die Gerechtigkeit auf deiner Seite. Mein armer Sohn!«

»Noch haben sie ihn nicht, und sie werden ihn nicht finden, wie sehr sie sich auch anstrengen«, versuchte ihr Mann sie zu beruhigen. »Ich bin auch dafür, daß er seinen Teil an dieser Schuld bezahlt, aber allmählich befürchte ich, daß sie ihm übel mitspielen wollen.« Er wandte sich an seinen Freund: »Was will dieser Schlächter erreichen, was die Guardia Civil nicht geschafft hat? Will er die Insel noch einmal auf den Kopf stellen?«

»Ich weiß es nicht, Maradentro, aber wenn du meinen Rat willst, dann sorge dafür, daß er deinen Jungen nicht zu fassen kriegt«, meinte Maestro Julián. »Der kommt nicht, um den Beamten die Arbeit zu erleichtern, sondern um Don Matías einen Toten zu bringen. Er ist ein Bauchaufschlitzer übelster Sorte, gefährlicher als eine Muräne, die nachts bei stürmischer See auf Deck gespült wird. Wenn sie erst mal zugebissen hat, läßt sie ihre Beute nicht mehr los, bis man ihr den Kopf abhackt.«

»Er wird uns großes Leid zufügen«, flüsterte Yaiza, die aufrecht in ihrer Ecke saß. »Sogar Großvater zittert, wenn man seinen Namen nennt.«

Großvater Ezequiel war schon seit zwei Jahren tot, aber jeder wußte, daß sein Geist an Bord der alten »Isla de Lobos« geblieben war und in bestimmten Vollmondnächten an Land kam, wenn Yaiza bei offenem Fenster schlief. Dann redeten sie lange Zeit, und er erzählte ihr alte Geschichten, an die sich sonst keiner mehr erinnerte.

»Laß Großvater aus dieser Sache raus«, antwortete ihre Mutter. »Du machst mir noch Angst mit deinen düsteren Vorahnungen. Schließlich ist Damián Centeno auch nur ein Mann. Dein Vater kann ihm mit einem Schlag das Genick brechen.«

»Genau davor habe ich Angst«, sagte Yaiza. »Asdrúbal mußte töten, um mich zu verteidigen. Und Vater könnte es tun, um Asdrúbal zu verteidigen. Es wäre besser, wenn die Sache in jener Nacht anders verlaufen wäre.«

Sie erhob sich und verließ das Zimmer mit dem aufrechten Gang einer Kaiserin. Woher diese Haltung, diese einzigartige Art zu gehen und sich zu bewegen stammte, wußte keiner zu sagen. Aurelia schrieb es der Tatsache zu, daß ihre Tochter den größten Teil ihrer Jugend damit verbracht hatte, bis zu den Knien im Wasser am Strand entlangzuspazieren, mit den Toten zu sprechen und sich in einer Welt zu bewegen, die nur in ihrer wundersamen Phantasie existierte.

»Eure Kleine ist gefährlich«, brummte Maestro Julián heiser. »Ein Mann mußte bereits sein Leben lassen, aber wundert euch nicht, wenn noch viele andere ihretwegen dran glauben werden.«

»Sie kann nichts dafür«, meinte Aurelia böse. »So ist sie geboren, und so ist sie aufgewachsen.«

»Keiner kann was dafür. Aber wie willst du es verhindern?«

Genau das hatte Yaiza nicht hören wollen und war deshalb hinausgegangen, denn seit sie sich in eine Frau verwandelt hatte, brachen die Gespräche ab, wenn sie irgendwo auftauchte, und man tuschelte über sie, sobald sie den Raum verließ. Sie haßte es, wenn die Männer mit ihren Blicken jeden Zoll ihres Körpers abtasteten. Sie verabscheute das Gemurmel, die leichten Ellbogenstöße und fühlte sich von den unverhohlenen Bemerkungen, vulgären Sprüchen oder provozierenden Pfiffen gedemütigt.

Sie liebte die Erinnerung an die Jahre ihrer Kindheit, als sie noch stundenlang am Strand entlangspazieren, den weichen Sand unter den Füßen und das Wasser, das sie zärtlich umspülte, spüren konnte. Als nur sie wußte, daß mit diesem Wasser unaufhörlich kleine Fischlein herangetrieben wurden, die sie spielerisch berührten. Damals war sie allein gewesen mit ihren Träumen oder den Figuren aus ihren Büchern, die sie, dem Vorbild ihrer Mutter folgend, von ganzem Herzen liebte. Jene Spaziergänge hatten nicht Dutzende von Blicken angelockt, die später einer einfachen kindlichen Gewohnheit exhibitionistische Motive unterstellten.

Warum hatte sich das Dorf so verändert?

Warum war sie nicht länger die kleine Yaiza Maradentro, die von den Männern zum Tabakholen geschickt und von den Frauen gebeten wurde, ein Auge auf ihre Kleinen zu haben? Warum war sie nicht mehr Abels kleines Mädchen, das das Fieber austrieb und die günstigste Zeit für den Thunfisch- oder Sardinenfang voraussagte? Warum wollten die Frauen nicht, daß sie ihr Haus betrat, wenn ihre Männer da waren, und warum drangen die Männer immer darauf, daß sie eintrat, wenn ihre Frauen nicht zu Hause waren?

Begriffen sie denn nicht, daß sie immer noch dasselbe kleine Mädchen war und dieselben Sachen mochte wie früher, auch wenn ihr Körper beharrlich das Gegenteil zu beweisen suchte? Noch zog sie es vor, ihrer alten Puppe ein Kleid zu nähen oder sich vom Meer verzaubern zu lassen, von *Moby Dick* und *Sandokan* zu träumen, statt auf die geschmacklosen Anzüglichkeiten der ungehobelten Burschen oder auf die immer häufigeren Anspielungen der erwachsenen Männer zu reagieren, die ihr ein Taschentuch mit eingestickten Initialen, ein bronzenes Armband oder eine bunte Bluse versprachen.

»War es bei dir genauso, Mutter?«

»Nicht so extrem.«

»Warum nicht?«

Aurelia streichelte ihrer Tochter zärtlich übers Haar und sah ihr tief in die Augen. »Weil ich nie so schön gewesen bin wie du. Du mußt allmählich verstehen, daß Gott dir eine Schönheit geschenkt hat, die die Männer verwirrt und die Frauen verunsichert.« Sie schüttelte ratlos den Kopf. »Ich weiß nicht, ob es gut ist oder ob es besser wäre, wenn du die Grenzen der normalen Vernunft nicht hinter dir gelassen hättest. Ich kann nicht leugnen, daß ich stolz darauf bin, eine solche Tochter zu haben, aber irgendwie erschreckt es mich auch.«

Yaiza erschreckte es selbst. Und noch mehr erschreckte es sie seit der Johannisnacht, in der ihr Bruder einen Mann getötet hatte. Sie saß auf den unbehauenen Stufen der Steintreppe, die von der Küche direkt zum Meer hinunterführte, betrachtete das aufblitzende Licht des Leuchtturms auf der Isla de Lobos und fragte sich, ob Asdrúbal ihr wohl die Schuld dafür gab, daß er sich in diesem riesigen Gemäuer verstecken mußte, obwohl sein wahrer Platz hier bei den Eltern war.

Genau hier, auf der Hintertreppe des Hauses, hatte Asdrúbal ihr beigebracht, wie man Angelhaken »anknotete«, den Köder gut aufspießte und die Angel auswarf. Damals war sie noch keine sechs Jahre alt gewesen und hatte bereits die Angewohnheit gehabt, sich ihr Abendessen – Weißbrassen oder Ziegenbarsche – selbst zu fangen. In diesem Meer, keine zehn Meter von ihrem Bett entfernt, hatte Sebastián ihr das Schwimmen beigebracht, indem er sie um den Bauch faßte und über

Wasser hielt. Seit sie sich erinnern konnte, hatte sie in diesem winzigen Winkel des Universums gelebt und ihren strengen und beschützenden Vater, ihre sanfte und träumerische Mutter und ihre beiden Brüder, mit denen sie die Umgebung zu erkunden gelernt hatte, vergöttert.

Und jetzt stürzte die Welt ein, und alles veränderte sich, nur weil sich ihr Körper veränderte. Selbst ihr Vater war anders geworden, konnte seine Unruhe nicht verbergen, wenn sie sich abends auf seinen Schoß setzte, und sie konnte es nicht verstehen, als er sie schließlich fortschickte. »Du bist zu alt, um dich bei Männern auf den Schoß zu setzen, und das wird so bleiben, bis du dich eines Tages auf den Schoß deines Mannes setzt.«

Welch seltsame Schrecken rief ihr Körper wach, wenn selbst ihre Brüder vermieden, ihn zu berühren? Warum mußte ihr Leben sich so verändern? Hatte es doch nichts Schöneres gegeben, als sich mit Asdrúbal im Sand zu wälzen oder Sebastián dazu zu bringen, sie ins Meer zu tragen, damit sie sich von seinen Schultern direkt in die Wellen stürzen konnte?

Sie wollte, daß Asdrúbal zurückkam, sich wie so oft eine Stufe tiefer setzte als sie und, den Kopf an ihre Schulter gelehnt, berichtete, wie der Fang der letzten Nacht gewesen war, welches Seemannsgarn Maestro Julián wieder einmal gesponnen hatte oder wann sie endlich genug Geld zusammen haben würden, um die Isla de Lobos zu kaufen und sie für immer in das ausschließliche Reich der Familie Maradentro zu verwandeln.

»Kannst du dir vorstellen, wie es wäre, hinter den Lagunen ein Haus zu bauen, voller Blumen und Pflanzen und ein Pier, damit das Boot direkt vor dem Eingang anlegen kann?«

Die Lagunen bestanden aus weißem Sand und kristallklarem Wasser. Bei Flut waren sie bis zum Überlaufen voll, und wenn das Meer sich zurückzog, bildeten sich überall kleine Mulden mit Krebsen und Sägegarnelen. Der schönste Ort, den die Kinder je gesehen hatten. Ein Paradies, in dem sich unter den Steinen Tintenfische aufstöbern ließen, in dem man Ball spielen, schwimmen, auf einem Felsvorsprung sitzend fischen oder auch einfach nur im glühenden Sand liegen und die Nachmittagssonne genießen konnte.

Der türkische Krämer, der viermal im Jahr nach Playa Blanca kam, hatte eines Tages zwischen Decken und Töpfen ein paar kleine Gummibrillen hervorgezaubert. Wenn sie sie aufsetzten, konnten sie sehen, was sich unter der Wasseroberfläche tat. Diese Region war reich an Fischen, denn die Seehunde und Seelöwen, die diese Lagunen bewohnt und der Insel ihren Namen gegeben hatten, waren vor einigen Jahren an die Küste der Mauren gezogen. Man konnte sie noch sehen, wenn man zum Fischfang nach Cabo Bojador hinausfuhr. Niemand wußte zu sagen, was diese Tiere, die eigentlich in den eisigen Gewässern der Pole heimisch sind, hierher verschlagen hatte. Auf alle Fälle hatten sie sich auf jener winzigen und einsamen Felseninsel angesiedelt, bis der Bau des Leuchtturms und die ständige Anwesenheit von Männern aus Fuerteventura und Lanzarote sie zwang, an die ruhigeren Felsen vor den Küsten der afrikanischen Wüste auszuweichen.

Die Fische, die solche Gefahren nicht kannten, erschraken nicht, wenn Sebastián, der begabteste Taucher der Maradentros, auf seinen Entdeckungsreisen hinabstieß und sie berührte. Im Gegenteil: statt die Flucht zu ergreifen, näherten sie sich neugierig, um herauszufinden, warum dieser lächerliche

Tintenfisch mit den kurzen Greifarmen sich so grotesk bewegte. Yaiza, die nicht so tief tauchen konnte wie ihre Brüder, beobachtete sie fasziniert von der Oberfläche aus. Diese phantastischen und aufregenden Abenteuer würde sie immer zu den schönsten Erinnerungen ihrer Kindheit zählen.

Warum hatten die Jungs nur zur Marine gemußt? Warum war sie zu einer Frau geworden, und warum war die Zeit, in der sie zusammen auf den Grund des Meeres getaucht waren, nur noch Erinnerung?

»Warum kann nicht alles so weitergehen wie früher?«

Sebastián war unvermittelt aus dem Dunkel der Nacht aufgetaucht, hatte sich neben sie gesetzt und mit der für ihn typischen Bedachtsamkeit eine Zigarette angezündet. »Das ist der Preis, den wir fürs Erwachsenwerden bezahlen müssen.«

»Wer will schon erwachsen werden? Sieh dir doch an, wie es ist! Da sitzen wir und schauen zu, wie das Licht drüben im Leuchtturm aufblinkt, stellen uns vor, wie Asdrúbal dort sitzt – wie einsam er in dem alten, heruntergekommenen Gemäuer sein muß!«

Sebastián zögerte mit der Antwort. Er war ein schweigsamer, nachdenklicher Mensch, weniger hitzköpfig als Asdrúbal und ganz sicher weniger verträumt als seine Schwester. »Er wird nicht lange dort bleiben können«, meinte er schließlich. »Ich weiß auch nicht, wo er hin soll, vielleicht ganz weg von zu Hause. Entweder er stellt sich, mit all dem, was das bedeutet, oder er geht fort. Ich habe das dumme Gefühl, daß dieser Mann, der im Dorf angekommen ist, nicht lange brauchen wird, um rauszukriegen, wo er ist.«

»Was passiert, wenn er sich freiwillig stellt?«

Sebastián zuckte die Achseln. »Ich habe keine Ahnung, aber selbst wenn er nur für ein paar Jahre ins Gefängnis müßte, er würde daran zerbrechen. Asdrúbal ist kein Mensch, den man einsperren kann. Er liebt das Meer, er muß es jeden Tag sehen, atmen können. Und wenn ihm schon das Land, egal welches, zu eng ist, wie soll er dann in einer Zelle überleben?«

Sanft streichelte das Mädchen die mächtige, schwielige Hand, die neben ihr lag. »Mach die Augen zu und stell dir vor, es wäre alles nur ein Alptraum«, sagte sie. »Gibt es denn keine Möglichkeit, die Zeit nur um zwanzig Tage zurückzudrehen? Es war alles so schön!«

»Nein, es war nicht schön«, widersprach Sebastián und spielte mit ihren langen geschmeidigen Fingern, denen man nicht ansah, daß sie den überwiegenden Teil ihres Lebens damit verbracht hatten, Teller zu spülen oder Fisch einzulegen. »Es war ein angenehmes Leben, aber es erscheint uns nur deshalb so herrlich, weil wir es verloren haben.« Er kniff sie leicht in die Nase. »Du bist doch schon lange nicht mehr glücklich.«

»Weil die Menschen mich nicht mehr so lieben wie früher.«

Darauf wußte Sebastián keine Antwort, denn selbst ihm, ihrem Bruder, erschien dieses faszinierende Wesen manchmal wie eine Fremde, die sich den Platz erschlich, den vorher ein anhängliches kleines Mädchen innegehabt hatte.

Lange Zeit blieben sie nachdenklich und still, beide dankbar für die Anwesenheit des anderen, und beobachteten das dunkle Meer und das winzige Licht, das hin und wieder am Horizont aufleuchtete, bis sie plötzlich, etwa zehn Meter entfernt, einen Mann am Strand entdeckten, der sich mit aufreizender Ruhe eine Zigarette anzündete und sie dabei ansah.

Wie lange er dort gestanden hatte, hätten sie nicht sagen können, aber es war offensichtlich, daß er das Haus schon eine ganze Weile beobachtete. Anscheinend genoß er es, ihnen auf diese Weise seine Anwesenheit kundzutun.

Sebastián machte eine Bewegung, als wollte er aufstehen und auf den Mann zugehen, aber seine Schwester hielt ihn zurück, indem sie ihre eiskalte Hand auf seinen Arm legte: »Bitte«, flehte sie. »Dieser Mann macht mir Angst!«

»Ich will wissen, was er hier zu suchen hat.«

»Laß ihn in Ruhe! Der Strand gehört allen, und er hat das Recht, hier zu sein.«

»Er hat kein Recht, um diese Zeit vor unserem Haus herumzulungern. Er will dich nur erschrecken.«

»Das hat er schon getan. Ich will nicht noch mehr Ärger meinetwegen.«

Befriedigt und überzeugt, sein Ziel erreicht zu haben, zog Damián Centeno an der Zigarette, bis die Asche hell aufglühte. Schließlich warf er den Stummel ins Meer, wobei dieser eine leuchtende Pirouette in der Luft beschrieb. Danach herrschte wieder Dunkelheit.

Sie kamen am nächsten Mittag, und sie waren zu sechst. Ein paar trugen wie Centeno Tätowierungen zur Schau, und ihre äußere Erscheinung, ihre Sprache sowie ihre Bewegungen verrieten auf den ersten Blick, daß sie ordinäre Killer und Ex-Zuchthäusler waren, die vor nichts zurückschreckten.

Sie kamen am Mittag, und man hätte meinen können, daß sie diese Stunde gewählt hatten, um das Grüppchen von alten Männern einzuschüchtern, die sich wie jeden Tag vor der Taverne versammelt hatten, um über den Fang der letzten Nacht und den in der Geschichte von Playa Blanca einzigartigen und beklagenswerten Lauf der Dinge zu palavern.

Ein paar Frauen, die beim Fischeinlegen, Wäschewaschen oder Kochen einen Blick aus dem Fenster warfen, entdeckten sie auch und weckten ihre Männer, die sich nach einer langen und harten Nacht auf dem Meer zur Ruhe gelegt hatten. So kam es, daß das ganze Dorf schweigend zusah, als die Männer aus zwei imposanten, verstaubten Wagen kletterten, Damián Centeno lauthals begrüßten und auf die Schultern klopften und dann hinter ihm in dem großen Haus verschwanden, das einst »Señá« Florinda gehört hatte und das ihr Sohn jetzt mit

Freuden für zwanzig *duros* im Monat an den »irren Fremden mit der Tätowierung« vermietete.

Im Innenhof von »Señá« Florindas geräumigem Haus stand der einzige Baum im ganzen südlichen Drittel von Lanzarote, eine stattliche Mimose, die im Frühling den Boden mit einem weichen gelben Teppich bedeckte und die Kinder, die so wenig an Blüten gewohnt waren, in helles Entzücken versetzte. Sie beherrschte von der Höhe des felsigen Hanges herab, der den kleinen Strand und die Bucht zum Osten hin abschloß, die Ansammlung von weißen Häusern, aus denen das Dorf bestand.

Das Haus der Perdomo Maradentros, das auf der gegenüberliegenden Seite, zum Westen hin, das Ende des Strands markierte, war in direkter Luftlinie kaum mehr als siebenhundert Meter entfernt und lag etwas tiefer als jenes, das die Neuankömmlinge bezogen hatten. Im Nu, denn sie gaben sich nicht die geringste Mühe, es zu verbergen, stellte Aurelia fest, daß die Fremden sie die ganze Zeit durch ein langes, auffälliges Fernglas beobachteten, an dem die Mittagssonne solches Wohlgefallen fand, daß sie sich funkelnd in ihm spiegelte.

»Was haben sie vor?«

»Sie wollen uns verunsichern.«

»Weiter nichts? Ich glaube kaum, daß seit dieser verdammten Nacht jemand so verunsichert ist wie ich.«

»Vielleicht glauben sie, wenn sie uns lange genug beobachten, verraten wir ihnen, wo der Junge ist.«

»Die kennen uns nicht.«

»Nein, sie kennen uns nicht«, stimmte Abel nachdenklich zu. »Aber mich beunruhigt, daß wir sie auch nicht kennen und nicht wissen, wie weit sie gehen.« Er hielt inne. »Dieser Damián Centeno scheint mir ein rechter Schurke, einer von denen, die im Bürgerkrieg die ›Roten‹ überall auf den Plazas umgelegt haben, als wären es wilde Stiere. Es ist alles noch so nah, viel zu nah!«

»Es ist zehn Jahre her.«

»Für manche nicht. Und Don Matías gehört wahrscheinlich zu den Ewiggestrigen.« Er schwieg einen Augenblick, als schämte er sich, es auszusprechen: »Ich habe ihn dreimal gebeten, mich zu empfangen, aber er weigert sich. Er hat mir ausrichten lassen, solche Angelegenheiten ließen sich nicht mit Worten lösen.«

»Natürlich lassen sie sich nicht mit Worten lösen«, räumte Aurelia ein. Sie hielt beim Tellerabtrocknen inne und schaute ihren Mann an. »Es gibt keine Lösung. Sein Sohn ist tot, und keiner kann ihn wieder zum Leben erwecken. Ich verstehe ihn. Ich würde es auch nicht ertragen. Und für ihn muß es noch viel schlimmer sein, denn er hatte nur diesen einen. Er braucht mehr Zeit.«

»Don Matías ist nicht der Mann, den die Zeit erweichen könnte«, entgegnete Abel. »Im Gegenteil, sie frißt ihn innerlich auf. Sie verseucht seine Seele und nährt seinen Haß. So ist das mit den Leuten vom Festland, denn der Wind vom Meer kommt nicht an sie heran. Sie verschließen sich, ziehen sich wie eine Schildkröte in ihren Panzer zurück und wehren sich nicht, wenn der Schmerz sie verzehrt.«

»Ich komme selber aus dem Landesinneren«, erinnerte ihn seine Frau. »Aus La Laguna, aber ich habe mich nie so verhalten.«

»Du kommst aus dem Landesinneren?« lächelte Abel belustigt. »Du hast die Hälfte deines Lebens hier in diesem Haus am Meer verbracht. Du hast den Geruch von Teer in der Nase gehabt, zwei Fischersöhne zur Welt gebracht und eine Tochter, die sich im Wasser wohler fühlt als auf dem Land. Aus dem Landesinneren!« wiederholte er. »Dir hat der Wind schon lange die Ideen dieser Menschen ausgetrieben. Wie lange ist es her, daß du keinen ordentlichen Regen mehr gesehen hast, so wie in La Laguna jeden Nachmittag?«

»Seit der Geburt der Kleinen.«

»Also schon sechzehn Jahre. Begreifst du das denn nicht? Wir leben hier anders, wir haben nicht mal den Grund für den Bürgerkrieg verstanden. Der Krieg ist das Geschäft der Leute vom Festland. Wir hier an der Küste haben genug mit dem Fischfang, den gefährlichen Stürmen und der Windstille zu tun, die die Segel zum Erliegen bringt. Und der Ozean ist weit. Keiner kann ihn ausmessen, keiner kann ihn bändigen, denn er duldet keine Herren. Und wen er nicht mag, den reißt er in die Tiefe und läßt ihn ertrinken. Deshalb sind wir Küstenbewohner nur in den Krieg gezogen, weil die Leute aus dem Landesinneren uns gezwungen haben.«

»Und was hat das alles mit unserem Asdrúbal zu tun?«

»Sie sind immer noch die gleichen. Don Matías gehört zu denen, die glauben, daß wir uns über den Tod seines Sohnes freuen, genauso wie er meint, wir hätten es auf sein Geld abgesehen oder seine Weingärten. Die reichen Leute leben mit der Zwangsvorstellung, daß wir nur auf der Lauer liegen, um ihnen ihren Besitz streitig zu machen. Was interessieren mich seine Ländereien! Ich hasse es, Herr über ein kleines Stück Land zu sein! Wenn ich könnte, würde ich immer auf See schlafen.«

Abel Perdomo war kein Mann vieler Worte, aber heute mußte er seinen Gefühlen freien Lauf lassen, und seine Frau war die einzige, die ihn aus den langen Perioden des Schweigens herauslocken konnte. Diese waren im Grunde nichts anderes als Ausdruck seiner angeborenen Schüchternheit als Fischer, der kaum gelernt hatte, seinen Namen unter ein Dokument zu setzen.

In seiner Kindheit hatte Playa Blanca nur aus einem spärlichen Dutzend Häuser bestanden, die entlang der Küste auf der Leeseite der Passatwinde verstreut lagen. Lesen zu lernen war damals ein Luxus, den sich die Jungen nicht erlauben konnten, denn sobald sie richtig stehen konnten, fuhren sie bereits zur See und halfen den Großen, den Lebensunterhalt zu verdienen.

Er erinnerte sich noch ganz deutlich daran, wie man ihm erzählt hatte, daß eine Lehrerin aus Teneriffa nach Femés gekommen sei, und wie ihm die Luft weggeblieben und das Boot viel schwerer erschienen war als sonst, als er sie eines Sonntagmorgens am Strand liegen sah, wo sie ihre nackten Beine zur Schau stellte und in einer Zeitung blätterte. Fast vier Monate lang hatte er es nicht fertiggebracht, in ihrer Gegenwart auch nur ein halbes Dutzend vernünftiger Sätze herauszubringen. Selbst heute noch, nach so vielen Jahren des Zusammenlebens, begriff er manchmal nicht, warum diese Frau, die so viel herumgekommen war und unter Millionen von Bewerbern hätte wählen können, ausgerechnet ihm ihr Leben gewidmet hatte.

Zuallererst liebte sie ihn, schenkte ihm drei Kinder und führte den Haushalt; nebenbei brachte sie ihm bei, einen Bleistift zu führen, Buchstaben wiederzuerkennen und sich nicht länger wie ein Wesen auszudrücken, das gerade einer Meereshöhle entstiegen war.

»Es gibt mehr auf der Welt als Fische, Wind und Angelhaken«, hatte sie gesagt, während er sich kaum traute, ihre Hand zu berühren, die aussah wie ein Spielzeug. »Das mußt du lernen.«

Tatsächlich war es eine harte und lange Lehrzeit, die darin bestanden hatte, Fetzen der Gespräche aufzuschnappen, die sie mit den Kindern führte, denn er wollte nicht, daß sich die Kleinen womöglich eines Tages der Unwissenheit ihres Vaters schämen könnten. Nie hatte Aurelia jedoch Ungeduld gezeigt, ein hartes Wort oder auch nur einen einzigen Ausdruck der Mutlosigkeit von sich gegeben, denn sie war sich der schweren Schlacht bewußt, die er gegen die Worte, Zahlen und selbst gegen die elementarsten Kenntnisse ausfechten mußte.

Abel Perdomo Maradentro war ein stattlicher Riese, herzensgut und etwas unbeholfen, der seine Frau geradezu abgöttisch liebte. Er hatte ihr ein einfaches Leben, drei prächtige Kinder und eine Unzahl von Nächten geschenkt, in denen sie sich oft auf die Lippen beißen mußte, damit ihre Lustschreie sich nicht über den Strand ausbreiteten und sogar das Rauschen des Windes und das Donnern der Wellen übertönten.

Jetzt hielt sich einer der Söhne, die Frucht einer dieser herrlichen Nächte, kaum sieben Meilen entfernt versteckt, und ihr Mann, dieser Mann, dem weder die Stürme noch die schwärzesten Nächte auf schwerer See etwas ausgemacht hatten, war zum ersten Mal nervös. Die Ankunft jener Fremdlinge vom Festland, die er zu fürchten gelernt hatte, schien ihn zu beunruhigen.

»Was haben sie vor?«

Die Antwort darauf erhielten sie in der folgenden Nacht aus dem Munde Maestro Juliáns, den Centeno anscheinend zum Vermittler zwischen sich und der Familie Maradentro auserkoren hatte.

»Sagen Sie Ihrem Freund, daß wir so lange hierbleiben, bis der Junge aufgetaucht ist«, erklärte er ernst und trank ein paar kleine Schlucke Rum aus seinem Glas. »Und daß meine Leute harte Burschen sind, die nicht viel Geduld haben.« Er lächelte, wie er immer lächelte, mit entblößten Zähnen. »Nach einer Weile kann selbst ich sie nicht mehr zurückhalten, und irgendwer könnte eine Dummheit machen. Dieses Mädchen – sagen Sie ihr, daß ihre Lügen sehr schnell Wahrheit werden könnten. Verstehen Sie?«

»Durchaus«, erwiderte Maestro Julián. »Aber glauben Sie nicht, daß Abel Sie noch viel besser verstehen würde, wenn Sie selbst mit ihm sprächen?«

»Das würde ich ja gern tun«, antwortete der andere zögernd. »Aber ich fürchte, unser Gespräch würde ein übles Ende nehmen. Und wenn ich den Alten kaltmache, löst das nicht das Problem des Jungen. Asdrúbal muß seine Rechnung schon selber begleichen.«

»Wenn ich Sie oder den, der Sie schickt, recht verstehe, dann wollen Sie also, daß der Junge mit dem Leben bezahlt?«

»Auge um Auge. Ist dieses Gesetz nicht so alt wie die Menschheit?«

»Erst dann, wenn Don Matías Quintero eine Tochter hat und jemand versucht, sie zu vergewaltigen. So fing alles an.« Maestro Julián machte eine Pause. »Sie haben keine Kinder?«

»Wenn ich welche hätte, was ich nicht weiß, dann wären es alles Söhne von großen Huren, denn das sind die einzigen

Frauen, die sich mit Legionären abgeben.« Er nahm einen weiteren Schluck. »Anständige Frauen haben mich nie interessiert; sie sind nur darauf aus, richtige Männer zu Schlappschwänzen zu machen.«

»Und Sie sind ein richtiger Mann?«

»Urteilen Sie selbst, wenn die Sache hier vorbei ist.«

Maestro Julián sah ihn lange an und bat Gott, nie urteilen zu müssen, wozu ein solcher Mensch fähig war. Noch in derselben Nacht teilte er seinem Freund Abel Damián Centenos Drohung mit, ohne jedoch ein Wort über seine eigenen Gedanken zu verlieren, und er gab sich Mühe, so glaubwürdig wie nur möglich zu klingen. Maradentro sollte sich selbst ein Bild davon machen, inwieweit der kleine Mann mit der Tätowierung imstande war, seine Drohungen in die Tat umzusetzen.

Es gab jedoch etwas, das er seinem Freund nie hätte vermitteln können: die unkontrollierte Unruhe, die die bloße Anwesenheit des Legionärs in ihm erweckt hatte, die Gefahr, die von seiner besonderen Betonung bestimmter Worte auszugehen schien. Und diese Augen, diese Augen wie Eis, schwarz, rund und scheinbar leblos. Sie erinnerten ihn an Haie, die schon mit von Stockschlägen gespaltenen Köpfen und aufgeschlitzten Bäuchen auf Deck liegen, jedoch urplötzlich aus einer anderen Welt zurückkehren und um sich schnappen, daß es einen Unvorsichtigen das Bein kosten kann.

»Dieser Mensch ist wahnsinnig«, schloß er seine Rede. »Kalt und hinterhältig. Da hast du dir einen üblen Feind eingehandelt, Maradentro.«

Einen üblen Feind, in der Tat. In jener Nacht ging Abel Perdomo nicht zu Bett, sondern setzte sich hinter sein Haus, betrachtete das Meer und die Isla de Lobos und schaute zu, wie im Dorf nacheinander die Lichter ausgingen, bis nur noch die Festbeleuchtung übrigblieb, in die die Fremden das alte Haus auf dem Hang getaucht hatten.

Sie hatten an allen vier Ecken des Hauses große Öllampen aufgehängt, ohne sich um die Verschwendung zu kümmern, die ein solch unnützes Spektakel bedeutete. In Wahrheit war es nichts anderes als eine Demonstration der Macht armen Leuten gegenüber, die nicht selten aus Not ihre Lampen drosseln mußten. Seit die Nacht hereingebrochen war, hatte man überdies einen bewaffneten Wachtposten auf dem Dach ausmachen können.

Es war offensichtlich, daß er seine Waffe nicht deshalb zeigte, weil die Männer einen Angriff von seiten der friedlichen Dorfbewohner erwarteten, sondern weil diese Waffe eine Erläuterung ihrer wahren Ziele bedeutete. Sie waren hierhergekommen, ins ärmlichste Dorf der vergessensten Region auf der abgelegensten Insel des entferntesten Archipels, hatten alles an sich gerissen und waren entschlossen, nicht eher zu verschwinden, bis sie wenigstens einem das Leben genommen hatten.

Und Abel wußte, daß dies nur das seines Sohnes Asdrúbal sein konnte. Er schaute noch einmal hinaus in die Nacht. Der Leuchtturm der Isla de Lobos blinkte wie immer in der Ferne.

Asdrúbal Perdomo kauerte im Windschatten des Leuchtturms, lehnte mit dem Rücken leicht gegen die Mauer und schaute aufs Meer hinaus. Verwirrt beobachtete er den hellen Glanz, der das andere Ufer des Canal de la Bocaina zu beherrschen schien. Er fragte sich, was zum Teufel bloß das viele Licht zu bedeuten habe und was hinter den schweren Wagen stecken mochte, deren Ankunft er mittags durch das Fernglas beobachtet hatte.

Irgend etwas ging in Playa Blanca vor, irgend etwas Seltsames. So weit er zurückdenken konnte, waren noch nie zwei Autos gleichzeitig im Dorf angekommen. Der stark ramponierte Wassertransporter kam einmal in der Woche vorbei, und der Lieferwagen des türkischen Krämers tauchte höchstens viermal im Jahr auf. Sogar die Guardia Civil ging hier zu Fuß. Unter einer Sonne, die drohte, die dreizackigen Helme zum Schmelzen zu bringen, durchquerte sie das steinige Gelände des Rubicón und machte sich mit dem Geröll und Gestrüpp die Stiefel kaputt.

Er spürte, daß auf der anderen Seite des Meeresarms, der die beiden Inseln voneinander trennte, etwas ausgebrütet wurde, und seine völlige Machtlosigkeit machte ihn rasend. Er hockte auf einer einsamen Felseninsel, die er in zehn Minuten von einem Ende zum andern abschreiten konnte, und kam sich vor wie ein Angeklagter hinter starken Eisengittern. Nur Möwen, Kaninchen und ein paar Esel, die irgend jemand auf der Insel zurückgelassen hatte, leisteten ihm Gesellschaft. Wenn der Leuchtturmwärter morgens aus Fuerteventura kam, mußte er sich in der tiefsten und größten Zisterne verstecken. Auch die Guardia Civil war vor einer Woche dagewesen, um die Insel zu durchkämmen. Sie hatten die Höhlen und das alte Haus abgesucht, und er hatte gemerkt, wie ihm die Beine zitterten, als er den Widerhall ihrer Stimmen in den leeren Kammern hörte, in denen er sich versteckt hielt, und den Lichtstrahl einer Laterne entdeckte, die langsam das Innere der baufälligen Zisterne abtastete.

Nicht einen einzigen Fußabdruck hatte er auf den staubigen Wegen rings um den Leuchtturm hinterlassen, weil er selbst im Dunkeln darauf achtete, nur von einem Stein zum nächsten zu springen. Und wenn er sich nachts ein Feuer im Küchenherd angefacht und die wenigen warmen Mahlzeiten bereitet hatte, die ihm in dieser Zeit vergönnt waren, hatte er auch hier alle Spuren sorgfältig beseitigt.

Es beschämte ihn jedoch, sich wie ein Verbrecher verstecken zu müssen, eines Deliktes wegen, für das er sich nicht im geringsten schuldig fühlte. Aber er hatte von klein auf gelernt, die Entscheidung seiner Eltern zu respektieren, und er ahnte, daß, auch wenn er von den Männern in der grünen Uniform selbst nichts zu befürchten hatte, ihre Autorität nicht ausreichen würde, um ihn vor Don Matías Quinteros Rache zu schützen.

Am Abend, wenn die Sonne hinter Montaña Roja und den Salinen von Janubio versank und mit ihrem Glanz Tausende von Farben auf die kahlen Krater von Timanfaya zauberte, berauschte er sich am Anblick jedes Details auf Lanzarote, als fürchtete er, es sei die letzte Gelegenheit, sich an der geliebten Landschaft zu erfreuen. Jeder Strand, jeder Felsen und sogar jede Palme erweckten in ihm süße Erinnerungen an vergangene Zeiten. Der weiße Fleck dort oben, die Kirche von Femés, hinter der er zum Klang der *timples* und Gitarren zum ersten Mal einem Mädchen den Hof gemacht hatte. Die Einsamkeit von Playa Quemada, wo ihm eine schöne Ausländerin, von deren Sprache er kein Wort verstand, beigebracht hatte, was der Körper einer Frau bedeutete. Oder der Torreon de Las Coloradas, der Treffpunkt der Dorfjugend, die zweimal in der Woche dort zusammenkam, um im Spiel den Berberpiraten das Handwerk zu legen. Alle Phasen seines Lebens waren untrennbar mit der Weite des Meeres, das zu seinen Füßen lag, und der kahlen Insel verbunden, die sich jetzt müde vor seinen Augen ausstreckte. Er konnte es einfach nicht fassen, daß man ihn hier herausreißen und sein ganzes Leben umstürzen wollte, nur weil er in einem ganz bestimmten Augenblick so reagiert hatte wie jeder andere an seiner Stelle.

Er hatte in jener Johannisnacht Zeit genug gehabt, sein Verhalten zu überdenken, doch so sehr er sich auch anstrengte, es war ihm nicht gelungen, sich in irgendeiner Weise schuldig zu fühlen. Drei Unbekannte, deren Kräfte er vorher nicht hatte einschätzen können, hatten Yaiza bedrängt – es war keine andere Möglichkeit geblieben, als sich ihnen entgegenzustellen. In dem kurzen Moment, in dem er dem Jungen den Arm brach und ihm das Messer bis zum Heft ins Fleisch stieß, hatte er ihn weder gehaßt noch seinen Tod gewollt.

»Es war ein Unfall.«

»Du und ich, wir wissen das«, hatte ihm sein Vater geantwortet, als er ihm Proviant brachte. »Vielleicht wissen viele andere es auch, aber solange Don Matías es nicht akzeptieren will, bleibt alles gegen dich verschworen. Du mußt jetzt auf mich hören und dich versteckt halten, bis wir einen Weg gefunden haben, dich von der Insel zu schmuggeln.« Er schüttelte bedrückt den Kopf. »Deine Mutter hat recht, es muß viel Zeit vergehen, ehe das Wasser in sein Flußbett zurückfindet.«

»Wie geht es Don Matías?«

»Keiner, den ich kenne, hat ihn seit der Nacht gesehen«, antwortete sein Vater. »Er hat sich in seiner kleinen Festung verbarrikadiert und wartet, daß der Groll ihn auffrißt.«

»Mir kommt es fast so vor, als hätte ich zwei Menschen getötet – den einen sofort und den anderen langsam.«

»Du wirst die Insel verlassen müssen, eine andere Lösung sehe ich nicht.«

»Ich habe schon daran gedacht, irgendwo anzuheuern«, gestand Asdrúbal. »Die Seefahrt ist der einzige Weg, das Geschehene vergessen zu machen. Don Matías ist schon alt, und der Kummer könnte sein Ende beschleunigen. Wenn er stirbt, wird alles anders sein. Was meint denn die Guardia Civil?«

»Sie hat keine Meinung. Ihre Aufgabe ist, dich zu fassen und dem Richter vorzuführen. Er entscheidet.«

»Und was meint der Richter?«

»Auch nichts. Zuerst mußt du ihm vorgeführt werden, dann kann er Recht sprechen. Aber ich fürchte, daß die Richter eher auf seiten der Toten als der Lebenden sind. Einen Toten kann man nicht mehr bestrafen, als er es ohnehin ist.« Mit aller Zärtlichkeit, die er aufbieten konnte, legte er seinem Sohn die Hand auf den kräftigen Arm und schüttelte heftig den Kopf, um die düsteren Gedanken loszuwerden. »Ich weiß nicht, was ich von all dem halten soll«, fuhr er fort. »Ich bin Fischer und muß zusehen, daß ich einen ordentlichen Fang nach Hause bringe, damit eure Mutter uns ernähren kann. Von allem, was mit Büchern und Gesetzen zu tun hat, verstehe ich nichts.«

»Wir hätten auf Mutter hören und weiter zur Schule gehen sollen«, sagte der Junge. »Aber für mich war das Meer zu mächtig, und Sebastián, der klüger ist als ich, hat immer befürchtet, der Familie eher eine Last zu sein als eine Hilfe. Jetzt ist es zu spät, und wer hätte auch gedacht, daß der Wind uns eines Tages so ins Gesicht blasen würde.«

Abel Perdomo lächelte. »Schon als du klein warst, habe ich dir beigebracht, wie man fachgerecht die Segel einholt, sich notfalls angurtet und trotz Gegenwind sicher in den Hafen steuert.«

»Ich weiß, Vater, und ich habe meine Lektion auch gelernt. Aber das war auf dem Meer. Bei dieser Sache hier kommt es mir vor, als würden wir auf Wolken über die höchsten Gipfel von Famara segeln. Eine falsche Bewegung und wir gehen über Bord.«

»Das wird der Heilige Marcial nicht zulassen.«

Der Heilige Marcial, Schutzpatron von Lanzarote, war seit undenklichen Zeiten auch der der Maradentros, die ihn, ohne jemals im Leben eine Kirche zu betreten oder an irgend etwas anderes als ihre eigenen Kräfte zu glauben, zu ihrem Beistand erwählt hatten. An ihn richteten sich ihre Gebete, wenn die See stürmisch war, die Fische nicht anbeißen wollten oder der

Wind aus der Wüste ihnen nachstellte, den Horizont mit schmutzigem Braun verdüsterte und feuchtheißen Staub auf die schutzlose Insel trieb.

»Und Yaiza?«

»Brütet vor sich hin«, antwortete Abel gequält. »Sie hat keine Nacht geschlafen. Sie spukt wie ein Gespenst durchs Haus und kriegt keinen Bissen runter. Trotzdem wird sie von Tag zu Tag schöner. Ich brauche sie nur anzusehen, und meine Augen füllen sich mit Freude, mein Herz jedoch mit Angst. Ich weiß nicht, wohin das noch führen soll.«

Es sah fast so aus, als hätte Don Matías sich innerhalb kürzester Zeit in eine Mumie verwandelt, so erbärmlich war sein Anblick. Hinter den dicken Mauern seines Hauses verschanzt weigerte er sich, irgend etwas zu sich zu nehmen und nährte sich offensichtlich nur vom Haß. Seitdem Leutnant Almendros seinen ausgedehnten Urlaub angetreten hatte, empfing Don Matías niemanden mehr, mit Ausnahme von Damián Centeno, der jeden zweiten Tag von Playa Blanca heraufkam, um ihn über die weitere Entwicklung zu unterrichten.

Er saß nicht mehr auf der Veranda, um zuzusehen, wie der Nachmittag über Timanfaya erstarb, sondern schloß sich in einem muffigen Wohnzimmer ein und wartete, bis am klaren Himmel nur noch das Licht der unzähligen Sterne zu sehen war. Dann flüchtete er sich auf das Feld oder in den Garten, ein verstohlener Schatten mehr unter den Schatten der Nacht.

Rogelia, die vieles wußte über Schatten, denn ihr ganzes Leben lang war sie selber nichts weiter als der Schatten einer Frau gewesen, verbrachte Stunden damit, hinter den Jalousien vor ihrem Fenster auf den Knall eines Schusses zu lauern. Denn keineswegs wollte sie sich das Spektakel entgehen lassen, wie der verdammte Alte, der sie in all den Jahren so erniedrigt hatte, sich endlich das Hirn aus dem Schädel pustete.

Alles war vorbereitet: Sie hatte die Verstecke für das Silberbesteck ausgesucht; hatte, ohne ein Datum einzutragen, Schecks gefälscht, die sie mit unendlicher Geduld seit Jahren beiseite schaffte, hatte ihren heimlichen Zweitschlüssel zum Safe in den Tiefen des Munitionsschrankes verborgen. Für die Erfüllung ihrer geheimsten Wünsche mußte sich der verhaßte Patron nur entschließen, ohne weitere Zeugen aus dem Leben zu scheiden.

»Das wird er nicht tun!« wiederholte ein ums andere Mal ihr Mann Roque Luna, der schon immer ein schrecklich pessimistischer Mensch gewesen war. »Auch wenn du mit ihm ins Bett gehst – ich kenne ihn besser. Der verfluchte Alte wird nicht eher krepieren, als bis er die Leiche von Asdrúbal Perdomo vor sich sieht. Nur diese Illusion hält ihn am Leben, und da er sehr wenig zum Leben braucht, ist das mehr als genug.«

»Glaubst du, der Feldwebel wird ihm die Leiche bringen?«

»Centeno?« fragte ihr Mann. »Natürlich. Don Matías hat immer gern vom Krieg erzählt und wurde nie müde, die Heldentaten dieses Centeno zu preisen. Er muß die wildeste Bestie sein, die je beim Tercio Unterschlupf gefunden hat. Nach seiner Rückkehr aus Rußland kam nicht mal mehr die Legion mit ihm zurecht. Er muß irgendein krummes Ding gedreht haben, denn er wanderte für vier Jahre hinter Gitter und wurde dann aus der Legion entlassen. Trotzdem hält der Alte große Stücke auf ihn. Er hat ihm in dieser Zeit geholfen und die Freundschaft zu ihm aufrechterhalten.« Er nickte mit dem Kopf, überzeugt von sich selbst und dem, was er sagte. »Er hat die richtige Wahl getroffen: Centeno wird Hackfleisch aus Asdrúbal Perdomo machen.«

»Wann?«

»Sobald er ihn zu fassen kriegt, warte ab. Damián Centeno ist wie ein Frettchen: das unternimmt auch nichts, bis es die Beute in ihrem Versteck aufgespürt hat. Dann fällt es über sie her und bricht ihr mit einem einzigen Biß das Rückgrat. Sobald er sich irgendwo blicken läßt, ist der Maradentro ein toter Mann.«

»Sein Vater ist hier gewesen. Er wollte mit dem Alten reden. Er schien mir nicht den Eindruck zu machen, als ob er sich leicht einschüchtern ließe. Er ist ein Riese.«

»Ja, ich kenne ihn«, räumte Roque Luna ein. »Er ist doppelt so groß wie Damián Centeno, hat aber nicht ein Quentchen von dessen Hinterhältigkeit. Je stärker das Gift, um so kleiner die Flasche. Damián Centeno ist reines, konzentriertes Gift.«

»Aber er verteidigt nicht einen Sohn.«

»Noch ein Grund mehr, der für ihn spricht. Er handelt mit dem Kopf und nicht mit dem Herzen; das verschafft ihm Vorteile.«

Rogelia erschien die Sachlage nicht so klar. Unendlich lang wurde ihr die Zeit, ohne daß sie die Stunde gekommen sah, in der all die Reichtümer, zwischen denen sie gelebt hatte, seit sie zurückdenken konnte, ein für alle Mal in ihren Besitz übergingen.

Vom ersten Augenblick an und in vorderster Reihe hatte sie dem Zerfall der Quinteros beigewohnt. Manchmal, wenn sie den letzten aus der Sippschaft wie ein Gespenst über seine Felder spuken sah, genoß sie den Gedanken an all jene, die auf der Strecke geblieben waren, während sie, Rogelia, die dürrste und schwächste, die an Schwindsucht erkrankte, für deren Leben keiner mehr einen Pfifferling gegeben hätte, ausharrte, kerzengerade, aufrecht, in Erwartung des Augenblicks, in dem sie all das, was früher den Toten gehört hatte, an sich reißen würde.

Gelobt sei Asdrúbal Maradentro! dachte sie oft. Er hat dem Sohn, diesem Wurm, mit einem Schlag den Garaus gemacht, und er wird auch das Leben des geilen Alten zerstören.

In jenen düsteren Tagen, in denen Don Matías sich weigerte, einen Bissen zu essen, und nur hin und wieder ein Glas Milch mit einem geschlagenen Eigelb und ein wenig Cognac annahm, erlag sie mehr als einmal fast der Versuchung, dem Zucker einen Löffel Rattengift beizumischen. Nicht die Angst vor Gewissensbissen, sondern die Furcht, entdeckt und bestraft zu werden, zwangen ihr weiterhin Geduld ab. Aber in ihr keimte der Verdacht auf, daß Don Matías Quintero sie gut genug kannte, um die verborgensten ihrer finsteren Gedanken zu erahnen. Vielleicht würde er doch auf die eine oder andere Art versuchen, ihre Träume zu zerstören.

Rogelia hatte mit diesem Verdacht gar nicht so unrecht, denn der Alte hatte auf seine Weise bereits Vorkehrungen getroffen. Als er Damián Centeno nur eine halbe Stunde nach seiner Ankunft in Arrecife empfing, legte er die Karten offen auf den Tisch. »Wenn du den Hurensohn erledigst, der mir meinen Jungen ermordet hat, mache ich dich zu meinem Erben. Außerdem kannst du noch einiges erreichen, wenn du weißt, wie du Rogelia packen mußt, damit sie all das ausspuckt, was sie mir im Lauf der Jahre gestohlen hat.«

Von diesem Augenblick an sah Centeno sich als Herr über das Gut und die Weingärten von Mozaga, denn mit Asdrúbal

Perdomo fertig zu werden, erschien ihm nicht sonderlich schwierig, und Hauptmann Quintero würde es nie wagen, ihm etwas zu versprechen, was er später nicht halten wollte. Er wußte, daß man sich mit seinem früheren Feldwebel keine Späße erlauben konnte.

Am Ende des Gesprächs, als er sämtliche Details kannte, die ihm bisher noch verborgen gewesen waren, und Don Matías ihm ein dickes Geldbündel überreicht hatte, mit dem er die ersten Ausgaben bestreiten konnte, verließ Centeno das düstere Haus. Von der Veranda aus betrachtete er lange Zeit das große Gut und die vielen Weinstöcke, die, jeder von einem Haufen schwarzen Gerölls bedeckt, der Landschaft eine seltsame, mondähnliche Prägung verliehen.

Er ging auf einen Mann zu, der mit Engelsgeduld eine der kleinen Mauern reparierte, die der Wind umgestürzt hatte, und machte eine großzügige Handbewegung, die die ganze Umgebung einschloß. »Wie bringen Sie es bloß fertig, das alles zu bewässern? Ich sehe kein trockenes Fleckchen Erde, obwohl man mir gesagt hat, daß es auf der Insel manchmal jahrelang nicht regnet.«

»Wir bewässern das Land nicht«, erklärte Roque Luna und richtete sich mit dem Hut in der einen und einem Brocken Lava in der anderen Hand auf. »Diese Pflanzen brauchen kaum Wasser.«

Centeno warf ihm einen jener harten Blicke zu, zu denen er bisweilen fähig war und die die ernste Warnung zu enthalten schienen, ja nicht zu versuchen, sich über ihn lustig zu machen. »Alle Pflanzen brauchen Wasser«, sagte er. »Sonst wäre sogar die Sahara ein Garten.«

Der andere bückte sich, nahm eine Handvoll von dem schwarzen Geröll, das die Erde bedeckte, und ließ es in die ausgestreckte Hand des anderen rieseln.

»Das ist *picón*«, erklärte er. »Vulkanasche. Während der Nacht saugt sie die Feuchtigkeit in der Atmosphäre auf und gibt sie dann weiter an den Boden. Tagsüber dient sie als Isolation und verhindert, daß die Feuchtigkeit verdunstet.« Er lächelte, als verdankte man diese Jahrhundertentdeckung einzig und allein seinem Scharfsinn. »Auf diese Weise bebauen wir das Land. Wenige Regentropfen genügen, um eine gute Ernte zu garantieren.«

Centeno starrte Roque Luna an. Nachdem er wiederholt die Beschaffenheit der Vulkanasche untersucht hatte, ließ er den Blick erneut über die Weingärten und das Haus schweifen, die schon bald ihm gehören würden. Endlich hatte er einen Platz gefunden, an dem er Wurzeln schlagen konnte, nachdem er jahrelang nichts als ein elendes Bett, einen Pappkoffer und ein paar verblichene Uniformen besessen hatte. »Man lernt nie aus«, gab er zu. »Das kann nur von Vorteil sein.«

Dann schlenderte er zu dem klapprigen Taxi hinüber, mit dem er gekommen war und das im Schatten einer Mauer auf ihn wartete. »Können Sie mich nach Playa Blanca bringen?« fragte er.

»Können schon«, meinte der Mann. »Aber von Uga ab ist es nur noch eine verdammte Schotterstraße, und wenn mir eine Achse bricht, müßten Sie die Kosten übernehmen.« Er zuckte die Achseln, als wollte er sich für sein Verhalten entschuldigen. »Verstehen Sie, ansonsten lohnt sich die Fahrt für mich nicht. In Playa Blanca ist die Welt mit Brettern vernagelt.«

Don Matías beobachtete wenig später durch das Fenster des großen Wohnzimmers, wie der Wagen sich auf einem Weg, der sich zwischen Rinnsalen aus Lava entlangwand, entfernte und Richtung auf die Vulkanhölle von Timanfaya nahm. Zum ersten Mal seit jener verfluchten Johannisnacht, in der alles angefangen hatte, empfand er wieder so etwas wie innere Ruhe.

Wenn Asdrúbal Perdomo starb, wäre das Leben vielleicht endlich wieder lebenswert. Wenn er aufhörte, an diesem unerträglichen Schmerz zu leiden, der ihn langsam von innen her auffraß, würde er vielleicht auch wieder Spaß an einer Partie Domino mit seinen Freunden im Kasino haben, an einem guten Glas Rum, einem Lammbraten, und vielleicht riskierte er sogar dann und wann einen Besuch bei den Huren, die aus Arrecife gekommen waren und von denen er in letzter Zeit soviel gehört hatte. Später würde er auch dafür sorgen, daß Damián Centeno Rogelia in die Zange nahm und zwang, alles zurückzugeben, was sie ihm gestohlen hatte. Er würde neues Haus- und Küchenpersonal einstellen und die Last der Gutsverwaltung seinem Feldwebel überlassen, dem Mann, der seit vielen Jahren sein Vertrauen besaß.

Daß in der Stunde seines Todes alles in die Hände dieses Mannes übergehen würde, kümmerte ihn nicht mehr. Nachdem der letzte Blutstropfen der Quinteros aus Mozaga vergossen war, konnten das Haus, die Weingärten, die Haine, die Möbel, das Silber und sogar der wertvolle Familienschmuck zum Teufel gehen. Er erwartete nicht, daß einer von denen, die ihm ins Grab vorausgegangen waren, ihn dafür zur Rechenschaft ziehen würde.

Das einzige, was sie von ihm verlangen konnten, war, das auf so heimtückische Weise vergossene Blut der Quinteros zu rächen, und das würde er mit Sicherheit erledigen, ehe er sich anschickte, ihnen für immer Gesellschaft zu leisten.

Gegen Mitternacht stand eins der Boote in Flammen. Es lag neben den anderen am Strand, außer Reichweite der Wellen, sorgfältig auf sein Gestell gezogen. Plötzlich, ohne sichtbaren Grund, hatte es sich in eine Fackel verwandelt, die Glut und Funken in die Luft schleuderte. Ein leichter Westwind brachte auch die anderen Boote in Gefahr.

Das Dorf lag in tiefem Schlaf. Selbst die Hunde schliefen, und erst als die Frau des Wirts, die in unmittelbarer Nähe wohnte, schreiend aus dem Schlaf fuhr, schreckten die Männer auf und eilten verstört zur Brandstelle. Sie holten Eimer und bildeten eine schreiende, fluchende, immer wieder abreißende schimpfende Kette, die vom Ufer bis zum Boot reichte.

Es dauerte nicht lange, bis das Feuer gelöscht war. In zehn Minuten hatte das Wasser gesiegt, und man sah nur noch die von dem Unglück völlig überraschten Dorfbewohner sowie ein paar kaum in Mitleidenschaft gezogene Schiffe. Von der »Dulce Nombre«, einem stattlichen Boot, war nur ein verkohltes Skelett übriggeblieben.

Zehn oder zwölf weitere Fischerboote lagen etwas weiter weg, außerdem drei schwere Kähne, mit denen die Dorfbewohner Salz zu den Segelschiffen transportierten, die knapp zweihundert Meter vom Strand entfernt ankerten. Doch es mußte ausgerechnet die »Dulce Nombre« sein, die sich binnen weniger Minuten in ein rauchendes Wrack verwandelt hatte, die »Dulce Nombre«, für die Torano Abreu die Ersparnisse eines ganzen arbeitsreichen Lebens geopfert hatte.

Torano Abreu, seine Frau und seine Kinder hatten wie versteinert, als wäre das alles ein Alptraum, den unausweichlichen Ruin auf sich zukommen gesehen. In jenen Zeiten der Not war es für einen Fischer aus Playa Blanca, der kein eigenes Boot besaß, fast aussichtslos, fünf Mäuler zu stopfen.

»Wie ist das möglich? Wie ist das möglich?« fragten sich die Dorfleute immer wieder. »Als wir ins Bett gingen, war noch alles ruhig, und nur zwei Stunden später bricht von ganz allein ein Feuer aus!«

»Vielleicht hat er eine brennende Kippe vergessen?«

»Torano raucht nicht. Er hat das Rauchen aufgegeben, um das Boot zu bezahlen.«

»Oder jemand, der am Strand spazierenging?«

Alle schauten mit ernsten Gesichtern Isidro, den Tavernenwirt, an, der das gesagt hatte.

»Jemand aus dem Dorf?« fragte Maestro Julián bedächtig. »Wir wissen doch alle, wieviel Mühe Torano dieses Boot gekostet hat, und wir sind von Kindesbeinen an daran gewohnt, unsere Stummel ins Meer zu werfen. Das ist das erste, was ein Fischer lernt.«

»Ich habe nicht gesagt, daß es einer aus dem Dorf war«, betonte der Wirt. »Ich kenne jeden einzelnen hier – keiner würde so etwas tun.«

Diese Erklärung war nicht nötig, denn jeder der Anwesenden dachte heimlich an die sieben Fremden, die das Geschehen von der Anhöhe ihres Hauses aus verfolgt hatten.

»Warum aber das von Torano?« fragte ein zahnloser Alter. »Warum nicht das von Abel Perdomo, auf den sie es abgesehen haben? Wir wissen doch alle, daß sie wegen Asdrúbal hier sind. Was hat Torano ihnen getan?«

»Nichts«, antwortete Maestro Julián leise. »Getan hat er ihnen nichts, aber er wohnt im Dorf.«

»Willst du etwa sagen, daß das ganze Dorf bezahlen muß, bis Asdrúbal zurückkommt?« fragte einer mit besorgter Stimme.

»Ich sage gar nichts«, lautete die Antwort. »Gar nichts. Aber es ist doch seltsam, daß ausgerechnet jetzt ein Boot auf diese Weise Feuer fängt.«

»Jagen wir sie zum Teufel«, schlug der Alte vor. »Oder sind wir etwa Schlappschwänze geworden? Es sind doch nur sieben.«

»Hast du vielleicht die Waffen, um sie zum Teufel zu jagen?« fragte der Wirt verächtlich. »Drei von ihnen haben mir ihre Pistolen schon gezeigt, und ich bin mir sicher, daß sie sie auch benützen können. Und wir wissen nur, wie man mit Netzen und Angelhaken umgeht.«

»Morgen fahre ich nach Femés und spreche mit der Guardia Civil«, sagte Abel Perdomo.

»Entschuldige, Maradentro«, wandte der Sohn von »Seńá« Florinda ein. »Aber die Guardia Civil wird dich nur dann anhören, wenn du ihr verrätst, wo du deinen Sohn versteckt hast. Was willst du ihr sonst sagen? Daß ein Boot verbrannt ist? Soll sie die Feuerwehr schicken? Es gibt keinen Beweis dafür, daß sie es waren.« Er musterte die Gesichter der Anwesenden und wiederholte: »Keinen!«

Abel Perdomo schien zu verstehen, daß der Junge recht hatte. Er zögerte einen Augenblick und trat dann zu Torano Abreu, der noch immer fassungslos dastand und auf die Reste der »Dulce Nombre« starrte. »Nimm mein Boot, bis wir dir helfen, ein neues zu kaufen«, sagte er. »Mir bleibt noch die ›Isla de Lobos‹. Du kannst wirklich nichts dafür.«

»Ich bringe sie um«, flüsterte der arme Mann, der jetzt zum ersten Mal den Mund aufmachte. »Ich bringe sie um, einen nach dem andern. Sie waren es.«

»Red keinen Unsinn!« ermahnte ihn Perdomo und legte ihm beruhigend die Hand auf die Schulter. »Denk an deine Frau und die Kinder. Mein Boot ist zwar alt, aber du kannst damit immer noch auf Fischfang gehen. Wir werden schon eine Möglichkeit finden, dir deinen Verlust zu ersetzen.«

»Für wen halten die sich eigentlich, daß sie herkommen und meinen, alles müßte nach ihrer Pfeife tanzen?« meinte der andere. »Für dieses Boot habe ich drei Jahre schlecht gegessen, nicht ein Gläschen getrunken und keine Zigarette geraucht. Du weißt selber, daß die das nie wieder gutmachen können.«

»Ich weiß, Torano. Aber es ist nun mal geschehen. Vergifte nicht dein Blut. Sie haben es auf mich abgesehen, und ich bin der einzige, der sich Sorgen machen muß.«

Torano zögerte. Er ging auf die Trümmer seines Schiffes zu und fuhr mit der Hand über den Bug, den einzigen Teil des Gerippes, der unversehrt geblieben war. »Sie segelte so leicht!« stöhnte er. »Sie ließ sich so einfach steuern und lag so gut im Wind. Sie nahm wie von selbst Kurs auf die Fischgründe, und bei der Heimfahrt schien sie zu singen. Ich habe nie zuvor ein solches Boot gehabt. Noch nie!«

Als Abel Perdomo nach Hause kam, mußte er zugeben, daß Centeno mit seinem ersten Schlag einen Volltreffer gelandet hatte. Er zweifelte keinen Augenblick daran, daß die nächsten Schritte ähnlich verheerend sein würden. Wahrscheinlich hatte Centeno mit Hilfe seines goldenen Fernglases vom Fenster aus die Männer aus dem Dorf beobachtet, und dabei mußte seine Aufmerksamkeit auf jenes glänzende Boot gefallen sein, das von seinem Besitzer verhätschelt, gepflegt und gestrichen wurde, während die anderen Fischer schliefen oder ihre Freizeit in der Taverne verbrachten.

»Langsam begreife ich dein Spiel«, murmelte er, als ob Centeno ihn tatsächlich hören konnte. »Du wirst dem Dorf zusetzen, bis es sich gegen mich stellen muß und irgend jemand dahinterkommt, wo der Junge steckt.«

Asdrúbals Versteck war ein wohlgehütetes Geheimnis, aber Abel machte sich keine Illusionen. Er sah voraus, daß manche Dorfbewohner Verdacht schöpfen könnten, wo sein Sohn Unterschlupf gefunden hatte. Immerhin war er in jener Nacht mit ziemlicher Schnelligkeit verschwunden, und außerdem wußte jeder von der alten Bindung der Perdomos an die Isla de Lobos, diesen Ort, der zu jeder Tages- und Nachtzeit sichtbar war.

»Er muß weg«, sagte er, als sich die Familie wenig später um den Küchentisch versammelte. Dankbar schlürfte er den starken, heißen Kaffee, den Aurelia ihm gekocht hatte. »Wie tief er sich auch in der Zisterne verstecken mag – wenn die Schweine ihn beim Leuchtturm suchen, werden sie ihn auch finden. Er muß da weg«, wiederholte er und wandte sich entschlossen an Yaiza: »Und du auch!«

»Warum ich?«

»Weil du früher oder später zu ihrem Opfer wirst. Sie haben es ja schon gesagt, und sie wissen natürlich, daß sie uns mit dir am härtesten treffen können. Rufo Guerra schuldet mir noch einen Gefallen. Selbst wenn das sonst nicht üblich ist, wird er sich nicht weigern, eine alte Schuld zu begleichen. Er wird dich verstecken. In seinem Haus wird dich keiner vermuten, da bist du sicher.«

»Und Asdrúbal?«

»Asdrúbal ist ein Mann. Er wird in Timanfaya warten, bis ein befreundetes Schiff ihn von der Insel bringt. Wenn er bis zur Küste von Mauretanien kommt, kann er weiter nach Senegal fahren und sich dort erkundigen, wie man sich nach Amerika einschifft.« Er zögerte. »Immerhin sind schon viele vor ihm ausgewandert, um den Hunger zu besiegen, und manche haben es dort sogar zu Reichtum gebracht.« Er nahm langsam einen Schluck Kaffee und schloß: »Vielleicht ist das sein Schicksal.«

»Vielleicht sollte ich auch nach Amerika gehen«, meinte Yaiza nachdenklich. »Hier werde ich nie wieder in Frieden leben können.«

»Zwei Kinder auf einmal zu verlieren, das ist zuviel«, sagte Aurelia. »Wenn du auch weggehst, käme das einem Teilgeständnis gleich, und das wäre falsch.« Sie strich Yaiza die Haare aus der Stirn und tätschelte ihr sanft die Wange. »Dein Vater hat recht. Du solltest vorerst weggehen und später zu deinen Eltern nach Hause zurückkommen, damit alles wieder so wird wie früher.«

»Es wird nie wieder so werden wie früher, Mutter, das weißt du ganz genau«, widersprach das Mädchen. »Sag es ihr doch, Vater! Sag ihr, daß sie aufhören soll, sich etwas vorzumachen! Die Familie hat sich meinetwegen aufgelöst und wird nie wieder zusammenfinden.«

»Wieso deinetwegen? Du weißt genau, daß es nicht deine Schuld ist.«

»Wenn ich in jener Nacht nicht gesungen und so verrückt getanzt hätte, wäre nichts passiert.«

»Du hast nur das getan, was alle Mädchen in deinem Alter tun, und die Kerle hätten genauso gehandelt, selbst wenn du mucksmäuschenstill gewesen wärest.« Aurelias Stimme war rauher und strenger als sonst, als sie Yaiza ermahnte: »Es wird langsam Zeit, daß du aufhörst, dich für deinen Körper zu schämen. Gott hat ihn dir gegeben, und du solltest ihm danken und glücklich sein, das zu besitzen, was jede Frau sich wünscht. Hör auf, so krumm herumzulaufen, als hättest du einen Buckel, und schau nicht andauernd zu Boden, als würdest du schielen. Ich will, daß du stolz auf dich bist.«

»Das ist nicht so einfach.«

»Ich versichere dir, daß es schwerer ist, ein Krüppel zu sein oder mit einer Hexennase herumzulaufen wie Asumpta.« Ärgerlich schüttelte sie den Kopf. »Wir haben andere Probleme, da mußt du uns nicht noch mit dummem Geschwätz kommen.«

»Es tut mir leid, Mutter.«

»Also, dann verhalte dich in Zukunft wie eine richtige Frau. In deinem Alter war meine Mutter bereits verheiratet. Ein Jahr später hat sie mich geboren und wäre daran fast gestorben.«

»Wenn du ihr solch ein Beispiel vorsetzt, wird sie wohl kaum Lust bekommen, eine Frau zu sein«, mischte sich Sebastián ein, der bisher geschwiegen hatte. »Trotzdem hast du recht. Die Sache ist schlimm, aber sie könnte noch schlimmer werden, wenn wir nicht bald eine Lösung finden. Wie sollen wir sie von hier wegbringen, ohne daß jemand etwas merkt?«

»So wie wir bisher alles getan haben, seit ich mich erinnern kann«, antwortete sein Vater. »Wieviel Uhr ist es?«

»Zwanzig nach zwei.«

Abel Perdomo trat vor die Küchentür und studierte den Himmel und das Meer. Er brauchte nur eine Minute, drehte sich dann um und sagte: »Gegen vier wird Nordostwind aufkommen. Halt dich bereit, Yaiza. Und du, Aurelia, sorg für Proviant und eine Karaffe Wasser. Macht das Licht aus und seid leise. Sebastián, komm her, du mußt mir helfen.«

Eine Stunde später, als das Dorf sich wieder zur Ruhe begeben hatte und noch ehe die Männer, von der turbulenten Nacht ermüdet, daran dachten, aufzustehen und zum Fischfang hinauszufahren, huschten drei Schatten leise ans Ufer, tauchten ins Wasser und schwammen geräuschlos davon, wobei sie ein hastig zusammengebasteltes Floß aus Brettern, Kork und leeren Flaschen hinter sich herzogen.

Es schien unmöglich, daß irgend jemand sie sah, denn der Mond war nur zu ahnen auf dem von Sternen übersäten Himmel und verhinderte, daß man eine Bewegung auf mehr als fünf Schritte unterscheiden konnte. Selbst ihnen fiel es schwer, die Silhouette der »Isla de Lobos« zu erkennen, die etwa dreihundert Meter vor der Küste ankerte. Fast wären sie an ihr vorbei in den Canal de la Bocaina geschwommen, wenn nicht Yaiza plötzlich die Eingebung gehabt hätte, daß der Großvater von der Leeseite her nach ihr rief.

»Weiter nach da drüben!« wisperte sie. Sie korrigierten die Richtung und standen fünf Minuten später zitternd an Bord.

»Mach das Tau von der Boje los und laß das Boot driften!« flüsterte Abel seinem Sohn ins Ohr. »Die Strömung wird uns in den Kanal hinaustreiben, und nach einer halben Meile können wir die Segel setzen, ohne zu befürchten, daß uns jemand sieht. Und du, trockne dich ab und hol mir die Klüver nach oben«, befahl er leise dem Mädchen. »Es ist besser, wir halten die ganze Takelage bereit.«

Eine Viertelstunde später glitt der Schoner auf das blinkende Licht des Leuchtturms der Isla de Lobos zu, angetrieben von einem böigen Wind. An Deck brannte kein einziges Licht. Die »Isla de Lobos« glich einem Geisterschiff, unter dessen Kiel sich jetzt der phosphoreszierende Glanz von unzähligen Leuchttierchen ausbreitete. Ein Beobachter hätte meinen können, es seien die sich auf der Meeresoberfläche widerspiegelnden Sterne, die unter der Wucht des Schiffes zerbarsten.

Während Yaiza, die Ellbogen auf die Reling gestützt, die Sterne und das Licht des Leuchtturms beobachtete, empfand sie plötzlich die Nähe eines seltsamen, über alles geliebten Wesens. Da wußte sie, daß Großvater Ezequiel bei ihnen war, obwohl er in dieser Nacht nicht so fröhlich und sorglos wirkte wie sonst. Sie drehte sich um, konnte ihn aber nicht sehen. Das überraschte sie nicht, denn sie war von klein auf daran gewöhnt, daß die Toten sich ihr kaum zeigten, wenn sie bei vollem Bewußtsein war, sondern eher in Momenten kurz vor Beginn eines Traums, wo es um so schwerer war, die Grenzen zwischen Schein und Wirklichkeit zu ziehen. Doch sie wußte jetzt, daß Großvater Ezequiel ihnen Gesellschaft leisten und wenn nötig sogar das Ruder übernehmen würde, denn niemand kannte sich mit den Strömungen und der Abdrift des Canals de la Bocaina besser aus als er.

Sie erinnerte sich, wie er, schon alt und müde, an der Mauer des Innenhofs gelehnt die Segel beobachtet hatte, die den breiten Kanal durchfuhren. Auch wenn er die Schiffe selbst aufgrund der Entfernung nicht erkennen konnte, hatte er doch stets zu sagen gewußt, wer am Ruder eines Schiffes stand, allein durch die Art, wie es vor dem Wind segelte oder anluvte. »Heutzutage gibt es keine Seeleute mehr wie zu meiner Zeit«, pflegte er zu sagen. »Mit den Motoren haben sie ihr eigenes Handwerk verlernt. Und jetzt sind sie so abhängig von den Dingern, daß sie nicht mal mit dem Schirokko von achtern einen Schoner wie meinen nach Arrecife manövrieren könnten.«

Es tat gut, den Alten an Bord zu haben, auch wenn er unruhig und besorgt wirkte. Zum ersten Mal, seit jener schreckliche Alptraum begonnen hatte, spürte Yaiza die vage Hoffnung, daß die Familie doch wieder zusammenfinden könnte.

Im massigen Schutz des alten Vulkans, der einzigen Erhebung im Nordosten der Insel, erreichten sie die ruhigen Gewässer der Bucht, und Abel, der sie wie seine Westentasche kannte, segelte an der Küste entlang und nahm dann Kurs auf die Spitze, wo der Leuchtturm stand.

»Hol das Großsegel ein!« befahl er seinem Sohn, der das Manöver aufmerksam verfolgt hatte. »Ich komme mit den Klüvern aus.«

Yaiza half ihrem Bruder, das Segel am Giekbaum einzuziehen. Als sie die ausgesuchte Stelle erreicht hatten, genau gegenüber dem hohen Turm, dessen Lichtstrahl über ihnen kreuzte und den Horizont abtastete, warfen sie den Anker aus.

»Und nun geh deinen Bruder holen!«

Sebastián entledigte sich seiner Kleidung und sprang über Bord. Mit schnellen, kräftigen Schwimmzügen hielt er auf die dunkle Linie der Küste zu, an der sich sanft die Wellen brachen. Kaum hatte er einen Fuß an Land gesetzt, hörten sie ihn schon nach Asdrúbal rufen, hörten auch, wie dieser ihm antwortete und sie kurz miteinander sprachen, ehe beide wieder ins Wasser sprangen.

Bald darauf tauchten sie am Boot auf. Als erstes umarmte Asdrúbal seine Schwester, die er seit jener Nacht nicht mehr gesehen hatte. Doch Abel ließ ihnen nicht viel Zeit für eine lange Begrüßung. Er ordnete an, sofort sämtliche verfügbaren Segel zu setzen, die das alte Schiff vertragen konnte, ohne zu bersten, ließ den Anker lichten, wendete und nahm Kurs in Richtung Westen. Er wußte, daß er sich beeilen mußte, wenn er noch vor Tagesanbruch zwischen den beiden großen Inseln hindurchsegeln und das offene Meer erreichen wollte.

Als sie Playa Blanca hinter sich gelassen hatten und um die Punta de Pechiguera herumsteuerten, hatte die Nacht die Schlacht gegen den Tag verloren. Nach etwa zwei bis drei Meilen hielten sie sich weiter steuerbord, damit das Schiff an Geschwindigkeit gewann.

Nach drei Stunden Fahrt im Schutz eines leichten Nebels, der die Küste von Fuerteventua in einen verwischten Farbfleck verwandelt hatte und verhinderte, daß man auch nur die Konturen der höchsten Gipfel von Lanzarote erkannte, forderte Abel seine Kinder auf, die Segel einzuholen und ließ den Schoner von Wind und Strömung langsam treiben.

Die Zeit des Wartens war angebrochen.

Damián Centeno verwünschte sich selber, weil er nicht damit gerechnet hatte, daß die Maradentros so schnell reagieren würden. Sobald der Posten ihn mit der Neuigkeit geweckt hatte, daß die »Isla de Lobos« nicht mehr vor Anker lag, war er auf das flache Dach gestiegen und hatte mit seinem Fernglas den Horizont abgesucht. Doch er hatte schnell erkannt, daß sein Feind nicht dumm war und sich zunächst so weit wie möglich entfernt hatte.

Später hatte er beobachtet, wie die Männer, die trotz ruhiger See und guten Windes in der Mehrzahl nicht zum Fischfang ausgefahren waren, sich um die verkohlten Überreste der »Dulce Nombre« am Strand versammelten, und es war ihm nicht entgangen, wie sie ein um das andere Mal in seine Richtung schauten – überzeugt, daß nur er hinter der Schandtat der vergangenen Nacht stecken konnte.

Ohne sich umzudrehen, rief er jetzt nach Justo Garriga aus Alicante, der ihm seit langer Zeit als rechte Hand diente. »Nimm drei Männer mit und hör dir an, was die da unten reden!« befahl er. »Gib nichts zu und leugne nichts, aber mach ihnen klar, daß wir nicht spaßen. Und bring mir Maestro Julián mit!«

Er setzte sich auf die Mauer und zündete eine Zigarette an, um das Spektakel von seiner erhöhten Stellung aus zu beobachten. Er genoß die Nervosität der Dorfbewohner, ihren beherrschten Unwillen, als sie seine vier Leute auf sich zukommen sahen.

Torano Abreu hätte sich am liebsten auf sie gestürzt, aber Isidro, der Wirt, und zwei andere hielten ihn zurück, als sie erschreckt feststellten, daß Justo Garriga und ein hagerer, glatzköpfiger Kerl, den sie Milmuertes nannten, schwere Pistolen im Gürtel stecken hatten.

Centeno wußte, daß ihm diese Art, die Waffen offen zur Schau zu tragen, Scherereien mit der Guardia Civil einbringen konnte, die zu jener Zeit noch die einzige unumstrittene Autorität der Insel war. Doch er vertraute auf das Wort von Don Matías, der ihm versprochen hatte, die Männer mit den dreizackigen Hüten von Playa Blanca fernzuhalten.

»Ich kenne den Regierungsbevollmächtigten«, hatte er gesagt. »Ich weiß, wie er an seine Ländereien und sein Haus in Teguise gekommen ist, und er weiß, daß ich es weiß. Ein Wort zu meinen Freunden in Madrid, und es ist aus mit seiner Karriere. Er wird also tun, was ich sage und seine Leute im Zaum halten. Kümmere du dich inzwischen um deine Sache.«

Das Gespräch zwischen den Dorfbewohnern und seinen Männern dauerte nicht lange. Die meisten zogen sich bald in ihre Häuser oder die Taverne zurück. Sie waren überzeugt, daß Justo Garriga und seine Begleiter bei der geringsten Provokation zu den Waffen greifen würden. Als Centeno zwei seiner Männer zurückkommen sah, gefolgt von Maestro Julián, stieg er hinunter, um ihn an der Tür zu empfangen. Er wollte im Freien mit ihm reden, damit diejenigen, die durch die geschlossenen Jalousien ihrer Fenster spähten, etwas zu sehen hatten.

»Wo ist Ihr Freund?« fragte er, ohne den anderen auch nur zu begrüßen. »Warum hat er sich so schnell aus dem Staub gemacht?«

»Ich glaube nicht, daß er sich aus dem Staub gemacht hat«, antwortete Maestro Julián, sichtlich bemüht, Ruhe zu bewahren. »Vielleicht ist er zum Fischen hinausgefahren, vielleicht zieht er es aber auch vor, sein Schiff an einen sicheren Ort zu bringen. Niemand mag es, wenn man ihm sein Schiff verbrennt. Es ist das schlimmste Verbrechen, das man in dieser Gegend begehen kann.«

»Ich finde es schlimmer, einen wehrlosen Jungen zu ermorden.«

»Es gibt Menschen, die legen es geradezu darauf an, umgebracht zu werden.«

»Soll das eine Drohung sein?«

»Ich drohe nie. Die Menschen hier machen nicht viele Worte. Entweder sie handeln, oder sie lassen es sein.«

»Ich kann nur hoffen, daß sie es sein lassen«, antwortete Centeno spöttisch. »Es würde ihnen schlecht bekommen. Meine Leute, ja, die handeln.«

»Das haben wir gesehen. Aber welche Schuld trifft den armen Torano? Er war in der Johannisnacht nicht mal in Playa Blanca, sondern draußen beim Fischen.«

»Wer ist Torano? Der Bursche, dem das Boot gehört? Sagen Sie ihm, es tut mir leid, aber er soll vorsichtiger sein. Vielleicht ist das wegen der Freude passiert, die er an seinem Schiff hatte.« Er schaute Maestro Julián lange in die Augen. Alles, was er mit Worten nicht gesagt hatte, lag in diesem Blick. »Das sollten Sie Ihren Nachbarn sagen. Wer einen Verbrecher schützt, riskiert unangenehme Folgen.« Er lachte zynisch. »Es mag traurig sein, aber ich glaube nicht, daß irgend jemand in diesem Dorf ruhig schlafen wird, bis Asdrúbal Perdomo wieder da ist. Haben Sie verstanden?«

»Ich habe schon verstanden, als ich Sie das erste Mal sah«, antwortete Maestro Julián mit vor verhaltener Wut zitternder Stimme. »Sie sind derjenige, der nicht verstehen will. Asdrúbal ist nicht so dumm, ins offene Messer zu laufen, nur weil ein Boot in Brand gesetzt wurde. Wir haben Geld gesammelt, und wenn wir zusammenhalten, können wir Torano bald ein neues Boot kaufen. Asdrúbal aber könnte niemand wieder lebendig machen, wenn er getötet würde, und deshalb will keiner hier, daß er zurückkommt. Denken Sie darüber nach! Wenn Sie und Ihre Freunde schon längst unter der Erde sind, wird Playa Blanca noch immer existieren und nach wie vor eine große Familie sein. Ich werde stolz darauf sein, meinen Enkeln erzählen zu können, wie wir alle zusammen ein neues Schiff für Torano Abreu gekauft haben, aber ich will ihnen nicht erzählen müssen, wie wir alle zusammen einen aus unserer Mitte verraten haben. Verstehen Sie?«

»Durchaus! Aber Sie kennen mich nicht.«

»Sie uns auch nicht. Und uns fällt es leichter, einen Mann wie Sie zu durchschauen, als Ihnen, Leute wie uns zu verstehen.«

»Habt ihr etwa alle vor, Helden zu spielen?«

Maestro Julián schüttelte entschieden den Kopf. »Nein, bestimmt nicht!« versicherte er. »Aber wir mögen es auch nicht, wenn man mit uns Katz und Maus spielt. Wir sind Leute vom Meer, manche von uns haben hundert Stürme mitgemacht, und andere bis zu dreimal im Leben Schiffbruch erlitten. Die meisten waren im Bürgerkrieg, obwohl sie weder einen Beruf daraus gemacht haben noch stolz darauf sind.« Er zeigte mit seinem rauhen, kräftigen und schwieligen Finger auf Centeno. »Ich will Ihnen einen guten Rat geben«, fuhr er fort. »Halten Sie die Augen offen. Falls noch mal ein Boot brennen sollte, könnte das Feuer hierher getrieben werden. Das Dach des Hauses ist aus altem Kienspan, es brennt wie Zunder.« Er wandte sich halb ab. »Und jetzt muß ich gehen«, schloß er. »Ich habe Wichtigeres zu tun, als den Tag mit Reden zu verschwenden, denn Yaiza hat vorausgesagt, daß noch diese Woche die Thunfische kommen.«

Centeno schaute ihm nach, als er langsam zum Strand hinunter und auf sein Boot zuging. Einen Augenblick lang beschlich ihn das Gefühl, er habe sich geirrt. Ein Dorf zu terrorisieren und seine Bewohner zu zwingen, sich gegenseitig zu denunzieren und zu verraten, das war eine Taktik, die in Kriegszeiten Früchte trug, wenn die meisten Menschen sich sowieso haßten und in Angst und Schrecken lebten, aber diese Rechnung mußte nicht notwendigerweise zu allen Zeiten aufgehen – vor allem mit Menschen wie diesen, deren täglicher Kampf mit dem Meer und seinen Risiken ihnen ein tief verwurzeltes Gefühl der Solidarität eingeprägt hatte. Vielleicht sind die ganz anders als diese Bauernlümmel, die wie die Hasen davonlaufen, wenn sie Gefahr wittern, grübelte er. Vielleicht muß man ihnen die Daumenschrauben fester anziehen.

»Justo!« rief er nach seinem Adjutanten, der sich noch immer in der Nähe der Boote aufhielt. »Ich muß mit dir reden!«

Im kleinen Wohnzimmer der verstorbenen »Señá« Florinda, die die Zukunft aus den Eingeweiden der Haie gelesen hatte, vertraute er Justo unter vier Augen seine Befürchtungen an und setzte dann entschlossen hinzu: »Man darf ihnen gar nicht erst Zeit lassen zu reagieren. Wir müssen ihnen einen Schlag versetzen, der ihnen beibringt, wie ernst wir es meinen.«

»Aber wie?«

»Indem wir ihnen zeigen, wer hier den Ton angibt.«

»Ich glaube, das wissen sie: *wir.*«

»Schon«, räumte Centeno ein. »Aber sie sind davon überzeugt, daß das an unseren Waffen liegt. Solange sie so denken, werden sie gar nicht merken, daß wir sie in der Hand haben. Wir müssen ihnen beweisen, daß wir besser sind, mit oder ohne Waffen.«

Centeno kannte bereits die Gewohnheiten von Playa Blanca. Abends gegen halb zehn versammelte sich immer ein Dutzend Männer in der einzigen Taverne, die ihnen gelegentlich auch als Kasino diente. Hier spielten sie Karten oder vertrieben sich die Zeit damit, über die Ereignisse des Dorfes zu palavern.

Unerwartet tauchten die Fremden dort am Abend auf, stellten sich an den aus Fässern und einer dicken Holzplanke gezimmerten Tresen und bestellten einen Krug vom besten Wein mit sieben Gläsern. Isidro, der Wirt, zögerte einen Augenblick und musterte die Gesichter seiner Gäste, die verstummt waren und ihr Spiel unterbrochen hatten. Ein paar Sekunden sah es so aus, als ob er Centenos Männern eine Abfuhr erteilen wollte, doch dann schien er einzusehen, daß das die Situation nur verschlimmert hätte. Er stellte die Gläser auf die dicke Holzplanke, die eines Tages an den Strand von Papagallo gespült worden war, und wandte sich ab, um seinen größten Krug mit Wein zu füllen.

»Schönen guten Abend, die Herrschaften!«

Centenos Stimme hallte laut und durchdringend nach, während er sich den Anwesenden zuwandte, einen Ellbogen lässig auf den Tresen gestützt. Jedermann konnte sein offenes Hemd sehen und sich davon überzeugen, daß er keine Waffen trug. Seine sechs Begleiter taten es ihm gleich, und selbst dem schwerfälligsten unter den Dorfbewohnern mußte dabei aufgehen, daß sie entschlossen waren, einen Streit vom Zaun zu brechen.

Doch niemand antwortete, und man hätte meinen können, daß Damián Centeno auch keine Antwort erwartet hatte, denn fast ohne Unterbrechung fuhr er fort: »Wer von euch ist Torano Abreu?«

»Torano kommt nie in die Taverne«, entgegnete ein alter Fischer. »Er hat sein ganzes Geld für sein Boot ausgegeben, das ihm irgendein Hurensohn in Brand gesteckt hat.«

Damián Centeno griff nach dem Glas, das ihm einer seiner Männer gefüllt hatte, leerte es in einem Zug und fragte im gleichen Tonfall: »Ist hier vielleicht ›irgendein Hurensohn‹, der es wagt zu behaupten, daß es einer von uns war?« Er hielt kurz inne, um seinen Worten mehr Nachdruck zu verleihen, und setzte dann hinzu: »Dann soll er vortreten, damit ich ihm den Schädel einschlagen kann. Und wenn es zwei sind – nur her mit ihnen. Oder auch drei. Jeder von uns hier ist Manns genug, um dreien von euch die Zähne auszuschlagen.«

Die Dorfbewohner erhoben sich einer nach dem anderen von ihren Plätzen und folgten dem Beispiel des alten Fischers. Einige schoben Tische und Stühle beiseite, während andere sich schon die Hemden auszogen und ordentlich gefaltet in eine sichere Ecke legten.

Nachdem die Ältesten sich bis in den Eingang zurückgezogen hatten, um den sich anbahnenden Kampf als Zuschauer zu verfolgen, trat als erster Maestro Juliáns Sohn, besser bekannt als Guanchito, vor und eröffnete den Kampf, indem er versuchte, Justo Garriga einen Fausthieb zu versetzen, dem dieser jedoch geschickt auswich.

Eine Minute später war die Schlacht in vollem Gange. Man konnte nicht leugnen, daß die Leute aus Playa Blanca, obwohl mengenmäßig in der Überzahl, im Nachteil waren, denn sie hatten es mit einer aufeinander eingespielten Gruppe von echten Kämpfern zu tun, erfahrenen Schlägern, die den Nahkampf bis zum Überdruß praktiziert hatten.

Der schlagkräftigste unter den Dorfleuten war zweifellos Isidro, der Wirt. Als er losging, packte er Milmuertes, schlug ihm mit voller Wucht seine Stirn auf die Nase und setzte ihn damit außer Gefecht. Centeno, der die Szene beobachtet hatte, stellte sich vor ihn, wich seinem neuerlichen Ansturm mit Leichtigkeit aus, denn bei ihm hatte Isidro es wegen seiner Größe schwerer, und beförderte ihn mit einem gezielten Fußtritt in die Hoden neben Milmuertes auf den Boden.

Merkwürdigerweise vollzog sich der Kampf, so erbittert er auch geführt wurde, in völliger Stille – als wüßten alle, daß dies weder der richtige Augenblick war, um seine Kräfte mit Worten zu vergeuden, noch der richtige Ort, um zu jammern oder zu wehklagen. Wären nicht die Fausthiebe, Stürze und das Krachen zertrümmerter Möbel und Fässer gewesen, hätte keiner, der auf der Straße vorbeiging, geahnt, was für ein erbitterter Kampf sich hinter der grüngestrichenen Tür abspielte.

Der Kampf dauerte keine zwölf Minuten. Schließlich mußten sogar die älteren Männer eingreifen, um zu verhindern, daß Justo Garriga und ein Galicier Guanchito zu Tode prügelten. Dieser hielt sich mit übermenschlichen Kräften und einem geradezu unglaublichen Selbsterhaltungstrieb aufrecht, trotz der gezielten Schläge, die er, schon halb die Wand heruntergesackt, einstecken mußte.

Als auch er schließlich zu Boden ging, schaute sich Centeno, der sich selbst kaum angestrengt hatte, langsam um, gab seinen Männern mit einer knappen Handbewegung den Befehl, Milmuertes und einen Zigeuner, der sich taumelnd auf den Beinen hielt, einzusammeln, und verließ das Lokal.

Etwa zur gleichen Stunde nahm die »Isla de Lobos«, die gegen Abend wieder Segel gesetzt hatte, Kurs auf die dem Wind zugewandte Küste. In der Ferne, zur Steuerbordseite hin, verlor sich der Lichtstrahl des Leuchtturms von Pechiguera, als der Schoner sich mit äußerster Vorsicht den gefährlichen Sandbänken vor der »Hölle von Timanfaya« näherte, die mit Sicherheit zu den trostlosesten Gegenden der Welt gehört.

Am ersten Septembertag des Jahres 1730 waren die grünen Ebenen und weißen Dörfer von Lanzarote vom gewaltigsten Vulkanausbruch überrascht worden, an den man sich erinnern konnte. Es war der gewaltigste Ausbruch nicht nur wegen seiner Dauer – sechs Jahre –, sondern auch wegen der riesigen Masse an Magma, die zehn Dörfer unter sich begrub und ein Viertel der Insel mit einer Schicht aus erstarrter Lava bedeckte.

Zu den fast dreihundert bereits vorhandenen Vulkanen waren dreißig neue hinzugekommen. Die freigesetzte Energie und Hitze waren so stark, daß es noch zweihundert Jahre später Stellen in der »Hölle von Timanfaya« gab, wo man nur einige Zentimeter in der Lavadecke zu graben oder die Hand in bestimmte Erdspalten zu stecken brauchte, um auf Temperaturen von über vierhundert Grad zu stoßen.

Über die unvorstellbare Schlacht, die sich damals zwischen den glühenden Lavaströmen und dem stürmischen Meer abspielte, gibt es Berichte von Augenzeugen. Sie versichern, daß sich lange Zeit eine riesige Dampfwolke in den Himmel erhob. Als Beweis kann man noch heute schwarze Flächen von verbranntem Gestein sehen, das dem Meer Hunderte von Metern abrang, ohne die Weite des Ozeans besiegen zu können, und eine für immer vernarbte und heimtückische, zerklüftete Küste schuf, der sich trotz ihres Reichtums an Fischen niemand zu nähern wagte.

In einer mondlosen Nacht bei aufgewühlter See zu den Klippen von Timanfaya vorstoßen zu wollen, bedeutete in der Tat ein leichtfertiges Wagnis, und Abel Perdomo mußte sein ganzes Können und all seine Ortskenntnis aufbieten, um Asdrúbal und sein kleines Rettungsfloß weniger als hundert Meter vor einer mit schwarzem Sand bedeckten Bucht abzusetzen.

Anschließend ließ er sich von der Strömung aufs Meer hinaustreiben, wendete erst, als er wieder zwei Meilen vor der Küste war, und nahm Kurs auf die nördliche Spitze der Insel. Morgens gegen drei fuhr die »Isla de Lobos« in die stillen Gewässer von Rio ein, einer Meerenge, die die steilen Felsen von Famara von La Graciosa trennt, auf der zu jener Stunde kein einziges Licht brannte. Doch Abel brauchte kein Licht, denn er war in der Lage, ohne weitere Orientierung zu navigieren als den fernen Lichtstrahl von Alegranza und die dunklen Schatten der Felsen, die sich vom Nachthimmel abhoben und die Meerenge in ihrer Öffnung zum Osten hin beherrschten.

Der Wind blies in die Takelage und trieb den Schoner gleichmäßig über die ruhige Oberfläche des Rio. Hätte irgendein Frühaufsteher, der sich vorgenommen hatte, einen guten Tagesfang mit nach Hause zu bringen, ihn von La Graciosa aus gesehen, hätte er ihn für ein Gespensterschiff halten können, dessen weiße Segel sich scharf vor den bedrohlich steilen Felsklippen der größeren Insel abzeichneten.

Vorne auf Deck hingekauert, ganz in der Nähe der ewigen, stummen Gegenwart ihres Großvaters, betrachtete Yaiza still das Meer und die Sterne, die zwischen den Wolken oder über den Gipfeln der riesigen Klippen aufblitzten und wieder verschwanden. In dem Maße, in dem sie ihrem Ziel näher kamen, wuchs in ihr das Gefühl der Angst und der Leere. Von Minute zu Minute wurde ihr bewußter, daß sie zum ersten Mal im Leben von den Menschen Abschied nehmen mußte, die sie liebte.

Wenn ihr Asdrúbals Abwesenheit, den sie auf der anderen Seite des Canal de la Bocaina wußte, schon unerträglich erschienen war, entsetzte sie nun um so mehr die Vorstellung, morgens aufzuwachen, ohne ihre Mutter in der Küche hantieren zu hören, ohne den vertrauten Geruch des Hauses wiederzuerkennen und ohne sich gleich aus dem Fenster lehnen und auf das Meer hinausschauen zu können, auf dem nicht selten gerade dann das Boot ihres Vaters heimkehrte.

Sie hatte Rufo Guerra als einen einsamen kleinen Mann in Erinnerung, der ständig die Nase in ein Buch steckte und die Zeit damit verbrachte, an ein umgekipptes Boot gelehnt am Strand zu sitzen und zu lesen, oder der Aurelia, die er für ein wandelndes Lexikon hielt und unendlich bewunderte, bat, ihm gewisse Stellen, die er nicht verstanden hatte, zu erklären.

Aus diesem Grund war er besser mit Aurelia als mit Abel befreundet gewesen. Doch diesem brachte er besondere Zuneigung entgegen, weil Abel, als sie beide noch jung waren, seinen einzigen Bruder vier Stunden über Wasser gehalten hatte, als das Boot, in dem sie zum Fischen ausgefahren waren, in einer Neumondnacht von einem Dampfer gerammt worden war.

Acht Jahre zuvor, als eine seiner Tanten starb und ihm ein Haus und etwas Land in Haría hinterließ, war Rufo Guerra zu dem Schluß gelangt, zu viele Jahre vergeblich mit dem Meer gekämpft zu haben. Für ihn war der Augenblick gekommen, sich in den Schatten einer Palme zu setzen und zu lesen, denn »Zwiebeln und Tomaten wachsen von allein, und man braucht nicht den ganzen Tag damit zu verschwenden, sie zu ködern.«

Alle zwei oder drei Monate kam er, um eine Woche in dem Dorf zu verbringen, aus dem er stammte. Meistens hatte er eine hagere Kamelstute dabei, beladen mit den Früchten des Feldes, und quartierte sich im Haus der Maradentros ein, denn so hatte er Aurelia ganz in seiner Nähe und konnte sie alles fragen, was ihm unklar war.

Rufo Guerra war einer der wenigen Menschen, die nicht zur Familie gehörten, bei denen Yaiza sich wohl fühlen konnte. Trotzdem erinnerte sie sich jetzt wieder an den einzigen Tag, den sie bisher in seinem Haus verbracht hatte. Sie war auf einen palmenbewachsenen Hügel geklettert und hatte vergeblich versucht, das Meer zu sehen. Yaizas Vorstellung von Glück, wie auch die simple Tatsache ihres Daseins überhaupt, hing unmittelbar mit ihren Eltern, Brüdern und dem Meer zusammen. Der Gedanke, ohne all dies auskommen zu müssen, weckte in ihr eine unerträgliche Sehnsucht. Je kleiner die flache Küste von La Graciosa wurde und je unerbittlicher sich das Boot dem Ende der Meerenge näherte, um so mehr wuchs ihre Angst.

Mit dieser Insel verband sie eine der schönsten Erinnerungen ihres Lebens. Als sie ungefähr zehn Jahre alt war, hatte die ganze Familie an Bord des Schoners fünf Tage im Schirokko vor ihrer Küste geankert. Der beste Freund von Asdrúbal und Sebastián wollte heiraten, und sie hatten bei den letzten Vorbereitungen für die Zeremonie und das Hochzeitsfest geholfen.

Der Bräutigam, noch keine zwanzig, hatte schon drei Jahre an dem Haus gebaut, in dem er mit seiner Frau leben wollte. Bei den Bewohnern der Insel war es Brauch, daß das ganze Dorf an Tagen, an denen die aufgewühlte See keinen Fischfang erlaubte, jungen Eheleuten beim Bau ihres Hauses half. Auf La Graciosa, die in der Gegend auch »Insel der guten Sitten« genannt wurde, machte man alles gemeinsam: vom Häuserbau über das Instandhalten der Boote bis zum Säubern der Straßen und Tünchen der Häuser. Yaiza erinnerte sich noch lebhaft an den Eindruck, den diese mit allen Bewohnern der Insel geteilte Hochzeit auf ihre Mutter gemacht hatte.

Das ganze Jahr über lieferten die Mannschaften der Fischerboote den Erlös aus dem Fischverkauf – fast ausschließlich Fünfpesetenstücke – bei einer alten Frau ab, die die Aufgabe übernommen hatte, das Geld in einem schweren hölzernen Munitionskasten aufzubewahren. Wenn die »Kiste« voll war oder auch vor Taufen oder Hochzeiten, versammelten die Männer sich am Strand und setzten sich im Kreis um die alte Frau. Diese verteilte dann die Münzen an die einzelnen Fischer und bildete daneben Häufchen für die Reparatur eines Bootes, für die Pflege der Kranken, für die Dorfbewohner, die aus irgendwelchen Gründen nicht selbst hatten fischen können und für die Witwen und Waisen.

Aurelia Perdomo hatte darin ein schönes Symbol der Solidarität gesehen. Wochenlang trichterte sie ihren Kindern ein, daß sich die meisten Probleme der Welt lösen ließen, wenn man nur dem uralten Beispiel La Graciosas folgte. Für die zehnjährige Yaiza hatte das Unvergeßliche dieser Tage eher darin bestanden, mit den anderen Kindern am langen Strand von Playa de las Conchas herumzutollen, in den unbekannten, reichen Fischgründen der Meerenge zu tauchen, die sie von der großen Insel trennte, und sich mit Kuchen, Wassermelonen und getrockneten Feigen vollzustopfen. Es war das fröhlichste und schönste Fest ihres Lebens. Nachts hatte sie auf Deck schlafen dürfen und die gleichen Sterne betrachtet, die jetzt über den Masten und Segeln schaukelten. Damals hatte sie sich ausgemalt, wie sie eines Tages selbst einen Fischer heiraten würde, ein ähnliches Kleid tragen und sich von ihren Brüdern mit Gitarren und *timples* zur Hochzeit aufspielen lassen würde.

So wäre es wohl auch gekommen, wenn sie sich damit zufriedengegeben hätte, eine einfache, unauffällige Braut zu sein, wie sie sich für einen Fischer aus La Graciosa geziemte, statt sich dermaßen zu verändern.

In diesem Moment riß sie die Stimme ihres Vaters, der befahl, die Segel einzuholen, aus ihren Träumen. Sie eilte Sebastián zu Hilfe wie schon damals, als sie noch ein Dreikäsehoch gewesen war, der immer nur störte und sich zwischen Tauen und den Beinen der Erwachsenen verfing. Als sie genau gegenüber des einzigen Lichtes waren, das in einem der halben Dutzend Häuser von Órzola brannte, warf Sebastián den Anker aus. Gemeinsam holten sie die Vorsegel ein und lagen jetzt im Schutz der Mole, die die schmale Bucht abschloß. Weiter hinten erkannten sie den Hafen.

»Bring deine Schwester zu Rufo Guerra und paß auf, daß euch keiner sieht«, sagte Abel. »Danach kehr direkt nach Hause zurück.«

»Und das Schiff?«

»Ich komme schon allein zurecht. Ich fahre an der Leeseite der Küste langsam nach Playa Blanca zurück.« Er küßte seine Tochter auf die Stirn. »Sorge dafür, daß niemand erfährt, wo du bist«, schärfte er ihr nochmals ein. »Matías Quintero ist sehr einflußreich, und die Menschen vom Festland sind anders als wir.« Er hielt inne. Seine Stimme klang heiser und sehr besorgt. »Vergiß nicht, daß wir nicht da sein werden, um dich zu beschützen, wenn sie dich finden. Wirst du auf mich hören?«

»Du kannst dich auf mich verlassen«, sagte sie und strich ihm zärtlich über die Bartstoppeln. »Macht euch um mich keine Sorgen, paßt lieber auf euch selber auf.«

Ihr Bruder hatte sich ausgezogen, Wäsche und Schuhe auf das Korkfloß gelegt und sich langsam ins Wasser gleiten lassen. Er schwamm durch die ruhige Bucht, bis er festen Boden erreichte. Yaiza folgte seinem Beispiel, während Abel Perdomo sich umdrehte und an einem langen Tau zu schaffen machte, um nicht einmal im spärlichen Schein der Sterne den nackten Körper seiner Tochter sehen zu müssen.

Zehn Minuten später, nachdem er sich vergewissert hatte, daß die beiden den steilen Fußweg eingeschlagen hatten, der sich mühsam zwischen den schwarzen Lavaströmen entlangschlängelte, hißte er die Stabsegel, stellte das Ruder auf backbord und lichtete den schweren Anker, als wäre er ein Spielzeug.

In einem Abstand von nicht mehr als drei Metern rauschte die »Isla de Lobos« am letzten Felsen im Nordosten vorbei; dann nahm Abel Perdomo Kurs auf Osten, band das Ruder fest und brauchte all seine Bärenkräfte, um von Hand das große Segel zu setzen. Im selben Moment machte der Schoner einen Sprung nach vorn, gewann an Geschwindigkeit und schnurrte wie ein zufriedener Kater durch das ruhige Wasser der im Windschatten liegenden Küste.

Er ist auf Lanzarote.«

»Und das ist alles, was du bisher rausgefunden hast? Daß er auf Lanzarote ist?«

»Hören Sie, Don Matías«, wandte Centeno ein, »als ich hier ankam, wollte man mir weismachen, er sei ganz woanders. Selbst Sie glaubten daran, weil die Guardia Civil die ganze Insel abgesucht hatte.« Er schüttelte den Kopf. »Aber ich bin zu dem Schluß gekommen, daß niemand diese Insel durchsuchen kann. Mag sein, daß es eine der ödesten auf der Welt ist, aber sie bietet auch die besten Verstecke.«

»Du meinst Timanfaya?«

»Ich meine die ganze Insel. Die Vulkanhölle von Timanfaya, die Grotten, die Klippen, die benachbarten kleinen Inseln und nicht zuletzt die Häuser. Die meisten Häuser liegen hier weit auseinander, und die Menschen leben zurückgezogen, aus Tradition. Man kann Lanzarote von einem Ende zum anderen durchwandern, ohne auch nur einer Menschenseele zu begegnen. Es ist, als wäre sie von Geistern bewohnt, als würden sich die Felder von selbst bestellen.«

»Die Bauern stehen sehr früh auf, und wenn die Sonne zu heiß wird, ziehen sie sich in ihre Häuser zurück. Man repariert höchstens die Mäuerchen, die die Felder vor dem Wind schützen sollen. Da wir kein Wasser haben, gibt es auch nichts zu bewässern. Der Tau sorgt für fast alles.«

»Das habe ich schon gemerkt. Und genauso habe ich gelernt, daß der Mörder Ihres Sohnes unauffindbar ist. Es genügt, daß einer sich bereit erklärt, ihn zu verstecken.«

»Wenn es leicht wäre, hätte ich dich nicht gerufen«, antwortete Don Matías trocken. »Weder dich noch deine Leute. Ich will keine Entschuldigungen oder Erklärungen. Ich will die Leiche von Asdrúbal Perdomo.« Er schwieg einen Moment und sah Centeno seltsam durchdringend an. »Oder besser noch, ich will ihn lebend, damit ich ihm selbst ein paar Schüsse verpassen und ihn im Garten verscharren kann. Wann ist es endlich soweit?«

»Der Tag wird kommen, das steht fest, nur wann, kann ich nicht sagen«, antwortete Centeno. »Das Mädchen ist auch verschwunden, aber ich glaube nicht, daß sie zusammen sind.«

Der Alte gab keine Antwort. Er war aufgestanden, hatte durch das große Fenster seine Weingärten betrachtet und war dann zu dem steinernen Kamin hinübergegangen. Sein Haus war eins der wenigen auf Lanzarote, die mit einem Kamin im Wohnzimmer aufwarten konnten. Er nahm die Photographie seines Sohnes vom Kaminsims.

»Ich habe immer noch das Gefühl, er kommt jeden Augenblick durch die Tür und bittet um ein paar Peseten zum Ausgehen. Nachts wache ich auf und meine, seine *timples* zu hören, doch es ist nur das Klappern des Fensterladens im Wind. Du weißt, daß ich nie auch nur eine Träne vergossen habe, aber jetzt weine ich den ganzen Tag aus Verzweiflung und Wut. Wie Gott zulassen kann, daß ein so niederträchtiger Verbrecher noch lebt, begreife ich einfach nicht, aber ich werde ihn fragen, falls ich ihn in der anderen Welt je zu Gesicht bekomme. Drei Jahre habe ich damit verschwendet, für Christus Kopf und Kragen zu riskieren, und jetzt verliert Gott nicht mal eine Minute, um meinen Sohn zu beschützen – das ist ungerecht! Jawohl, das ist ungerecht, und ich werde ihn zur Rechenschaft ziehen, wenn die Zeit gekommen ist!«

Während er ihn ruhig beobachtete und sich ein neues Glas des guten Malvasiers aus Quinteros eigener Ernte einschenkte, den Rogelia mit einer Schale Kekse auf den Tisch gestellt hatte, kam Centeno zu einer Erkenntnis. Er mußte sich beeilen oder er lief Gefahr, nach glücklich beendeter Mission seinen alten Hauptmann so irre zu finden, daß das Gericht dessen neues Testament nicht mehr anerkannte.

»Sie sollten hin und wieder ausgehen«, schlug er vor, als er sah, daß Don Matías in Schweigen versunken auf das Photo seines Sohnes starrte. »Sie müssen sich ablenken. Ein Besuch im Kasino. Eine kleine Partie Domino. Oder laden Sie Ihre Freunde ein. Sie dürfen sich nicht weiter so quälen.«

»Ich brauche keine guten Ratschläge, Damián, ich brauche einen Toten«, antwortete der andere, ohne aufzublicken. »Einen Toten, verstehst du? Einen nur!« Jetzt drehte er sich um, und Centeno erkannte ein eigenartiges Leuchten in seinen Augen. »Was ist schon ein weiterer Toter für dich, wenn du doch Hunderte auf dem Gewissen hast? Was ist los mit dir? Wirst du langsam alt?«

»Nein, und das wissen Sie sehr gut!« protestierte der andere. »Aber auf dieser verdammten Insel sind die Dinge anders, und auch die Zeit ist nicht mehr dieselbe. Früher war ich höchstens Ihnen Rechenschaft schuldig.«

»Daran hat sich nichts geändert.«

»Sie irren sich, Don Matías. Ich weiß es, denn ich habe vier Jahre meines Lebens in einer Gefängniszelle verbracht, und das ist hart, glauben Sie mir. Ich werde Ihnen den Jungen bringen, tot, aber ich will es so anstellen, daß ich nicht Gefahr laufe, den Rest meines Lebens hinter Gittern zu sitzen.«

»Du weißt, daß ich dir noch immer den Rücken decke.«

»Das weiß ich, und ich bin Ihnen auch dankbar. Aber leider ist der Schutz, den Sie mir gewähren können, heute nicht mehr derselbe wie im Krieg. Ob wir wollen oder nicht – immerhin ist das zehn Jahre her.«

»Allmählich begreife ich...«

»Seien Sie nicht zynisch!« Die Stimme des Ex-Legionärs klang bitter. »Eine der Lektionen, die ich bei der Tercio gelernt habe, lautet: Wer zuerst die Nerven verliert, begeht auch den ersten Fehler. Sie sollten wissen, daß wir diese Angelegenheit nur dann zu einem guten Ende bringen können, wenn ich die Ruhe bewahre. So habe ich es immer gehalten, und ich denke nicht daran, es zu ändern.«

»Schön und gut, aber wo sind deine Ergebnisse? Was hast du bisher erreicht?«

»Daß sie es mit der Angst kriegen! Und richtig nervös werden sie, wenn die Zeit verstreicht und der Wassertransporter ausbleibt.« Er lächelte leicht. »Die Trockenzeit ist lang. Die Zisternen sind leer und die Zeiten, in denen man Wasserfässer auf Kamelen transportierte, sind vorbei. Heute wird Playa Blanca von einem Lastwagen beliefert, und ich habe dafür gesorgt, daß er diesmal nicht kommt.«

»Und was erhoffst du dir davon?«

»Es gibt nichts Schlimmeres als den Durst, glauben Sie mir. Ich war drei Jahre in der Sahara stationiert, ich weiß, wovon ich rede. Was die Menschen für Millionen nicht tun, das tun sie für Wasser, wenn der richtige Augenblick gekommen ist.«

Don Matías zögerte mit seiner Antwort. Wieder trat er an das große Fenster, öffnete es weit und sog den schweren Duft reifer Feigen ein, der aus dem Garten drang. Schon senkte sich die Nacht über die Insel, verwischte die Konturen der Landschaft und verwandelte sie in Gerüche und Geräusche. Zu dieser Tageszeit ging immer eine Veränderung in dem Alten vor, als würde der Einbruch der Schatten seinen Zorn besänftigen, ihn undurchdringlicher und stärker machen, zugleich aber auch verschlossener.

»Ich weiß nicht, was ich davon halten soll«, sagte er schließlich, ohne den Blick von der Dämmerung zu nehmen. »Daß diese Menschen irgendwann mich und die Erinnerung an meinen Sohn hassen werden, gefällt mir. Aber meinst du wirklich, dies ist der einzige Weg?«

»Ja. Und vergessen Sie nicht: Man hat ihn an diesem Ort getötet. Diese Menschen dort sind es, die mit ihrem Schweigen den Mörder schützen.«

»Und wenn sie wirklich nicht wissen, wo er steckt?«

»Dann werden sie es rauskriegen müssen, denn von den Perdomos werde ich es wohl kaum erfahren. Die würden sich eher in Stücke reißen lassen, als den Mund aufzumachen.«

Es klopfte leise an der Tür, und im nächsten Moment stand die dürre, hohe Gestalt von Rogelia im Raum. Sie starrte Centeno an und fragte mit heiserer Stimme: »Bleiben Sie zum Essen?«

»Nein, man erwartet mich in Arrecife. Hören Sie, Rogelia, Sie wissen doch auf der Insel Bescheid – wer kennt sich in den Bergen des Feuers aus?«

»In Timanfaya? In diese verfluchte Einöde verirrt sich niemand, höchstens der Ziegenhirt von Tinajo, Pedro El Triste. Er wagt sich ab und zu hinein, um Kaninchen und Rebhühner zu jagen. Glauben Sie, daß der Hundesohn sich in Timanfaya versteckt?«

Centeno nickte entschieden. »Wenn ich in seiner Haut steckte, würde ich dort unterkriechen«, sagte er.

»Wenn das so ist, dann fahren Sie wieder nach Hause«, sagte die Frau entschieden. »Nicht mal die ganze Fremdenlegion könnte einen Mann aufspüren, der sich in Timanfaya verborgen hält. Es gibt viele Höhlen und Erdlöcher dort. Das hieße eine Stecknadel im Heuhaufen suchen.«

»Es wird schon eine Möglichkeit geben.«

»Welche?«

»Die Mutter. Wenn Sie seine Mutter haben, wird Asdrúbal sich früher oder später eintauschen lassen.«

Centeno musterte Rogelia einen Augenblick mit einem eisigen Blick, überrascht, einen solchen Vorschlag aus dem Mund dieser Frau zu hören. »Daran habe ich auch schon gedacht«, gestand er schließlich unwillig. »Aber wenn sich das Glück wendet und die Guardia Civil beschließt, doch einzugreifen, dann sitze ich bald in der Todeszelle. Eine Entführung ist kein Kavaliersdelikt.«

»Hast du etwa Angst?«

Er drehte sich zu dem Alten um, der diese Frage gestellt hatte. »Sie denn etwa nicht?« fragte er zurück. »Eine Sache ist der Tod, an den habe ich mich gewöhnt, denn ich habe ihn zu meinem Beruf gemacht. Eine andere Sache ist der Henker. Und wenn sie mich fassen, sitzen Sie auch in der Falle. Erinnern Sie sich noch an Diego Vasallo? Er hatte sich seine Lorbeeren in der Schlacht von Teruel hart erkämpft, und sein Vater war ein einflußreicher Falangist. Aber als er dann diese Lesbierin in Almería vergewaltigte und umbrachte, hat der Alte nicht lange überlegt. Er hat das Urteil unterschrieben und ihn über die Klinge springen lassen. Diego war ein harter Bursche, konnte mit einem sechsschüssigen Revolver Russisches Roulette spielen, aber allein die Vorstellung, von der Würgschraube langsam erdrosselt zu werden, hat ihn in einen Schlappschwanz verwandelt, der sich nur noch in die Hose machte vor Angst. Ich weiß es, denn ich habe ihn selber im Knast besucht. Nein, die Würgschraube ist kein Tod für einen Mann!« Er wandte sich zu Rogelia um. »Wo finde ich diesen Pedro?«

»In seinem Haus, draußen vor Tinajo, bei der Mühle. Wenn Sie wollen, gehe ich ihn holen.«

»Nicht nötig. Ich lasse meine Jungs das machen.«

Er stand müde auf und ging zur Tür. »Ich halte Sie auf dem laufenden«, sagte er, an Don Matías gewandt. »Das einzige, worum ich Sie bitte, ist Geduld.«

»Sag mir, wo ich die kaufen kann, und ich lege mir einen Vorrat an. Aber Geduld ist nicht käuflich, und das weißt du nur zu gut.«

Centeno sah ihn einen Augenblick gedankenverloren an, machte eine stumme Abschiedsgeste und verließ den Raum.

Rogelia wartete, bis Centenos Wagen davongefahren war und sagte dann, während sie das Tablett mit den Keksen und den Weingläsern wegräumte: »Meine Cousine Nieves hat mich gebeten, ihrer Tochter eine Arbeit zu verschaffen. Sie ist jung und fleißig, und ich schaffe es nicht mehr. Das Haus ist zu groß für eine einzige Frau. Wenn es Ihnen nichts ausmacht, werde ich sie fragen, ob sie mir im Haushalt zur Hand geht.«

»Und was kann sie sonst noch?«

Noch immer über den Tisch gebeugt, hob Rogelia den Kopf und warf ihm einen überraschten Blick zu, aber Don Matías machte eine abwertende Handbewegung, ging zu seinem Sessel zurück und ließ sich mit einem tiefen Seufzer hineinfallen. »Komm schon, spiel bloß nicht die Beleidigte. Ich habe gehört, wie man sich über die Tochter deiner Cousine Nieves den Mund zerreißt. Sie ist noch keine zwanzig und hat sich schon mit der halben Insel eingelassen. Zur Zeit schafft sie in einer Bar in Arrecife an. Von mir aus kann sie kommen, aber ich weiß nicht, was du dir davon erhoffst. Du wirst von Tag zu Tag älter, und mein Problem ist nicht die Lust, sondern das Gefühl. Solange ich nicht die Gewißheit habe, daß der Mörder meinem Sohn im Grab Gesellschaft leistet, werde ich nichts auf dieser Welt genießen können. Ich müßte mich vor mir selber ekeln, wenn es anders wäre. Das erste ist immer das Wichtigste, und als erstes muß ich mit Asdrúbal Perdomo abrechnen.«

Nachdem Asdrúbal Perdomo in der Nähe der schwarzen Bucht an Land gegangen war, suchte er als erstes eine Höhle als Unterschlupf und eine Stelle, an der die Erde warm war.

In Timanfaya gab es unzählige Grotten und Höhlen, und nicht einmal ein ganzes Söldnerheer hätte sie alle durchkämmen können. Asdrúbal wußte, daß kein Fährtensucher der Welt in diesem Meer aus erstarrter Lava länger als einen Kilometer durchgehalten hätte, denn das Magma war zu einer Masse von übereinandergeschichteten Steinbrocken erstarrt, deren scharfe Kanten wie winzige Rasiermesser in die Luft ragten und die Sohlen der robustesten Stiefel zerschnitten.

Anscheinend hatte bisher niemand gewagt, das Meer von Timanfaya vollständig zu erkunden, sicher auch deshalb, weil es dort offensichtlich nichts zu erkunden gab – nichts außer schwarzer Lava und kleinen Lichtungen oder Inseln, die von den gewaltigen Eruptionen verschont geblieben waren. Der Wind, der ständige Wind, der auf seinem Weg vom Meer keine anderen Hindernisse vorfand als die wenigen niedrigen Vulkanhügel, fegte unaufhörlich über die einsame Landschaft. Abends erfüllte er die Felsspalten mit Feuchtigkeit und verwandelte die öde, tagsüber von der Sonne versengte Steinwüste in eine bitterkalte Steppe.

Derjenige, der die Gegend »Hölle von Timanfaya« getauft hatte, tat dies mit Recht. Den Namen verdankte sie nicht nur den Kratern, die in sechs endlosen Jahren alles Feuer aus dem Inneren der Erde ausgespien hatten, sondern vor allem der Tatsache, daß es auf der ganzen Welt keine zweite Landschaft gab, die jeglicher Form von Leben so feindselig gesinnt war wie diese. Denn in diesem Lavameer konnte nichts überleben, nicht einmal eine Larve oder Moosflechte. Es gab Stellen wie die sogenannte »Islote de Hilario«, da genügte es, einen Eimer Wasser in ein Erdloch zu gießen, und schon erhob sich eine riesige Dampfwolke in den Himmel.

Nachdem Asdrúbal an verschiedenen Stellen ein wenig gegraben oder seine Hand in kleine Felsspalten getaucht hatte, stieß er endlich, etwa einen Kilometer landeinwärts, auf die Spur einer neuen heißen Quelle. Sie führte ihn in eine Gegend aus rotem Kies, wo er eine Mulde aushob, in deren Mitte es unerträglich heiß war. Daraufhin holte er seine Kaffeekanne, füllte sie mit Wasser, steckte sie in die Mulde und wartete geduldig ab. Nach zehn Minuten konnte er befriedigt feststellen, daß das Wasser kochte. Mehr brauchte er nicht, um eine geraume Zeit in Timanfaya überleben zu können, denn mit Hilfe der alten Kanne, eines Gummischlauches, einer Flasche und dem Feuer, das unter der verkrusteten Oberfläche von Lanzarote schlummerte, konnte er Meerwasser in Trinkwasser verwandeln. Die See barg genügend Nahrung, und mit diesem Feuer konnte er sie sich auf tausenderlei Art zubereiten.

Seine fürsorgliche Mutter hatte an alles gedacht und ihm einen Rucksack, einen Beutel *gofio*, ein Stück Käse und eine kleine Büchse Öl eingepackt Jetzt mußte er nur dafür sorgen, daß die Kaffeekanne stets mit Wasser gefüllt war und kochte. Tagsüber würde er schlafen, die Nacht und den Tagesanbruch dazu nutzen, sich mit Schnur und Haken etwas zu essen zu besorgen.

Gern hätte er sich wie seine Mutter oder Geschwister mit Lesen beschäftigt, denn jetzt erkannte er, daß ein Buch ihm geholfen hätte, die langen Stunden des Wartens zu verkürzen, aber jetzt war es zu spät, eine Gewohnheit anzunehmen, die er in seiner Jugend nie zu schätzen gewußt hatte. Also versuchte er, sich ein Leben fern von Lanzarote vorzustellen, in Ländern, in denen ihm sogar die Sprache fremd sein würde. Mit Büchern und Karten hatte seine Mutter ihnen vor vielen Jahren gezeigt, wie die Welt außerhalb der Inseln aussah, aber nie hätte er sich träumen lassen, daß jene Lektionen für ihn eines Tages mehr bedeuten würden als reine Befriedigung seiner Neugier. Ein Leben außerhalb der gewohnten Umgebung war ihm damals undenkbar erschienen, hatte man ihm doch sogar erzählt, daß man woanders nicht einmal *gofio* kannte.

Wie Menschen ohne *gofio* existieren konnten, das war eine Frage, die er seiner Mutter oft gestellt hatte. Zwar hatte diese ihm versichert, daß man im übrigen Spanien und im Ausland *gofio* durch Brot ersetzte, doch keines der drei Geschwister schien dies je verstanden zu haben, denn sie waren davon überzeugt, daß *gofio* die unersetzbare Grundlage aller Ernährung sei. Die Ärmsten kneteten ihn mit Wasser, ein paar Tropfen Öl und etwas Käse zu einem festen Teig und packten ihn in ihre Hirtentasche aus Kaninchenfell, andere streuten *gofio* in den Eintopf, die Milch oder eine wässerige Suppe, um sie dickflüssiger und nahrhafter zu machen, und die Kinder mochten ihn am liebsten mit zerquetschten reifen Bananen oder zu einer Kugel geformt und mit Honig übergossen.

Wie man sich erzählte, waren vor Hunderten von Jahren Auswanderer von den Kanarischen Inseln nach Amerika aufgebrochen, wo sie Texas kolonialisierten und ein paar der wichtigsten Städte gründeten. Es war ihnen undenkbar erschienen, sich auf ein derartiges Abenteuer einzulassen, ohne daß der Nachschub an *gofio* gesichert war; daher hatten sie darauf bestanden, ein Mühlrad mitzunehmen. Per Schiff transportierten sie es bis Veracruz und setzten von dort aus die lange, beschwerliche Reise fort. Nachdem sie von Indianern angegriffen und erheblich dezimiert worden waren, sahen sie sich gezwungen, ihren Schatz in der Wüste zurückzulassen, doch die Sehnsucht nach der kostbaren Nahrung war so groß, daß sie nach ihrer Ansiedlung einen Trupp von ausgesuchten Männern losschickten, um den Mühlstein zu holen.

So wie für seine fernen Vorfahren war es auch für Asdrúbal Perdomo eine Herausforderung der Götter, in die Welt hinauszugehen, ohne auch weiterhin auf den stärkenden Genuß des *gofio* bauen zu können – vergleichbar höchstens dem Größenwahn eines Entdeckers, der sich zur Durchquerung des gefährlichen afrikanischen Dschungels anschickt, ohne auch nur ein Messer einzustecken. Irgendwie war dieses einfache Mehl für ihn eine Art »Nabelschnur«, die ihn mit seinen Inseln verband, denn die meiste Angst hatte Asdrúbal davor, seine Wurzeln zu verlieren. Seit dem Tag, an dem sie ihn zum ersten Mal mitgenommen hatten, um beim Fischfang mitzuhelfen, auf diesem unvergleichlichen Meer mit seinen Stürmen und seiner Stille, den frischen Brisen, dem Gegenwind und den reichen

Fischgründen, war seine Sehnsucht nach Abenteuern vollkommen gestillt.

»Es gibt nichts außerhalb des Meeres, was der Mühe wert ist«, hatte Abel ihm versichert, der sogar einen langen Krieg auf dem Land mitgemacht hatte. Dies war eine Wahrheit, die sich in den Köpfen und Herzen der Maradentros eingegraben hatte. Nie verspürten sie das Bedürfnis, Orte oder Gewässer kennenzulernen, die sie nicht schon von Kindesbeinen an geliebt hatten. So verwunderte es nicht, daß Asdrúbal mehr Angst hatte, in ein fernes, fremdes Land gehen zu müssen, so herrlich und angenehm dies anderen auch erscheinen mochte, als in der öden, feindseligen »Hölle von Timanfaya« zu überleben. Sie war hart, aber sie gehörte zu seinem Land, und er wußte, daß er ihr gewachsen war.

Doch eines Morgens, bei seinem routinemäßigen Streifzug durch das felsige Gelände, entdeckte er mit Hilfe seines alten Fernglases drei menschliche Gestalten und zwei Hunde, die mühsam die ockerfarbenen und violetten Hänge eines fernen Vulkans hinaufstiegen, von dessen Gipfel sie dann eine geraume Zeit die Landschaft absuchten. Plötzlich hatte Asdrúbal das Gefühl, in dieser schwarzen Steinwüste, eingeschlossen von Kratern auf der einen und dem Meer auf der anderen Seite, in der Falle zu sitzen.

»Pedro El Triste!« flüsterte er, ohne die Männer aus den Augen zu lassen. Jetzt bewegte sich der erste mit langen Schritten wie ein Kranich vorwärts. Seine Füße berührten kaum den Boden. »Wenn mich hier einer sucht, dann kann es nur der verdammte Ziegenhirt sein. Der würde seine Mutter für 'ne Flasche Rum verraten!«

Pedro El Triste war nach nur fünfmonatiger Ehe von seiner Frau verlassen worden. Sie hatte keine Skrupel gehabt, jedem zu erzählen, daß ihr Mann sie in der ganzen Zeit nur einmal, nämlich in der Hochzeitsnacht, angerührt und ansonsten mehr Zeit mit einer schwarzweißgefleckten Ziege verbracht hatte als mit der Frau, der er ewige Treue geschworen hatte. Pedro hatte es nicht für nötig gehalten, solchen Vorwürfen zu begegnen. Unbeirrt hatte er sein bisheriges Leben weitergeführt, das sich darauf beschränkte, tagelang mit seiner Herde unterwegs zu sein und sporadische Jagdausflüge in die »Hölle von Timanfaya« zu unternehmen, bis eines Tages ein paar Weiber aus dem Dorf seine Abwesenheit nutzten, um die schwarzweißgefleckte Ziege zu schlachten. Danach verwandelte er sich in den einsamsten und traurigsten Menschen auf der ganzen Insel.

Asdrúbal erinnerte sich, wie er selbst bis zum Überdruß das lustige Liedchen gesungen hatte, das ein unbekannter Komponist vor langer Zeit dem Liebesmißgeschick des Ziegenhirten aus Tinajo gewidmet hatte. Gelegentlich hatte er ihm sogar ein paar Gläser des ätzenden Gebräus spendiert, mit dem Pedro sich langsam zu Tode soff. Doch nie hätte er sich damals träumen lassen, daß ihm dieser Mann eines Tages gefährlich werden könnte. Das Problem, von Pedro El Triste verfolgt zu werden, bestand nicht unbedingt in seiner perfekten Kenntnis des steinernen Labyrinths jener vulkanischen Gegend, sondern in seinen beiden Hunden. Mit unendlicher Geduld hatte er sie nämlich daran gewöhnt, eine Art von hohen, selbstgemachten Schuhen zu tragen. So waren sie imstande, in das Meer erstarrter Lava einzudringen, ohne sich schon nach wenigen Metern die Pfoten zu zerfetzen.

Verflucht, dachte er bei sich, Pedro bringt es fertig, mit seinen Hunden meine Fährte aufzunehmen, so gut ich mich auch verstecke.

Pedro El Triste hatte vom ersten Augenblick an geahnt, wo sich der junge Perdomo Maradentro versteckt haben mußte. Nicht umsonst war er vierzig Jahre lang durch die steinige Wüste von Timanfaya gestreift, die er als sein alleiniges Eigentum ansah, denn kaum einer hatte je versucht, ihm das feindselige Terrain streitig zu machen, das ihn von Anfang an in seinen Bann gezogen hatte.

Vor vielen Jahren, nachdem ihn seine Frau nach diesen unglückseligen fünf Monaten verlassen hatte, wäre er fast der Versuchung erlegen, Dorf und Insel den Rücken zu kehren und an einen Ort zu ziehen, wo niemand etwas über ihn und seine Enttäuschungen wußte. Er packte seine Siebensachen zusammen und machte sich auf der Landstraße in Richtung Arrecife auf den Weg. Doch kaum war er an San Bartolomé und der Vulkankette vorbei, in der er geboren worden war und die er seitdem nie aus den Augen verloren hatte, da war ihm, als schwände alle Kraft aus seinen Gliedern. Jene innere Stärke, die es ihm ermöglicht hatte, stundenlang zu gehen, ohne müde zu werden und vollkommen allein zu leben, nur mit sich, der Landschaft und den Tieren, drohte ihn von einem Augenblick auf den anderen zu verlassen.

Pedro war in einer Vollmondnacht auf einem glatten Vulkanfelsen unter freiem Himmel gezeugt worden und wiederum in einer Vollmondnacht im Schatten des höchsten Vulkans von Timanfaya zur Welt gekommen. Da er seinen Vater nie gesehen hatte, stellte er ihn sich als Kind wie ein wunderbares Wesen vor, das aus dem Innersten der Erde, den tiefsten Erdspalten aufgetaucht war. Pedro selbst hatte in seinem ganzen Leben keine andere Gesellschaft gekannt als die der Ziegen, Eidechsen und Kaninchen und war daher unfähig, das Wesen der Menschen zu verstehen.

Keiner im Dorf schien zu wissen, wovon er sprach, wenn er immer wieder zu erklären versuchte, was eine Vollmondnacht auf dem Gipfel des Vulkans für ihn bedeutete. Nur in Vollmondnächten respektierte der Wind die Einsamkeit von Timanfaya. Dann saß Pedro stundenlang da und ergötzte sich an den Spiegelungen, die der Mond aus der erstarrten Oberfläche des felsigen Meeres zauberte und im Kontrast dazu an der tiefen Finsternis, mit der die vulkanische Asche den Glanz desselben Mondes verschluckte. Nur er erlebte dieses Gefühl, wenn die stumme Macht der Vulkane durch die Fußsohlen in ihn überging. Und wenn er auf den Felsen schlief, über sich nur noch das Dach der Sterne, drang sein Geist in die Tiefe der Erde oder stieg zu den fernsten Planeten auf. Niemand außer ihm wußte, daß Timanfaya der Ort war, an dem sich das Herz der Erde und das Reich des Universums dem Menschen mitteilten. Alle auf der Insel waren überzeugt, daß er nur deshalb trank, weil ein paar alte Vetteln die sanfteste und schönste seiner Ziegen geschlachtet hatten; keiner wußte um die Traurigkeit, die in seiner Unfähigkeit begründet lag, die übrige Welt an seinen wunderbaren Entdeckungen teilhaben zu lassen.

Er konnte sich nicht einmal an den Namen seiner Mutter erinnern, und wenn er recht darüber nachdachte, so hatte sie wohl auch nie einen besessen. Sie hatte den Ruf einer Hexe und Heilerin gehabt. Damals, als es kaum möglich war, auch nur einen einzigen Arzt auf der Insel ausfindig zu machen, waren die Leute sogar aus der Hauptstadt gekommen, um sich von ihr heilen zu lassen. Sie war im Gefängnis gestorben, als er noch klein war. Seitdem flüchtete er vor den Menschen und fand nur bei den Felsen und Ziegen Trost.

Und jetzt waren zwei Wesen aus einer anderen Welt aufgetaucht, deren Sprache er kaum verstand; ein Galicier und ein anderer, der sich Milmuertes nannte. Sie hatten ihm mehr Geld geboten, als er je im Leben gesehen hatte, damit er vier Tage lang mit ihnen die endlosen Geheimnisse einer Welt ergründete, in der sich der Ursprung aller Welten verbarg.

»Was sucht ihr dort?«

»Einen Mörder.«

»Wen hat er umgebracht?«

»Den Sohn von Don Matías Quintero.«

Er erinnerte sich an den jungen Herrn. Er war oft mit seinen Freunden aus Mozaga gekommen, hatte sich ein Lamm braten lassen und sich in der Taverne betrunken, in der auch Pedro immer saß, ohne jemanden zu stören. Das eine oder andere Mal hatte er auch jenes verfluchte Lied gesungen, das ein gottloser Schreiberling vor vielen Jahren gedichtet hatte.

»Geschieht ihm recht!«

»Das steht auf einem anderen Blatt! Wir bieten dir vierzig *duros*, wenn du den Mörder aufspürst.«

»Vierzig *duros*, wenn ich ihn finde? Wie Sie schon sagten, das steht auf einem anderen Blatt!«

»Hier ist das Geld. Im Morgengrauen brechen wir auf.«

»Soll mir recht sein.« Pedro trank seinen Rum aus und bestellte vielleicht zum ersten Mal in seinem Leben eine Flasche in dem Bewußtsein, sie auch bezahlen zu können. »Sagen Sie«, fing er plötzlich an. »Dieser Mörder, ist das nicht Asdrúbal Perdomo, einer von den Maradentros aus Playa Blanca?«

»Stimmt.«

»Der Bruder von Yaiza, die mit den wilden Tieren und den Toten redet?«

»Genau der. Hast du Einwände?«

»Nein, nein.«

Doch da hatte Pedro El Triste gelogen – es gab durchaus einen Einwand, denn seit er Yaiza Perdomo zum ersten Mal am schwarzen Strand der Bucht hatte spazierengehen sehen, dort, wo der Vulkan und das Meer eine Verbindung eingegangen waren und in der Tiefe eines gespaltenen Kraters eine grüne Lagune geschaffen hatten, wußte er, daß das kleine Mädchen mit den langen Haaren und den unergründlichen Augen das Geheimnis der Kräfte, die aus dem Inneren der Erde aufstiegen, mit ihm teilte. Yaiza war wie er ein Teil dieser Welt aus erstarrter Lava und Felsgestein, das einzige Geschöpf, mit dem er sich auf irgendeine Weise verwandt fühlte, auch wenn es keine Blutsverwandtschaft war und nur er allein darum wußte. Wie seine eigene Mutter, von der er, so sehr er sich auch anstrengte, weder den Namen noch das Äußere behalten hatte, besaß auch Yaiza die Gabe jener Frauen, die von manchen Hexen genannt wurden, und die vor langer Zeit der Insel ihre Macht und ihr Gesetz auferlegt hatten. Yaiza hatte sie von der berühmten Armida geerbt, jener Hexenmeisterin, die den Kreuzritter Reinaldo entführt hatte, um auf La Graciosa ein paar liebestolle Jahre mit ihm zu verbringen.

Kein von Menschen geborenes Wesen hatte das Recht, solche Schönheit, eine so stolze und zugleich distanzierte Haltung zur Schau zu tragen. Der Gedanke, daß nur er, Pedro der Traurige, das Geheimnis um den Ursprung des seltsamen Mädchens kannte, das »die wilden Tiere besänftigte, die Fische anlockte, das Leid der Kranken linderte und den Toten gefiel«, erfüllte ihn mit Genugtuung.

Die Nacht verbrachte er auf seinem Bett aus Stroh neben seinen Ziegen und der Rumflasche und betrachtete durch das glaslose Fenster die Sterne, die über dem Berg von Corujo in der Ferne funkelten. Drei Stunden vor Tagesanbruch machte er sich für den Marsch bereit, weckte einen Nachbarn, bat ihn, für drei *duros* auf seine Herde aufzupassen, solange er fort blieb, und ging dann zur Taverne. Dort setzte er sich auf die Treppenstufen und wartete auf seine Auftraggeber.

Seine Hunde, zwei *bardinos,* deren Vorfahren mehr als tausend Jahre vor Armida und Reinaldo auf der Insel gelebt hatten, folgten ihm wie immer auf Schritt und Tritt. Sie waren wie seine Schatten, glichen ihm bis ins kleinste Detail: hager, langbeinig, traurig und leise.

Milmuertes und Dionisio, ein Galicier, dem an einer Hand drei Finger fehlten, tauchten vor ihm auf, als die ersten Windstöße den Tag ankündigten. Wortlos führte er die beiden einen Pfad entlang, der sich durch Zwiebel- und Tabakfelder schlängelte, und noch ehe der erste Einwohner erwachte, hatten sie das Dorf schon hinter sich gelassen.

Offenbar waren die Fremden keine langen Märsche gewohnt, denn er hörte sie hinter sich keuchen, als er bei der ersten Steigung seine Schritte beschleunigte. Ihre Füße waren nicht dafür geschaffen, auf lockerem Geröll oder riesigen Brokken verbrannter Lava das Gleichgewicht zu halten. Als dann die Sonne aufging, blieb er stehen und streifte den Hunden die Schuhe über, um ihre Pfoten zu schützen. Dabei entging ihm nicht, daß seine Begleiter sich japsend fallen ließen und nach Luft schnappten.

»Kannst du nicht ein wenig langsamer gehen?« fragte der Galicier, nachdem er einen Schluck Wasser getrunken hatte. »Wir sind doch nicht die Feuerwehr.«

Pedro zuckte die Achseln, ohne sie anzusehen. »Es ist Ihr Geld«, sagte er gleichmütig. »Mir hat der Maradentro nichts getan, und eilig habe ich es noch nie gehabt.«

»Na, das freut mich aber zu hören, denn wenn du es eilig hättest, würde uns jetzt wahrscheinlich die Lunge aus dem Hals hängen.« Er deutete auf die beiden Hunde. »Das ist das erste Mal, daß ich Hunde Schuhe tragen sehe. Kriegen sie ab und zu auch was zu fressen?«

»Ab und zu«, antwortete Pedro. »Mit satten Hunden kann man nicht jagen.«

Milmuertes, der vergeblich versucht hatte, sich trotz des Windes eine Zigarette anzuzünden, fluchte leise. »Scheißinsel! Wie soll man es hier bloß aushalten?«

Pedro der Traurige warf ihm einen langen Blick zu, zog dem zweiten Hund die Schuhe an, stand auf und setzte den Marsch fort.

Der Galicier protestierte. »Warte doch«, rief er. »Ich dachte, wir wollten eine Pause einlegen.«

»Wie Sie wollen«, antwortete der Ziegenhirt. »Aber auf diese Vulkane zu klettern, wenn die Sonne richtig brennt, ist kein Honiglecken.«

Als sie am Gipfel angekommen waren, fragten sie sich, was dieser Mann wohl mit »kein Honiglecken« meinte, denn schon jetzt zitterten ihnen die Beine und schien ihnen das Herz im Leib zu bersten, obwohl die Sonne nicht einmal die Hälfte ihres Weges zum Zenit zurückgelegt hatte.

Sie setzten sich hin, ließen sich den Wind ins Gesicht blasen und starrten fasziniert auf das unwirtliche schwarze Felsenmeer hinunter, auf endlose Krater in allen möglichen Farbschattierungen und auf gefährliche Spalten im Gestein, die tiefe Furchen durch die Landschaft zogen. Weit hinten verlor sich die dunkle Erde und ging in das leuchtende Blau des Ozeans über.

»Müssen wir da durch, um ihn zu finden?« fragte *Milmuertes* entsetzt, als er wieder zu Atem gekommen war. »Das ist doch was für Verrückte.«

»Ich gebe Ihnen die vierzig *duros* jedenfalls nicht zurück«, sagte der Ziegenhirt hastig. »Sie waren es, die herkommen wollten.«

»Wer denkt schon an deine vierzig *duros*«, antwortete der andere. »Ich denke an meine Füße. Die sind jetzt schon kaputt. Und meine Hände vom dauernden Hinfallen ganz aufgeschürft. Auf diesem Gestein kann doch kein Mensch gehen! Es ist scharf wie ein Rasiermesser.«

»Wir können noch umkehren, wenn Sie wollen.«

»Centeno würde uns umbringen.« Der Galicier deutete mit dem Kopf auf die Vulkankette. »Wie soll man da jemand finden?«

»Sie bezahlen mich dafür, daß ich es versuche, also versuche ich es.«

»Stimmt es, daß du die Gegend magst?«

»Ja, das stimmt.«

»Warum?«

Er sah sie unverwandt an. »Weil es hier keine Menschen gibt.«

»Das habe ich auch gehört. Du magst keine Menschen. Du ziehst Ziegen vor. Stimmt es, daß du es mit deinen Ziegen treibst?«

Zum ersten Mal in seinem Leben bereute Milmuertes, jemanden beleidigt zu haben. Zwar reagierte der andere anscheinend nicht auf seine Frage, doch dann entdeckte Milmuertes ein merkwürdiges Leuchten in den Augen des Hirten und wußte, daß er sich soeben einen Feind gemacht hatte. Pedro blieb noch einen Augenblick sitzen und betrachtete schweigend die Landschaft. Dann stand er auf und begann den schwierigen Abstieg, ohne sich darum zu kümmern, ob die anderen ihm folgten. Hin und wieder pfiff er nach seinen Hunden, damit sie nicht ihre Kraft damit verschwendeten, der Fährte eines Hasen oder Rebhuhns zu folgen. Er blieb erst stehen, als er merkte, daß die Sonne, die jetzt wie Blei auf ihnen lastete, drohte, den Galicier niederzustrecken. Er suchte den Schatten eines Felsvorsprungs, von dem schwarze, gewundene Zapfen herabhingen, die die glühende Lava vor Jahrhunderten gebildet hatte und die an riesige, versteinerte Tränen erinnerten.

Während seine Begleiter, von der Hitze und den Strapazen erschlagen, erschöpft und schweißnaß nach Luft rangen, öffnete er seinen Sack und verknetete darin etwas *gofio* mit ein paar Stücken stark riechendem, trockenem Käse. Der Galicier und Milmuertes beobachteten ihn mißtrauisch.

»Ist das dein Essen?«

Er deutete mit dem Kopf auf die Hunde. »Und das der Hunde. Wenn sie nicht jagen dürfen, muß ich sie füttern. Heute sind wir viel gelaufen.«

»Kein Wunder, daß sie so hager sind«, sagte der Galicier. »Man könnte meinen, daß sie vom Wind leben, und davon gibt's auf dieser Scheißinsel ja genug.«

Die beiden nahmen aus ihren Rucksäcken große Stücke Brot, Käse, Würste und ein paar Konserven. Zwischendurch kam auch ein riesiger, vernickelter Revolver zum Vorschein, den Milmuertes auf einen Stein legte.

»Sie wollen den Jungen also töten?«

Der andere lachte. »Wenn es dir lieber ist, werden wir ihn um ein Autogramm bitten und einladen, uns nach Mozaga zu begleiten, damit Don Matías ihn beglückwünschen kann.«

Der Ziegenhirt blieb einen Augenblick stumm und fragte dann, ohne seine vorherige Beschäftigung wiederaufzunehmen: »Kennen Sie Yaiza, Asdrúbals Schwester?«

»Nicht so, wie ich es mir wünschte«, lachte Milmuertes grob. »Das Mädchen ist das stärkste Dynamit auf der ganzen gottverdammten Insel, und ich will verflucht sein, wenn ich sie verlasse, ohne es vorher noch gezündet zu haben.«

»Da wirst du wohl anstehen müssen«, grinste der Galicier. »Das schwebt uns scheinbar allen vor, aber ich glaube, Centeno hat sich schon als erster eingetragen. Er ist der Boß.«

»Könntest du dir vorstellen, diese Puppe zum Anschaffen mit in die Stadt zu nehmen? Schlange würden sie stehen! Und bei der Figur und dem Gesicht könnte sie dreißig Mann pro

Tag bedienen. Es ist eine wahre Goldgrube, was diese Hurentochter da zwischen den Beinen hat.«

»Aurelia Perdomo ist keine Hure«, murmelte Pedro El Triste leise. »Jeder weiß, wie weise und gütig sie ist.« Seine Stimme wurde heiser. »Und Yaiza ist auch keine Hure! Sie hat das Zweite Gesicht!«

Sie sahen ihn spöttisch und neugierig an und warteten auf seine Erklärung, als hätten sie es mit einem Kind, einem Verrückten oder einem Betrunkenen zu tun.

Der Ziegenhirt vergewisserte sich, daß die Masse in seinem Sack zu einem festen Teig geworden war, der nicht klebte, und sagte dann, ohne sie eines Blickes zu würdigen: »Meine Mutter hatte es auch.«

»Was? Das Zweite Gesicht?«

»Die Gabe, Kranke zu heilen. Und wenn sie jemandem ins Gesicht sah, wußte sie, ob er bald sterben würde.«

»Sehr spaßig«, höhnte der Galizier, »aber die einzige Gabe, die mich an der Puppe interessiert, ist die, die der liebe Gott ihr zwischen die Beine gesteckt hat.«

Pedro El Triste gab keine Antwort. Er war damit beschäftigt, den *gofio* gerecht zu teilen und seinen Hunden zu fressen zu geben. Als sie fertig waren, goß er etwas Wasser in eine Sardinenbüchse, ließ sie trinken und befahl ihnen, sich in den Schatten des Felsvorsprungs zu legen. Erst dann steckte er sich selber kleine Bissen in den Mund und kaute langsam. Dabei betrachtete er die versteinerte Landschaft, als wäre er mit seinen Tieren allein, als hätten die beiden Fremden sich in Luft aufgelöst.

Diese hatten auch angefangen zu essen. Sie schnitten sich mit ihren scharfen Messern dicke Brotscheiben ab und spülten ihr Mittagessen mit großen Schlucken starken Weins aus Geria herunter, den sie in einer ihrer Wasserflaschen mitgebracht hatten. Sie mußten zuviel gegessen und getrunken haben, und Müdigkeit und Hitze taten ein übriges, denn kaum hatten sie ihre Zigaretten geraucht, machten sie es sich gemütlich und schlossen die Augen.

Auch die Hunde dösten, obwohl sie mit einem aufgerichteten Ohr immer auf der Lauer lagen. Nur der Ziegenhirt blieb nachdenklich wach, reglos wie eine steinerne Statue inmitten der öden Felslandschaft. Pedro El Triste wußte, daß dies wahrscheinlich der wichtigste Tag in seinem gleichförmigen Dasein war. Aber nie hätte er sich träumen lassen, daß er eines Tages die Spur eines Mannes verfolgen würde, den man töten wollte.

Er drehte sich um und starrte lange auf den blitzenden Revolver, der noch immer neben Milmuertes Hand lag. Es war, als hätte die Waffe ihn hypnotisiert, denn aus solcher Nähe hatte er noch nie eine gesehen. Einen Moment war er versucht, die Hand auszustrecken und das kalte Metall der Waffe zu berühren, ihr Gewicht, ihre Masse zu spüren. Doch dann ließ er es bleiben, denn er hatte die Leute sagen hören, daß »der Teufel selbst die Dinger lädt«, und er glaubte an den Teufel. Nicht umsonst war er sein Leben lang durch Timanfaya gestreift und kannte Höhlen, die zweifellos geradewegs in die Hölle führten. Und diese Waffe war nicht wie die einfachen Gewehre, die er bei den Jägern gesehen hatte. Dieser Revolver war dafür geschaffen, Menschen zu töten. In seinem Lauf steckte schon die Kugel, die das Leben von Yaizas Bruder auslöschen sollte.

Er schloß die Augen und erinnerte sich daran, wie er das Mädchen zum letztenmal gesehen hatte. Es war auf dem Fest in Uga. Damals hatte plötzlich die ganze Insel entdeckt, wie unbeschreiblich schön sie geworden war. Ein angenehmes Wohlgefühl durchströmte ihn, als er sich vorstellte, wie sie mit ihren Brüdern getanzt, wie süß und schüchtern sie die *folías* gesungen und mit welcher Natürlichkeit sie ihn angelächelt hatte, als sie sah, daß er sie beobachtete. Schon damals hatte er wissen wollen, wie sich der prächtige Körper mit dem Zweiten Gesicht vereinbaren ließ.

Einen Moment schoß ihm durch den Kopf, daß Asdrúbal, der so lange in ihrer Umgebung hatte leben dürfen, kein Recht hatte zu protestieren, wenn man ihn so jung töten wollte. Doch dann dachte er wieder an sie, und wie der Tod ihres Bruders die strahlende Freude, die in ihren Augen leuchtete, für immer trüben würde. Plötzlich hatte er Angst, am Unglück von Yaiza, die »den Toten gefiel«, mitschuldig zu sein.

Auf der windgeschützten Seite, unweit von Playa Quemada und noch vor der Punta del Papagallo, die wie ein steinernes Messer ins Meer hineinragte, gab es eine weite Bucht, die Bahía de Ávila. Hier kamen in bestimmten nebligen Nächten, wenn das Meer ruhig war, die Leute im Schein der Fackeln zusammen, um auf ihre Angehörigen zu warten, die auf dem Meer umgekommen waren. Diese Tradition war so alt wie die Insel selbst, und die Zahl der Witwen und Waisen, denen es gelungen war, mit ihren geliebten Verstorbenen Kontakt aufzunehmen, war groß. Andere verbrachten jedoch lange Stunden des Wartens, ohne ein Zeichen zu erhalten. Eines hatte sich jedoch herumgesprochen: In den Nächten, in denen Yaiza Perdomo an die Bucht kam, gab es nur selten einen Toten, der nicht auf den Ruf der Seinen gehört hätte. Pedro El Triste, der die ersten Jahre seines Lebens selbst unter Zauberern und Hexen verbracht hatte, zollte dem Jenseits höchsten Respekt. Er hätte nie gewagt, sich den Unmut der Geister zuzuziehen, indem er sich jemanden zum Feind machte, der sich ihm gegenüber stets freundlich gezeigt hatte.

»Wir müssen weiter«, rief er plötzlich und sprang auf. »Wir sind doch nicht zum Schlafen hergekommen.«

Unwillig schlugen der Galicier und Milmuertes die Augen auf, sammelten ihre Sachen ein und stolperten hinter dem Ziegenhirten her, der sich mit seinen Kranichschritten schon wieder dem Rand eines Abgrunds näherte.

»Hast du eigentlich eine Ahnung, wo wir hingehen?« fragte der Galicier. »Oder irren wir den ganzen Tag ziellos umher?«

»Ich habe darüber nachgedacht, er kann nur an einem Ort sein.«

»Wo?«

»Nicht weit von hier.«

Die beiden Fremden sahen sich an. Ihr Blick verriet Ungläubigkeit. Milmuertes kramte in seinem Rucksack, holte den Revolver heraus und steckte ihn ostentativ in den Gürtel. »Der Typ gefällt mir nicht«, brummte er. »Der ist nicht ganz dicht.«

»Nicht ganz dicht?« antwortete sein Kamerad leise. »Der ist total übergeschnappt!«

Sie folgten Pedro, doch die Sorglosigkeit des Morgens, als sie nur darauf geachtet hatten, sich nicht die Knöchel zu brechen oder hinzufallen, schien dahin. Eine schlimme Vorahnung hatte sich ihrer bemächtigt. Sie waren Gefahr gewohnt und hatten einen sechsten Sinn für bedrohliche Situationen entwickelt. Der Galicier wünschte alles zum Teufel: den Ziegenhirten, die Hunde, den gottverfluchten Asdrúbal Maradentro. Wäre es nach ihm gegangen, so hätten sie auf der Stelle den Rückzug antreten können; wohin, war egal, Hauptsache weg aus dieser wogenden, schwarzen Steinwüste.

Doch dann betrachtete er die erbärmliche Gestalt vor sich und kam zu dem Schluß, daß er nichts als ein armseliger, schmutziger und harmloser Ziegenhirt war. Welche Erklärung sollte er Centeno geben, wenn er sich tatsächlich aus dem Staub machte? Daß er Angst gehabt hatte? So beschränkte er sich darauf, in seinen Rucksack zu greifen und sich der beruhigenden Anwesenheit der Waffe zu versichern. Dann beschleunigte er seine Schritte, um mit Pedro gleichzuziehen.

»Kennst du Asdrúbal Perdomo?« fragte er.

»Hab' ihn ein paarmal gesehen.«

»Und seine Familie?«

»Kenne ich auch nur vom Sehen.«

»Mir scheint, auf dieser Insel kennt jeder jeden.«

»Sie ist klein.«

»So klein ja nun auch wieder nicht. Wieviel Einwohner hat sie? Zwanzigtausend?«

»Hab' sie nie gezählt.«

»Ja, das kann ich mir denken. Wieso magst du die Maradentros?«

»Das habe ich nie behauptet!«

»Das stimmt, behauptet hast du es nicht.«

Er ließ den Ziegenhirten wieder etwas davonziehen, bis sein Kamerad Milmuertes auf gleicher Höhe mit ihm war.

»Was hat er gesagt?«

»Nichts. Er sagt überhaupt nichts, und das macht mich langsam mißtrauisch«, fluchte der Galicier. »Ich habe allmählich das Gefühl, er schleppt uns durch diese Steinwüste, bis wir zusammenbrechen. Und dann kehrt er mit dem Geld in der Tasche nach Hause zurück. Wenn du mich fragst, der führt uns nach Strich und Faden an der Nase herum.«

»Er weiß nicht, mit wem er es zu tun hat.«

»Bestimmt nicht. Aber wenn er nicht will, daß wir den Jungen finden, dann finden wir ihn auch nicht. He, du«, rief er plötzlich. »Warte einen Augenblick.«

Pedro El Triste blieb stehen und drehte sich um. Die Hunde folgten seinem Beispiel. Er sagte nichts und wartete, bis die beiden Männer ihn erreicht hatten.

»Wenn wir Asdrúbal Perdomo finden, kriegst du noch tausend Peseten Belohnung.«

Der Ziegenhirt dachte einen Augenblick nach, starrte lange auf die Waffe, die Milmuertes abwesend streichelte, und antwortete: »Zweitausend.«

»Sieh mal einer an«, rief der Galicier. »Wir kommen uns also näher. In Ordnung, zweitausend.«

Der andere nickte zustimmend.

»Ich bringe Sie zu seinem Versteck und verschwinde dann. Mit einem Mord will ich nichts zu tun haben.« Er schüttelte heftig den Kopf. »Nicht mal für zweitausend Peseten.«

»Verstehe«, lächelte der Galicier. »In Wirklichkeit hast du bloß Angst, daß wir dich auch kaltmachen. Stimmt's?«

»Schon möglich.«

»Da kannst du ganz beruhigt sein. Es wäre nicht klug, Steine auf das eigene Dach zu werfen. Also abgemacht«, setzte er hinzu. »Und jetzt los, wir dürfen keine Zeit verlieren.«

Pedro El Triste nickte, band seine Hunde an eine lange Leine und schnalzte mit der Zunge. »Such!«

Als wäre dies das Kodewort, auf das sie die ganze Zeit gewartet hatten, erwachten die *bardinos* jetzt zum Leben. Sie nahmen Witterung auf, preschten los und zogen ihren Herrn, der trotz seiner langen Schritte kaum mithalten konnte, hinter sich her.

Mehr als eine Stunde eilten sie so vorwärts. Sie umgingen einen rötlich schimmernden Krater, der erst vor drei Tagen erloschen zu sein schien, überquerten einen Steilhang, der von breiten, bodenlosen Erdspalten durchzogen war, und erreichten schließlich eine Gruppe von Höhlen, die in ein Gewirr von Felsbrocken führten. Der felsige Hang war ein Jahrhundert nach dem Vulkanausbruch zusammengestürzt und hatte dieses Labyrinth hinterlassen.

Der Ziegenhirt gab seinen Hunden einen Befehl, worauf diese wütend knurrten und die Zähne fletschten. Er mußte sie zurückhalten, denn sie brannten darauf, in einem der Eingänge zu verschwinden.

Pedro drehte sich zu den anderen, die gerade schwer keuchend ankamen. »Es ist besser, Sie halten die Waffen bereit«, sagte er und zeigte auf die Höhlen. »Da scheint etwas zu sein ...«

Das ließ sich der Galicier nicht zweimal sagen. Er warf den Rucksack zu Boden, nahm den Revolver heraus und entsicherte ihn. Milmuertes legte seine Siebensachen daneben ab. Mittlerweile holte der Ziegenhirt eine Karbidlampe aus seinem Rucksack, goß etwas Wasser hinein und machte sie zum Anzünden bereit. Dann bewegte er sich, ohne die Hunde von der Leine zu lassen, vorsichtig in eine der Höhlen hinein.

Der steinerne Schacht, der entstanden war, als die brodelnde Lava sich über den felsigen Grund ergossen und hier und da große Luftblasen hinterlassen hatte, die mit der Zeit platzten oder aufgrund neuer Erdverschiebungen in sich zusammenfielen, stieß in gerader Linie etwa zwanzig Meter vor und machte dann eine scharfe Biegung. Dahinter ging die anfängliche Finsternis in eine Art Nebel über, den das Licht der Lampe kaum zu durchdringen vermochte. Nach weiteren sechs Schritten erreichten sie eine Gabelung, wo der Schacht sich teilte: die eine Hälfte führte weiter geradeaus, die andere langsam, aber stetig abwärts, als ginge es geradewegs in das Innere der Erde.

Ohne zu zögern, schlugen die Tiere diesen letzteren Weg ein. Ihr Besitzer führte sie noch immer an einer kurzen Leine, dann folgten nebeneinander der Galicier und Milmuertes, die zu diesem Abenteuer offensichtlich nicht die geringste Lust verspürten. Dann und wann senkte Pedro die Lampe, um nach Spuren zu suchen, aber wie Decke und Wände bestand auch der Boden aus einer porösen schwarzen Masse, auf der man keinerlei Spuren entdecken konnte.

Nach wenigen Minuten gelangten sie in eine riesige Höhle mit hoher Decke, die vom Licht der Lampe nur schwach erhellt wurde. Hier drangen die *bardinos* in einen niedrigen Schacht ein, durch den die Männer eine Zeitlang, die ihnen wie eine Ewigkeit vorkam, auf allen vieren kriechen mußten.

Irgendwann entdeckte der Galicier, der die Lampe nicht aus den Augen gelassen hatte und entschlossen war, bei der geringsten verdächtigen Bewegung von der Schußwaffe Gebrauch zu machen, daß dieses Licht vorsichtig auf dem Boden abgestellt worden war. Sowohl die Hunde wie auch ihr Besitzer schienen sich in Luft aufgelöst zu haben. Sie waren wie vom Erdboden verschluckt, in einer der zahlreichen Nebenhöhlen verschwunden, die zu beiden Seiten des engen Schachts abgingen.

»Gottverdammter Hurensohn!« stieß er hervor.

Milmuertes Stimme zitterte unüberhörbar, als er fragte: »Was ist los?«

»Er ist abgehauen! Einfach abgehauen! Hat uns sitzenlassen! Zurück! Los, zurück, ehe die Lampe ausgeht!«

Milmuertes drehte sich fluchend und beinahe schluchzend vor Angst um sich selbst und kroch auf allen vieren hastig in die große Höhle zurück, aus der sie gekommen waren. Kaum waren sie dort angekommen, gab die Lampe ihren Geist auf.

Yaiza Perdomo fuhr schreiend aus dem Schlaf auf. Als der alte Rufo Guerra mit einer Petroleumlampe in der einen und einem langem Messer in der anderen Hand ins Zimmer gestürzt kam, saß sie schweißüberströmt und mit geröteten Augen auf dem Bett.

»Was ist los, Mädchen?« fragte er. »Was hast du?«

Langsam beruhigte sich Yaiza, schloß die Augen, atmete tief durch und umklammerte die Hand des alten Mannes, der sich neben sie gesetzt hatte. »Zwei Männer... ich habe zwei Männer gesehen, die vor Angst schrien. Sie werden sterben und... und es ist meine Schuld.«

Rufo Guerra seufzte erleichtert und legte das rostige Messer auf den Tisch. »Da hast du mir aber einen schönen Schrecken eingejagt! Jetzt beruhige dich doch, es war nur ein Traum!«

Sie schüttelte heftig den Kopf. »Das war kein Traum. Ich habe es deutlich gesehen, genauso wie ich die Schiffbrüchigen sehe oder die Thunfischbänke. Es ist Wirklichkeit!«

»Unsinn!« protestierte der Alte. »Du bist nur beeinflußt von den Geschichten, die sie dir seit deiner Kindheit erzählt haben. Wie kannst du bei einer so gebildeten Mutter bloß an die

Schauermärchen von alten Weibern glauben? Du hättest nie auf so was hören sollen.«

»Ich kann doch nichts dafür, wenn mir die Sterbenden erscheinen! Ich rufe sie nicht.«

Rufo Guerra hätte ihr gern gesagt, daß das alles lächerlich war, aber er konnte nicht vergessen, wie es damals geregnet hatte, als sie zur Welt gekommen war. Außerdem hatten die meisten Bewohner von Playa Blanca immer wieder erlebt, mit welcher Präzision sich die Prophezeiungen des Mädchens erfüllten. Sie hatten viel Geld verdient, wenn Yaiza voraussagte, daß die Fischschwärme im Anzug waren, und er hatte viel Zeit damit verloren – obwohl er dies nie offen zugab –, in seinen Büchern nach einer logischen Erklärung für diese Phänomene zu suchen.

»Wer waren die Männer?« fragte er schließlich.

»Ihre Gesichter habe ich nicht gesehen«, antwortete sie. »Es war dunkel, und gerade vor dieser Dunkelheit fürchteten sie sich. Aber ich hatte das Gefühl, es seien zwei von den Fremden, die nach Playa Blanca gekommen sind.«

»Nach dem, was du mir über sie erzählt hast, glaube ich kaum, daß sie vor der Dunkelheit Angst haben. Warum haben sie denn geschrien?«

»Weil sie sterben müssen.«

»Bist du sicher?«

»Ganz sicher. Und irgendwo haben Hunde gebellt.«

»Hunde? Was für Hunde?«

»Hunde eben. Ich konnte sie nicht sehen.«

»Wer hat denn Hunde im Dorf?«

»Sie wissen doch selbst, daß es im Dorf bald mehr Hunde gibt als Menschen.«

»Ja, zum Teufel, da hast du recht.« Er schüttelte hilflos den Kopf. »Nun gut. Es ist alles vorbei. Vergiß es und versuch zu schlafen.«

Doch Yaiza erklärte: »Sobald ich die Augen zumache, sind sie wieder da. Es ist immer so. Heute nacht will ich nicht mehr schlafen.«

»Aber es sind noch zwei Stunden, bis es hell wird«, protestierte Rufo Guerra.

»Ich werde etwas lesen, wenn es Ihnen nichts ausmacht, daß ich das Petroleum verbrauche«, sagte Yaiza. »Oder ich mache einen Spaziergang durch die Felder. Wenn so etwas passiert, erzählt meine Mutter mir immer Geschichten; so beruhige ich mich am besten.«

»Erzählt dir Geschichten? Verdammt, wer kann denn schon zu dieser nachtschlafenden Zeit Geschichten erzählen? Nicht mal Maestro Julián, und der ist der redseligste und einfallsreichste Mensch, den ich kenne.« Er hielt inne und fragte dann in einem anderen Tonfall: »Was für Geschichten magst du denn?«

»O nein«, widersprach Yaiza, »ich will nicht, daß Sie meinetwegen die ganze Nacht aufbleiben. Gehen Sie nur schlafen.«

Der Alte schüttelte den Kopf. »Dein Vater würde mir nie verzeihen, wenn ich dich in so einem Augenblick allein ließe. Er hat dich mir anvertraut, und ich werde dich beschützen, auch gegen deine eigenen Träume. Was hältst du von Liebesgeschichten?«

»Ich mag lieber Abenteuergeschichten, die auf dem Meer spielen, Geschichten vom schwarzen Pirat, Sandokan und so was. Kennen Sie Salgari?«

»Nein. Aber ich liebe Jules Verne. Vor allem die Abenteuer des Kapitän Nemo.« Er räusperte sich. »Teufel auch! Wenn ich die Wahl gehabt hätte, wäre ich am liebsten dieser Kapitän Nemo geworden. Er wußte alles!«

»War er denn nicht sehr unglücklich? Man hatte doch seine ganze Familie getötet.«

»So etwas werde ich nie verstehen können, ich habe nie eine Familie gehabt. Nur einen Bruder und eine verrückte Tante. Meinen Bruder habe ich vergöttert, ihn behandelt wie meinen eigenen Sohn. Dein Vater hat ihn mal vor dem Ertrinken gerettet. Aber dann ist er nach Amerika ausgewandert und hat nie geschrieben. Kannst du dir das vorstellen? Ich hätte mein Leben für ihn gegeben, und er hat es nicht mal fertiggebracht, mir in diesen dreißig Jahren eine einzige Zeile zu schreiben.«

»Vielleicht konnte er nicht. Vielleicht ist er umgekommen.«

»Das ist kein Trost, Yaiza. Ich hätte lieber einen schlechten Bruder als einen toten. Vielleicht schreibt er mir eines Tages ja doch noch.«

»Vielleicht wollte er reich werden und hat es nicht geschafft, und jetzt schämt er sich, es zuzugeben.«

»Vor seinem eigenen Bruder? Nicht alle, die nach Amerika gehen, werden reich. Sonst wäre doch schon längst keiner mehr hier. Er hätte nur zurückzukommen brauchen. Ich hätte das, was ich habe, gerne mit ihm geteilt, es reicht für zwei.« Er lehnte sich gegen das Fußende des Bettes und blickte das Mädchen an. »Aber reden wir nicht von mir«, sagte er. »Ich habe mich daran gewöhnt, daß nur meine Bücher mir Gesellschaft leisten. Jetzt will ich mehr von dir wissen. Diese Gabe, mit der du die Dinge voraussagst, hat mich schon immer interessiert. Bist du sicher, daß die Männer tot sind?«

Yaiza zuckte die Achseln. »Noch nicht«, räumte sie ein. »Aber sie werden sterben, sie wissen es. Und sie geben mir die Schuld.«

»Und du? Fühlst du dich schuldig?«

»Maestro Julián sagt, daß meinetwegen noch viele Männer ihr Leben lassen müssen.«

»Beunruhigt dich das?«

»Ich will niemandem weh tun. Ich will genauso weiterleben wie früher. Sie sollen mich weder anstarren noch belästigen.«

»Den meisten Frauen gefällt es, wenn man sie ansieht und ihnen Komplimente macht.«

»Mir nicht. Vielleicht wird es mir eines Tages gefallen, aber das ist noch lange hin.«

Rufo dachte eine Weile nach und betrachtete dabei das Mädchen. Er hatte Mühe, in ihr die kleine Tochter seines besten Freundes wiederzuerkennen. »Magst du das Meer?« fragte er plötzlich.

»Ja, natürlich. Es ist mir das Liebste auf der Welt.«

»Stell dir vor, das Meer wollte nicht, daß man es anschaut. Das wäre doch ungerecht, meinst du nicht?«

Sie warf ihm von der Seite einen Blick zu. »Sie machen sich über mich lustig. Niemand würde das Meer betrachten, um es zu verführen, wenn es nicht aufpaßt. Ich finde es sehr schmeichelhaft, daß Sie mich mit dem Meer vergleichen, aber der Vergleich ist nicht gut. Wenn sich das Meer die Sachen anhören müßte, die ich tagtäglich zu Ohren bekomme, hätten wir nur noch Sturm!«

Der Alte lachte. »Kann ich mir denken.« Er zeigte nach draußen. »Steh jetzt auf, ich mache uns inzwischen Frühstück. Damit gehen wir auf den hohen Hügel dort drüben und begrüßen die Sonne. Ich versichere dir, es ist ein unvergeßliches Erlebnis.«

Der Alte behielt recht. Niemals würde Yaiza diesen Anblick der langsam aufgehenden Sonne vergessen, als sich die ferne Silhouette des Felsens von Roque del Este vom Horizont abhob und der Schatten des Volcán de la Corona über das enge Tal glitt. Unter ihnen lag Haría, zweifellos das schönste Dorf der Insel, wenn nicht eines der schönsten der Welt. Hier vereinigten sich die hohen Berge und grüne, sprießende Felder mit einem wunderbaren Hain hochgewachsener Palmen, deren Gipfel die Wolken zu streicheln schienen, und der für Lanzarote typischen Architektur. Weit hinten in der Ferne erstarben die dunklen Lavaströme und die ausgedehnten grünen Moosflechten des Malpaís del Corona auf Stränden, deren Sand geradewegs aus den Wüsten der Sahara stammte, und gingen auf der windgeschützten Seite der Insel in ein blaues Meer über, das ganz glatt war und die Himmelskuppel widerspiegelte.

Wer die beiden von ferne sah, hätte sie für ein Liebespaar halten können. Yaiza lag im Gras und betrachtete die Landschaft, während der Alte aus einer alten Thermosflasche Kaffee eingoß und dem Mädchen Käse, Weintrauben, Feigen und Kekse anbot.

»Mutter sagt, daß es in der Stadt Menschen gibt, die niemals den Sonnenaufgang sehen können«, meinte Yaiza, während sie schluckweise ihren heißen Kaffee trank. »Sie gehen spät ins Bett und stehen spät auf. Können Sie sich so etwas vorstellen?«

»Natürlich kann ich mir so etwas vorstellen«, antwortete Rufo Guerra. »Wenn man bedenkt, was sie frühmorgens erwartet, kann man es ihnen nicht verdenken. In der Stadt gibt es Tag und Nacht und sonst nichts.«

Yaiza schwieg. Sie beendete ihr Frühstück, beobachtete, wie die rote Scheibe der Sonne über dem Horizont aufging und sagte dann ganz leise: »Der eine ist tot.«

Rufo Guerra starrte sie an. »Woher willst du das wissen?«

»Ich habe einen Schuß gehört und dann war mir, als riefe er mich.«

»Wer hat ihn getötet?«

»Seine Angst. Er war allein und hatte sich verirrt.«

»Aber sie waren doch zu zweit. Wo ist der andere?«

»Das weiß ich nicht. Dieser hier hockte zusammengekauert in einer Ecke und weinte wie ein Kind. Dann habe ich den Schuß gehört.«

Die Kamelkarawane bewegte sich langsam vom Dörfchen Femés ins Tal hinunter. Die müden Tiere – einhöckerige Dromedare, die aus den nahe gelegenen Wüsten der Sahara stammten – schritten so vorsichtig den gewundenen Pfad aus Lavagestein entlang, als gingen sie auf Eiern. Jedes Tier transportierte zwei große Wasserfässer und war mit seinem Halfterstrick am Schwanz des vor ihm gehenden angebunden. An der Spitze führte ein Junge die Karawane an. Drei Frauen liefen nebenher und trieben die bockigen Tiere mit der Peitsche vorwärts, wobei sie geschickt den gelegentlichen Beißversuchen auswichen.

Es war eine lange, beschwerliche Reise: zuerst fast vier Stunden bergauf, danach das Wasserschleppen und Beladen der Tiere, zuletzt ein gefährlicher Abstieg. Jeden Augenblick konnten sie den Abhang hinunterstürzen, erschöpft von der sengenden Sonne und den mächtigen Windstößen, die dreitausend Kilometer über das Meer gefegt waren und kein Hindernis vorgefunden hatten, bis sie hier auf jene Bergkette prallten, über die sich Junge, Frauen und Kamele plagten, um ein Dorf vor dem Verdursten zu bewahren.

Niemand sagte ein Wort, abgesehen von vereinzelten Flüchen, die den widerspenstigen Tieren galten. Jeder akzeptierte, daß diese schwere Prüfung eine weitere von Gott auferlegte Strafe für die Bewohner von Playa Blanca war, weil sie sich dafür entschieden hatten, in der abgelegenen Bucht zu bleiben, trotz aller Hindernisse, die ihnen die Natur in den Weg legte.

Vor fünf Jahren hatte ein klappriger alter Lastwagen die Arbeit der Kamele übernommen und brachte das Trinkwasser von Arrecife über die Schotterstraße des Rubicón bis Playa Blanca. Doch die Dorfbewohner waren es gewohnt, daß aufgrund dieses oder jenes Umstands der Laster manchmal nicht erschien, und wenn die Zisternen leer waren und es im Dorf nicht einmal genug Wasser gab, um einen Riesenzackenbarsch zu kochen, legten die Frauen den Kamelen wieder das Zaumzeug an und trieben sie mit der Peitsche hinauf nach Femés.

Damián Centeno saß auf seiner Dachterrasse im Schatten und beobachtete durch das Fernrohr, wie die Karawane sich langsam den Berg herunterschlängelte. Er erinnerte sich an seine Jahre in Marokko und überlegte, was jene schwarzgekleideten Frauen mit den breiten Strohhüten von den Beduinenfrauen mit ihren blauen Haiks oder den Berberfrauen im Atlasgebirge unterschied. Und er mußte sich eingestehen, daß er es mit äußerst zähen Menschen zu tun hatte, mit Menschen, die seit Jahrhunderten ein leidvolles, hartes und unbarmherziges Leben gewohnt waren. All seine Anstrengungen, ihnen das Leben noch schwerer zu machen, waren ins Leere gegangen.

Weder Drohungen noch Taten schienen irgendeinen Eindruck auf die Bewohner von Playa Blanca zu machen. Angesichts seiner eigenen Ohnmacht verlor Centeno allmählich die Geduld. Wenn sie über Jahrhunderte hinweg dem Wind, dem Durst, der Einsamkeit und dem Hunger getrotzt hatten, würden sie mit der gleichen Resignation auch seine Anwesenheit hinnehmen, die nichts anderes bedeutete als eine zufällige Fügung in ihrem harten Dasein.

Seit einer Woche tat sich nichts mehr im Dorf. Die Menschen hatten sich in ihren Häusern verschanzt und warteten die weitere Entwicklung ab. Die Taverne war geschlossen, und der überwiegende Teil der Boote ankerte etwa fünfzig Meter vor der Küste. Abgesehen von den Kamelkarawanen, die Wasser holten, und den kaum wahrnehmbaren Bewegungen der Fischer, die im Morgengrauen ihre Arbeit taten, schien Playa Blanca wie ausgestorben. Alle schienen davon überzeugt, daß die Fremden irgendwann von selbst verschwinden würden.

Seit drei Tagen hatte er keine Nachricht von dem Galicier und Milmuertes, die er in die gefürchtete »Hölle von Timanfaya« geschickt hatte. Centeno kannte seine Männer und wußte, daß sie langsam unruhig wurden. Sie fanden keinen Spaß mehr an der Sache und hatten es satt, immer nur Karten zu spielen, sich am Strand zu sonnen oder zwischen den Klippen zu fischen. Diese Männer waren Männer der Tat, gewöhnt an Schlägereien, Frauen und Wein. Die Stille in diesem Ort machte sie nervös. Er hatte bereits mehrmals seine ganze Autorität aufbieten müssen, um Streitereien zu schlichten.

Eines Morgens stand Paco vor ihm, ein Zigeuner aus Almanzora. In schwierigen Situationen hatte er sich immer auf ihn verlassen können, aber heute morgen hatte er anscheinend die Nase voll gehabt und schließlich seinen Pappkoffer gepackt.

»Warum?«

»Weil ich *banderillero* war, ehe ich in die Legion eintrat. Ich gehörte zur Mannschaft von Rafael, dem Gallier, und der hat mir eins beigebracht: ›Wenn dir eine innere Stimme sagt, daß du an diesem Tag dem Stier nicht begegnen sollst, dann laß die Finger davon, folge der Stimme und such das Weite. Es gibt noch viele Stiere, viele Händel und viele Frauen auf der Welt, aber dich gibt es nur einmal.‹«

»Und was beunruhigt dich hier?« fragte Centeno. »Die paar verlausten Fischer?«

»Nein, das wissen Sie ganz genau. Keiner kann mir angst machen, nur ich selber. Und diesmal habe ich Angst. Auf dieser Insel gibt es etwas... etwas, das stärker ist als Sie, als ich, als wir alle. Etwas, das sogar stärker ist als Don Matías Quintero, so wichtig er sich auch fühlen mag. Wenn ich wüßte, was es ist, würde ich es sagen, aber ich kann es nur spüren, und das genügt mir. Auf Wiedersehen, Herr Feldwebel! Sie schulden mir nichts und ich Ihnen auch nicht, aber dafür, daß Sie an mich gedacht haben, will ich Ihnen einen guten Rat geben: Vergessen Sie das Ganze hier.«

Ohne Eile ging er davon, denn er wußte, daß ihm ein langer Weg bevorstand. Die Blicke seiner Kumpel, die ihm von der Tür aus hinterherschauten, oder die der Frauen und Kinder, die heimlich durch Tür- und Fensterläden lugten, schienen ihm gleichgültig zu sein. Bedächtig ging er, wie ein Stierkämpfer, der seine Feigheit zugegeben hat und nun die Schmach über sich ergehen lassen muß, in einer vollen Arena vom Publikum ausgepfiffen zu werden.

»Nun gut!« sagte Justo Garriga, während Paco in der Ferne immer kleiner wurde. »Jetzt sind wir nur noch drei, und im Dorf ist alles beim alten.«

»Wenn du mich mitzählst, sind wir vier«, unterbrach ihn Centeno gereizt. »Und der Galicier und Milmuertes sind bald wieder da.«

»Das bezweifle ich allerdings.«

Sie blickten sich an. Centenos Blick verriet Ärger. »Was soll das?«

»Bevor Paco ging, hat er mir etwas gesagt. Er hat gesagt: Die beiden kommen nicht wieder, und ich mache mich aus dem Staub. Ich habe ihm geglaubt, denn es ist das erste Mal, daß ich diesen Teufelskerl vor irgend etwas Angst haben sehe. Hier gibt es Gerüchte, nach denen die Kleine eine Hexe ist. Offensichtlich macht das Eindruck.«

»Dummes Geschwätz! Nichts als Gerede von alten Weibern, das sich Angsthasen zu Herzen nehmen, wenn sie keine bessere Entschuldigung finden. Wahrscheinlich haben Milmuertes und der Galicier den Vogel längst gestellt und rupfen ihn gerade. Vielleicht sind sie sogar schon fertig damit. Aber wie sollen wir das wissen? Hier gibt es kein Telefon und in Timanfaya erst recht nicht. Verdammt noch mal! Eine kleine Verzögerung und schon macht ihr euch in die Hose!«

»Ich mache mir nicht in die Hose, Centeno. Es ist mir egal, was den beiden passiert ist. Ich habe diesen Auftrag angenommen und werde mich an Ihre Befehle halten. Aber den Mund können Sie mir nicht verbieten. Ich kenne Milmuertes seit fünfzehn Jahren. Wir vermuten ihn höchstens dreißig Kilometer von hier entfernt, und er hat noch keine Möglichkeit gefunden, uns eine Nachricht zu schicken und mitzuteilen, was Sache ist? Das gibt mir jedenfalls zu denken.«

»Also schön! Morgen muß ich sowieso zu Don Matías, dann mache ich einen kleinen Abstecher nach Tinajo und sehe mal nach dem Rechten.« Centeno schüttelte mißmutig den Kopf und deutete mit einer verächtlichen Geste auf die neue Karawane, die sich von Femés ins Dorf herunterschleppte. »Wir müssen andere Saiten aufziehen. Diese Holzköpfe bringen es fertig, das Wasser ihr Leben lang heranzuschaffen.« Sein Blick fiel auf das abgelegenste Haus des Dorfes. »Ist dir die dralle Kleine aufgefallen, die immer in einem Blumenkleid herumläuft?«

»Und ob! Wenn die sich hinsetzt, um Fisch einzulegen...«

»Ihr Mann ist immer einer der ersten, die zum Fischen rausfahren. Vielleicht statten wir ihr heute nacht einen kleinen Besuch ab?«

»Aber wieso nicht lieber der Frau von Abel Perdomo? Erstens hat sie mehr zu bieten, und zweitens geht es doch um deren Sippschaft.«

»Weil ihr nur ein leeres Haus vorfinden würdet. Wenn ihr Mann rausfährt, schläft sie woanders, und ich kann mir nicht vorstellen, daß sie irgend etwas Wertvolles im Haus zurücklassen. Ehrlich gesagt, glaube ich nicht, daß sie überhaupt etwas Wertvolles besitzen.« Er schnalzte mit der Zunge. »Aber sie sind nicht auf den Kopf gefallen, diese Maradentros. Das nun wirklich nicht.«

Tatsächlich hatte Abel Perdomo Vorkehrungen getroffen, damit Aurelia nicht allein im Haus war, vor allem, wenn er mit Sebastián im Dunkel der Nacht zum Fischen hinausfuhr. Er sorgte dafür, daß sie nie zweimal hintereinander im gleichen Haus übernachtete, sondern jeden Abend zu einem anderen Nachbarn ging, während er selbst darüber wachte, daß Centenos Männer sie nicht sahen.

Seitdem er Asdrúbal in Timanfaya und Yaiza bei Rufo Guerra wußte, war er ruhiger, trotz der wachsenden Spannung im Dorf. Die Bewohner von Femés hatten ihnen gesagt, daß sie sie nicht mehr lange mit Wasser versorgen könnten. Obgleich Centeno und seine Leute nichts davon ahnten und die Kamele weiterhin die Berge hinauf- und hinuntertrotteten, kehrten die meisten mit leeren Fässern zurück. So erweckte das Dorf nach außen den Anschein, auch ohne den Wassertransporter auszukommen, aber die Einwohner waren am Ende ihrer Möglichkeiten, und Abel wußte, daß er ihnen keine weiteren Opfer zumuten konnte.

Am selben Nachmittag, als Rogelia ihm zum vierten Mal mitteilte, daß Don Quintero nicht bereit sei, ihn zu empfangen, machte er sich nicht wie üblich niedergeschlagen und gesenkten Hauptes auf den langen Heimweg, sondern wartete in der Umgebung den Einbruch der Nacht ab. Dann näherte er sich, ohne gesehen zu werden, aufs neue dem riesigen Haus, das sich wie eine Festung auf einem kleinen Hügel erhob und die ganze Region zu beherrschen schien.

Fast zwei Stunden mußte er warten, bis hinter dem großen Fenster das Licht erlosch und sich wenig später die Eingangstür öffnete. Die gebeugte Gestalt Don Matías löste sich aus dem Hauseingang und verschwand in der Dunkelheit des Gartens, der sich bis an den Rand der Weingärten ausdehnte. Abel folgte ihm leise, doch die Gestalt vor ihm war so hager und bewegte sich so langsam und lustlos, daß er sie einen Moment lang sogar aus den Augen verlor. Er mußte stehenbleiben, Ohren und Augen anstrengen, bis er die leisen, schleppenden Schritte vernahm und den Alten im spärlichen Licht des aufgehenden Mondes von neuem erspähte.

Abel Perdomo tauchte aus dem Nichts vor ihm auf wie ein Gespenst, wie ein Traum, doppelt so groß und schwer wie der Alte. Abwehrend fuhr Don Quintero zusammen, hielt den Atem an und bewegte sich nicht.

»Guten Abend!« begrüßte ihn Abel. »Erschrecken Sie bitte nicht, ich will Ihnen nichts tun. Ich will nur mit Ihnen reden.«

»Du bist doch der Maradentro, nicht wahr?« antwortete Don Matías ruhig. »Der Vater des Mörders, der meinen Sohn auf dem Gewissen hat. Mit dir habe ich nichts zu bereden, gar nichts!« Er machte eine kurze Pause und sagte dann langsam: »Weißt du, wann ich mit dir reden werde? Wenn wir uns am Totensonntag auf dem Friedhof begegnen. Erst dann haben wir etwas gemeinsam: einen toten Sohn.«

Abels Hand schnellte vor, packte den Alten am Kragen und hob ihn hoch, so daß ihm die Luft wegblieb. »Jetzt hören Sie mal gut zu, Sie gottverdammter Narr!« stieß er hervor, während der andere mit den Beinen strampelte und vergeblich versuchte, sich zu befreien. »Ich bräuchte nur etwas fester zuzudrücken, und die Sache wäre erledigt. Aber wir Maradentros sind keine Mörder.« Er lockerte seinen Griff. »Es war ein Unfall, hören Sie? Asdrúbal hat Ihren Sohn getötet, weil seine Freunde und er meine Tochter vergewaltigen wollten, die noch ein halbes Kind ist. Warum können Sie das nicht endlich akzeptieren? Vielleicht war Ihr Junge betrunken, vielleicht war es Pech, was weiß ich! Aber ich schwöre, daß das die Wahrheit ist, und Sie könnten sich selbst davon überzeugen, wenn Sie nur wollten. Ich weiß, daß es schwer ist, so etwas über einen toten Sohn zu hören, aber ich kann es nicht ändern. Und Sie auch nicht!«

Er ließ los, und Don Matías fiel auf eine kleine Mauer aus Lavagestein, griff sich an den Hals und atmete tief durch. Es dauerte fast eine Minute, bis er wieder ein Wort herausbrachte. Schließlich sah er mit einem Ausdruck auf, der zeigte, daß sich an seiner fanatischen Haltung nichts geändert hatte. »Du hättest lieber zudrücken sollen«, keuchte er. »Dann hättet ihr wenigstens alle beide am Galgen geendet.« Er hielt inne, um die Wirkung seiner Worte auszukosten, und fuhr dann fort: »Entscheide dich, denn du kannst sicher sein, daß ich nicht eher ruhen werde, bis ich deinen Sohn unter der Erde weiß.«

Abel Perdomo stand einige Sekunden verstört da, als könne er einen so tiefen Haß und unstillbaren Rachedurst nicht begreifen und ließ sich dann kopfschüttelnd auf eine andere Mauer sinken. »Ich verstehe«, sagte er, »Sie wollen, daß ich Sie umbringe, weil Sie nicht Manns genug sind, es selber zu tun. Und es bleibt Ihnen nichts anderes übrig, als abzutreten. Aber diesen Gefallen werde ich Ihnen nicht tun. Sie werden mit Ihrem Schmerz und Ihrer Scham weiterleben müssen, Don Matías, und die wird in dem Maße wachsen, je verbissener Sie sie mit immer neuen Schweinereien zu tilgen versuchen. Boote in Brand zu setzen und ein unschuldiges Dorf verdursten zu lassen ändert nichts an der Tatsache, daß Ihr Sohn sein Ende verdient hat. Es war mein Asdrúbal, aber es hätte genausogut ein anderer sein können, denn Ihr Sohn war obendrein ein hinterhältiger Feigling, der zu einem Messer greifen mußte, um sich zu verteidigen. Ein Feigling wie Sie, der bezahlte Mörder anheuert, um diese Tatsache zu verschleiern.«

Sie saßen sich gegenüber und starrten sich an. Keiner von beiden konnte ahnen, daß keine zehn Meter entfernt die in schwarze Gewänder gehüllte Gestalt von Rogelia lauerte. Mit dem feinen Gehör einer Schwindsüchtigen hatte sie Stimmen vernommen und sich wie ein Schatten durch die Dunkelheit geschlichen. Vom ersten Moment an war sie sicher, daß es sich bei dem nächtlichen Besucher nur um Abel Perdomo handeln konnte, der am Nachmittag zum viertenmal versucht hatte, mit ihrem Herrn zu sprechen.

Die vage Hoffnung, daß dieser dem Leben von Don Matías ein Ende machen würde, hatte sich zerschlagen, als sie beobachtete, wie Abel Perdomo sich hinsetzte und wieder beruhigte. Was eine tragische Auseinandersetzung verheißen hatte, war in einem kläglichen Palaver geendet. Still und aufmerksam blieb sie stehen, als sich die massige Gestalt des Fischers erhob und im feinen Dunst der Nacht verlor. Eine Zeitlang betrachtete sie die Gestalt ihres Herrn, der wie eine gebrochene Puppe auf dem Mäuerchen saß und offenbar nicht die Kraft fand, ins Haus zurückzukehren.

Rogelia tastete geräuschlos über den Boden, bis sie auf einen großen Stein stieß. Sie umklammerte ihn, stand dann behutsam auf und schlich sich an Don Matías heran, der so reglos dasaß, daß man ihn für tot oder schlafend hätte halten können. Sie wußte, daß sie handeln mußte, wenn sich die Träume, die sie in all den Jahren genährt hatte, nicht in Luft auflösen sollten. Sollte ihr Herr nach dem unerwarteten nächtlichen Besuch von Abel Perdomo tot aufgefunden werden, würde keiner daran zweifeln, daß er der Mörder war. Dann hätte sie obendrein freie Hand, das Haus auszuräumen, ehe sie die Guardia Civil benachrichtigte.

Entschlossen pirschte sie sich wie ein Luchs an ihn heran. Sie verspürte nicht die leisesten Gewissensbisse, denn seit sie zurückdenken konnte, war ihr von diesem Mann nichts als

Verachtung, Erniedrigung und schlechte Behandlung zuteil geworden. Im Geist wiederholte sie immer wieder die schmutzigen Worte, mit denen er sie gezwungen hatte, vor ihm niederzuknien wie eine Hündin, ihm langsam die Hose aufzuknöpfen und sein schlaffes, widerliches Geschlecht in den Mund zu nehmen.

Damián Centeno erreichte Tinajo in den frühen Morgenstunden. In der Mühle versicherte man ihm, daß Pedro El Triste wie üblich mit seinen Ziegen auf den Berg gestiegen war.

Die anschließende Suche führte über die teuflischsten Wege. Hier und da mußte er in entlegenen Häusern oder bei einsamen Bauern nachfragen, die wie alle hier in der Gegend nichts anderes zu tun zu haben schienen, als die Steinmäuerchen zu reparieren, die der Wind immer wieder niederriß. Schließlich, als die Sonne im Zenit stand und die Hitze unerträglich wurde, brach die Straße vor ihm plötzlich ab, und so blieb ihm nichts anderes übrig, als zu Fuß weiterzugehen.

Er sah ihn von weitem. Pedro saß auf dem Hang eines alten Kraters und betrachtete die Silhouette der Montañas del Fuego. Ab und zu pfiff er nach seinen Tieren oder warf ihnen einen Stein hinterher, damit sie sich nicht allzuweit entfernten. Die Ziegen knabberten an trockenen Zweigen, die sich kaum durch das Geröll und die Lava hindurchkämpfen konnten, und die *bardinos* dösten neben ihrem Herrn.

Während der ganzen Zeit, die Centeno brauchte, um den Abhang hinaufzusteigen, bewegte Pedro nicht einen Muskel.

Und als Centeno endlich vor ihm stand, beschränkte er sich darauf, ihn mit einem knappen Nicken zu begrüßen.

»Sind Sie Pedro El Triste?«

»So werde ich genannt.«

»Ich suche zwei Freunde.«

»Hier sind sie nicht.«

»Das sehe ich. Sie sind hierhergekommen, um Sie zu treffen, und dann sind sie nicht zurückgekehrt.«

»Vielleicht haben sie es sich anders überlegt?«

»Wollen Sie behaupten, daß sie gar nicht hier waren?«

Der Ziegenhirt sah ihn eine Weile gleichgültig an, nickte dann jedoch mit dem Kopf. »Doch, sie waren hier«, räumte er ein, »wenn Sie die meinen. Der eine wurde Milmuertes genannt, und der andere der Galicier, wenn ich mich recht erinnere. Sie fragten mich, ob ich sie nach Timanfaya bringen könnte. Ich habe es getan, aber es gefiel ihnen nicht.«

Centeno machte den Versuch, etwas aus der stoischen Miene seines Gegenübers zu erraten, doch es gelang ihm nicht. Er hätte nicht einmal zu sagen gewußt, ob er es mit einem Geisteskranken oder einem gerissenen Gauner zu tun hatte. »Was soll das heißen, es gefiel ihnen nicht? Was haben sie gemacht?«

»Sie sind wieder gegangen. Sie fanden es zu heiß und zu steinig. Nein, es gefiel ihnen wirklich nicht«, wiederholte er.

»Und wo sind sie hin?«

»Sind Sie ein Freund von ihnen?« fragte der Ziegenhirt ausweichend. Und als der andere stumm nickte, fuhr er auf natürlichste Weise fort: »Nun, wenn Sie, ihr Freund, es nicht wissen, wie soll ich es dann wissen? Ich habe sie nur einmal im Leben gesehen.«

Centeno setzte sich auf einen Felsbrocken. »Ich habe das Gefühl, daß Sie etwas vor mir verbergen. Sie haben mir nicht alles gesagt, was Sie wissen.«

Der andere zuckte die Achseln. »Jeder kann denken, was er will. Warum hätten sie mir erzählen sollen, wo sie hin wollten? Was geht mich das an?«

»Vielleicht sind sie ja gar nicht weggegangen.«

»Schon möglich.« Hätte er je im Leben gelernt zu lächeln, dann hätte Pedro El Triste in diesem Moment gelächelt. »Glauben Sie etwa, ich hätte sie verschlungen?«

»Reden Sie nicht in diesem Ton mit mir«, warnte ihn Centeno, dessen Stimme plötzlich heiser klang. »Das gefällt mir nicht.«

»Mir gefällt Ihr Ton auch nicht«, bekam er zur Antwort. »Ich sitze hier friedlich mit meinen Ziegen und Hunden, und Sie kommen her und fangen an, Fragen zu stellen. Ich habe Ihnen doch schon gesagt, was Sie wissen wollten.«

»Sie haben mir gar nichts gesagt.«

»Das stimmt nicht. Die beiden sind weggegangen, und wenn Sie wissen wollen, wohin, dann fragen Sie sie selber, wenn Sie sie das nächste Mal sehen.«

Es war offensichtlich, daß er log, doch Centeno sah ein, daß er auf diese Art nichts ausrichten würde. Er musterte den Ziegenhirten, der aussah, als könne er kein Wässerchen trüben, und dachte an den Galicier und Milmuertes. Für beide hätte er seine Hand ins Feuer gelegt, denn er wußte, daß sie mit den heikelsten Situationen fertig werden konnten. Außerdem waren sie bewaffnet gewesen – er hatte ihnen den ausdrücklichen Befehl erteilt, Asdrúbal Perdomo zu töten, wenn sie ihn zu fassen bekamen. Es schien unrealistisch, daß dieser Mensch sich ohne triftigen Grund mit seinen Männern angelegt hatte.

»Würden tausend Peseten Ihrem Erinnerungsvermögen auf die Sprünge helfen? Könnten Sie mir dann eher sagen, wo meine Freunde hingegangen sind?«

»Nein, kann ich nicht, weil ich es nicht weiß.«

Centeno machte noch einen letzten Versuch, obwohl er ihn für nutzlos hielt. »Nun, vielleicht kann Sie dann die Guardia Civil überzeugen.«

»Meinen Sie?«

Centeno fühlte sich der Gerissenheit seines Widersachers nicht gewachsen, und das machte ihn wütend. Liebend gerne hätte er zu seinem langen, scharfen Messer gegriffen, doch die Gegenwart der Hunde hatte ihn vom ersten Moment an daran gehindert. Er wußte, wie gefährlich diese Bestien sein konnten, sollte der Hirt ihnen befehlen, sich auf ihn zu stürzen.

»Na schön«, sagte er abschließend und stand auf, um zu gehen. »Wir sehen uns wieder.«

»Wie Sie wollen. Ich bin immer hier in der Gegend.«

Während er den Abhang hinunterstieg und dabei immer wieder ausrutschte, war Centeno nur froh, seine Pistole nicht eingesteckt zu haben, denn sonst hätte er sich auf der Stelle umgedreht und den Hirten über den Haufen geschossen, und dieser überflüssige Mord hätte ihm nichts als zusätzliche Scherereien eingebracht.

Irgend etwas war zwischen Pedro El Triste und seinen Leuten vorgefallen, aber schließlich waren sie alt genug, um zu wissen, was sie taten, und er mußte nicht auch noch Kindermädchen für sie spielen. Er hatte sie engagiert, damit sie ihm halfen, nicht damit sie ihm zur Last fielen. Wenn der Ziegenhirt sie wirklich umgebracht hatte, möglicherweise, um sie auszurauben, dann würde er, Centeno, bestimmt nicht in dieser Angelegenheit herumstochern. Er hatte genug damit zu tun, Asdrúbal Perdomo aufzuspüren.

Centeno hatte im Lauf der Zeit viele Männer sterben sehen. Er hatte in Marokko, im Spanischen Bürgerkrieg und im Zweiten Weltkrieg bei der Blauen Division gegen die Russen gekämpft und dabei gelernt, die Toten zu vergessen, auch wenn es Freunde waren. An sie zu denken machte sie auch nicht wieder lebendig. Hunderte von Malen hatte er Späher und Patrouillen ausgeschickt, die nicht zurückgekehrt waren, und so hatte er es bald aufgegeben, sich zu beunruhigen. Es schien das unausweichliche Schicksal jedes Stoßtrupps zu sein, irgendwann zu verschwinden.

Seine aufgestaute Wut entlud sich, als er zum Wagen kam und entdeckte, daß einer der Reifen platt war. Mit voller Wucht trat er gegen den Reifen, gab eine Salve übelster Beschimpfungen von sich und verfluchte die steinige, einsame Insel, auf der sich anscheinend alle gegen ihn verschworen hatten.

Leidend, einsam und schweigend, auf absurde Weise an ein feindseliges Land gekettet, schienen die *conejeros*, wie die Einheimischen von Lanzarote sich selber nannten, aus einer fremden Galaxie zu stammen, denn sie reagierten völlig anders, als er es von den übrigen Sterblichen gewohnt war. Weder Geld noch Drohungen, nicht einmal Gewalt hatten bisher Wirkung gezeigt. An jenem frühen Morgen, als Justo Garriga mit seinen Männern von seinem nächtlichen Abenteuer mit der Fischersfrau zurückgekommen war, hatten ihr Achselzucken und ihre enttäuschten Gesichter ihn einmal mehr aus der Fassung gebracht.

»Sie hat nichts getan«, hatte Garriga ihm erzählt. »Wir haben uns reingeschlichen und sie im Bett überrascht. Anfangs hat sie sich gewehrt, aber als sie einsah, daß das zwecklos war, blieb sie einfach nur still liegen und ließ das ganze ohne Protest über sich ergehen.« Er hatte eine kurze Pause gemacht und sich Kaffee eingeschenkt. »Als wir weggingen, dachte ich, sie würde schreien, aber sie hat keinen Mucks von sich gegeben. Und ich glaube sogar, sie wird keinem was davon erzählen.«

»Habt ihr sie geschlagen?«

»Wozu, das war gar nicht nötig.«

Justo Garriga schien nicht verstanden zu haben, daß er sie nicht geschickt hatte, um sich mit einer dummen Fischersfrau zu amüsieren, sondern damit jeder in Playa Blanca erkannte, daß er, Centeno, nicht nur entschlossen war, Boote in Brand zu setzen, Fischer zusammenzuschlagen oder das Dorf vom Wassernachschub abzuschneiden, sondern noch viel weiter gehen würde, wenn die Dorfbewohner die Maradentros nicht zwangen, ihren Sohn Asdrúbal auszuliefern.

So stolperte er schweißüberströmt, hungrig und durstig dahin, auf der Suche nach einem Pfad, der auf eine Straße führen würde und die wiederum in einen bewohnten Ort, von wo aus er seine Fahrt nach Mozaga fortsetzen könnte. Immer wieder fragte er sich, was er bloß falsch gemacht hatte und wie er vorgehen sollte, um etwas zu erreichen, was jeden Tag in weitere Ferne rückte. Der Alte wurde langsam ungeduldig, das war klar. Er wollte Ergebnisse sehen, und er hatte ihm bislang nichts liefern können, was ihn – wenigstens vorübergehend – hätte beruhigen können. Wenn er ihm jetzt auch noch erzählen mußte, daß zwei seiner Männer verschwunden waren, würde er langsam den Glauben an ihn verlieren.

Irgendwann kam er an einem einsamen Haus vorbei, doch ein kläffender Hund hinderte ihn daran, sich ihm zu nähern. So laut er auch rief, niemand erschien, um ihm ein Glas Wasser anzubieten oder den Weg zu weisen. Wer hatte wohl jenes Haus mitten in dieser steinigen Einöde gebaut, und wo war in diesem Augenblick der Besitzer? Doch das waren Fragen, auf die es in Lanzarote niemals Antworten gab.

Während er mit wunden Füßen seinen endlosen Marsch durch Steine und Lava fortsetzte, wurde ihm klar, daß ihm letztlich nichts anderes übrigblieb, als sich auf die zu konzentrieren, um die es eigentlich ging: die Perdomo Maradentros. Selbst wenn er sämtliche Mitglieder der Familie hätte umbringen müssen, einen nach dem anderen, damit Asdrúbal endlich auftauchte – er hätte es getan, denn er durfte die einmalige Chance, es zu Besitz zu bringen, nicht vertun.

Eine halbe Stunde später stieß er an einer Wegbiegung auf einen Bauern, der damit beschäftigt war, die großen Lastkörbe seines Kamels mit Vulkanerde zu füllen. Da der Weg noch weit war, mußte Centeno wohl oder übel die Erniedrigung auf sich nehmen, auf den Körben eines Kamels nach Mozaga hineinzureiten. Der geduldige *conejero* führte es an der Leine, zwirbelte seinen vollen Schnurrbart und lächelte spitzbübisch.

»Hier bringe ich Ihnen einen ›Christen‹!« sagte er belustigt und befahl dem Tier vor der Tür, in der Rogelia erschienen war, hinzuknien. »Er hat sich verlaufen, und ich habe in hierhergebracht, weil er behauptet, ein Freund Ihres Herrn zu sein.«

Rogelia, deren von Groll und Verachtung erfüllter Blick nicht von dem erschöpften Centeno gewichen war, nickte. »Danke für den Gefallen, *Cho* Anselmo. Gehen Sie in die Küche, und trinken Sie einen Schluck Wein. Und nehmen Sie ein paar Kekse für Ihre Kinder mit, ich habe sie erst vor einer Stunde gebacken.« Dann wandte sie sich an Damián. »Der Patrón ist in seinem Schlafzimmer. Der Arzt hat ihm absolute Ruhe verordnet.«

»Was hat er denn? Ist er krank?«

»Abel Perdomo hat gestern nacht versucht, ihn zu töten. Durch Zufall hat mein Mann die Schreie gehört und ist ihm noch rechtzeitig zu Hilfe gekommen.«

»Abel Perdomo?« fragte der Bauer erstaunt. »Der Maradentro aus Playa Blanca? Das kommt mir allerdings merkwürdig vor.«

»Wieso?« fragte die Frau gereizt. »Sein Sohn hat Don Matías Sohn getötet, warum sollte der Vater nicht versucht haben, Don Matías zu töten?«

Cho Anselmo begriff, daß er seine Nase lieber nicht in fremde Angelegenheiten stecken sollte und ging, ohne ein weiteres Wort zu verlieren, in die Küche, wo der versprochene Wein und die Kekse auf ihn warteten. Er hatte genug Probleme damit, die Vulkanasche fünfzehn Kilometer weit zu transportieren, um seine Felder damit zu bedecken. Dies war seine einzige Sorge für die nächsten sechs Monate, alles andere ging ihn nichts an.

Centeno bat Rogelia, ihm das Bad zu zeigen, damit er sich den Schmutz abwaschen konnte. »Ich warte hier, bis Don Matías aufwacht«, sagte er. »War die Guardia Civil schon da?«

Er hätte schwören können, daß die Frau leicht zusammenfuhr, aber es war nur ein kurzer Augenblick, denn sie hatte sich bereits abgewandt und war dem Kameltreiber in die Küche gefolgt. »Der Patrón wollte sie nicht holen lassen«, antwortete sie. »Er sagte, Sie würden schon für alles sorgen. Im ersten Stock, zweite Tür, finden Sie das Badezimmer und daneben ein Schlafzimmer. In einer halben Stunde gibt es Abendessen.«

Centeno war für das heiße Bad dankbar. Dies war eine Wohltat, die ihm seit seiner Ankunft auf der Insel nicht mehr vergönnt gewesen war. Anschließend hüllte er sich in ein großes Handtuch, und nachdem er allein in dem finsteren Gewölbe des Speisezimmers zu Abend gespeist hatte, bat er Rogelia, ihren Mann zu holen.

»Wozu?«

»Er soll mir erklären, wie es passiert ist.«

»Das habe ich Ihnen doch schon gesagt: Er hörte Schreie, lief hinaus und schlug Abel Perdomo in die Flucht.«

»Ich will es lieber aus seinem eigenen Mund hören.«

Rogelia merkte, daß sie Verdacht erregen mußte, wenn sie sich noch länger sträubte, und begab sich auf die Suche nach ihrem Mann, der im Weinkeller ein Faß reparierte. »Er will dich sehen.«

»Und was soll ich ihm erzählen?«

»Dasselbe wie dem Arzt oder dem Alten«, fuhr sie ihn ärgerlich an. »Du hast mich daran gehindert, ihn zu töten, aber wenn du mich ins Gefängnis bringst, wirst du mich begleiten, das schwöre ich dir.«

»Du bist verrückt«, grunzte der Mann und legte den Hammer, mit dem er den Metallreifen des Fasses bearbeitete, beiseite. »Total verrückt! Den Alten töten! Wie konntest du nur auf diese Idee kommen, wenn wir doch nur ein wenig abwarten müssen?«

»Abwarten? Ich habe mein ganzes Leben lang warten müssen. Ich habe gewartet, und du hast dir Hörner aufsetzen lassen! Dir war es doch egal, wie oft ich vor ihm niederknien mußte, solange du deinen Frieden hattest und gemütlich in der Ecke sitzen konntest, nachmittags nicht auf dein Partie Domino verzichten brauchtest und sonntags zum Fischen hinausfahren konntest.« Sie lächelte höhnisch. »Zum Fischen! Vier Stunden zum Fischen und den Rest im Bordell von Tahiche! Oder glaubst du etwa, ich wüßte nichts davon? Was ich verdient habe, indem ich mich mit anderen abgab, hast du bei den Huren wieder ausgegeben. Aber ich habe es ertragen, weil ich mir sicher war, daß eines Tages dieses Haus und diese Weingärten mir gehören würden.« Wütend spuckte sie auf den Boden. »Und wenn du mir nicht verdammt noch mal in die Quere gekommen wärst, wäre es jetzt soweit.«

»Wie kannst du nur so dumm sein?« entgegnete er. »Selbst wenn der Alte eines natürlichen Todes stirbt, werden weder das Haus noch die Weingärten dir gehören. Wo hat man je gehört, daß eine Hausangestellte Erbin ihres Herrn wird? Hör doch endlich auf zu träumen! Wenn der Patrón das Zeitliche segnet, werden wir uns einiges unter den Nagel reißen können, aber es bedeutet auch das Ende unseres Lebens hier. Du Närrin! Ich werde dich nicht anzeigen, aber bleib du auf dem Teppich. Du bist nichts weiter als eine alte Dienstmagd, eine Hure, eine Diebin und, wenn ich nicht wäre, eine Mörderin obendrein.«

Ohne eine Antwort abzuwarten, verließ er den Raum und klopfte wenig später respektvoll an die schwere Tür des Eßzimmers. Sein Ton und sein Gesichtsausdruck hatten sich vollkommen verwandelt, als er jetzt die Tür öffnete und untertänig fragte: »Sie wollten mich sprechen, Don Damián?«

»Erzählen Sie mir, was passiert ist.«

Der Mann stand da, drehte seinen abgewetzten Hut in der Hand und schien mühsam und aufrichtig zu versuchen, sich an jedes Detail der vergangenen Nacht zu erinnern.

»Sehen Sie, Don Damián«, begann er, »ich habe einen leichten Schlaf. Ich schlafe wie die Hunde, mit einem aufgestellten Ohr. Das liegt in meiner Familie. Vielleicht rührt unser Nachname daher, daß wir mit der Sonne schlafen und mit dem Mond wachen.« Er hielt inne. »Es war schon ziemlich spät, da hörte ich plötzlich Stimmen im Garten. Ich war überrascht, denn eigentlich hatte der Patrón keinen Besuch mehr erwartet. Die Stimmen wurden lauter, es klang nach einem Streit, und ich erinnere mich, daß Abel Perdomo an diesem Tag versucht hatte, mit Don Matías zu reden. Ich war beunruhigt, zog mich an und hörte plötzlich einen lauten Schrei. Als ich aus dem Haus stürzte und nach Don Matías rief, sah ich, wie jemand durch die Weingärten flüchtete. Ich ging dem Stöhnen nach, das ich hörte, und fand Don Matías mit aufgeschlagenem Schädel auf dem Boden liegend. Es war ein grauenhafter Anblick.«

»War er bewußtlos?«

»Nein, nicht ganz, aber sehr benommen.«

»Hat er Ihnen gesagt, daß es Abel Perdomo war?«

»Es war Abel Perdomo.«

»Woher wollen Sie das wissen?«

»Im Garten und auf den Feldern wimmelt es nur so von seinen Spuren. Es sind die gleichen, die er am Nachmittag neben der Eingangstür hinterlassen hat. Gestern ist sonst niemand hiergewesen, und nur ein Mann von seiner Größe hat solch riesige Füße. Soll ich Ihnen die Abdrücke zeigen?«

»Nein, das ist im Augenblick nicht nötig. Was haben Sie dem Arzt gesagt?«

»Das, was Don Matías befohlen hat. Daß er hingefallen ist und sich an der Mauer den Kopf aufgeschlagen hat.«

»Was hat der Patrón sonst noch gesagt?«

»Sonst nichts. Aber es war auch genug. Er fühlte sich noch sehr schwach und benommen.«

»Und was denken Sie darüber?«

»Ich denke gar nichts.« Roque Luna lächelte schüchtern. »Ich meine, man bezahlt mich für meine Arbeit und nicht dafür, daß ich mich in anderer Leute Angelegenheiten einmische. Was sich hier in letzter Zeit tut, ist mehr als traurig, aber meine Pflicht ist es, Distanz zu halten.«

»Und Rogelia?«

»Für sie gilt das gleiche.«

»Wo war Rogelia?«

»Sie schlief. Zum Glück hat sie einen tieferen Schlaf als ich.«

»Verstehe.« Centeno musterte ihn nachdenklich. Roque hielt seinem Blick stand, als sei er bereit, seine Fragen bis in alle Ewigkeit zu beantworten, doch Centeno entließ ihn mit einer knappen Handbewegung. »Gut, Sie können gehen. Ich lege mich jetzt hin. Wecken Sie mich, sobald Don Matías aufwacht. Haben Sie verstanden?«

»Jawohl, Don Damián. Ich werde persönlich bei ihm wachen, für den Fall, daß der verrückte Perdomo Maradentro versucht, sein Werk zu vollenden. Gute Nacht!«

Kurz ehe er einschlief, hatte Centeno wieder das unangenehme Gefühl, daß ihn an diesem Tag jeder angelogen hatte. Vielleicht machte das Alter ihn so mißtrauisch, aber er war sicher, daß weder Pedro noch Rogelia, noch Roque Luna ein einziges wahres Wort gesagt hatten, jedenfalls was den Galicier, Milmuertes, Don Matías oder Abel Perdomo anging.

Verflucht sei diese Insel, dachte er, und verflucht seien die Menschen, die auf ihr leben!

Im Morgengrauen ging Manuela Quijano zum Strand hinunter, suchte sich eine kleine, abgeschiedene Bucht, zog sich aus, stieg zitternd in das kalte Wasser und versuchte vergeblich, den Ekel, den sie auf jedem Zoll ihres Körpers spürte, abzuwaschen.

Doch die grüne Seife half nicht viel. Schließlich ließ sich Manuela vom Morgenwind trocknen, streifte das einzige Kleid über, das ihr Mann ihr hatte kaufen können, und ging zu Aurelia, ihrer ehemaligen Lehrerin, die Trauzeugin bei ihrer Hochzeit gewesen war.

»Heute nacht haben mich drei Männer vergewaltigt«, sagte sie.

Aurelia sank auf einen Küchenschemel, biß sich auf die Lippen, um nicht aufzuschreien, und betrachtete mit unendlichem Mitleid die junge Frau, die sie von Geburt an kannte und von der sie gehofft hatte, sie würde eines Tages ihren Sohn Sebastián heiraten.

»Sie trugen Masken, und es war dunkel«, fuhr Manuela fort. »Aber ich weiß, daß es die Fremden waren. Sie rochen nicht nach Meer und hatten auch keine Fischerhände.«

»Hast du es Honorio erzählt?«

»Er ist noch nicht zurück.«

»Wirst du es ihm erzählen?«

»Wozu? Damit er hingeht und sie ihn umbringen?« Sie schüttelte den Kopf. »Nur du sollst es wissen, nicht einmal meine Mutter. Sie würde eine Riesensache daraus machen. Ich wäre ein für allemal als ›die Vergewaltigte‹ abgestempelt, und weder Honorio noch ich könnten friedlich in diesem Dorf weiterleben. Aber ich habe immer hier gelebt und will es auch in Zukunft tun.«

Aurelia hörte schweigend zu und sagte auch nichts, als sie einen Trank aus Zichorie bereitete, der in harten Zeiten gelegentlich als Ersatz für Kaffee herhalten mußte. Sie schenkte zwei Tassen ein, brachte Ziegenkäse und ein paar Kekse, die sie selbst gebacken hatte, und setzte sich ihrer ehemaligen Schülerin gegenüber. »Und warum soll nur ich es erfahren?«

»Diese Leute sind euretwegen hier«, sagte Manuela. »Sie suchen Asdrúbal, und sie werden so lange nicht aufhören, uns zuzusetzen, bis sie ihn haben.« Sie machte eine Pause und fuhr dann fort: »Heute war ich dran. Ich werde nichts sagen, aber morgen oder in einer Woche werden sie sich eine andere aussuchen. Die wird vielleicht nicht stillhalten und es ihrem Mann erzählen, und dann endet das Ganze in einem Blutbad.« Sie sah Aurelia starr in die Augen. »Oder sie wehrt sich und muß selber dran glauben.«

»Ich verstehe. Du glaubst, es ist unsere Schuld, was dir zugestoßen ist und was vielleicht noch kommt?«

»Ich habe kein Recht, über Asdrúbal zu urteilen«, entgegnete Manuela. »Wahrscheinlich hätte jeder andere ebenso gehandelt, aber sicher ziehen die Fremden erst ab, wenn er sich stellt. Dann wäre alles wieder so wie früher.«

»Wenn er sich stellt, dann töten sie ihn!«

»Die Guardia Civil wird ihn beschützen.«

»Das glaubst du wirklich?« fragte Aurelia. »Wenn Don Matías dieses Pack hierherschicken konnte, wie lange wird er dann wohl brauchen, um im Gefängnis einen Mörder aufzutreiben, der meinen Sohn umbringt? Nein!« setzte sie bestimmt hinzu, »wenn es einen Augenblick gegeben hat, in dem ich gezweifelt habe, ob es richtig ist, was wir tun, so ist er längst vorbei. Niemand will meinem Sohn Gerechtigkeit widerfahren lassen. Quintero will ihn töten, und du wirst verstehen, daß ich das nicht zulassen kann.«

»Aber welche Schuld trifft mich? Oder den armen Torano, dessen Boot sie verbrannt haben? Oder all die Leute im Dorf, die nicht mal genug Wasser für ihren Eintopf haben?« Sie griff über den Tisch und nahm Aurelias Hand, die neben der Tasse lag. »Du weißt, ich mag dich, wir sind Freundinnen. Ich bin dir dankbar für alles, was du mir beigebracht hast, und ein paar Jahre lang habe ich mir sogar eingebildet, ich würde eines Tages zu deiner Familie gehören. Ich kann mit dem, was heute nacht geschehen ist, fertig werden, und eine Schwangerschaft ist auch ausgeschlossen. In ein paar Monaten ist alles vergessen. Aber was ist mit den anderen?«

»Meinst du, ich würde nicht ständig darüber nachdenken?« Zum ersten Mal sah es so aus, als könnte Aurelia ihre Beherrschung verlieren und in Tränen ausbrechen. »Ich lebe ständig mit der Angst vor dem, was dir widerfahren ist, oder daß sie grundlos einen der Männer töten. Sie benutzen euch, um uns unter Druck zu setzen. Wir wissen das, aber wir wissen auch, daß wir als Familie unzerstörbar sind. Ich schwöre dir, ich finde nachts keinen Schlaf, weil ich mir überlege, wie wir das Dorf heraushalten können, aber mir fällt nichts ein.«

»Zieht weg von hier.«

»Wegziehen?« wiederholte Aurelia. »Ja, wir haben daran gedacht, aber wohin? Wir haben kein Geld, und dies hier ist unser Zuhause, unser Schiff, das Meer, das wir kennen. Abel ist Fischer, ein Fischer in diesen Gewässern, wo er geboren ist und sich auskennt. Wovon sollten wir woanders denn leben?«

»Du hast Angehörige in Teneriffa.«

»Meine Mutter ist schon lange tot. Und alle anderen sind entfernte Verwandte, die nichts von einer Hungerleiderin wissen wollen. Noch dazu, wo ich einen Fischer heiraten mußte, der weder lesen noch schreiben konnte. Und wenn wir wirklich nach Teneriffa ziehen würden, meinst du, wir wären da vor ihnen sicher?« Sie schüttelte heftig den Kopf. »Nein! Der Haß dieses Mannes reicht weiter. Er hat geschworen, Asdrúbal zu töten, und nichts kann ihn davon abbringen.«

»Asdrúbal muß die Inseln und sogar Spanien für immer verlassen«, überlegte Manuela laut. »Die Welt ist groß und Don Matías nicht allmächtig. Er wird einsehen, daß es zwecklos ist, und er wird aufgeben.«

»Der gibt nicht auf. Er wird sich dann eben an Yaiza rächen oder an Sebastián oder an uns allen. Wir haben versucht, ihn zur Vernunft zu bringen, aber er ist verrückt vor Haß und Einsamkeit. Manchmal, wenn ich nachts nicht schlafen kann und mir das Hirn zermartere, versuche ich, mich in seine Lage zu versetzen. Jedesmal komme ich zu dem Schluß, das wirkliche

Problem ist die Tatsache, daß wir eine Familie sind, die füreinander einsteht.«

»Ja, ihr steht wirklich füreinander ein, besonders für Yaiza. In einer Familie ist sie so etwas wie eine Göttin.« Sie deutete hinaus auf das Meer, wo in Richtung Punta del Águila ein dreieckiges Segel aufgetaucht war. »Da kommt Honorio!« sagte sie. »Ich muß gehen und das Haus ein wenig in Ordnung bringen, sonst schöpft er noch Verdacht. Ich will für ein paar Tage nach Uga zu meiner Schwester.« Sie stand auf und verzerrte dabei, ohne es zu merken, das Gesicht, als schmerzte ihr ganzer Körper. »Ich glaube, ich komme erst zurück, wenn hier alles vorbei ist.« Sie beugte sich herab und küßte Aurelia zärtlich auf die Stirn. »Es tut mir leid, aber ich könnte es unmöglich noch einmal über mich ergehen lassen. Viel Glück!«

»Danke.«

Aurelia blieb am Küchentisch sitzen und beobachtete durch das Fenster, wie Honorios Boot näher kam und Manuela aufrecht und mit erhobenem Kopf den Strand überquerte. Die junge Frau sah aus, als wollte sie die verunsichern, die ihr vom Haus der »Señá« Florinda aus nachstarrten, und ihnen zeigen, daß sie es nicht geschafft hatten, sie zu erniedrigen.

Als Don Matías Quintero im Morgengrauen aufwachte, streifte sein Blick langsam durch das dunkle Schlafzimmer mit den schweren Möbeln, die seine Frau damals aus Frankreich hatte kommen lassen. Es waren pompöse, wuchtige, irgendwie absurde Möbel, die er nie gemocht, zunächst jedoch ertragen hatte, weil er die schwächliche kleine Frau, die er vergötterte, nicht enttäuschen wollte. Später hatte er sich nicht mehr von ihnen trennen wollen, denn alles erinnerte ihn an die glücklichste Zeit seines Lebens. Damals hatte er noch von einem Haus voller Söhne geträumt, in dem er als unangefochtener Patriarch herrschen würde.

Wieder und wieder glitt sein Blick über die Bilder, den Schrank, die vergilbten Tapeten und die hohen Fenster, durch die das erste Tageslicht ins Zimmer drang. Schließlich blieb er an dem gemütlichen Sessel hängen, auf dem Roque Luna eingenickt war.

»Roque!« rief er. »Roque, wach auf!«

Der Mann schreckte hoch und sah sich verstört um: »Ja? Ja?« fragte er irritiert. »Was ist los?«

»Ruf Rogelia her.«

Roque Luna schien wieder einzufallen, wo er war und was sich tat. Blitzschnell sprang er auf die Beine und trat neben das Bett. »Damián Centeno ist hier«, meldete er. »Ich soll ihm Bescheid geben, sobald Sie aufwachen.«

Don Matías machte eine abwehrende Handbewegung, mußte sich jedoch sofort an den Kopf fassen, denn er hatte das Gefühl, davonzufliegen. Er betastete den Verband und sagte: »Laß ihn schlafen und bring mir Rogelia.«

Roque zögerte einen Augenblick, musterte den Verletzten und versuchte, seine Gedanken zu lesen. Schließlich nickte er schweigend und verließ das Zimmer.

Zehn Minuten später erschien Rogelia auf der Türschwelle. Sie blieb stehen und sah starr auf das Bett. »Wie fühlen Sie sich?«

»Wie soll ich mich schon fühlen? Schlecht!« Er hielt kurz inne. »Komm rein.«

Sie gehorchte und trat ein, während Don Matías auf die Tür zeigte. »Mach die Tür zu!«

Rogelia folgte der Aufforderung, blieb aber regungslos stehen, als er sagte: »Schließ ab!«

Sekundenlang zögerte sie. Ihre Hand ruhte auf der Türklinke. Es sah so aus, als würde sie sich dem Befehl widersetzen und die Flucht ergreifen, doch dann drehte sie langsam den Schlüssel im Schloß.

Als sie sich umwandte, deutete er auf den Sessel, in dem Roque Luna die Nacht verbracht hatte. »Setz dich!«

Die Frau setzte sich auf den Rand des Sessels und zog sich mit einer nervösen, fast mechanischen Geste den zerknitterten Rock zurecht. Dann blieb sie mit gesenktem Kopf sitzen und betrachtete ihre Hände.

»Warum hast du versucht, mich umzubringen?«

Rogelia warf einen schnellen Blick auf ihren Patrón und öffnete schon den Mund, um alles abzustreiten, schien dann aber doch einzusehen, daß es zwecklos war, und schwieg.

Dieses Schweigen zog sich minutenlang hin. Beide hingen ihren eigenen Gedanken nach, bis Don Matías mit weicher, kaum hörbarer Stimme sagte: »Ich erinnere mich, daß meine Mutter dich aufgenommen hat, als du noch eine arme, hungernde Vagabundin warst. Alle gingen dir aus dem Weg, weil du Tuberkulose hattest. Jemand anderes hätte dich in ein Sanatorium gesteckt, wo du nach ein paar Monaten jämmerlich zugrunde gegangen wärst. Statt dessen hat sie dir das kleine Haus in Conill hergerichtet und dafür gesorgt, daß es dir an nichts fehlte. Als es dir besser ging, hat sie dich behandelt wie ihre eigene Tochter. Später hast du hier im Haus das Zepter geschwungen, als wäre es dein eigenes, und alles, was nicht niet- und nagelfest war, an dich gerissen. Nach deiner Heirat habe ich erlaubt, daß du deinen Taugenichts von einem Mann mit herbringst. Er hatte nichts Besseres zu tun, als sich an meinem teuersten Wein gütlich zu tun und mich von vorne bis hinten zu bestehlen. Jetzt, wo ich ein alter, vom Unglück verfolgter Greis bin, dem selbst der einzige Sohn in den Rücken gefallen ist, indem er sich auf erbärmliche Weise hat umbringen lassen, versuchst du – der einzige Mensch, auf den ich mich hätte stützen können –, mich umzubringen. Warum?«

Rogelia schien zu begreifen, daß sie keine Antworten auf diese Fragen hatte. Sie hatte nur eine Reihe von Rechtfertigungen und Ausflüchten, die wohl kaum zu ihrer Verteidigung hätten beitragen können. Den größten Teil ihres Lebens hatte sie sich erniedrigt gefühlt, aber tief in ihrem Inneren wußte sie auch, daß sie lieber diese Erniedrigungen ertragen hatte, als wegzugehen, denn sie wäre nirgendwo besser behandelt worden. Wenn sämtliche Männer in der Familie ihre Lust bei ihr hatten stillen können, so nur deshalb, weil sie diese Lust liebte. So war es schon immer gewesen, seit sie halbwegs erwachsen war und die Jungs, die keine Angst hatten, sich bei ihr anzustecken, sie in ihrem abgelegenen Häuschen in Conill besuchen kamen.

Still und reglos blieb sie sitzen, betrachtete ihre sehnigen Hände, die die hageren Knie kaum zu bedecken vermochten, und hob erst den Kopf, als sie merkte, wie der Patrón mit der Hand unter das Laken fuhr und einen schweren Revolver darunter hervorzog.

Sie starrte ihm in die Augen, unfähig, sich zu rühren oder einen Laut von sich zu geben, wie ein durch den schwarzen Lauf der Waffe hypnotisierter Vogel. Für den Bruchteil einer Sekunde sah sie noch das Mündungsfeuer, den Knall jedoch hörte sie nicht mehr, denn als dieser ihr Ohr erreichte, hatte die Kugel bereits ihr Hirn zertrümmert.

Reglos wie die Tote, die im Sessel vor ihm zu schlafen schien, blieb Don Matías mit der Waffe in der Hand liegen und wartete geduldig ab, bis es Roque Luna und Centeno gelang, die Tür aufzubrechen.

Don Matías machte eine Handbewegung in Richtung von Rogelias Leiche und sagte: »Begrabt sie irgendwo, wo keiner sie finden kann.« Dann wandte er sich an Roque Luna: »Wenn du den Mund aufmachst, schwöre ich, daß du sie getötet hast. Dann steht deine Aussage gegen meine. Wenn du aber schweigst, wirst du es nie bereuen, darauf kannst du dich verlassen. Sollte jemand Fragen stellen, sag einfach, sie wäre mit allem, was sie mir gestohlen hat, verschwunden. Da man sie kennt, wird sich kein Mensch wundern. Noch Fragen?«

»Nein, Don Matías.«

Schließlich winkte der Alte Centeno heran. »Fahr nach Playa Blanca«, befahl er. »Sag Abel Perdomo, wenn sein Sohn nicht innerhalb von drei Tagen auftaucht, tötest du zuerst seinen anderen Sohn, dann seine Frau und zuletzt ihn.« Er hielt inne und atmete tief, als bereite ihm das Sprechen größte Mühe. Er wirkte unendlich müde. »Sag ihm, daß ich keine Lust habe, noch länger zu warten. Ich bin bereit, die letzten Peseten zu opfern, damit der Mörder meines Sohnes zur Strecke gebracht wird. Es macht mir nichts aus, am Galgen zu enden, Hauptsache, ich sehe vorher den Leichnam des Mörders. Sag ihm das, Damián. Mach ihm klar, daß ich es ernst meine.«

Er schloß die Augen. Er schien alles gesagt zu haben und gab sich jetzt ganz seiner Müdigkeit hin. Centeno und Luna warfen sich einen Blick zu und erkannten, daß sie hier nichts mehr verloren hatten. Gemeinsam hoben sie den schweren Sessel auf und verließen das riesige Schlafzimmer mit den protzigen Möbeln und dem beißenden Geruch nach Blut, Angst und Tod.

Am nächsten Tag kehrte Centeno nach Playa Blanca zurück. Er wußte, daß es höchste Zeit war, endgültig mit den Maradentros abzurechnen. Aber er wußte auch, daß er dabei mehr als vorsichtig zu Werke gehen mußte. Don Matías hatte ihm ein Ultimatum gestellt, aber andererseits war der Alte seit Rogelias Tod nicht mehr der unumschränkte Herrscher über die Weingärten von Mozaga. Seine Macht hing jetzt vom Stillschweigen zweier Männer ab. Centeno kannte den Wert seines Schweigens ganz genau, und er war sich sicher, daß auch Roque Luna den Mund halten würde.

Als sie gemeinsam nach einer geeigneten Stelle suchten, um die Leiche zu begraben, hatte Centeno den Eindruck gewonnen, daß der buckelige Bauer mit dem Verlauf der Ereignisse gar nicht so unzufrieden war. Es schien ihn nicht im geringsten zu stören, daß der Patrón ihn von einer verbitterten und herrschsüchtigen Frau, der es schon immer Spaß gemacht hatte, ihn herumzukommandieren und zu beleidigen, befreit hatte.

»Es mußte ja so enden«, hatte er leise gesagt, als sie die starre Leiche in die frisch ausgehobene Grube hinabließen. »Sie hat es so gewollt. Ich habe sie noch gewarnt, aber sie hat nicht hören wollen, und dann ist ihr Ehrgeiz mit ihr durchgegangen. Sie träumte davon, Herrin über das Haus zu sein. Sie war verrückt!«

Roque Luna hatte sich alles schon genau überlegt. Mit dem, was sie hie und da beiseite geschafft und versteckt hatten und dem, was er noch aus dem Alten herauspressen konnte, jetzt, da sie ein Geheimnis miteinander teilten, würde er sich kaum wieder schinden müssen beim Reparieren der vom Wind niedergerissenen Steinmäuerchen. Trotzdem würde er wahrscheinlich Geld genug haben, um die Zahl seiner wöchentlichen Besuche im Bordell von Tahiche zu verdoppeln.

In Playa Blanca ließ sich Centeno von Justo Garriga über die neueste Entwicklung informieren und erfuhr, daß Manuela Quijano offensichtlich niemandem im Dorf erzählt hatte, was passiert war.

»Wo ist Abel Perdomo?«

»Er ist nicht da«, antwortete Garriga. »Weder er noch sein Sohn, noch das Schiff. Vielleicht sind sie zum Fischen.«

»Aber du bist dir nicht sicher?«

»Wer kann sich bei diesen Leuten schon sicher sein?« fragte Garriga zurück. »Ich bin zwar in Alicante geboren, aber vom Meer oder vom Fischen verstehe ich nichts. Nachts fahren sie hinaus, und im Morgengrauen kehren sie zurück. Manchmal fahren sie schon am gleichen Mittag wieder los. An einem Tag geht es in die eine Richtung, am nächsten in die entgegengesetzte. Wie soll sich da einer auskennen?« Er machte eine Pause und fragte beiläufig: »Gibt es was Neues vom Galicier und Milmuertes?«

»Nichts, aber ich würde keinen Pfifferling mehr darauf geben, daß sie noch am Leben sind.« Centeno zuckte die Achseln. »Kann sein, daß ich mich täusche, aber ich habe das Gefühl, als hätte dieser Ziegenhirt sie auf dem Gewissen.«

»Aber warum?«

»Keine Ahnung. Vielleicht hat er sie ausgeraubt. Vielleicht gab es Streit. Vielleicht war er ein Freund der Maradentros.«

»Was machen wir mit ihren Sachen?«

»Das Geld kannst du unter den Jungs verteilen. Den Rest wirf weg, wenn wir hier abziehen.«

»Der Galicier hatte Familie. Eine Frau und zwei Kinder in einem Dorf bei Vigo.«

Centeno zuckte die Achseln, als ginge ihn das nicht das geringste an. »Wir sind nicht mehr in der Armee«, sagte er. »Hier muß jeder auf sich selbst aufpassen. Ich will mich etwas hinlegen. Sobald du die Maradentros siehst, sag mir Bescheid.«

Doch die Maradentros tauchten nicht auf, weder an diesem Tag noch in der darauffolgenden Nacht. Ihr Haus blieb versperrt, und von der »Isla de Lobos« war weit und breit nichts zu sehen. Centeno wurde allmählich nervös, denn er ahnte, daß ihm etwas Unangenehmes bevorstand. Bis spät in die Nacht hinein blieb er wach und lauschte der Stille im Dorf. Kein Geräusch, kein Schrei, nicht mal das Rauschen des Windes, der sich auf ewig verabschiedet zu haben schien. Im Morgengrauen weckte ihn Justo Garriga auf. »Stehen Sie auf, Damián, sie hauen ab!«

»Wer haut ab?« fragte Centeno, der mit einem Satz aus dem Bett gesprungen war.

»Die Boote! Sie fahren aufs Meer hinaus!«

»Wahrscheinlich zum Fischen.«

»Alle auf einmal? Alle Boote sind unterwegs, sie haben sogar die Frauen an Bord.«

Blitzschnell war Centeno auf der Dachterrasse. Von hier aus konnte er sich selbst überzeugen, daß alle Boote, sogar die, die sonst immer am Strand geblieben waren oder in der Nähe geankert hatten, Richtung Osten ruderten.

Nach etwas mehr als einem Kilometer, ziemlich genau gegenüber der Punta del Águila und dem Castillo de las Coloradas, wo gerade die Sonne aufging, holten sie die Segel ein und ließen sich treiben.

Centeno stellte sein Fernglas scharf und machte auf der Steilwand zum Castillo weitere Grüppchen von Menschen aus, die den Horizont in östlicher Richtung abzusuchen schienen.

Nach wenigen Minuten tauchte in weiter Ferne, vor der Punta del Papagallo, der Bug eines Schiffes auf, dann die im Wind flatternden Segel und schließlich auch das Heck der »Isla de Lobos«. Sie drehte bei, ließ die letzten Untiefen auf der Steuerbordseite hinter sich und nahm Kurs auf die Boote, die fünfhundert Meter vor der Küste auf sie warteten.

Centeno biß sich auf die Lippen, als er daran dachte, was jetzt passieren würde. Er wartete, bis der Schoner näher gekommen war. Als dann aber die Segel eingeholt wurden und ein Mann am Bug sich anschickte, den Anker auszuwerfen, wußte er, daß ihn sein Instinkt nicht getäuscht hatte. »Asdrúbal Perdomo!« rief er. »Da ist der verfluchte Hurensohn!«

In der Tat stand Asdrúbal Perdomo neben seinen Eltern und Geschwistern und blickte zu dem Haus hinüber, von dem aus Centeno ihn beobachtete. Wenig später, als die Bewohner von Playa Blanca mit Wasserfässern, Proviantkisten, Säcken und sogar Möbeln beladen an Bord kamen, verlor er anscheinend das Interesse an seinen Verfolgern und wandte sich den Fischern zu, um ihnen die Hände zu schütteln und sich von ihnen umarmen zu lassen.

»Hol mir das Gewehr!« befahl Centeno einem seiner Männer.

»Machen Sie keine Dummheiten«, warnte Justo Garriga. »Auf diese Entfernung werden Sie höchstens einen Unschuldigen treffen.«

»Dann laß den Wagen an. Wir fahren hin.«

»Bis wir ankommen, sind die längst weg.«

»Tu, was ich dir sage und widersprich nicht!« tobte Centeno. Das erste Mal seit vielen Jahren war er außer sich vor Wut. »Diese Scheißkerle werden sich nicht über mich lustig machen.«

Garriga nickte, und einer der Männer lief über die Treppe hinunter, während Centeno unverwandt die »Isla de Lobos« im Visier behielt. »Die haben genug Proviant, um einmal um die ganze Welt zu segeln«, staunte er. »Mehr als zwanzig Weinfässer und Dutzende von Säcken.«

»Wahrscheinlich haben sie genau das vor«, stellte Justo Garriga nüchtern fest. »Wenn mich nicht alles täuscht, wollen die nach Amerika.«

Centeno richtete sich auf und starrte ihn ungläubig an. »Nach Amerika? In dieser Nußschale, die beim ersten Windstoß kentert? Du bist verrückt!«

»Ich nicht«, antwortete der andere. »Aber die.«

In diesem Moment erklang eine Stimme hinter dem Haus. »Justo! Justo! Irgend jemand hat uns alle vier Reifen durchstochen und das Zündkabel rausgerissen. Die Karre kriegen wir nie wieder zum Laufen!«

Centeno wußte, daß eine Chance verspielt war. Er setzte sich auf die Brüstung der Dachterrasse und rührte sich nicht, während er das geschäftige Treiben rings um den alten Schoner beobachtete. Nach einer Weile umarmten die Dorfbewohner die Maradentros, schüttelten ihnen die Hände, küßten sie zum Abschied und kehrten in ihre Boote zurück.

Als Asdrúbal Perdomo den Anker gelichtet hatte, wurden die Segel gesetzt, und die »Isla de Lobos« gewann langsam an Fahrt. Nach wenigen Minuten hatte sie sich von der Flotte der kleinen Boote gelöst und nahm Kurs auf die Meerenge, die Fuerteventura und Lanzarote voneinander trennt.

Keine dreihundert Meter entfernt sah Centeno sie vorbeiziehen. Er konnte sogar ihre Gesichter erkennen. Und er sah, wie die fünf Maradentros ihn beobachteten: Asdrúbal vorne am Bug, sein Vater am Ruder, Sebastián, Aurelia und Yaiza am Heck, wo sie bis zuletzt stehenblieben, als wollten sie sich das Bild des geliebten Ortes, an dem sie ihr ganzes Leben verbracht hatten, für immer einprägen.

Reglos und schweigend schaute Centeno ihnen nach, umgeben von seinen Männern, die zu verstehen schienen, daß alles verloren war. Er fragte sich, wie man einem so alten Schoner, auf dem kein vernünftiger Mensch auch nur auf die benachbarte Insel übersetzen würde, eine Fahrt nach Amerika zutrauen konnte. Beim ersten kräftigen Sturm würde er auseinanderfallen und die gesamte Mannschaft mit sich in die Tiefe reißen.

Plötzlich fiel Yaiza das alte Lied ein. Maestro Julián hatte immer behauptet, die Seeleute stimmten es an, wenn sie einen Fischer aus La Graciosa zur Beerdigung auf die große Insel hinüberfuhren und viele kleine Fischerboote dem Schiff mit der Bahre folgten.

Mudos van e inmóviles los muertos,
la sombra de la vela les protege,
el mar se lamenta bajo la curva quilla,
y el sol marca el camino del Oeste.

Más felices seréis en tierra firme,
bajo los luminosos faros del Señor,
lejos de la calma chicha y la tormenta,
lejos de la eterna sed y del calor.

Rogadle a Dios que vuelva a por nosotros,
y que gobierne también nuestro timón,
cuando emprendamos el camino del Oeste,
en el callado barco de los muertos.

Die »Isla de Lobos« kam ihr vor wie jenes stumme Totenschiff, denn auch sie fuhr, wie die Sonne, nach Westen. Niemand an Bord hatte ein Wort gesagt, jeder respektierte das Schweigen des anderen. So standen sie da und betrachteten noch einmal die Silhouette der Vulkane von Lanzarote, die langsam hinter diffusen Schleiern verschwand.

Wie sollten sie auch damit fertig werden, daß jenes öde Stück Land, dem sie trotz allem so verbunden waren, sich vor ihren Augen auflöste, um nur noch als schöne Erinnerung in ihren Köpfen zu bleiben?

Es war ein Schmerz, der immer stärker wurde, je mehr sie sich von der Insel entfernten. Jeder von ihnen schien einen heftigen inneren Kampf zu führen, um der Versuchung zu widerstehen, den Schoner zu wenden und sich dem Schicksal, so hart es auch sein mochte, zu stellen. Denn kein Schicksal konnte unerträglicher sein, als die geliebte Landschaft verlassen zu müssen.

Sie würde nie erfahren, ob die Fischer auf La Graciosa früher wirklich ein solches Lied gesungen hatten, denn Maestro Julián nahm es mit der Wahrheit nicht so genau und hatte schon immer eine blühende Phantasie gehabt. Doch so sehr sie sich auch anstrengte, die Insel zu vergessen und an etwas anderes zu denken, es wollte ihr einfach nicht gelingen. Dieses Stück Land schien nur deshalb zu existieren, um jetzt die Gefühle ihrer Familie widerzuspiegeln, die aus ihrem Paradies vertrieben worden war.

Wo sollten sie je wieder einen Ort finden, an dem das durchsichtige Blau der Bocaina sie jeden Morgen beim Wachwerden mit der dunklen Silhouette der »Isla de Lobos« und den hellen

Dünen von Fuerteventura am Horizont begrüßte? Wo würde es einen zweiten Montaña Bermeja geben, eine andere »Hölle von Timanfaya« oder einsame, weiße Strände, die nur die Bewegungen des Wassers bei Ebbe und Flut kannten? Wo sollten sie die vertrauten Gerüche wiederfinden, die bekannten Stimmen und Gesichter, die an glückliche und an traurige Zeiten erinnerten?

Immer strahlender erhob sich hinter ihnen die Sonne, während das Meer unter ihrem Kiel zu klagen schien. Yaiza saß im Schatten eines Segels und trotzte dem Wind, der das Schiff nach Westen trieb.

»Wir können nicht vom Kurs abkommen«, hatte Abel Perdomo gesagt. »Als kleines Kind hat man mir gesagt, daß die Sonne und die Passatwinde in Amerika schlafen gehen. Sie werden uns den Weg dorthin zeigen.«

Nicht einmal einen Kompaß würden sie brauchen, wenn sie nur darauf achteten, daß frühmorgens die Sonne über dem Heck aufging und abends vor ihnen im Meer versank. Sie brauchten auch keine Seekarten, Sextanten oder Schiffschronometer, denn es genügte, daß der Passat so weiterblies, wie er es seit Anbeginn der Welt getan hatte und der alte Schoner sich noch eine Weile über Wasser hielt.

Alles übrige war eine Frage des Glaubens.

Und der Geduld, denn man durfte nicht zuviel verlangen von dem alten Schoner, der nach einem schweren, arbeitsreichen Leben einen gerechteren Lebensabend verdient hätte. Mit seiner Ladung von Wasserfässern, Säcken und Möbeln knarrte er genauso in den Fugen wie die Gelenke von Großvater Ezequiel, wenn er sich auf seine Steinbank gesetzt hatte.

»Das ist doch Wahnsinn!« hatte Maestro Julián eindringlich gewarnt. »Der Ozean ist weit, und das Schiff wird diese Reise nicht mehr schaffen.«

»Hunderte von Auswanderern haben es auf ähnlichen Schiffen nach Amerika geschafft«, hatte Abel dagegen gehalten.

»Aber die waren nicht so morsch.«

»Ich kenne mein Schiff. Wenn nichts Außergewöhnliches dazwischenkommt, wird es durchhalten.«

»Und wenn nicht?«

»Dann enden wir auf dem Grund des Meeres. Alle zusammen. Dann ist dieses Schicksal eben Gottes Wille.«

»So habe ich dich noch nie über Gott reden hören.«

»Nun ja, wahrscheinlich haben wir ihn auch noch nie so bitter nötig gehabt wie jetzt.«

Es war vier Uhr nachmittags. Die beiden saßen im Schatten vor dem Haus, tranken ihre letzte gemeinsame Tasse Zichorienkaffee und rauchten ihre alten Pfeifen. Aurelia hatte Abel nach seiner Rückkehr von Don Matías erzählt, was Manuela zugestoßen war. Abel selbst war überzeugt, daß der Alte entschlossen war, bis zum äußersten zu gehen, koste es, was es wolle.

»Es hat keinen Zweck«, sagte er resignierend. »Dieser Mensch ist halsstarrig wie ein brünstiges Kamel, und der Haß ist der einzige Grund dafür, daß er noch lebt. Aber ich werde nicht zulassen, daß man den Jungen umbringt. Heute nacht auf dem Rückweg habe ich es mir überlegt. Wir fahren nach Amerika.«

»Und was willst du in Amerika tun?«

»Das, was viele vor uns schon getan haben. Arbeiten. Im Grunde ist das doch das einzige, was ich in meinem ganzen Leben gelernt habe. Man sagt, dort sei alles viel leichter. Es soll sogar Flüsse und Seen mit Süßwasser geben, und man kann sich soviel davon nehmen, wie man will. Umsonst! Glaubst du, das stimmt?«

»Das habe ich auch gehört«, stimmte Maestro Julián zu. »Es soll so viel Land geben, daß sie es verschenken, wenn man sich bereit erklärt, es zu bestellen.« Er hielt inne und schüttelte den Kopf. »Aber das Land ist voll mit Bäumen.«

»Ich denke nicht daran, das Land zu bestellen«, sagte Abel energisch. »Ich gehe zwar fort, aber meinen Beruf will ich nicht aufgeben. Ich bin ein Mann des Meeres. Und in Amerika gibt es das Meer auch.« Er wies nach vorn. »Dasselbe Meer wie hier.«

Maestro Julián zündete sich seine Pfeife an, die immer wieder ausging und sagte mit gespielter Gelassenheit: »Kein Meer ist wie das andere, und das weißt du auch. Nur die Menschen vom Festland verwechseln sie. Ich will dir was sagen, Maradentro. Du und ich, wir sind wahrscheinlich die besten *vieja*-Fischer auf der Insel, das heißt, auf der ganzen Welt, denn diese Art Fisch gibt es nur hier bei uns, auf den Kanarischen Inseln. Was sagst du dazu? Es ist dasselbe Meer, aber es hat nicht dieselben Fische.«

Abel Perdomo schwieg nachdenklich. Er hatte keinen Grund, das, was sein Freund gerade gesagt hatte, anzuzweifeln, doch der Gedanke an ein Meer, in dem es nicht von *viejas* wimmelte, auf deren Fang er sich seit seiner Jugend spezialisiert hatte, erschien ihm einfach unbegreiflich. Seit er zurückdenken konnte, bildete dieser Fisch die Hauptnahrung der Inselbewohner.

»Wovon ernähren sich denn diese Menschen?«

»Von Wundern, nehme ich an.«

Er hatte über die Antwort seines Freundes nur gelacht, obwohl die Frage ihn tief im Inneren beunruhigte. Langsam mußte er einsehen, daß sich nicht nur das Meer und ihre Eßgewohnheiten ändern würden, sondern alles in ihrem Leben.

»Es wird mir nicht gefallen.«

»Ich weiß. Trotzdem willst du fort.«

»Es geht um meinen Sohn. Um meine Familie. Und um mein Dorf.« Er klopfte die Pfeife auf demselben Stein aus, auf dem er sie seit dreißig Jahren ausgeklopft hatte, und fuhr fort: »Weggehen ist das Beste, was wir für Playa Blanca tun können. Ich weiß, daß die Leute das nie von mir verlangen würden, und deshalb tue ich es. Vielleicht kommen wir ja eines Tages wieder.«

»Du wirst mir fehlen, Perdomo. Du wirst uns allen fehlen«, sagte Maestro Julián. »Die Leute hier mögen dich.«

»Das ist das Schwerste«, antwortete Abel. »Kannst du dir ein Leben an einem Ort vorstellen, wo du niemanden kennst? Es muß traurig sein, sehr traurig.«

Yaiza beobachtete ihren Vater, der das Ruder umklammert hielt und nicht eine einzige Pause machte, als wollte er sich auf diese Art zwingen, nicht zurückzuschauen auf die Insel, die jetzt am Horizont immer kleiner wurde. Sie fragte sich, was in ihm vorgehen mochte. Er verließ den Ort, wo er eines Tages beerdigt werden wollte – Seite an Seite mit Großvater Ezequiel, seinem Bruder Ismael, der schon als Säugling gestorben war, seiner Mutter und allen anderen, die das Geschlecht der Perdomo Maradentros gebildet hatten –, er, der beste, nobelste und wagemutigste Fischer auf den Kanarischen Inseln.

Dies alles war ein Alptraum, aber noch nie hatte ein Alptraum so lange gedauert.

Die gespannten, verbitterten Gesichter ihrer Brüder waren kein Traum, ebensowenig wie der in die Ferne gerichtete, melancholische Blick ihrer Mutter oder die Erstarrung ihres Vaters, der unverwandt nach vorn schaute und wartete, daß die Insel endlich für immer hinter seinem Rücken verschwand. Es war, als wären sie durch ein Ankertau mit Lanzarote verbunden und schleppten die Insel hinter sich her. Sie alle wußten, daß sie erst dann frei sein und an die Zukunft denken konnten, wenn das Tau endlich riß und die letzten Gipfel der Berge des Feuers endgültig im blauen Meer versanken.

Nachmittags trafen sie auf einen Schwarm Delphine, die es so eilig hatten, daß sie sich nicht einmal Zeit für ein Spielchen ließen, weder mit ihnen um die Wette schwammen noch sich wie sonst den Rücken am Bug kratzten, obwohl sie ihnen zupfiffen und Asdrúbal sie sonst immer anzulocken vermochte. Yaiza sah ein, daß die Delphine sich nicht aufhalten lassen wollten, denn sie suchten Land, jenes Land, das sie selber hinter sich gelassen hatten.

Sie schaute ihnen nach, bis ihr die Augen brannten bei dem Versuch, sie im ruhigen Wasser auszumachen. Als sie dann den Kopf hob, entdeckte sie, daß die Insel in der Ferne verschwunden war. Man konnte weder einen Gipfel noch eine Wolke oder auch nur eine Sonnenspiegelung auf den Bergen mehr erkennen. Unmerklich war das Meer in den größeren, bedrohlicheren, unbekannten und achtunggebietenden Ozean übergegangen.

Die Neugkeit schien Don Matías nicht sonderlich zu erstaunen. In den endlosen, einsamen Stunden des Wartens hatte er Zeit genug gehabt, über die Fluchtmöglichkeiten der Perdomo Maradentros nachzudenken.

»Das war unausweichlich«, sagte er kühl. »Du hättest das Boot schon am ersten Tag in Brand stecken sollen.«

»Sie haben es nicht mit eigenen Augen gesehen. Es fällt auseinander. Kein Mensch würde auf die Idee kommen, damit auch nur eine Pfütze zu überqueren.«

»Nur die Maradentros«, antwortete der Alte. »Nicht umsonst haben sie diesen Ruf, und irgend etwas muß ja dran sein an diesem Boot, wenn sie ihr ganzes Leben darauf verbracht haben. Wo genau wollen sie hin?«

»Das weiß kein Mensch.« Centeno zuckte die Achseln. »Wohin der Wind sie treibt. Ich glaube, sie können froh sein, wenn sie auf diesem Wrack auch nur die Hälfte des Weges schaffen. Wahrscheinlich werden sie untergehen.«

Verloren lag Don Matías in seinem riesigen Bett. Seine dunklen Augen – der einzige Teil seines Körpers, der sich beharrlich weigerte, im selben Maße zu altern wie der Rest – durchbohrten den Exfeldwebel, der in dem Sessel saß, in dem

Rogelia gestorben war. »Glaubst du etwa, für den Rest meines Lebens zu hoffen, sie seien ertrunken, wäre mir ein Trost? Nein, das ist mir kein Trost. Ich habe dir gesagt, ich will Asdrúbal Perdomos Leiche, nicht die vage Möglichkeit, daß ihn vielleicht die Fische fressen!«

Centeno schwieg und wartete ab. Er kannte seinen ehemaligen Vorgesetzten gut genug, um zu wissen daß er in diesem Augenblick eine Entscheidung traf. »Nach Amerika«, hörte er ihn leise murmeln, »und Amerika ist groß.«

Don Matías hatte den Nacken auf das Kopfende gelegt und starrte an die Decke, obgleich er die Augen die meiste Zeit geschlossen hielt. Genauso hatte er sich vor zwölf Jahren auf den Befehl zum Angriff oder die Organisation eines Hinterhaltes konzentriert. Schließlich senkte er den Kopf und blickte Centeno an. »Du fährst noch heute nacht nach Teneriffa!« befahl er. »In der Calle de la Marina, gegenüber vom Hafen, gibt es eine Bar. Ich kann mich nicht an ihren Namen erinnern, aber die Fassade ist grün gestrichen, und drinnen stehen große Weinfässer an den Wänden. Es ist ein beliebter Treffpunkt der Inselschmuggler, die ihre Geschäfte direkt mit den Schiffsbesatzungen abwickeln. Diese Schmuggler besitzen die schnellsten Boote.« Er musterte Centeno scharf, und seine Stimme nahm einen Tonfall an, der keinen Widerspruch duldete. »Besorge dir eins von diesen Booten und tritt mir ohne die Leiche von Asdrúbal Perdomo nicht mehr unter die Augen.«

Als Centeno die Order bekam, ein winziges Schiff in der Weite des Ozeans aufzuspüren, befiel ihn ein leichtes Angstgefühl. Ausgerechnet er, der das Meer haßte. Doch dieses unangenehme Gefühl wich bald dem der Erleichterung. Immerhin bekam er eine zweite Chance, reich zu werden.

Er war erschöpft und deprimiert, denn er hatte das steinige Flußbett des Rubicón zu Fuß durchqueren müssen. Mit zwei großen schwarzen Limousinen waren sie vor nicht allzu langer Zeit allmächtig angekommen, und nun diese Schmach. Erst hinter Uga, nach einem Gewaltmarsch über zwanzig Kilometer Lavagestein durch die glühende Hitze, hatte er eine Fahrgelegenheit gefunden. Jetzt wollte er sich nur noch ausruhen, doch da war sein Hauptmann mit neuen Befehlen, und da war er, der treue Feldwebel.

»Ich habe kein Geld mehr«, war alles, was er herausbrachte.

Der Greis – war es denn der Vater des Hauptmanns Quintero, der jetzt seinen dünnen Arm ausstreckte, die Schublade der Kommode aufmachte, einen Schlüssel herausnahm, den er ihm gab und dabei auf einen großen Geldschrank in der Ecke zeigte? »Nimm alles, was da ist!« ordnete er an. »Und wenn du mehr brauchst, sag Bescheid.« Er verzog das Gesicht. »Bei dir kann man wenigstens einer Sache sicher sein: Du würdest einen nie bestehlen.«

Centeno schloß den Geldschrank auf, steckte das Geld, ohne es nachzuzählen, in die Tasche, gab den Schlüssel zurück und ging auf die Tür zu. »Wenn ich mich heute nacht noch einschiffen soll, muß ich mich beeilen«, sagte er trocken. »Ich halte Sie auf dem laufenden.«

Gerade, als er die Tür hinter sich schließen wollte, hielt Don Matías ihn mit einer Geste zurück. »Damián!« rief er heiser. »Bring ihn mir tot!«

Sebastián stand am Ruder und beobachtete gebannt die fernen Umrisse der Insel Teneriffa, die gekrönt wurden von der majestätischen Silhouette des Pico de Teide, einem fast viertausend Meter hohen Berg, von dessen Gipfel man an klaren Tagen angeblich alle sieben Inseln des Archipels überblicken konnte.

Die Sonne stieg zögernd über die Wellen, die von achtern heranrollten. Ihr Glanz dehnte den Schatten des Berges, der sich auf dem Blau des Ozeans spiegelte, fast bis ins Unendliche, und in diesem Augenblick schien es ihm, als sei der ganze Ozean eine einzige Welle, immer wieder auf der Jagd nach sich selber.

Sebastián hatte sich für die letzte Wache gemeldet. So konnte er jeden Sonnenaufgang am Steuer erleben, und dies war die Stunde, in der er sich am wohlsten, am unbekümmertsten fühlte, in der er in Ruhe über vieles nachdenken konnte.

Von allen an Bord war er wahrscheinlich der kühlste und ausgeglichenste und zweifellos auch der, der am wenigsten darunter zu leiden hatte, daß die Insel Lanzarote und alles, was ihr früheres Leben betraf, jetzt für immer der Vergangenheit angehörte. Bald würde er fünfundzwanzig. Seit dem Tag, an dem er eingezogen worden war, hatte er sich gefragt, ob es nicht vielleicht besser wäre, wie so viele vor ihm die Gelegenheit zu nutzen und eine andere Zukunft einzuschlagen.

Seine Mutter war überzeugt, daß er das Zeug zu einem Studium hatte. Während seiner Dienstzeit in der Marine hatte er sich einige Kenntnisse in der Hochseeschiffahrt erworben. Seine Vorgesetzten hatten so große Stücke auf ihn gehalten, daß sie ihn zum Steuermann auf einem Schulschiff beförderten, von dessen Kommandobrücke er sich ein anderes Bild vom Meer machen konnte als das, welches er bisher gewohnt war. Seit jener Zeit, die er hinter dem Ruder der »Galatea« verbracht hatte, wußte er um eine Welt, in der die Menschen nicht länger von der Gunst der Winde, des Seegangs und der Strömungen abhingen. Aus dem Meer und selbst dem weiten Ozean, die er früher als bedrohliche Grenze empfunden hatte, waren wunderbare Verbündete geworden.

Sein Vater, der ihm alles, was er über Fische und Schiffe wußte, beigebracht hatte, war ein geborener Seemann, der den überwiegenden Teil seines Wissens dem gleichermaßen intuitiv handelnden Großvater Ezequiel zu verdanken hatte, der es wiederum von seinen Vorfahren übernommen hatte. Doch ihr Meer, das Meer der Maradentros, beschränkte sich auf einen schmalen Streifen von etwa tausend mal dreihundert Meilen, der sich an der afrikanischen Wüste von Agadir bis La Güera entlangzog. Über die abgeschiedene, steinige und öde Inselgruppe von Las Salvajes hinaus war die »Isla de Lobos« nie gekommen.

Es war ein rauhes Meer, kein Zweifel. Hunderte von in Stürmen gesunkenen oder auf den Sandbänken von Cabo Bojador oder Punto Cansado gestrandeten Schiffen legten davon

Zeugnis ab. Aber weil der erste Passagier auf der »Isla de Lobos« ein kleines Mädchen war, das gerade auf einem Leuchtturm geboren worden war und zur Taufe fuhr, war es einem alten Aberglauben zufolge sehr unwahrscheinlich, daß ein Sturm ihr je etwas würde anhaben können.

Als Sebastián jedoch diesen Tagesanbruch erlebte, den letzten, an dem sie die Silhouette der Inseln noch erkennen konnten, ehe sie auf den offenen Atlantik hinaussegelten, fragte er sich, ob die vergangenen dreißig Jahre vielleicht aus der Erinnerung des Meeres gestrichen haben könnten, daß dieser morsche alte Kahn damals eine seiner Töchter transportiert hatte. Dann bedürfte es keines Sturms, sondern nur einer einzigen größeren Welle, um das Schiff zum Kentern zu bringen.

Er konnte hören, wie das Boot unter ihm ächzte und knarrte, als fragte es, welche Sünden es begangen habe, daß man es zwang, das sichere Refugium des Canal de la Bocaina oder die windgeschützte Inselküste zu verlassen. Schließlich waren das Gewässer, in denen es jeden Felsen in der Tiefe mit Namen kannte. Hier draußen, im unendlichen Ozean, würde seine schwache Stimme niemals bis auf den Grund reichen, wie sehr es sich auch anstrengen mochte.

Sie hat Angst! dachte Sebastián bei sich. Zum ersten Mal in ihrem Leben hat die ›Isla de Lobos‹ Angst, und ich kann es ihr nicht verdenken, immerhin geht es fort von allem, was sie kennt.

Fünfzehn Jahre zuvor, kurz nach ihrer Geburt, hatte seine Mutter sich in den Kopf gesetzt, Yaiza ihrer Großmutter in Teneriffa zu präsentieren. Also hatten sie sich in eins der schönsten Abenteuer gestürzt, an das Sebastián sich erinnern konnte. Zunächst waren sie an der windgeschützten Seite von

Fuerteventura entlang bis zur Spitze von Jandía gesegelt, wo sie in einer stillen Bucht übernachteten. Bei Tagesanbruch waren sie auf spiegelglatter See nach Gran Canaria übergesetzt. In Sichtweite der Küste hatten sie dann in einem weiten Bogen Kurs auf Santa Cruz genommen und waren bei Einbruch der Abenddämmerung im Hafen angekommen, wo sie mit einem geschickten Manöver am Fischerkai anlegten.

Doch jetzt war alles anders. Jetzt segelte das Schiff voll beladen, und die ausgedorrten, brüchigen Masten stöhnten unter der Last der Segel, wohl wissend, daß das Meer tiefer und tiefer wurde, bis kein Echo mehr vom Grund heraufdringen und sie über den unendlichen Abgrund des Ozeans segeln würden. Es war so, als würde ein Nichtschwimmer plötzlich merken, daß er keinen Boden mehr unter den Füßen hat, und die bloße Erkenntnis ihn der Fähigkeit beraubte, sich über Wasser zu halten.

»Da wirst du durch müssen, Alte«, flüsterte er und streichelte das Ruder, als wüßte er, daß das Schiff ihn verstand. »Du wirst durchhalten und beweisen müssen, daß Großvater nicht nur ein guter Seemann, sondern auch ein guter Schiffsbauer war.«

Jedesmal nach einem Sturm hatte Großvater Ezequiel die entlegensten Strände durchforstet und nacheinander die besten Hölzer zusammengesucht, die das Meer an den Strand gespült hatte. Der mächtige Baumstamm, aus dem er in einem Stück den Kiel seines Schiffes konstruierte, hatte mit einer ganzen Flotte von kleinen Schuten von Roque del Este nach Playa Blanca gebracht werden müssen.

Dort hatte er elf Monate auf dem Strand gelegen, bis er ganz trocken war, und erst dann hatte Großvater Ezequiel zum Beil gegriffen und ihn bearbeitet, wenn er müde vom Fischen kam. Sein Freund, der Leuchtturmwärter, dessen Tochter er später zur Taufe nach Corralejo bringen sollte, hatte ihm die Pläne gezeichnet, und seine arme Frau, die gestorben war, ohne den Stapellauf des Schiffes mitzuerleben, hatte eigenhändig die ersten Segel genäht. Die Wanten und Schoten bestanden aus nassem Kamelleder, das sich beim Trocknen zusammenzog und an Widerstandskraft stählernen Trassen in nichts nachstand. Der kleinste Winkel des Schoners war genauso verhätschelt worden wie das verwöhnteste seiner Kinder.

Kein Schiff war je mit so viel Liebe gebaut worden, hatte so viele Hoffnungen getragen, vom ersten Augenblick an so viele Schmeicheleien gehört wie dieses, und dann hatte es auf seiner Jungfernfahrt auch noch eine Tochter des Meeres, die auf dem Leuchtturm einer entlegenen Insel zur Welt gekommen war, zur Taufe gebracht.

Deshalb verwunderte es nicht, wenn sogar Sebastián, das skeptischste Mitglied der Maradentro-Sippe, zähneknirschend zugeben mußte, daß Yaiza recht hatte. Offensichtlich weigerte sich der Geist des Großvaters, den Schoner, dem er einen wichtigen Teil seines Lebens geopfert hatte, zu verlassen.

»Hoffentlich stimmt es!« sagte er leise. »Wir werden alle verfügbare Hilfe nötig haben, um dieses Schiff sicher in einen Hafen zu bringen.«

Für den Rest der Familie würde der lange Aufenthalt an Bord der »Isla de Lobos« vielleicht nichts weiter bedeuten als die Fortsetzung des Lebens, an das sie seit jeher gewohnt waren. Was sie beunruhigte, vielleicht sogar erschauern ließ, war die Frage, was an dem Tag sein würde, an dem sie sich einem völlig fremden Leben in einem unbekannten Land stellen mußten. Für sie waren das Meer, selbst der gefürchtete offene Ozean, eine Zuflucht; Sebastián dagegen sah die Gefahr gerade in diesem Ozean, vor dem der Schoner nicht mehr war als ein Papierschiffchen, mit dem ein Kind in einem Wassergraben spielte. Am anderen Ufer, wenn sie es je erreichten, eröffnete sich ihnen eine Welt mit ungeahnten Möglichkeiten, in der sich drei starke Männer und zwei entschlossene Frauen bestimmt leichter würden durchschlagen können als in der verlassenen Einöde von Playa Blanca.

Hunderte, Tausende von Familien waren schon vor ihnen ausgewandert, hatten einem ähnlich elenden Leben wie dem ihren ein Ende machen wollen, und viele davon hatten in Amerika erleben können, wie ihre Träume wahr wurden. Es gab also doch ein Gelobtes Land. Sebastián, der um ein Haar nicht nach Playa Blanca zurückgekehrt wäre und es dann doch getan hatte, weil er auf Dauer nicht fern seiner Familie leben konnte, hatte das Schicksal nun in ein Boot mit Kurs nach Amerika verschlagen, Amerika – von dem er schon immer geträumt hatte!

Angesichts des Leids, das es für seine Mutter und seine Geschwister bedeutete, konnte er sich nicht gerade freuen, aber traurig war er auch nicht. Er wußte, jetzt kam es darauf an, alle Kraft aufzubieten, um die Überfahrt mitsamt der »Isla de Lobos« heil zu überstehen.

Sein Vater, der vor wenigen Augenblicken auf Deck erschienen war, musterte mit kritischem Blick die Richtung des Windes und den Seegang. Dann fragte er: »Wie ist sie gelaufen?«

»Langsam. Drei Knoten. Dreieinhalb. Jetzt wird es weniger. Der Wind ist nicht gleichmäßig.«

»Man muß Geduld haben«, sagte Abel. »Ich wäre schon froh, wenn der Wind so bliebe.« Er strich über den Mast, als wäre er ein lebendiges Wesen, und fügte hinzu: »Mit weniger Wind kämen wir nicht von der Stelle, und viel mehr würde sie nicht aushalten.«

»Die guten Winde werden noch bis Dezember auf sich warten lassen«, meinte sein Sohn. »Mitte Dezember hätte uns der Passat im Nu bis an die Küste von Venezuela getrieben.«

»Mag schon sein. Aber vorläufig müssen wir wohl mit den Augustwinden vorliebnehmen.«

»Das wird eine lange Überfahrt, und das Schiff ist müde!«

Abel Perdomo zögerte mit seiner Antwort. Er betrachtete das Schiff, das Meer, den Gipfel von Teide in der Ferne, der sie zu beobachten schien, und legte schließlich seine Hand auf die Sebastiáns. »Hör zu, mein Sohn. Ich weiß, daß das Schiff müde ist. Du weißt es auch. Und Asdrúbal wahrscheinlich ebenfalls. Aber wir dürfen deine Mutter und deine Schwester nicht beunruhigen. Vor allem die Kleine nicht, denn sie fühlt sich sowieso schon für alles verantwortlich, und ich habe den Eindruck, daß sie eine noch größere Bedrohung nicht verkraften würde.«

Sebastián zeigte ihm mit einer stummen Geste, daß er einverstanden war und sie nicht darüber zu sprechen brauchten. Als er merkte, daß der Wind etwas nach Osten umgeschlagen war, korrigierte er das Ruder.

»Das Wichtigste ist, ihr nicht zuviel zuzumuten«, fuhr Abel fort. »Wir müssen Ladung löschen und das gute Wetter nutzen, um sie wieder herzurichten. Ich werde Mutter bitten, aus den ältesten Kleidern Werg zu machen, damit wir sie von innen kalfatern können. Vorn am Bug müßten einige Spanten verstärkt werden. Das kann dein Bruder sehr gut. Er hat die Hände von Großvater Ezequiel geerbt.« Abel sah seinen Sohn an. »Was willst du tun, wenn wir ankommen?«

Sebastián lächelte. »Erst müssen wir ankommen, dann werden wir weitersehen. Hauptsache, wir bleiben zusammen. Vor Arbeit haben wir uns nie gedrückt, und nach dem, was man so hört, gibt es dort mehr als genug davon.«

»Ich hätte gern, daß du studierst«, sagte sein Vater. »Mit etwas Glück können Asdrúbal und ich die Familie ernähren. Dann könnten Yaiza und du etwas Vernünftiges lernen; ihr seid die Klügsten von uns.« Er lächelte. »Höchste Zeit, daß die Perdomo Maradentros nicht mehr solche Dummköpfe sind.«

Liebevoll betrachtete Sebastián den rauhen, energischen Mann, der Hände wie Keulen hatte und trotzdem im Grunde so scheu und schüchtern war wie ein Kind. »Wärst du gern zur Schule gegangen?« fragte er.

Abel dachte einen Augenblick nach und zuckte dann die Achseln. »Zu meiner Zeit war das eine Frage, die sich gar nicht erst stellte. Die nächste Schule lag anderthalb Stunden Fußmarsch entfernt, im Dorf konnte niemand lesen, und Großvater brauchte mich auf dem Meer oder beim Schiffsbau. Ehe ich deine Mutter kennenlernte, wußte ich nicht einmal, wie ungebildet ich war.« Er schüttelte ungläubig den Kopf. »Ich kann heute noch nicht begreifen, was sie an mir fand. Ich konnte ja nicht mal ein O in den Sand zeichnen.«

»Du sollst doch ein ganz ansehnlicher Mann gewesen sein. Ich kann mir vorstellen, daß sämtliche Dorfmädchen hinter dir her waren.«

Abel verzog das Gesicht und lächelte, während er alten Erinnerungen nachhing. »Ein paar vielleicht«, antwortete er. »Vor allem Florinda. Ihr Vater hatte das schönste Haus im Dorf, zwanzig Kamele und die Konzession für den Salztransport. Wenn ich sie geheiratet hätte, wäre ich heute vielleicht ein reicher Mann. Aber an dem Tag, an dem ich deine Mutter sah, habe ich alles vergessen: das Haus, das Salz und die Kamele. Mein Gott! Es fällt mir schwer, das alles für immer hinter mir zu lassen. Ganz neu anzufangen, und das in meinem Alter!« Er legte seinem Sohn die Hand auf die Schulter. »Geh jetzt schlafen. Du mußt doch todmüde sein.«

Sebastián winkte ab. »Ich bleibe lieber hier und leiste dir Gesellschaft. Ich habe es gern, wenn du von dir sprichst. Erzähl mir vom Krieg!«

»Über den Krieg gibt es nichts zu erzählen«, antwortete Abel. »Kriege führt man, und dann vergißt man sie.«

Imeldo Cambreleng hätte eigentlich Totengräber werden sollen, aber in irgendeinem dunklen Augenblick seines Lebens spielte ihm das Schicksal einen Streich und machte einen Schmuggler aus ihm. Beim Anblick des riesigen Schädels, auf dem nur vereinzelt ein paar dünne Haarbüschel sprossen, fiel einem unweigerlich irgendeine schmutzige, unanständige Krankheit ein. Darunter hing ein Gesicht mit großen, kurzsichtigen Augen und hervorstehenden Backenknochen, das zusammen mit dem fliehenden Kinn und der langen Nase an einen hinterhältigen Geier mit spitzem Schnabel erinnerte.

In den Häfen der Gegend war allgemein bekannt, daß sich Geschäfte mit Cambreleng außergewöhnlich rasch erledigen ließen. Das lag daran, daß er ein Mann von schnellen Entscheidungen war, der stets Wort hielt; andererseits verspürte aber auch niemand den Wunsch, seine Anwesenheit länger als unbedingt nötig zu ertragen.

»Was für ein Schiff?« fragte er.

»Das schnellste mit der größten Reichweite. Wenn es Radar hat, um so besser.«

»Kein Boot in dieser Gegend hat Radar. Aber die ›Mandrágora‹ wurde während des Krieges als Schnellboot eingesetzt. Ich glaube, das ist das Boot, das Sie suchen. Welche Ladung?«

Centeno schüttelte den Kopf. »Es gibt keine Ladung.«

»Keine Ladung?« Cambreleng zog dreimal hintereinander die Nase hoch, ein Zeichen, daß er überrascht war, denn sein seelischer Zustand ließ sich getreulich an der ewig tropfenden Nase ablesen. »Keine Ladung...«, wiederholte er. »Wozu brauchen Sie dann das Boot?«

»Um ein Schiff zu suchen.«

»Um ein Schiff zu suchen?« Imeldo Cambreleng hatte die Angewohnheit, alles was man ihm sagte, zu wiederholen. »Erklären Sie.«

Centeno erzählte die Sache auf seine Art. Natürlich verschwieg er den Umstand, daß er die »Isla de Lobos« in Brand setzen und ein für allemal mit dieser verfluchten Sippschaft aufräumen wollte, die sich erlaubt hatte, ihn an der Nase herumzuführen wie noch nie jemand zuvor.

»Wann ist es ausgelaufen?« fragte der Schmuggler.

»Vorgestern früh.«

»Vorgestern früh. Und es ist ein Segelschiff?«

»Ein Segelschiff, ja. Ein ziemlich beladener Schoner. Er brauchte Stunden, bis er am Horizont verschwunden war.«

»Was werden Sie tun, wenn Sie den Jungen kriegen?«

»Ihn der Guardia Civil übergeben, damit er für seine Tat büßt.«

»Ich mag die Guardia Civil nicht besonders.«

»Ich auch nicht.«

»Sie auch nicht. Gut. Geht mich nichts an. Für tausend *duros* mache ich Sie mit dem Besitzer der ›Mandrágora‹ bekannt.

Wieviel er von Ihnen verlangt und was Sie von der Guardia Civil halten, ist Ihre Sache.«

»Wo ist die ›Mandrágora‹ jetzt?«

Cambreleng warf einen Blick auf die Uhr, rechnete kurz nach und sagte dann: »Jetzt müßte sie etwa fünfzehn Meilen vor der Küste ankern. In ein paar Stunden werde ich per Funk mit dem Besitzer Kontakt aufnehmen, um ihm zu sagen, wo er seine Ladung löschen kann.« Er zog mehrmals hintereinander die Nase hoch. »Wenn er einverstanden ist, werde ich Sie um Mitternacht hier abholen. Bringen Sie nur das Nötigste mit.«

»Ich bringe noch einen Mann mit.«

»Wen?«

»Meinen Stellvertreter. Meine rechte Hand. Nennen Sie ihn, wie Sie wollen, aber er kommt mit.«

Cambreleng fuhr sich über seinen Schädel, riß sich ein paar Haare aus und musterte seinen Gesprächspartner nachdenklich, als könne er auf diese Weise dessen wahre Absichten erfahren. Schließlich zuckte er die Achseln. »Geht in Ordnung. Aber versuchen Sie ja nicht, mich aufs Kreuz zu legen, damit verlieren Sie nur Ihre Zeit. Beim geringsten Verdacht dreht das Schiff ab, und ich kann Ihnen versichern, daß dann nicht mal das schnellste Boot der Küstenwache mitkommt.«

Centeno blickte ihn fest an und fragte: »Sehe ich etwa aus wie ein Bulle? Oder wie ein Zollfahnder?« Er schüttelte den Kopf, als wäre er selbst überrascht über die Absurdität einer solchen Vorstellung. »Besorgen Sie das Boot, und Sie werden sich die leichtesten tausend *duros* Ihres Lebens verdient haben.«

Cambreleng schien diese Ansicht zu teilen, denn er griff nach seiner schmierigen Lederbrieftasche und zog eine abgenutzte Seekarte der Inseln heraus, die so viele Markierungen und Notizen aufwies, daß sie aussah wie ein Hieroglyphentext. »Wann, sagten Sie noch, hat das Segelschiff Lanzarote verlassen?«

»Vorgestern, am frühen Morgen.«

»Welche Geschwindigkeit wird es haben? Drei Knoten?«

»Vielleicht auch weniger. Aber ich habe nicht viel Ahnung von der Geschwindigkeit eines Segelbootes.«

»Nun gut! Sagen wir drei bis vier Knoten.«

Cambreleng zog einen Bleistiftstummel aus der Tasche und stellte auf einer Ecke der Karte ein paar rasche Berechnungen an. »Mal sehen... wenn die einen Mörder an Bord haben, wie Sie sagen, werden sie nicht wagen, zwischen den Inseln durchzufahren.« Er zeichnete eine imaginäre Linie und zog dann einen weiten Kreis. »Wahrscheinlich befinden sie sich zur Zeit etwa hier: irgendwo nördlich von La Palma.«

»Wie lange würde Ihr Boot bis dorthin brauchen?«

»Die ›Mandrágora‹? Ich wünschte, sie gehörte mir! Keine Ahnung, aber mit Volldampf müßte man es in sechs bis acht Stunden schaffen. Solange das Meer ruhig ist, fliegt sie nur so über das Wasser. Es macht schon Spaß, sie nur anzusehen.«

Centeno griff in seine Hemdentasche und legte ein paar Scheine auf den Tisch. »Hier sind tausend Peseten«, sagte er. »Damit Sie sehen, daß ich es ernst meine, und damit Sie sich Mühe geben, den Besitzer zu überreden. Und jetzt will ich Ihnen noch einen Rat geben: Versuchen Sie nicht, mich reinzulegen.«

Imeldo Cambreleng hatte das Geld mit derselben Schnelligkeit eingesteckt, mit der ein Raubvogel eine Eidechse verschlingt. Dann stand er auf und faltete seine schmierige Karte zusammen. »Seien Sie um Mitternacht hier, und überlassen Sie alles andere mir. In unserem Metier ist das gegebene Wort unser einziges Kapital. Wenn wir etwas abmachen, halten wir uns auch daran. Sonst ist es nämlich aus mit dem Geschäft. Wenn man einmal versagt, gibt einem keiner eine zweite Chance.« Er zog die Nase hoch und lächelte. »Höchstens einen Schuß ins Genick.«

Damit machte er sich auf den Weg. Damián warf ein paar Münzen auf den Tisch, trat auf die Straße hinaus und sog den Geruch nach Diesel und Teer ein. Dann spazierte er gemächlich zur Bar Atlántico, gleich neben dem Eingang zum Hafen, wo Justo Garriga in einer Sportzeitung blätterte und auf ihn wartete.

»Ich glaube, wir haben ein Boot für heute nacht«, sagte er. »Hast du dich erkundigt?«

»Ja, in der Calle Miraflores. Diese Richtung, drei oder vier Straßen weiter. Dort ist das Hurenviertel. Man hat mir die ›Casa de la Húngara‹ empfohlen. Angeblich ist es der einzige Ort, wo man sich keine Krankheiten holt.«

Langsam machten sie sich auf den Weg, und als sie über den großen Platz von Candelaria schlenderten, fragte Damián Centeno beim Betrachten der Pärchen, die auf der Terrasse des Café »Cuatro Naciones« saßen: »Hast du es eigentlich je mit einer Frau getrieben, die keine Hure war?«

»Gibt es so was?« fragte Justo Garriga und lachte über seinen eigenen Witz. »Ja, doch. Ich nehme es jedenfalls an. Als wir in Madrid einmarschierten, habe ich so ein Mädchen kennengelernt. Sie hatten ihren Bräutigam erschossen. Schön war sie nicht, sie hatte was von einer verängstigten Göre, die fürchtet, daß man ihr im nächsten Moment eine langen könnte. Irgendwie tat sie mir leid.«

Centeno warf ihm einen ungläubigen Blick zu. »Dir?«

»Glauben Sie nicht, daß ich schon immer so war wie jetzt!« antwortete er. »Es gab eine Zeit, da habe ich sogar den Blinden über die Straße geholfen.« Er machte eine verächtliche Handbewegung. »Na ja, das ist lange her.«

»Mir hast du sogar mal das Leben gerettet.«

»Ich wußte, daß Sie sich irgendwann revanchieren würden.«

Sie spazierten durch die Calle Cruz Verde, blieben vor den Schaufenstern der Geschäfte stehen und schauten den vorbeigehenden Mädchen nach, wie zwei alte Freunde, die keine andere Sorge im Leben haben, als an einem schönen Sommernachmittag den Huren der Stadt einen Besuch abzustatten.

»Was meinst du?« fragte Centeno. »Glaubst du, die Maradentros haben uns zum Narren gehalten?«

»Ganz im Gegenteil!«, antwortete Justo Garriga überzeugt. »Was hätten wir schon anderes machen können? Jemanden umbringen, damit die Guardia Civil auf dem Plan steht? Ihnen folgen, wenn sie nachts auf ihren lautlosen Schiffen zum Fischen fuhren? Je mehr ich darüber nachdenke, um so sicherer bin ich, daß es keine andere Lösung gab. Ich bin froh, daß wir sie von der Insel vertrieben haben. Jetzt sind sie alle zusammen, und es kommt nur noch drauf an, sie zu erwischen.«

»Der Ozean ist groß.«

»Ich weiß. Und tief. Aber wir kriegen sie.« Er machte eine weit ausholende Bewegung. »Schauen Sie sich um. Hier gibt es Straßen und Autos. In dieser Welt kennen wir uns aus, hier sind wir zu Haus. Nicht wie in diesem gottverlassenen Playa

Blanca mit seinen Kamelen und diesen verrückten Menschen. Hier ist alles anders.«

»Ich mag das Meer nicht. Ich habe es noch nie gemocht«, murmelte Centeno mißmutig. »Solange sie auf dem Meer sind, sind sie in ihrem Element.«

»Ach was«, winkte der andere ab. »Was kann ein morscher alter Schoner schon gegen ein modernes Schnellboot ausrichten? Wir kriegen sie!«

Im Morgengrauen schreckte Aurelia hoch, denn sie spürte die bedrückende Anwesenheit eines fremden Wesens in der Kajüte. Als sie sich umdrehte, sah sie ihre Tochter mit weit aufgerissenen Augen auf ihrer Koje sitzen und ins Leere starren.

Diesen verlorenen Ausdruck, diesen Zustand, in dem sie zugleich anwesend und weit entfernt war, kannte Aurelia von früher, doch sie hatte sich nie daran gewöhnen können. Jedesmal hatte es sie in Angst und Schrecken versetzt, ihr kleines Mädchen in eine Art überirdisches Wesen verwandelt zu sehen. Sie blieb still und beobachtete sie, versuchte zu ergründen, was in diesem Kopf vorging. Sie hätte nicht einmal sagen können, ob Yaiza wach war oder schlief.

Es verging eine lange Zeit, die ihr wie eine Ewigkeit vorkam, in der nichts zu hören war als das Knarren des Giekbaumes über ihnen und das Ächzen des Schiffes, während es auf eine Reihe von langen Wellen aufschlug. Am liebsten wäre sie wieder eingeschlafen, doch da blickte ihre Tochter sie an, als wüßte sie, daß Aurelia sie beobachtet hatte.

»Es war Großvater«, sagte sie. »Er hat Angst vor dem Mann mit der Tätowierung.«

»Damián Centeno? Aber das ist doch absurd! Er ist auf Lanzarote geblieben!«

Das Mädchen schüttelte beinahe unmerklich den Kopf. »Nein, er ist nicht dort geblieben. Er kommt. Ich habe ihn gesehen. Er flog über das Meer wie eine Möwe auf der Suche nach Beute. Und Großvater hat ihn auch gesehen.«

Am liebsten hätte Aurelia ihre Tochter angewiesen, die Augen wieder zuzumachen und noch etwas zu schlafen, um die Alpträume zu vergessen, doch Yaizas Vorahnungen hatten sich schon oft bewahrheitet. Sie setzte sich zu ihr auf die Koje und nahm ihre Hand, da sie wußte, wie sehr sie das beruhigte.

»Kann es nicht sein, daß du noch unter dem Eindruck der Ereignisse stehst?« fragte sie behutsam. »Neulich hast du geträumt, daß zwei Männer gestorben seien, und doch haben wir von nichts dergleichen gehört.«

Yaiza versuchte niemals, andere von ihren Visionen zu überzeugen. Sie beschränkte sich darauf, das, was sie gesehen hatte, zu erzählen. Menschen, die daran glaubten, akzeptierten es; sie diskutierte nicht. »Die beiden Männer sind tot«, murmelte sie. »Und der andere ist unterwegs hierher.«

Ihre Mutter schwieg. Ohne die Hand loszulassen, schaute sie auf und erkannte draußen den ersten schwachen Lichtschimmer, der mit der Finsternis der Nacht kämpfte. Sie stand auf, strich über das eiskalte Gesicht ihrer Tochter und kletterte hinauf an Deck, wo sie den Horizont nach allen Seiten hin absuchte.

Noch konnte man kaum weiter als fünf Meter sehen. Sechs Stunden zuvor waren die letzten Lichter von La Palma hinter ihnen versunken. Sie trat zu Sebastián ans Steuer und küßte ihn auf die Wange. »Yaiza meint, daß Centeno uns verfolgt.«

»Aber Mutter!«

»Was?« Die Frage war trocken und schnell gekommen, fast provozierend.

»Wir können nicht um die ganze Welt segeln und auf so etwas hören«, antwortete ihr Sohn bedrückt. »Wir sind ja die reinste Zigeunerfamilie auf See. Verrückte!«

»Meinst du, mir macht es Spaß?« fragte Aurelia. Ihre Stimme klang müde. »Seit es am Tag von Yaizas Geburt zu regnen begann, sage ich mir immer wieder, vielleicht waren es ja doch nur alles Zufälle oder die Phantasien alter Tratschweiber. Aber du weißt selber, daß sie sich nur selten täuscht, wenn sie von etwas träumt. Darüber lohnt es sich kaum, zu streiten.« Sie griff nach dem Ruder. »Geh!« bat sie. »Geh und sag deinem Vater Bescheid. Er wird schon wissen, was zu tun ist.«

Es beruhigte sie, noch immer den Pulsschlag des alten Schiffes im Ruder spüren zu können. Ein paar Augenblicke lang erlebte sie wieder dieses alte Gefühl, ein lebendiges Wesen unter sich zu haben. Das war etwas, was sie von ihrem Mann gelernt hatte.

»Jedes Schiff lebt und hat seine eigene Seele«, hatte er gesagt, als sie ihn zum ersten Mal zu den Fischgründen von Tarfaya begleitet hatte. »Und am Ruder spürst du dieses Leben immer am deutlichsten. Hier, fühl mal!«

Und sie hatte ihn gespürt, diesen Pulsschlag, aber auch das Leben und die Kraft des starken Körpers hinter sich, den sie mehr liebte als alles andere. Noch heute erschauerte sie bei der Erinnerung daran, wie er sie dort genommen und zum Stöhnen gebracht hatte, während sie sich mit aller Kraft am Ruder festklammerte. Noch heute war sie davon überzeugt, daß sie in jener Nacht ihren ältesten Sohn gezeugt hatten.

Als sie ihn an Deck kommen sah, mit seinen widerspenstigen Haaren und der Brust eines Herkules, fragte sie sich, wie seit jener Nacht sechsundzwanzig Jahre hatten vergehen können.

»Weißt du das gewiß, was Sebastián mir erzählt hat?«

Sie zuckte die Achseln und zeigte auf den Eingang zur Kajüte. »Der Großvater hat es ihr erzählt. Und du weißt selbst, was in solchen Fällen passiert.«

Abel lehnte sich mit seinem ganzen Gewicht gegen den Mast und stieß einen tiefen Seufzer aus. Am liebsten hätte er sich wie Sebastián geweigert, eine solche Verrücktheit zu akzeptieren, aber er wußte genau, daß sich gegen die Träume seiner Tochter aufzulehnen dasselbe war, wie gegen die Tatsache zu protestieren, daß die Erde sich drehte.

»Das kann nicht sein!« rief er verzweifelt. »Es ist unmöglich, daß Centeno uns jetzt auch noch auf dem Meer verfolgt. Will er sich denn nie geschlagen geben?«

»Nicht, ehe er mich getötet hat.«

Asdrúbal war hinter dem Rücken seines Vaters aufgetaucht. Sein braungebranntes, ernstes Gesicht spiegelte Besorgnis, als er fortfuhr: »Ich hätte mich gleich stellen sollen. Vielleicht wäre ich ins Gefängnis gewandert oder man hätte mich umgebracht, ich weiß nicht. Aber eins steht fest: Jetzt seid ihr alle in Gefahr.«

»Was soll das heißen?«

»Wenn Centeno mich hier erwischt, kann er keine Zeugen gebrauchen.«

»Sag so was nicht, mein Sohn!«

Der Junge drehte sich zu Aurelia um. »Wir müssen der Realität ins Auge sehen, Mutter. Es ist absurd, sich Illusionen zu machen. Yaiza täuscht sich niemals, wenn es um schlechte Nachrichten geht. Der Kerl hat es geschafft, uns hier aufzuspüren, und er wird uns bestimmt nicht bitten, nach Lanzarote zurückzusegeln. Er kommt, um mich zu töten, und er wird es vor euren Augen tun müssen. Meinst du im Ernst, er wird den Rest seines Lebens mit der Gewißheit verbringen, daß ihn vier Zeugen bei einem Mord beobachtet haben?«

»Er hat recht«, unterbrach ihn sein Vater und beendete die Diskussion mit einer brüsken Handbewegung. »Was immer er vorhat, als erstes müssen wir dafür sorgen, daß er uns nicht findet.«

Seine Frau warf ihm einen verzweifelten Blick zu. »Aber wie?« fragte sie. »Hat das Schiff etwa Flügel? Und wir sind mitten auf dem Meer.«

»Das weiß ich«, antwortete Abel. »Wir sind mitten auf dem Meer. Hier habe ich mein ganzes Leben verbracht.« Er hielt einen Moment inne und fuhr dann fort. »Ich spreche zwar nicht gerne darüber, aber auch ich habe hin und wieder in verbotenen Gewässern gewildert.« Er schaute nach Osten und suchte den Horizont ab, um herauszufinden, wie lange es noch bis Tagesanbruch dauern würde. »Gut«, entschied er schließlich. »Je eher wir anfangen, um so besser. Wir müssen die Segel einholen. Asdrúbal, du kletterst auf den Großmast und hältst die Augen offen. Sie kommen wahrscheinlich von Südosten. Achte auf alles, was sich bewegt.«

Sie arbeiteten so schnell und konzentriert, wie es nur Männer mit jahrelanger Erfahrung können. Als die Sonne aufging, hatten sie schon die Segel von Großbaum und Besanbaum eingeholt und auf Deck ausgebreitet. Während Yaiza und Aurelia die fliegenden Fische, die über Nacht auf Deck gelandet waren, einsammelten, um davon ein Frühstück zu bereiten, stiegen Abel und Sebastián in den Schiffsraum hinunter, um die Vertäuung der Ladung zu überprüfen.

In diesem Moment erklang die klare Stimme Asdrúbals: »Schiff backbord voraus!«

Im Nu war er heruntergeklettert und reichte seinem Vater, der schon wieder auf Deck stand, das Fernglas.

»Tatsächlich, das ist er! In einem unglaublich schnellen Boot. In einer Stunde haben wir ihn im Nacken.« Er wandte sich um. »Lockert die Wanten, wir müssen die Masten herunterholen. Den großen zuerst, dann den Besanmast.«

Es war eine schwierige Aufgabe, die Stellkeile auseinanderzunehmen und die schweren Masten aus ihren Verankerungen zu stemmen. Sie befestigten sie an starken Tauen, ließen sie ins Meer fallen und hievten sie dann langsam und vorsichtig wieder an Deck.

Als sie fertig waren, warf Abel erneut einen Blick durch das Fernglas und stellte mit Genugtuung fest, daß das Boot nicht direkt auf sie zukam, sondern in nördlicher Richtung abdrehte. Noch aber war er nicht zufrieden und befahl: »Wir müssen die Schotten herausnehmen. Ich will den Kielraum überfluten.«

Aurelia packte ihn erschrocken am Arm. »Du willst Wasser ins Schiff lassen?«

Abel nickte und zeigte auf den Schiffsrumpf. »Nicht viel, du brauchst keine Angst zu haben. Der Wind wird nicht stärker werden, und die See bleibt bis Sonnenuntergang ruhig. Bei diesem Seegang kann ich den Schiffsrumpf um mindestens einen halben Meter senken.«

»Ist das nicht gefährlich?«

Er streichelte sanft über ihre Wange. »Nicht, wenn die See weiterhin so ruhig bleibt. Die Ladung ist gut verstaut, und das Schiff hält eine Menge aus.« Er lächelte. »Mein Vater hat mir beigebracht, wie man es macht.«

»Du hast mir nie erzählt, daß du früher gewildert hast...«

»Das war, bevor ich dich kennenlernte«, antwortete er. »Es war eine schlimme Zeit. Das einzige, was ein bißchen Geld einbrachte, waren die Langusten vor der französisch-marokkanischen Küste. Dort patrouillierte natürlich die Küstenwache, daher mußten wir bei Nacht fischen und uns tagsüber tarnen. Mach dir keine Sorgen. Das Schiff ist es gewöhnt.«

»Es ist sehr alt.«

»Ich weiß«, räumte er ein. »Aber wir haben keine andere Wahl.« Er deutete auf die beiden Jungen, die fieberhaft damit zugange waren, das Deckhaus auseinanderzunehmen. »Wenn sie fertig sind, sollen sie das Deck und die Reling mit dem blauen Segeltuch abdecken, das ganz unten in den Bugkammern liegt. Es ist schon ziemlich kaputt, aber wenn man es richtig zusammenhält, wird es seine Aufgabe erfüllen. Ich achte derweil auf den Wasserstand.«

Eine halbe Stunde später hatte sich der Schoner in ein flaches, blaues Objekt verwandelt, das auf den Wellen des endlosen Ozeans trieb. Es ragte kaum mehr als anderthalb Meter aus dem Wasser und war eigentlich nur erkennbar, wenn es gerade auf der Schaumkrone einer Welle tanzte, und auch dann nur aus weniger als zwei Meilen Entfernung.

»Wer nach einem Segelschiff Ausschau hält, wird nicht nach einem blauen Floß suchen«, sagte Abel, als sie sich ans Heck setzten und beobachteten, wie sich das Motorboot schnell in nördlicher Richtung entfernte. »Nicht einmal die französische

Küstenwache hat es jemals geschafft, uns aufzuspüren. Die Farbe des Meeres verwischt alles und verschluckt uns einfach.« Er zwinkerte Sebastián zu. »Los, hol die Angeln«, sagte er. »Wenn wir schon nicht segeln können, wollen wir wenigstens versuchen, etwas Eßbares aufzutreiben.« Er kniff Aurelia zärtlich in die Wange. »Kopf hoch! Wir haben es doch nicht eilig. Amerika läuft uns nicht davon!«

Mit Resten der fliegenden Fische und getrocknetem Tintenfisch lockten sie eine Goldbrasse an, die ihnen als neuer Köder diente und für ein herrliches, aus frischem Fisch bestehendes Mittagessen sorgte, das Aurelia auf dem kleinen Petroleumkocher zubereitete.

Irgendwann nach der Siesta meldete Asdrúbal, der wieder die Wache übernommen hatte, das erneute Auftauchen des Motorbootes. Es kam aus dem Norden zurück und jagte mit einer Geschwindigkeit von etwa sechs Meilen in südöstlicher Richtung.

»Nur gut, wenn es so schnell fährt«, murmelte Abel, während er das Boot beobachtete. »So muß es über die Wellen springen und schlägt immer wieder hart auf dem Wasser auf. Auf diese Weise können sie das Fernglas nicht ruhig genug halten, um uns zu entdecken«. Er zeigte mit dem Finger nach vorn. »Selbst wenn es dort stehenbliebe, würde es Stunden brauchen, um uns aufzuspüren.« Er lächelte. »Das ist das Problem, wenn Leute vom Festland sich auf See wagen: sie fahren nur hindurch, sie überqueren sie so schnell wie möglich, aber sie lernen nicht, auf ihr zu sein oder gar auf ihr zu leben.« Er schwieg und vergewisserte sich, daß sich das Boot in der Ferne verlor. Dann stand er auf und seufzte erleichtert. »Gut, ich glaube nicht, daß er noch mal zurückkommt. Jetzt folgt der schwierigste Teil: das Schiff wieder fahrtüchtig zu machen.«

»In welche Richtung willst du denn?« fragte Sebastián.

»Amerika liegt im Westen...«

»Das wissen die auch. Sie werden uns also weiter im Westen suchen.«

»Irgendwann werden auch sie einmal müde.«

»Aber wir wissen nicht, wann.«

Sein Vater warf ihm einen prüfenden Blick zu, als versuchte er zu erraten, worauf sein Sohn hinauswollte. »Hast du einen besseren Vorschlag?« fragte er schließlich.

»Der Passat bläst nach Südwest«, sagte Sebastián. »Und dorthin treibt uns auch die Strömung. Es ist die logischste Route. Von hier bis zu den Inseln vor Kap Verde, dann mit dem Nordäquatorialstrom und dem Passat, die uns direkt an die Küste von Venezuela oder auf die Antillen treiben. Wenn wir diesen Kurs einschlagen, lauern sie uns eines Tages irgendwo auf und überraschen uns, denn wenn wir das Manöver von heute Tag für Tag durchziehen müssen, kommen wir nie vom Fleck.«

»Was dann?«

»Das beste wäre, wenn wir diese Route verlassen. Nach Nordwesten abdrehen. Dort werden sie uns nie vermuten.«

»Nach Nordwesten?« Abel Perdomo schüttelte heftig den Kopf, als wäre die Idee viel zu gefährlich, um sie ernsthaft in Erwägung zu ziehen. »Hör zu, mein Sohn, im Nordwesten gibt es keinen Wind mehr. Wenn wir von der Route des Passats abweichen, laufen wir Gefahr, in eine Flaute zu geraten.«

»Ich weiß«, antwortete Sebastián. »Aber eine Flaute ist immer noch besser als Damián Centeno. Du hast selbst gesagt, daß wir Menschen des Meeres sind. Wir werden auch mit einer Flaute fertig. Wir haben es nicht eilig. Eines Tages werden wir schon ankommen. Unser einziges Problem ist das Wasser, aber früher oder später wird es ja auch regnen.«

»Und wenn nicht?«

»Es wird regnen.«

»Ich habe Jahre ohne einen einzigen Tropfen Regen verstreichen sehen.«

»Auf Lanzarote, ja. Nicht auf dem Meer.« Sebastián schien seiner Sache sehr sicher. »Wir sind daran gewöhnt, sehr wenig Wasser zu verbrauchen. Es ist nur eine Frage von wenigen Monaten.«

»Wenigen Monaten?« wiederholte Aurelia erschrocken und wandte sich zu ihm, als hielte sie es für schlechterdings unmöglich, mehrere Monate auf so engem Raum miteinander zu leben. »Daß es so lange dauern würde, hatte ich nicht gedacht.«

»Amerika ist weit, Mutter«, erinnerte sie Sebastián. »Und dieses Schiff hat genug damit zu tun, uns über Wasser zu halten. Man kann nicht von ihm erwarten, daß es auch noch schnell ist.« Er drehte sich zu Abel um. »In welche Richtung also?«

»Laß mich darüber nachdenken«, antwortete dieser. »Jetzt kommt es erst einmal darauf an, das Wasser abzupumpen und die Masten wieder aufzurichten, ehe es dunkel wird. Also los, an die Arbeit.«

Es war eine schwere, ermüdende Aufgabe, denn die Wasserpumpe war alt und verrostet und erforderte großen Kraftaufwand. Beinahe wären ihnen die Arme taub geworden bei dem unablässigen, rhythmischen Heben und Senken des

Schwengels. Yaiza und Aurelia halfen mit Eimern, und der Schoner gewann Zentimeter um Zentimeter wieder an Höhe. Das zerrissene blaue Segeltuch wurde zusammengerollt und in der Bugkammer verstaut.

Immer schneller sank die Sonne jetzt zum Horizont. Von Centenos Boot war keine Spur zu entdecken, so weit das Auge reichte, und als sie die Masten wieder aufgerichtet hatten, ließen sie sich erschöpft auf Deck fallen.

»Müssen wir das jetzt jeden Tag machen?« fragte Yaiza, nachdem sie wieder zu Atem gekommen war.

»Jedesmal, wenn das verdammte Boot aufkreuzt«, antwortete ihr Vater. »Ein einziger Mast am Horizont könnte uns verraten, und ich will kein Risiko eingehen. Los, an die Arbeit! Die Segel müssen noch gehißt werden. Sobald die Sonne untergegangen ist, geht es weiter.«

»Mit welchem Kurs?«

Abel Perdomo drehte sich zu Sebastián um, der die Frage gestellt hatte. Er dachte kurz nach und nickte dann leicht mit dem Kopf. »Kurs Nordwest. Alles ist besser, als Centenos Weg zu kreuzen.«

Sie segelten die ganze Nacht nach Nordwesten, angetrieben von einem launischen Wind, der sie zwang, ständig ein Auge auf die Segel zu haben und immer wieder den Kurs zu korrigieren. Er kam zwar im allgemeinen von achtern, konnte aber jeden Augenblick drehen und ihnen ins Gesicht blasen. Es kam sogar vor, daß sie sich festbinden mußten. Dann stöhnte das Schiff noch lauter als zuvor, als wollte es ihnen sagen, daß diese Anstrengung zuviel war für seine müden Fugen.

Da sie in der Dunkelheit segelten, wäre es vernünftig gewesen, nicht so viele Segel zu setzen; da sie es andererseits aber auch eilig hatten, riskierten sie es, alle verfügbaren Segel zu hissen, die die Masten aushielten. Die drei Männer blieben an Deck, wo sie im Halbschlaf mit einem Ohr ständig auf die Befehle des Steuermanns horchten.

Vor allem Asdrúbal, der für das Leben an Bord geeignetste Maradentro, schien wie die hageren *bardinos* von Pedro El Triste zu schlafen: mit gespitzten Ohren und wachsamen Augen. Er lehnte, mit dem Gesicht im Wind, gegen den Großmast, damit er sofort merkte, wenn der Wind umschlug. Man hätte meinen können, daß er mit dem Schiff verwachsen war.

Unten in der Kajüte schlief Yaiza tief und ruhig, während Aurelia unfähig war, eine klare Grenze zwischen Wirklichkeit und Traum zu ziehen. Immer wieder horchte sie auf die Atemzüge ihrer Tochter und die Geräusche, die von draußen hereindrangen. Vielleicht wollte auch sie sich der Gegenwart Großvater Ezequiels vergewissern, damit dieser mit ihr sprach wie mit dem Mädchen und ihr Ratschlag gab für die Zukunft, die ihr von Tag zu Tag düsterer und unsicherer erschien.

Aurelia war die einzige in der Familie, die eine klare Vorstellung davon hatte, was sie am Ende dieser beschwerlichen Reise erwartete. Bis zur Johannisnacht dieses Jahres war die Zukunft für sie nichts anderes als die Verlängerung der Vergangenheit gewesen. Ein stetiger, gemächlicher Fluß bis zum Tod, umgeben von den Menschen, die sie liebte, der Landschaft, die sie kannte, ohne daß größere Aufregungen zu erwarten waren als die Streiche, die ihr eines Tages ihre Enkel spielen würden. Doch jetzt war Amerika ihre Zukunft. Nach allem, was sie gehört hatte, war Amerika ein gigantischer, alles verschlingender Moloch, der Familien auseinanderriß: Sobald sie an den Küsten Amerikas ankamen, wurden sie wie von einem heftigen Windstoß in alle Richtungen verstreut und zersprangen gleich einer gegen den Felsen geworfenen Flasche.

Drei Ascanios aus La Laguna, Neffen ihres Vaters, hatten sich für immer im weiten Labyrinth Amerika verloren. Nie wieder waren sie an ihren Geburtsort zurückgekehrt, ebensowenig wie Sancho Guerra, der Bruder ihres Freundes Rufo, der seit dreißig Jahren vergeblich auf ein Lebenszeichen von ihm wartete. Warum die Neue Welt die alten Bindungen vergessen machte, würde sie nie verstehen. Doch so war es allzu häufig geschehen, und es beunruhigte sie, daß Amerika ihr eines Tages die Söhne für immer entreißen könnte.

Schon damals, als Asdrúbal ein paar Monate lang einem Mädchen aus Femés den Hof gemacht hatte, hatte sie darunter gelitten, daß die schamlose Kleine in der Lage war, ihn mehr als zehn Kilometer weit aus Playa Blanca wegzulocken. Doch jetzt mußte sie damit fertig werden, daß Millionen von Männern und Frauen auf dem riesigen Kontinent ihr ihre Kinder streitig machen würden. Möglicherweise würden sie sogar von selbst weggehen. Vielleicht würde Sebastián einen anderen Weg einschlagen, das Meer und den Fischfang hinter sich lassen, und damit auch seinen Vater und seinen Bruder. Vielleicht würde Yaiza, ihre hilflose kleine Yaiza, eines Tages kein Kind mehr sein, das Zweite Gesicht verlieren, das sie so unvergleichlich gemacht hatte, und unwiderruflich im grausamen Dschungel einer Großstadt verschwinden.

Von Anfang an hatte sich Aurelia gegen die Gerüchte gewehrt, ihre Tochter sei vom Schicksal auserkoren, ebenso wie gegen die Idee, Yaiza besitze das Zweite Gesicht. Sie konnte sich noch gut daran erinnern, wie böse sie gewesen war, als »Señá« Florinda überall erzählte, daß der Regen Yaiza zu verdanken sei und sie sowohl das Gute wie das Böse zu gleichen Teilen in sich trage, denn von einer vergessenen Vorfahrin der Perdomos habe sie die Gabe geerbt, »die wilden Tiere zu besänftigen, die Fische anzulocken, das Leid der Kranken zu lindern und den Toten zu gefallen.« Ihre Wut hatte sich noch gesteigert, als sie immer wieder hatte mitansehen müssen, wie sich die Prophezeiungen erfüllten und Yaiza mit einem geheimnisvollen Nimbus aufwuchs, der sie von allen anderen Mädchen unterschied.

Diesen Unterschied hatte sie schon in den ersten Monaten der Schwangerschaft gespürt. Das kleine Wesen in ihrem Bauch hatte sich mit viel größerer Kraft als seine älteren Brüder bemerkbar gemacht. Damals schon hatte sie »gewußt«, daß es ein Mädchen werden würde, und daß dieses Mädchen ihr im Laufe des Lebens nicht nur Augenblicke unendlichen Glücks, sondern auch Tage beklemmender Sorge schenken würde.

Am Tag von Yaizas Taufe hatte die »Hexe von Soo« ihre finstere Felsenhöhle verlassen und sich in der Nähe der Kirche herumgetrieben. Eine Woche vor ihrer ersten Menstruation, als noch niemand ahnte, daß an den fernen Wüstengestaden Afrikas Schwärme von Heuschrecken aufbrachen, die alles kahlfressen würden, hatte jemand eine Holzpuppe mit gespaltenem Herzen unter Yaizas Fenster gelegt. Am gleichen Morgen hatte Aurelia diese Puppe ins Feuer geworfen, ohne daß sie jemand beobachtete. Sie wußte noch genau, wie das Holz den Flammen zu trotzen schien und ein eigenartig bitterer Geruch in der Küche zurückblieb. Woher war dieses seltsame, unverwüstliche Holz gekommen, und wer hatte mit unendlicher Geduld eine so grauenhafte Figur daraus geschnitzt?

»Schwarze Magie!« hatte Rufo Guerra gesagt, den sie als einzigen ins Vertrauen gezogen hatte. »Ich habe gelesen, daß die Schwarzen in Afrika mit solchen Hölzern arbeiten und ihre Zeit mit unverständlichen Riten vertun.«

»Hier gibt es keine Schwarzen«, hatte Aurelia eingewandt. »So lange ich zurückdenken kann, habe ich hier noch nie Schwarze gesehen. Wer will mir bloß Angst machen?«

Diese Frage war unbeantwortet geblieben, denn es war nicht zu leugnen, daß es damals keine Schwarzen auf Lanzarote gab. Vielleicht lag die Lösung jenes seltsamen Rätsels darin, daß jemand die eigenartige Puppe am Strand gefunden und nichts Besseres zu tun gehabt hatte, als sie ausgerechnet den Perdomo Maradentros auf die Türschwelle zu legen.

Doch so wie sie von Afrika herübergetrieben sein mochte, so sollten Schwärme von Heuschrecken auf der Insel einfallen und vier schwarze Tage lang alles kahlfressen, selbst das verborgenste der wenigen Felder auf Lanzarote.

In diesen vier Tagen war Yaiza zur Frau geworden, und in der Nacht, als sie zu bluten aufhörte, waren die Heuschrecken verschwunden, wie weggezaubert. Hatte sie nun einen Grund, um die Zukunft ihrer Tochter zu bangen oder nicht?

Die letzten Entwicklungen schienen ihre Angst zu bestätigen, und nun wuchs sie, breitete sich aus, dunkel und tief wie der Ozean, in dessen unermeßlicher Hand ihrer aller Schicksal lag.

Der Wind hatte gedreht, sie hörte Schritte auf Deck. Auf ihrer Koje ausgestreckt erkannte sie sie als die großen, schweren Schritte ihres Mannes, die sich deutlich vom geschmeidigen, leichtfüßigen Gang Asdrúbals oder dem beinahe lautlosen Schleichen Sebastiáns unterschieden. Ihr Sebastián, der damals Kapitän oder Anwalt hätte werden können und es vorgezogen hatte, Fischer zu bleiben wie die Seinigen.

Später ließ das Ächzen und Stöhnen des Schiffes nach, und Aurelia erkannte, daß der Wind jetzt stetig von Osten wehte und sie vorwärtstrieb. Im sicheren Bewußtsein, daß jetzt alles ruhig bleiben und Großvater Ezequiel nicht erscheinen würde, wie sehr sie ihn auch beschwor, schlief sie schließlich ein.

Als sie aufwachte, hatten die Männer die Segel eingeholt. Das Schiff schaukelte träge auf einem ungewöhnlich dunkelblauen Meer großer, weicher Wellen. Sie stieg an Deck und setzte sich neben ihren Mann, um mit ihm zusammen zuzuschauen, wie sich da, wo sie Lanzarote für immer verloren hatten, der Himmel tiefrot färbte.

»Nimmst du die Masten heute wieder ab?«

»Nur wenn das Motorboot auftaucht«, antwortete Abel. »Wir müssen die ›Isla‹ ein bißchen schonen. Sie hat die ganze Nacht protestiert.«

»Das habe ich gehört.«

»Kannst du dich erinnern, als sie noch jung war? Keinen Laut hat sie von sich gegeben. Sie schien über das Wasser zu gleiten wie eine Möwe.«

Es war schon Tag. Asdrúbal rief aus dem Ausguck: »Kein Schiff in Sicht! Vielleicht haben sie die Suche aufgegeben!«

»Darauf können wir uns nicht verlassen«, antwortete sein Vater. »Leg dich aber trotzdem schlafen. Und weck Yaiza, damit sie dich ablöst.« Er küßte seine Frau. »Ich lege mich auch eine Weile hin. Paß auf, was sich am Horizont tut. Sobald du etwas siehst, ruf mich. Vergiß nicht, daß dieses Motorboot sehr schnell ist.«

Die Neuigkeit ließ Don Matías Quintero noch mehr schrumpfen oder bewirkte, daß sich das Zimmer noch mehr ausdehnte. Von Mal zu Mal erschien es Damián Centeno düsterer und stickiger. Offensichtlich erlaubte der Alte nicht einmal mehr, daß gelüftet wurde.

Roque Luna war mittlerweile zum absoluten Herrscher des Hauses geworden und war gleichzeitig das einzige Wesen, das noch durch die Gänge, Säle und Terrassen spukte. Genau wie der Alte machte auch das Haus den Eindruck, es sei ganz plötzlich vergreist, und es schien Centeno, als bröckle das ehemals so feste Gemäuer mit dem unwiderruflichen, stetig fortschreitenden Niedergang seiner Bewohner dahin.

»Er tut nichts«, antwortete Roque Luna auf seine Frage nach dem Wohlergehen des Alten. »Er verbringt Tag und Nacht im Bett und starrt die Wände an.«

»Was sagt der Arzt?«

»Daß er körperlich gesund ist, aber an Kummer zugrunde gehen wird.« Er zuckte die Achseln, als fiele es ihm schwer, zu begreifen. »Er ißt nicht. Er trinkt nicht. Kaum zu fassen, daß er noch atmet.«

In der Tat war dies schwer verständlich, wenn man ihn so sah: gelblich-blaß und ausgemergelt, den ungekämmten, einst stolzen Kopf in einem schmutzigen Kopfkissen vergraben, den struppigen, weißen Schnurrbart, der früher gepflegt und schwarz gewesen war, den triefäugigen, verlöschenden Blick, der nicht weiter als bis zum Fußende des Bettes zu reichen schien.

»Er ist also wieder entwischt?« murmelte er mit einer Stimme, die dieser verbrauchte Körper nur wie durch ein Wunder hervorbrachte. »Meinen Sohn hat man längst vergessen, aber sein Mörder lebt und hat vielleicht noch viele Jahre vor sich. Das ist nicht gerecht.«

»Ich glaube nicht, daß er noch lebt«, entgegnete Centeno wenig überzeugend. »Ein Schiff löst sich nicht einfach in Luft auf, es sei denn, es geht unter, und ich schwöre Ihnen, wir haben das Meer gründlich abgesucht. Sie waren nicht da.«

Der Alte schüttelte den Kopf. »Sie waren da!« widersprach er. »Sie müssen dagewesen sein, vor euren Augen! Ihr wart nur nicht imstande, sie zu entdecken!« Er starrte ausdruckslos ins Leere. Schließlich hob er die Hand und zeigte mit einem knochigen Finger auf die Kommode in der entferntesten Ecke des Zimmers. »Mach die oberste Schublade auf«, befahl er. »Nimm die grüne Mappe heraus. Das ist mein Testament.« Als Centeno mit der Mappe in der Hand zum Bett zurückkam, blickte der Alte ihm tief in die Augen. »Ich habe dich als meinen Erben eingesetzt. Als meinen einzigen Erben. Ab sofort kannst du auch über das Geld verfügen, das ich noch auf der Bank habe!«

»Aber Don Matías!« versuchte Centeno einzuwenden, »ich habe meine Aufgabe nicht...«

»Du wirst sie erfüllen!« schnitt der Alte ihm das Wort ab. »Du wirst nach Amerika reisen, die Perdomos ausfindig machen und Asdrúbal töten. Und die dreckige kleine Hure, die an allem schuld ist, am besten gleich dazu. Sobald du sie getötet hast, gehört dir alles, was ich besitze, denn bis dahin bin ich tot. Ich habe nicht mehr lange zu leben, verstehst du. Ich kenne dich«, setzte er nach einer Weile hinzu. »Ich kenne dich, und ich weiß, daß du nicht eher auf die Insel zurückkehrst, bis du deinen Auftrag erledigt hast. Schwörst du mir das?«

Damián betrachtete den erstaunlich lebendigen Kadaver vor sich und überlegte. Schließlich sagte er: »Ich schwöre.«

Don Matías Lippen verformten sich zu einer Art Lächeln. Erleichtert seufzte er auf. »Ich weiß, daß du Wort halten wirst«, flüsterte er. »Ich könnte es nicht ertragen zu sterben, ohne das Gelübde, das ich am Grab meines Sohnes getan habe, einzuhalten. Mach Schluß mit ihnen, Damián. Ein für allemal! Und wenn du mir noch eine kleine Freude machen willst, dann bring auch den anderen Bruder um, damit der Maradentro-Sippe ein Ende bereitet wird, so wie sie das Geschlecht der Quinteros aus Mozaga ausgelöscht hat.« Das Reden kostete ihn eine unsägliche Anstrengung, aber seine Erregung war zu groß, als daß er hätte schweigen können. »Ich weiß, ich sollte nicht so viel Haß schüren, wenn der Tod schon so nahe ist, aber ich habe keine Angst, daß der Herr Rechenschaft von mir verlangt, wenn ich vor ihn trete. Ich bin derjenige, der Rechenschaft fordert!«

»Wenn Sie sterben, dann nur, weil Sie sterben wollen«, wandte Centeno behutsam ein. »Sie bräuchten nur dieses Zimmer zu verlassen, etwas zu essen, ein wenig frische Luft zu schnappen.«

»Wozu?«

»Solange Sie leben, können Sie die Hoffnung nähren, Asdrúbal eines Tages tot zu sehen.«

Don Matíias schüttelte kaum merklich den Kopf.

»Ich leide an einer Krankheit, die kein Arzt heilen kann«, sagte er. »Ich will dieses Zimmer nicht mehr verlassen. Ich will die Sonne nicht mehr sehen, kein Lachen mehr hören.« Er hustete, und man hatte fast den Eindruck, daß er an der Heftigkeit des eigenen Hustens Gefallen fand. »Ich verabscheue den Gedanken, daß außerhalb dieser Mauern das Leben so weitergeht, als sei nichts geschehen. Hier, in der Einsamkeit dieses Zimmers, gaukle ich mir vor, die Welt habe sich auf vier Wände reduziert. Auf diese vier Wände, und die Maradentros seien die einzigen Menschen auf dem Planeten, die überlebt hätten.« Wieder verfiel er in ein langes Schweigen und betrachtete seine Hände, als sei er überrascht, daß sie ihm gehörten. Schließlich fuhr er fort: »Ich werde langsam wahnsinnig. Mein Körper und mein Verstand schwinden dahin; deshalb habe ich mein Testament gemacht, ehe alles zu spät ist. Du bist mein alleiniger Erbe. Und ich weiß, daß du dieses Haus nicht betreten wirst, daß du nichts von dem, was mir gehört, anrühren wirst, solange du deinen Schwur nicht eingehalten hast. Das ist das einzige, woran ich in diesem Leben noch glauben kann.« Erschöpft schloß er die Augen. »Und jetzt geh! Schau mich noch ein letztes Mal an und erinnere dich, wie ich war, als du mich kennengelernt hast. Vergiß niemals, daß ich der einzige war, der immer zu dir gehalten hat. Und jetzt geh!«

Centeno tat, wie ihm geheißen. Einen Augenblick betrachtete er noch diesen Alten, der schon in seinem eigenen Mausoleum lag. Dann verließ er hastig das Zimmer.

Zuerst war die See nur grob, mit mächtigen bedrohlichen Wellen, so schwarz wie Tinte. Später kam dann im Osten ein Sturm auf, der mit der »Isla de Lobos« spielte, als sei sie eine Nußschale. Der morsche Schoner schwankte gefährlich von einer Seite zur anderen, bäumte sich auf und schlug mit dem Bug voran wieder auf, als er merkte, daß er seinem eigenen Ruder nicht mehr gehorchte. Die ungestümen Wogen wirbelten ihn hoch und prallten gegen seine müden Flanken. Sie drangen durch alle Ritzen und sorgten dafür, daß das Wasser, das außen heftig gegen seinen Rumpf anrollte, unaufhaltsam durch die Ladeluken eindringen konnte.

Die Wasserpumpe reichte nicht aus, obwohl die Brüder pumpten, bis ihnen die Arme schmerzten und die Frauen mit vor Anstrengung zitternden Beinen Eimer um Eimer über Bord kippten.

Mit dem Ruder beinahe verwachsen, glich Abel Perdomo einer steinernen Statue. Bis auf das Drehen des Ruders nach Backbord oder Steuerbord, je nachdem, woher der Wind wehte oder wie die Wellen gegen das Schiff anrannten, rührte er sich nicht. Hätte ihn jemand von weitem gesehen, wäre er zu der Überzeugung gelangt, daß Abel noch an seinem Ruder festgeklammert das Schiff lenken würde, wenn es dröhnend auseinanderbarst und von einer mächtigen Welle in die Tiefe gerissen wurde.

Es war weder mit vernünftigen Regeln noch mit einem Wunder zu erklären, daß die »Isla« sich noch immer über Wasser hielt. Manchmal schienen sich die größten Wellen geradezu einen Spaß daraus zu machen, genau in dem Augenblick zurückzuweichen, in dem der Kiel über ihnen schwebte. Dann krachte er mit einem entsetzlichen Stöhnen in den Abgrund, wo sich sofort eine noch größere Woge wütend auf das Schiff stürzte und es von neuem in die Luft schleuderte.

Alle hatten sich auf Deck angebunden, damit der Ozean sie nicht verschlingen konnte. So kämpften die Perdomo Maradentros entschlossen um ihr gemeinsames Überleben. Sie hatten den Ozean bewußt herausgefordert, und sie wußten, dies war seine Art, die Herausforderung anzunehmen: Er hetzte einen stürmischen Wind und tosende Wassermassen auf sie, aber er schickte nicht den Zyklon, einen steifen Nordwestwind oder ein richtiges Unwetter, denn er spielte Katz und Maus, ohne ihnen die Krallen zu zeigen. Es schien, als wüßte er, daß all seine Geschütze aufzufahren gleichbedeutend damit war, den Wettkampf für beendet zu erklären.

So hielt der ungleiche Kampf volle zwei Tage und eine Nacht an, bis sich das Meer, müde des Spiels, schließlich beruhigte und die erschöpfte Mannschaft sich endlich keuchend auf Deck fallen lassen konnte. Mittlerweile war die Wasseroberfläche wieder ruhig, fast ölig glatt.

Sich treiben lassen. Sich treiben lassen war das einzige, was sie taten, die ganze Nacht und länger, bis die Sonne am nächsten Tag schon hoch am Himmel stand. Doch auf dem Wasser zu treiben – lebend – war auch das einzige, was in diesen Stunden zählte. Es grenzte an ein Wunder, sich anschauen zu können, müde zu lächeln oder nach der ausgestreckten Hand des anderen zu greifen.

Abel war wie immer der erste, der wieder auf die Beine kam. Er stieg in den Schiffsraum hinunter, um zu prüfen, wie stark die »Isla de Lobos« beschädigt war und wie hoch das Wasser in den Ladeluken stand. Er konnte nicht umhin, den alten Spanten, die er vor vielen Jahren selber angefertigt hatte, Hochachtung zu zollen. Und insgeheim dankte er jetzt auch seinem Vater, der ihm damals nicht eine einzige ungenügend abgedichtete Fuge hatte durchgehen lassen. Nur wenige Schiffe in diesem Alter hätten eine derartige Tortur durchgestanden, aber es wurden auch nur wenige Schiffe von Männern gebaut, die sie selber fuhren und später ihren Söhnen und Enkeln weitervererbten.

Als dann auch Asdrúbal auftauchte und, bis zu den Knien im Wasser watend, den Schiffsrumpf inspizierte, lächelte Abel und zeigte ihm eine Stelle in der Schiffswand, durch die das Wasser hereinsickerte. »Schau dir das an!« rief er. »Man hat ihr übel mitgespielt, aber sie läßt sich nicht unterkriegen.«

»Eine Zeitlang habe ich daran gezweifelt, ob sie es schafft. Als wir oben auf dem Kamm der Riesenwelle schwebten und ins Leere stürzten – eigentlich hätte sie in tausend Stücke zersplittern müssen!«

»Jedes andere Schiff ja. Aber nicht meines!«

Zwei Tage und zwei Nächte lang ließen sie sich von einer leichten Strömung nach Südwesten treiben. Mittlerweile waren sie sicher, daß Centeno seine Jagd aufgegeben hatte. Sie konzentrierten sich darauf, das Boot gewissenhaft zu reparieren und sich von den vergangenen Strapazen zu erholen.

Das Meer schien ihr Vorhaben zu billigen, denn seine Wut war verflogen. Es hatte sich in einen spiegelglatten Teich verwandelt, an dessen Oberfläche schon bald die ersten Goldbrassen auftauchten, unwiderstehlich von der »Isla de Lobos« angezogen. Zu Dutzenden schwammen sie um den Schoner herum und flüchteten nicht einmal, als Yaiza anfing, einige aus dem Wasser zu fischen.

Erst als sich ein hungriger Hai näherte, der langsam das Boot umkreiste, verschwanden sie. Doch sobald er wieder träge ins grenzenlose Blau abgetaucht war, stießen sie in ganzen Schwärmen aus demselben Blau wieder hervor. Die Goldbrassen erschienen so urplötzlich, daß Yaiza meinte, das Meerwasser habe sich verdichtet und mit Leben erfüllt.

»Es tut weh, sie zu töten«, gestand sie ihrem Vater, als sie ein prächtiges, vier Kilo schweres Exemplar an Deck holte. »Ich habe das Gefühl, als würde ich ihre Freundschaft mißbrauchen. Das Meer ist so leer ohne sie.«

»Die Goldbrasse ist der Fisch der Schiffbrüchigen«, antwortete Abel liebevoll. »Der ›Alte des Meeres‹, Herr über Meere, Stürme und Flauten, Schöpfer aller Tiere des Wassers, hat ihnen aufgetragen, inmitten des Ozeans zu leben, um den Schiffbrüchigen als Nahrung und Begleitung zu dienen. Viele Seeleute haben sich nur deshalb retten können, weil die Goldbrassen sie daran erinnerten, daß es noch Leben auf der Welt gab und sie sich von ihrem Fleisch ernähren konnten.« Er strich seiner Tochter nachdenklich über das Haar. »Kein echter Seemann wird sich an ihnen vergreifen, wenn es nicht unbedingt sein muß, denn er würde den ›Alten des Meeres‹ erzürnen.«

»Glaubst du wirklich an so etwas?«

»An so etwas zu glauben, hat noch niemandem geschadet«, antwortete ihr Vater, »hat noch nie einen Krieg heraufbeschworen und noch niemanden an den Galgen gebracht. Die Goldbrassen oder Delphine zu lieben, den ›Alten des Meeres‹ und die Macht seiner Wut zu respektieren so wie den Sardinen und Barschen dankbar zu sein, weil sie einen guten Tagesfang ausmachen und dafür sorgen, daß ein Fischer seine Familie ernähren kann, scheint mir nicht unsinniger als an einen Burschen mit Hörnern zu glauben, der nur darauf wartet, daß du stirbst, um dich in einem Topf mit Öl zu schmoren.« Er zeigte auf den Fisch, der noch immer zuckend auf Deck lag. »Du mußt nur seinen Todeskampf so kurz wie möglich halten. Sobald du ihn aus dem Wasser holst, mußt du ihn töten. Und wenn du ihn ißt, vergiß nie, daß du einen Teil des Meeres ißt. Es schenkt ihn dir, damit du weiterkämpfen kannst. So großzügig ist das Meer, wenn man ihm offen entgegentritt.«

Mit dem typischen Gang eines Seemanns schlenderte er hinüber zum Bug. Yaiza zweifelte nicht, daß dieser große, starke Mann, der so sanft und weich sein konnte, fest an all die Geschichten von Delphinen und Goldbrassen glaubte.

Wenige Tage später bekamen sie Besuch von ein paar Walen, riesigen, trägen Pottwalen genauer gesagt, die jedoch der »Isla de Lobos« nicht mehr Aufmerksamkeit schenkten als einem im Meer treibenden Holzfaß. Sich der Macht, die ihre Größe ihnen verlieh, durchaus bewußt, schnaubten sie verdrießlich und setzten ihren Weg fort.

»Wo ziehen sie wohl hin?«

»Warum müssen sie unbedingt irgendwohin ziehen? Der ganze Ozean gehört ihnen, er ist ihr Zuhause, und sie schwimmen darin nach Belieben herum.«

»Aber er ist so groß! Es macht überhaupt keinen Unterschied, ob man hier oder dort ist, zwei Kilometer weiter weg. Es spielt einfach keine Rolle. Es ist, als würden sie durch die Leere ziehen, durchs All: über sich die Sonne und unter sich nur ein endloser Abgrund.«

»Vielleicht mögen sie das. Es ist das Leben, für das sie sich entschieden haben. Sonst wären sie vielleicht als Krebse oder Elefanten auf die Welt gekommen. Oder als Yaiza Perdomo.«

Schließlich, eines frühen Morgens, tauchten auch die Delphine auf. Es waren nicht dieselben, es konnten nicht dieselben sein wie damals, kurz nach ihrem Aufbruch. Die waren bestimmt vor der Küste von Lanzarote geblieben, denn Yaiza konnte sich nicht vorstellen, daß ein Lebewesen freiwillig jene Gegend verlassen konnte.

Auch diese Delphine hier zogen nach Osten, und das Mädchen gab ihnen leise eine Botschaft mit auf den Weg: »Wenn ihr durch den Canal de la Bocaina kommt, macht in Playa Blanca Halt und sagt den Menschen dort, daß ich eines Tages wiederkommen und nie wieder fortgehen werde.«

Aurelia entging die Traurigkeit ihrer Tochter nicht, und sie setzte sich neben sie in den Schatten am Heck. »Woran denkst du?« fragte sie.

»An zu Hause.« Yaiza blickte ihre Mutter nicht an. »Glaubst du, daß wir eines Tages zurückkehren?«

»Wenn wir wirklich wollen, ganz bestimmt«, antwortete Aurelia überzeugt. »Matías Quintero wird nicht ewig leben, und am Tag seines Todes werden wir nichts mehr zu befürchten haben.«

»Das ist nicht wahr!«

Aurelia spürte, wie ihr ganzer Körper anfing zu zittern und wie ihr ein kalter Schauer über den Rücken lief, denn die Stimme ihrer Tochter hatte sich von einem Augenblick auf den anderen verändert. Sie wußte besser als jeder andere, was es hieß, wenn ihre Tochter ohne nachzudenken in einen so brüsken und spontanen Tonfall verfiel; es war dann, als spräche eine andere Person plötzlich durch ihren Mund. Auch Yaiza selbst schien gemerkt zu haben, daß diese Worte nicht ihrem eigenen Geist entsprungen waren, sondern sich anhörten, als wären sie ihr von einem unbekannten Wesen diktiert worden.

»Was wolltest du damit sagen?«

»Ich weiß es nicht.«

»Wenn Don Matías tot ist, wird der ganze Spuk vorbei sein«, wiederholte Aurelia, obgleich dies mehr eine Frage als eine Feststellung war. »Oder nicht?«

»Ich weiß es nicht.«

»Aber du hast es ausgesprochen.«

»Ja«, gestand das Mädchen. »Ich habe es gesagt, und je mehr ich darüber nachdenke, um so mehr habe ich das Gefühl, daß Don Matías Quintero uns noch aus dem Grab verfolgen wird. Ist denn sein Sohn nicht immer noch hinter mir her?«

»Das ist nicht dasselbe, das weißt du selbst«, widersprach Aurelia. »Der Junge ist da, wo er ist, und kann niemandem mehr Schaden zufügen. Es ist der Alte, der uns zusetzt. Ich muß einfach daran glauben können, daß eines Tages, wenn Don Matías für immer gegangen ist, uns dieser verdammte Centeno auch in Ruhe läßt.«

Yaiza beobachtete das Meer, das einem blank polierten Spiegel glich. »Hör nicht auf mich«, seufzte sie schließlich. »Ich bin so unruhig, und ich kann mir einfach nicht vorstellen, daß eines Tages wieder alles so sein wird wie früher. Es ging alles so schnell.«

Ihre Mutter sagte nichts, streckte nur die Hand aus und massierte ihr leicht den Nacken, so wie sie es immer getan hatte, seit sie ein kleines Mädchen war. Sie lächelte, als Yaiza den Kopf hin und her bewegte wie eine zutrauliche Katze. So saßen die beiden eine lange Zeit schweigend nebeneinander.

»Neulich abend ist mir der Großvater erschienen«, sagte Yaiza dann, ohne sie anzusehen. »Mitten im Sturm schrie er mir zu, wir sollten weder Wellen noch Wind fürchten, denn er habe das Schiff so gebaut, daß es sie überstehen werde. Aber das schlafende Meer sollten wir fürchten, denn nicht einmal er wisse, welchen Schaden es anrichten könne.«

»Großvater Ezequiel war schon immer etwas exzentrisch.«

Yaiza deutete nach vorn auf den unendlichen, glatten Horizont. »Ich glaube, er hatte recht«, sagte sie. »Und es sieht so aus, als habe sich das Meer schon zur Ruhe gelegt.«

»Dein Vater sagt, gegen Nachmittag wird wieder Wind aufkommen.«

Spontan schüttelte Yaiza den Kopf. »Da täuscht er sich.«

Die Nachricht, daß die Maradentros die Insel hatten verlassen müssen, weil Don Matías Quinteros Männer sie gnadenlos verfolgten, erfuhr Pedro El Triste in der Taverne von Tinajo. Es ging das Gerücht um, daß sie sich auf einem uralten Schoner eingeschifft hatten und wahrscheinlich schon längst den Haifischen zum Opfer gefallen waren.

Der Ziegenhirt beschränkte sich darauf, dem Gespräch zwischen zwei Spieltischen zuzuhören; er mischte sich nicht ein und ließ sich nicht anmerken, daß ihn die Angelegenheit interessierte. Reglos an die Wand gelehnt blieb er in seiner dunklen Ecke sitzen und tat, als habe er noch nie von den Maradentros gehört, als berühre ihn das Schicksal dieser Familie nicht im geringsten.

Als die Männer das Gespräch beendeten und sich wieder dem Dominospiel mit seinen einsilbigen Kommentaren zuwandten, bestellte er mit einer knappen Geste ein neues Glas Rum beim Wirt. Er trank es bedächtig und fragte sich dabei, ob vielleicht auch er mitschuldig daran war, daß Yaiza Perdomo jetzt hilflos auf dem Ozean trieb.

Wenn ich zugelassen hätte, daß man ihren Bruder tötet, wäre es nicht soweit gekommen, dachte er bei sich. Damit wäre die Rechnung beglichen gewesen.

Nicht einen Tag hatte er bereut, Dionisio und Milmuertes in der Höhle zurückgelassen zu haben. Es hatte sogar einen Augenblick gegeben – damals, als dieser unverschämte Kerl mit der Tätowierung ihm auf den Berg gefolgt war, um ihn zu bedrohen –, da war er stolz auf seine Tat gewesen. Doch jetzt hatten die lärmenden Spieler ihm gezeigt, daß sich diese Tat vielleicht gegen ihn wandte – nicht wegen der Tat als solcher, sondern wegen den daraus entstehenden Konsequenzen.

»Der Alte scheint entschlossen, sie umzubringen, und wenn sie bis ans Ende der Welt flüchten«, hatte einer von ihnen versichert. »Roque Luna sagt, daß Haß und Kummer ihn langsam auffressen.«

Pedro El Triste konnte sich nur vage an Don Matías Quintero erinnern. Er war ihm zwar in seinem roten Buick – wahrscheinlich dem besten Wagen der ganzen Insel – auf dem staubigen Weg zwischen Tinajo und Mozaga schon begegnet, doch hatte er damals wohl mehr auf die blitzenden Chromteile geachtet als auf den hinter dem Steuer sitzenden Mann mit dem schmalen Schnurrbart und der dunklen Sonnenbrille. Er wußte nur, daß Don Matías aus einer bekannten Familie stammte, Häuser, Ländereien und Weingärten besaß und auf »der Halbinsel« studiert hatte, diesem fernen, mystischen Ort, von dem Pedro sich noch nie eine konkrete Vorstellung hatte machen können. Das einzige, was er darüber wußte, war, daß dort die Regierung saß, ein fürchterlicher Bürgerkrieg getobt hatte und daß von dort sowohl alles Gute wie alles Schlechte kam, das der Insel geschah.

Am folgenden Sonntag trieb Pedro seine Herde früh morgens in den Stall, pfiff seinen Hunden und machte sich mit seinen Fallen und Stricken beladen auf den Weg zu den Vulkanen von Timanfaya. Nur die *bardinos* konnten mit seinem schnellen Schritt mithalten. Langbeinig wie ein Kranich durchquerte er die Felder, stieg einen Abhang hinauf, lief über Ebenen und Lavaschluchten und stand mit der Karbidlampe in der Hand vor dem Eingang des Höhlenlabyrinths, noch ehe die Sonne den Zenit erreicht hatte.

Schon bald wurden die Hunde unruhig und fingen an zu knurren. Nachdem er den zweiten Schacht hinter sich gelassen und in die hohe Höhle gelangt war, deren Decke vom Schein der Lampe nur schwach erhellt wurde, nahm er plötzlich einen durchdringenden Leichengeruch wahr.

Was von dem Galicier übriggeblieben war, lag zusammengekrümmt in einer Ecke. Die Hand umklammerte den Revolver, und das Hirn war von einer Kugel zerschmettert. Pedro nahm ihm die Waffe ab und setzte seine Suche fort. Doch die Leiche von Milmuertes war nirgendwo zu finden, und die Hunde verloren seine Spur am Rand eines Brunnens, der direkt in die tiefste Höhle zu führen schien.

Er sah sich nach einem Stein um und behalf sich, als er keinen finden konnte, mit einer Kugel, die er ungeschickt aus der Revolvertrommel herauszerrte und in den Brunnen warf. Sosehr er sich auch anstrengte, er konnte ihren Aufprall nicht hören. Anscheinend war Milmuertes in der Stunde seines Todes schneller als jeder andere in der Hölle gelandet, wo er jetzt hoffentlich in alle Ewigkeit für seine Sünden büßte.

Pedro verließ die Höhle. Als er an die frische Luft kam, setzte er sich auf einen Felsbrocken, betrachtete den Eingang der Höhle, die nur er kannte, und fragte sich, ob sie wohl je entdeckt würde und man dahinterkäme, daß sich darin einer erschossen hatte, dessen Waffe anschließend spurlos verschwunden war. Vielleicht würden Jahrzehnte vergehen, ehe sich ein Jäger in jenes unwirtliche Lavameer verirrte und Hunde wie seine eigenen ihn durch die unterirdischen Gänge zu einer möglicherweise mumifizierten Leiche führten.

Der Gedanke an den Galicier, an Milmuertes und an alles, was passiert war, erschien Pedro irgendwie angenehm, denn es war ihm klar, daß es das Wichtigste war, was ihm je im Leben zustoßen würde. In den letzten Tagen hatte er es sehr genossen, in seiner Ecke der Taverne Platz zu nehmen, die Gäste zu beobachten und zu wissen, daß er ein Geheimnis kannte, das niemand mit ihm teilte.

Zweifellos würden sie ihn ganz anders beachten, wenn sie wüßten, daß der in ihren Augen armselige Ziegenschänder zwei gefährliche Männer beseitigt und sich einem dritten furchtlos entgegengestellt hatte. Doch er dachte nicht daran, es ihnen zu erzählen, denn ein so herrliches Geheimnis war noch tausendmal herrlicher und wunderbarer, wenn man es für sich behielt.

Er, der ärmste Bewohner des Dorfes, vielleicht sogar der ganzen Insel, war der einzige, der wußte, daß die offene Wunde von Timanfaya in Wirklichkeit die Verbindung war, durch die das Innerste der Erde sich dem Rest des Universums mitteilte; er war der einzige, der ahnte, daß Yaiza Perdomo über größere Kräfte verfügte, als sie selbst zu sagen vermocht hätte; er war der einzige, der zwei Männer spurlos von der Erdoberfläche verschwinden lassen konnte.

In dem Augenblick, als er in der Taverne gehört hatte, Don Matías Quintero würde nicht ruhen, bis die Maradentros ausgerottet seien, hatte er einen Entschluß gefaßt: Er selbst würde sich darum kümmern, daß Don Matías seine Drohung nicht wahrmachen konnte. Die Idee, das Leben jenes weißgekleideten Mannes zu beenden, der mit einem roten Buick durch die Felder gefahren und mit seinem entsetzlichen Hupen die Ziegen verscheucht hatte, reizte ihn genau wie die Vorstellung, derjenige zu sein, der Yaiza weiterhin ohne ihr Wissen beschützte. Er, der in seiner Ecke in der Taverne von Tinajo sitzend verächtlich die verlausten Dorfbewohner beobachtete, die keine Ahnung von seinem Tun hatten.

Er verstaute den schweren Revolver in seinem Rucksack, strich gedankenverloren einem der Hunde über den Kopf und nahm seinen Marsch wieder auf. Diesmal jedoch führten ihn die verborgenen Pfade landeinwärts nach Mozaga.

Er hatte sich die Zeit richtig eingeteilt. Als die Sonne hinter ihm unterging, erkannte er in der Ferne das massive Haus, das sich trotzig auf einer Anhöhe erhob. Bei Anbruch der Dämmerung pirschte er sich näher heran. Er war sich sicher, daß ihn niemand gesehen hatte.

In der Nähe der Anhöhe wartete er geduldig die Nacht ab und beobachtete das Haus, in dem nur vier vereinzelte Lichter brannten. Schließlich befahl er seinen Hunden, sich am Rande des Weges hinzulegen; falls sich jemand näherte, würde ihr Gebell ihn warnen. Er ging zwischen den Mäuerchen hindurch, die die Weinreben schützten, durchquerte den Garten und versteckte sich im Schatten eines Feigenbaumes unweit des Hauseingangs.

Die Tür schien nur angelehnt, aber er konnte niemanden entdecken. Roque Luna, den er schon öfters von nahem gesehen hatte, schien nicht da zu sein. Trotzdem wartete er reglos ab und achtete auf das leiseste Geräusch, das aus dem Innern des Hauses nach außen drang. Schließlich huschte er ins Haus.

Im Wohnzimmer blieb er nochmals stehen, um zu horchen, doch außer dem Pochen seines eigenen Herzens vernahm er nichts. Als sich seine Augen an die Dunkelheit gewöhnt hatten, öffnete er einen der schweren, knarrenden Türflügel und spähte die breite Treppe hinauf, deren Stufen vom langjährigen Gebrauch ausgetreten waren.

Dankbar, daß Stufen und Geländer aus Stein waren, schlich er leise mit dem geschmeidigen Gang eines Raubtieres hinauf. Im Halbdunkel des langen Korridors blieb er stehen und musterte die schweren, geschlossenen Türen. Langsam ging er an ihnen vorbei, bis er einen schwachen Lichtschimmer entdeckte, der unter einer der Türritzen hindurchdrang.

Ein gelbes Lämpchen, dessen spärliches Licht durch eine wie ein Leichentuch darüber gestülpte alte Serviette gedämpft wurde, brachte ein wenig Helligkeit in das stickige Zimmer. Auf dem riesigen Bett lag die einst so stolze Gestalt Don Matías Quinteros. Der mächtige Herrscher von Mozaga schien geschrumpft auf zwei weit aufgerissene Augen, die auf komische und zugleich makabre Weise an die blendenden Scheinwerfer des pompösen Wagens erinnerten, mit dem er seinerzeit die Insel unsicher gemacht hatte. Pedro El Triste blieb lautlos auf der Türschwelle stehen. Er hatte in der Taverne von Tinajo viel über den Todeskampf seines Opfers gehört, aber mit einem solchen Anblick hatte er nicht gerechnet.

Er schlich auf Zehenspitzen näher und betrachtete den Mann, der sich bei seinem Auftauchen weder bewegt hatte noch sonderlich überrascht schien. Sie starrten sich an und schwiegen eine lange Zeit, bis Don Matías mit heiserer Stimme fragte: »Wer bist du?«

»Pedro El Triste.«

»Der Ziegenschänder?« Er erhielt keine Antwort und fuhr, da er in Wirklichkeit auch keine erwartete, fort: »Wozu bist du gekommen?«

»Um Sie zu töten.«

Don Matías schien nicht allzu beeindruckt von dieser Drohung. Offensichtlich war es ihm gleichgültig, daß der Tod, den er schon so nah wußte, durch die Hand eines zerlumpten Ziegenhirten kam. Trotzdem sah es so aus, als grübelte er über Pedros Antwort nach. Schließlich, als ginge es um etwas, was mit ihm nichts zu tun hatte, fragte er: »Warum?«

Hierauf wußte Pedro El Triste keine Antwort, zumindest keine, die auch anderen als ihm selbst genügt hätte. Langsam wandte er sich ab, ging um das Bett herum und setzte sich neben Don Matías auf die Bettkante.

»Ich habe zwei Ihrer Männer getötet«, sagte er nach einer Weile, als wäre dies die einzig logische Antwort. »Und Yaiza ist meine Freundin.« Er hielt inne, als habe er etwas gesagt, was nicht ganz stimmte. Dann korrigierte er sich: »Nicht meine richtige Freundin... aber sie hat das Zweite Gesicht, genau wie meine Mutter.«

»Deine Mutter hatte nicht das Zweite Gesicht«, entgegnete Don Matías, der langsam Verstand und Sprache wiederzufinden schien. »Deine Mutter war eine Kupplerin, die meinem Vetter Tomás nachgestellt hat wie eine läufige Hündin!« Er nickte mehrmals heftig mit dem Kopf. »Ich kann mich noch erinnern, wie sie abends in den Weingärten herumlungerte, in der Hoffnung, Tomás auf sich aufmerksam zu machen. Hieß sie nicht Rufa?«

»Das weiß ich nicht.«

»Das weißt du nicht?« Der Alte schaute ihn überrascht an. »Aber sicher weißt du das, du willst es nur nicht wissen. Sie hieß Rufa. Rufa, die Kupplerin von Tinajo. Sie rühmte sich der Zauberei, aber in Wirklichkeit reichte es nur zur Hure. Ständig war sie hinter Tomás her, denn er hatte den Ruf, der beste Liebhaber der ganzen Insel zu sein.« Der Alte versuchte zu lächeln, doch es endete in einem Hustenanfall. »Ja, deine Mutter war verrückt nach ihm. Ihre Lustschreie waren noch in Masdache zu hören.« Er schüttelte angeekelt den Kopf. »Vielleicht sind wir ja sogar miteinander verwandt. Kann sein, daß du der Sohn von Tomás bist. Hurensöhne hat er viele gezeugt, doch das hat diese nicht davor bewahrt, im Bürgerkrieg umgebracht zu werden.«

»Der Hurensohn sind Sie!«

»Was, ich auch?« fragte Don Matías ironisch. »Zwei sind zuviel für dieses Zimmer, meinst du nicht?« Er lehnte sich erschöpft zurück. »Gut«, murmelte er. »Du bist also gekommen, um mich zu töten. Der Sohn meines Vetters Tomás ist gekommen, um mich zu töten. Worauf wartest du noch?«

»Ich habe es nicht eilig.«

»Meinst du etwa, ich?« Der Alte hatte die Augen geschlossen. »Ja«, gestand er schließlich. »Vielleicht habe ich es doch eilig. Vielleicht will ich ein für allemal Schluß machen und zu den Meinen zurückkehren. Einige warten schon so lange auf mich, daß ich nicht weiß, ob sie mich überhaupt wiedererkennen. Benjamin zum Beispiel, der in Famara ertrunken ist, als ich noch keine fünfzehn war. Wie soll Benjamin mich wiedererkennen? Und sie, wie soll sie mich wiedererkennen? Ich war so jung und stark, als sie von mir ging.« Er unterbrach sich, um nicht an dem schleimigen Auswurf zu ersticken, den er aushustete. »Welche Enttäuschung muß es für die Toten sein, die Lebenden wiederzusehen, wenn sie ihre Jugend, Fröhlichkeit und Schönheit verloren haben. Und wie klug sind jene, die früh sterben. Was für ein Kunststück, den Körper vor Leid und Bitterkeit zu bewahren!«

Pedro El Triste hatte seine Hand ausgestreckt und Don Matías, der sich nicht wehrte, am Hals gepackt. Langsam drückte der Ziegenhirt zu, und der Alte, dessen Worte in ein unverständliches Röcheln übergingen, brachte keine Klage über die Lippen.

Weder öffnete er die Augen noch bewegte er einen Muskel. Zweimal versuchte er mechanisch, nach Luft zu schnappen, doch diese drang nicht mehr bis in seine Lungen. Als er das merkte, entspannte er sich und blieb still liegen, bis der Tod, der ihm schon so lange Gesellschaft in diesem unheimlichen Zimmer geleistet hatte, sich lautlos des erschöpften Körpers und der längst verlorenen Seele bemächtigte.

Das Meer schlief, und so der Wind. Selbst der Himmel schlief, und nicht einmal eine Wolke hätte ihn zu wecken vermocht. Alles auf der Welt schien erloschen, bis auf die Sonne, die sengend wachte, lebendig und wütend. Von den Masten hingen schlaffe Segel, und der brüchige Rumpf des alten Schoners drohte jeden Moment zu platzen wie ein überreifer Granatapfel oder eine ins Feuer geworfene Kastanie. Zehn Tage waren vergangen seit dem Sturm, und nur eine kaum spürbare Strömung hatte sie weiter nach Westen getrieben.

»Die Flaute hat uns eingeholt«, mußte Abel Perdomo eingestehen. »Sie hat uns in der Hand, und nur Gott weiß, wann sie uns wieder freigibt.«

»Es ist meine Schuld«, sagte Sebastián.

»Es ist niemandes Schuld, mein Sohn«, widersprach sein Vater. »Wir wußten, welches Risiko wir eingehen. Wenigstens leben wir noch. Früher oder später wird der Wind schon wieder auffrischen.«

»Und wenn nicht?«

»Vertraue mir, der Wind kommt wieder. Hast du schon berechnet, wo wir sind?«

Sebastián schlug den alten Schulatlas seiner Mutter auf und zeigte auf das Kreuz, das er darin eingezeichnet hatte. »Mein Chronometer ist nicht genau, aber ich bin mir ziemlich sicher, daß wir irgendwo hier sein müßten. Etwa fünfhundert Meilen nordöstlich von Antigua und Guadeloupe.«

»Fünfhundert Meilen!« rief Abel entsetzt. »Mein Gott! Wenn nicht bald Wind aufkommt, werden wir es nicht schaffen...«

Asdrúbal, der aus der Ladeluke an Deck geklettert war, setzte sich zu seinem Vater und Bruder auf die Reling und sagte, ohne sie anzusehen: »Wir müssen die Planken aus dem Deck herausreißen und den Rumpf des Schiffes verstärken. Er gibt sonst nach.«

»Wenn wir das tun, wird der Schiffsraum beim ersten größeren Sturm oder Regen überflutet.«

»Beim ersten Sturm gehen wir unter, ganz egal, was wir machen«, beteuerte der Junge. »Das Schiff hat alles gegeben, was es geben konnte. Es scheint eher aus Pappe als aus Holz zu sein.«

»Trotzdem, die Idee gefällt mir nicht«, sagte sein Vater. »Sie ist absurd.«

»Nicht so absurd, wie auf einem Schiff ohne Rumpf zu treiben«, widersprach Asdrúbal. »Und wenn wir uns nicht bald an die Arbeit machen, wird es noch soweit kommen. Bei diesem Seegang können wir das kleine Boot herunterlassen und von außen arbeiten. Wir müßten die Bretter zurechtbiegen und vor die Spanten nageln – wenn die das noch aushalten.«

»Wir müßten es versuchen.«

Sie versuchten es, obwohl Abels Herz blutete, als er sah, wie der stolze Schoner sich Stück für Stück in ein Flickwerk von stümperhaften Ausbesserungen verwandelte. Mit dem notdürftig geflickten Sonnenschutz, der zum Trocknen aufgehängten Wäsche und den drei Männern und zwei Frauen, die kaum bekleidet von einer Stelle des Schiffes zur anderen hasteten, um Wasser zu pumpen oder Bretter anzunageln, ähnelte die »Isla de Lobos« innerhalb weniger Tage einem Stück Treibholz. Sie war nichts als ein schwimmendes Floß, das es nur der unbeschreiblichen Sanftmut des Meeres zu verdanken hatte, daß es nicht kenterte.

»Jetzt sehen wir wirklich aus wie Zigeuner«, sagte Aurelia. »Die Zigeuner aber haben wenigstens festen Boden unter den Füßen, wir haben nicht mal das.«

Eng zusammengedrängt saßen sie am Heck, denn die Planken am Bug hatten sie herausgerissen, um den Rumpf der »Isla« zu verstärken. Dort konnte man nur noch über die dikken Querbalken balancieren, von denen einige allerdings so morsch waren, daß sie bei jedem Schritt nachzugeben drohten.

Die »Isla de Lobos« lag im Sterben.

Mit dem Sturm war ihre letzte Schlacht geschlagen. Auch wenn es ihr gelungen war, noch einmal heil davonzukommen – das Meer hatte sich bereits in ihren Knochen festgesetzt und durchtränkte sie, bis sie weich wie nasses Brot waren und sich beim ersten Anprall einer Welle auflösen würden. Es sah so aus, als ob die großen Haie, die an den tropisch heißen Nachmittagen aus den Tiefen des Meeres heraufkamen und das Schiff neugierig umkreisten, mit einem einzigen Kopfstoß ein Loch in den Rumpf hätten schlagen können. Durch dieses Loch würde dann alles Leben den Schoner verlassen, er würde zusammenfallen wie ein Kartenhaus und nichts zurücklassen als ein paar wenige, auf dem Wasser treibende Wrackteile.

Die grausame Verwandlung des geliebten Schiffes schien auch Abels Geist zu erschüttern. Allmählich zweifelte er an seiner Fähigkeit, auf einem weiten Ozean überleben zu können.

Seit Generationen bestand die Welt der Maradentros aus Wind – Wind als Verbündeter oder Wind als Feind. Er hatte sie mit dem Ansturm seiner Wut bestraft, aber er hatte ihnen auch geholfen, indem er ihre Segel aufblies und sie zu den Thunfisch- oder Sardinenbänken trieb. Der Passat war über Lanzarote hinweggestrichen und hatte die Insel bewohnbar gemacht, die ohne ihn nur ein unwirtliches Felsenmeer geblieben wäre. Der Schirokko hatte dieselbe Insel in eine Hölle verwandelt, wenn er sie mit einer dicken Schicht Wüstenstaub bedeckte. Der Wind war gekommen und gegangen, hatte nach Belieben Richtung und Stärke gewechselt; im Guten und im Schlechten war auf ihn Verlaß gewesen. Doch jetzt, inmitten des Ozeans, glichen die Segel verwelkten Blumen.

Das Meer, das Abel bisher gekannt hatte, war ein lebendiges, unstetes Meer: wütend oder freundlich, egoistisch oder großmütig, grausam oder vergnügt. Der Ozean indes schien nichts anderes zu sein als eine gleichgültige Masse grenzenlosen Blaus, ein Monstrum, das jeder Gefühlsregung entbehrte.

Es schmerzte Abel zutiefst, daß die »Isla des Lobos« ihre Würde und ihre Ganzheit verlor, und zum ersten Mal konnte er seinen Freund Santos Dávila verstehen. An dem Tag, an dem dieser erfuhr, daß er an Schwindsucht litt und nicht länger zur See fahren durfte, hatte er sein Schiff an eine geheime Stelle gebracht, ein Leck hineingeschlagen und es in einer Tiefe von dreißig Metern versenkt – dort, wo nicht einmal die Fische seine ewige Ruhe stören würden.

»Warum?« hatte ihn Abel gefragt.

»Weil etwas, das in so vielen Jahren dein Freund und Begleiter war, einen würdigen Tod verdient«, war die Antwort gewesen. »Kann sein, daß die Tuberkulose mich dahinrafft, aber ich würde noch eher sterben, wenn ich wüßte, daß ein Fremder mein Boot ausschlachtet wie ein Aasgeier, der sich an einem Kadaver vergeht.«

Santos Dávila war nicht an Tuberkulose gestorben, und als er vier Jahre später aus dem Sanatorium entlassen wurde, hatte er einen Taucher aus Arrecife beauftragt, ihn mit hinunter zu nehmen, um seinem Boot einen Besuch abzustatten.

»Er hat es gestreichelt, wie man den Körper einer schönen Frau streichelt«, hatte der Taucher später gerührt berichtet. »Er hat gezittert wie ein kleiner Junge, als er das Ruder und den Mast berührte, und obwohl er es abstreitet, habe ich gesehen, wie er geweint hat.« Wohl wissend, daß die ganze Taverne gebannt seiner Geschichte folgte, hatte er eine lange Pause gemacht. »Das Boot war unversehrt, genau wie er es verlassen hatte, und schien geradezu auf seine Rückkehr zu warten. Ich schwöre euch: Einen Augenblick lang hatte ich das Gefühl, der ›Alte des Meeres‹ würde auftauchen, das Schiff nach oben treiben und es wieder auf große Fahrt schicken.«

Drei Monate später war Santos Dávila plötzlich gestorben. Was die Schwindsucht nicht geschafft hatte, vollbrachte die Sehnsucht. Irgend jemand war auf die Idee gekommen, ihn bei seinem Schiff zu begraben, aber der Dorfpfarrer hatte sich hartnäckig geweigert, und der Taucher war nicht zu bewegen gewesen, die Stelle zu verraten, denn sie war das Geheimnis des Toten.

Mehr als jedes andere Schiff der Welt hätte die »Isla de Lobos« ein ähnlich würdiges Ende verdient, aber der schlafende Ozean schien sie so zu verachten, daß er sich nicht mal dazu herabließ, die kleinste seiner Wellen oder den sanftesten Windhauch gegen sie zu richten.

»Mich bedrückt am meisten, kampflos untergehen zu müssen«, gestand Asdrúbal eines Nachts und sprach damit aus, was alle heimlich empfanden. »Ich bin ein Mann des Meeres, kein Suppenhuhn!«

In der Tat glich der Ozean mehr und mehr einer Suppe, dunkel und warm, auf der der riesige Mond sich in solcher Vollkommenheit spiegelte, daß man hätte meinen können, er sei im tiefsten Meeresgrund entstanden und spiegle sich in der Unendlichkeit des sternenübersäten Alls.

Die Nacht war die Zeit, in der sie sich am liebsten um das Ruder versammelten, denn die Nacht vertrieb die drückende Hitze und verwischte die deprimierende Eintönigkeit des ausdruckslosen Horizonts, vor dem sie sich winzig fühlten und machtlos.

»Großvater hatte recht«, sagte Yaiza, deren Gesicht im Dunkeln noch unerforschlicher wirkte als sonst. »Das Schiff mag die Flaute nicht. Es hat sie schon immer gefürchtet.«

»Jetzt muß es aber alles fürchten«, warf Sebastián mutlos ein. »Ein winziger Windstoß, und wir kentern.«

»Ach was, das glaube ich nicht!«

Aurelia war noch immer die standhafteste und zuversichtlichste von ihnen. Sie gab sich keinen Augenblick geschlagen. Je kleinmütiger ihr Mann und ihre Söhne wurden, desto mehr wuchs sie über sich hinaus. Sie war es, die der Familie immer wieder Mut zusprach, sie mit lustigen Geschichten aufmunterte oder mit ihrer weichen, tiefen Stimme für sie sang.

»Zu essen haben wir genug, denn die Goldbrassen lassen sich leicht fangen, und wenn wir das Wasser rationieren, reicht es noch mindestens zwei Wochen«, sagte sie. Als sie aller Augen auf sich ruhen sah, fügte sie hinzu: »Mag sein, daß wir uns die Hände zerschinden beim ewigen Auspumpen der Ladeluken, aber Amerika liegt vor uns, und die Strömung ist unser Verbündeter. Eines Tages werden wir ankommen!«

Es wäre grausam gewesen, ihr zu erklären, daß die Strömung allein Wochen brauchen würde, um sie bis an die Küste Amerikas zu treiben. Und davon auszugehen, daß der Ozean irgendwann in dieser Zeit nicht erwachen und ihrem lächerlichen Floß aus Planken und Lumpen ein jähes Ende bereiten würde, war geradezu tollkühn.

»Da kommt ein Mann!«

Alle vier wandten sich Yaiza zu, die schon eine ganze Weile den Mond auf dem Wasser beobachtet hatte.

»Da kommt ein Mann, und zwei Hunde folgen ihm«, wiederholte sie. »Er kommt mit langen Schritten. Er will uns etwas sagen, aber es gelingt ihm nicht.«

Sie zeigte auf das Meer hinaus, doch weder ihre Eltern noch ihre Brüder vermochten etwas anderes zu erkennen als die unendliche Weite des Ozeans.

»Wer ist es?« fragte Abel Perdomo, der viel zu müde war, um sich den Schrullen seiner Tochter zu widersetzen. »Kennst du ihn?«

»Ich kann sein Gesicht nicht erkennen. Er kommt die ganze Zeit auf uns zu, doch er ist jedes Mal weiter weg. Jetzt schreit er.«

»Was sagt er?«

»Er ruft etwas über Don Matías Quintero, aber ich kann es nicht verstehen.« Sie hielt inne und horchte angestrengt. »Jetzt ist er wieder fort. Er hat eingesehen, daß er uns nie erreichen wird und ist nach Lanzarote zurückgekehrt.« Sie schien selbst überrascht zu sein. »Er war weder tot noch stand ihm der Tod bevor. Das war das erste Mal, daß ich auf diese Art jemanden gesehen habe, der nicht tot ist und den ich nicht kenne...«

»Du bist ja verrückt!« rief Sebastián aufgebracht. »Wir sind alle verrückt. Hocken hier auf der Reling eines sinkenden Schiffes wie die Hühner auf der Stange und hören uns Märchen an. Wenn wir je nach Amerika kommen, würde es mich nicht wundern, wenn sie uns gar nicht erst reinlassen! Die haben nämlich was gegen Irre.« Er packte seine Schwester am Arm. »Es tut mir leid – ich weiß ja selber, daß du keine Schuld hast. Aber diese Sachen bringen mich auf die Palme. Vielleicht glaube ich mehr daran, als ich wahrhaben will, und das macht mich so wütend. Hast du wirklich jemanden kommen sehen?«

»So deutlich, wie ich dich hier vor mir sehe«, antwortete Yaiza. »Es war ein großer, hagerer Mann mit langen Beinen. Er hatte zwei Hunde bei sich.«

»Pedro El Triste!« flüsterte Asdrúbal plötzlich.

»Was hat Pedro damit zu tun?« fragte sein Vater.

»Weiß ich auch nicht«, entgegnete der Junge. »Aber die Beschreibung paßt. Als ich mich in den Montañas del Fuego versteckt hielt, sah ich ihn von ferne. Es waren zwei Männer bei ihm. Ich hatte das sichere Gefühl, daß er nach mir suchte, aber dann war er plötzlich wie vom Erdboden verschluckt.«

»Wenn Pedro El Triste in den Montañas del Fuego war, um dich aufzuspüren, hätte er dich gefunden«, sagte Abel. »Daher glaube ich nicht, daß er wirklich hinter dir her war. Ich glaube auch nicht, daß er derjenige war, den Yaiza gesehen hat.«

»Wer war es dann?« fragte Aurelia.

»Niemand, vor dem wir Angst haben müssen und an den wir auch nur einen Gedanken verschwenden sollen. Er kam und er ging. Je eher wir ihn vergessen, um so schneller werden wir wieder zu uns selbst finden.«

Damián Centeno und Justo Garriga beschlossen, ihre letzte Nacht in der »Casa de la Húngara« in der Calle Miraflores zu verbringen, eine Huldigung an die vielen Huren, die sie während ihrer langjährigen Zeit in der Fremdenlegion zusammen besucht hatten.

Am nächsten Morgen würde Centeno sich auf der »Montserrat« mit Kurs auf La Guaira einschiffen, und zwei Tage später wollte Justo Garriga an Bord der »Villa de Madrid« nach Cádiz übersetzen, um von dort die Reise nach Ceuta und Tetuán fortzusetzen, denn er hatte Heimweh nach Marokko, wo er den größten Teil seines Lebens verbracht hatte.

Keiner der beiden hatte ernsthaft über die Möglichkeit nachgedacht, das Abenteuer gemeinsam fortzusetzen und die Perdomo Maradentros gemeinsam zu erledigen. Für den Mann aus Alicante winkte kein Landgut als Belohnung, und die Vorstellung, ein Mädchen töten zu müssen, dessen einziges Vergehen darin bestand, zu früh zur Frau geworden zu sein, war ihm zuwider.

Centeno hätte auch gar keine Begleitung gewollt, denn mittlerweile stand fest, daß das, was als Routineauftrag anfing, sich zu einer persönlichen Fehde zwischen ihm und den Perdomo Maradentros ausgeweitet hatte. Er war entschlossen, sie zu jagen und zu töten, denn vor einer einfachen Fischerfamilie zu kapitulieren, wäre für ihn gleichbedeutend mit dem Verlust seiner Selbstachtung gewesen. Wenn er so die einzige Chance, es in seinem Leben zu etwas zu bringen, verspielt hätte, wäre ihm nichts anderes übriggeblieben, als sich noch ein paar Jahre in den Elendsvierteln der großen Städte herumzuschlagen, Rausschmeißer in einem Puff zu werden und irgendwann als verlauster Bettler zu enden.

Es gab eine Zeit und einen Weg für alles, und dies war die Zeit, den Ozean zu überqueren und in der endlosen Weite Amerikas nach drei Personen zu suchen, um sie zu töten. Und er mußte es allein tun, denn er brauchte die Einsamkeit, um sein Vorhaben mit der nötigen Ruhe anzugehen und jede Bewegung überdenken zu können, ohne dabei unter Druck zu stehen. Auf diese Weise konnte er die Geduld erlangen, die nur der einsame Jäger entwickelt, für den die Jagd an sich genauso wichtig, wenn nicht wichtiger ist als seine Beute.

Don Matías Quinteros Banken standen ihm offen, und wie er bei seinem letzten Besuch hatte feststellen müssen, hatte der Alte schon jede Hoffnung aufgegeben, den Triumph seiner Rache noch zu erleben. Wenn er nach Lanzarote zurückkehrte, würde Don Matías nicht mehr da sein, um ihn zur Rechenschaft zu ziehen; daher machte er sich keine Gedanken über die Zeit, die er brauchen würde, um seine Mission zu beenden.

Nur einer Sache war er sich sicher: Er würde das Vertrauen, das ihm sein alter Freund, der Hauptmann, entgegengebracht hatte, niemals enttäuschen. Daher würde er Amerika nicht verlassen, ohne die Kinder Abel Perdomos getötet zu haben. Er, der so oft sein Leben riskiert hatte, um Befehle auszuführen, die mehr oder weniger absurd waren, war fest entschlossen, diesem letzten Befehl zu gehorchen, denn er erschien ihm von allen Befehlen seines Lebens der logischste.

»Und wenn du sie nicht findest?« fragte Justo Garriga ihn während des Abendessens und duzte ihn das erste Mal, seit sie sich kannten. »Willst du dann für immer in Amerika bleiben?«

»Weiß ich noch nicht«, antwortete Centeno. »Aber auf eins kannst du Gift nehmen: Wenn ich mir eines Tages eingestehen muß, daß ich versagt habe, werde ich das Erbe ausschlagen und zu meinem alten Leben zurückkehren.« Er hob schicksalsergeben die Schultern und lächelte. »Eine Abmachung ist eine Abmachung, und du weißt besser als jeder andere, wie ich mich an meine Abmachungen halte.«

»Aber gesetzt den Fall, sie sind schon tot«, beharrte der andere. »Stell dir vor, die alte Nußschale hat die Überfahrt nicht ausgehalten und ist untergegangen. Wie willst du sie dann finden? Willst du denn dein Leben lang fünf Gespenstern hinterherjagen? Siehst du nicht ein, wie lächerlich das ist?«

Centeno kaute langsam zu Ende, spülte alles mit einem Schluck Wein hinunter und antwortete: »Sicher, das sehe ich ein. Ich habe selber lange darüber nachgedacht. Wenn ich keinen Hinweis darauf finde, daß sie in Amerika sind und ich mir sagen muß, daß sie wahrscheinlich ertrunken sind, werde ich nach zehn Jahren die Suche für beendet erklären und mein Erbe antreten.«

»Nach zehn Jahren!« entfuhr es Justo. »Du willst zehn Jahre warten, um dir etwas zu holen, was dir längst gehört? Du bist ja verrückt!«

»Nein, Justo, ich bin ganz und gar nicht verrückt«, entgegnete sein ehemaliger Feldwebel sanft. »So bin ich nun mal. So habe ich immer gehandelt, und das ist auch der Grund, warum ein Mann wie Hauptmann Quintero mir sein Vertrauen schenkt und mir sogar über den Tod hinaus vertraut. Ich habe meine eigenen Gesetze und meinen eigenen Stolz, und von denen lasse ich mich leiten, egal was die anderen denken.« Er nahm bedächtig einen Schluck aus dem Glas und stellte es dann vorsichtig auf den Tisch, als wäre dies die wichtigste Bewegung seines Lebens. »Vielleicht ist der Alte in zwei Wochen tot. Dann könnte ich nach Lanzarote fahren und meinen neuen Besitz genießen, aber ich garantiere dir, es wäre kein Genuß, denn es wäre dasselbe, als hätte ich ihn gestohlen, und du weißt ja, was ich von Dieben halte.«

»Ja, sicher. Ich verstehe aber nicht, daß dir Ehre und Stolz so wichtig sind, es dir aber andererseits überhaupt nichts ausmacht, jemandem den Hals umzudrehen.«

»Das ist etwas anderes, das weißt du doch selber, Justo«, wandte Centeno ein. »Ich habe Hunderte von Menschen getötet, aber ich habe dies nie aus persönlichen Motiven getan, sondern weil irgendein unfähiger General sich in den Kopf gesetzt hatte, daß es sein mußte. Es sind viele gewesen, Justo – zu viele. Und bei der Art von Kriegen, die wir geführt haben, waren die wenigsten Opfer Soldaten. Was bedeuteten schon drei Leichen mehr oder weniger? Das hat mir noch nie etwas ausgemacht. Aber ich habe in meinem ganzen Leben keine Pesete gestohlen und werde jetzt bestimmt nicht damit anfangen.« Er zuckte die Achseln, als begriffe er sich selbst nicht. »Ich weiß, daß viele Menschen das nicht verstehen können, aber so bin ich eben. Diese Einstellung unterscheidet mich von den anderen Hurensöhnen, die durch die Welt ziehen, und ich werde an ihr festhalten, selbst wenn sie mir schaden sollte. Verstehst du?«

Der Mann aus Alicante machte eine vieldeutige Grimasse. »Ich versuche es«, meinte er, »aber es fällt mir nicht leicht, das kannst du mir glauben. Na ja, was soll's!« Er lächelte vergnügt. »Es ist dein Leben, und du kannst damit machen, was du willst. Aber jetzt sollten wir zusehen, daß wir ein paar Huren auftreiben und uns amüsieren.«

Sie machten sich auf den Weg in die »Casa de la Húngara« und suchten sich dort vier Mädchen aus. Centeno bezahlte im voraus und gab strikten Befehl, ihn am nächsten Morgen um zwölf Uhr an Bord der »Montserrat« zu schaffen, nüchtern oder betrunken, tot oder lebendig. Dies war die letzte Anweisung, an die er sich später erinnern konnte, denn innerhalb kürzester Zeit brachten es die zwei ehemaligen Legionäre fertig, volltrunken zu sein.

Am nächsten Morgen zogen die Bordellmutter und einer ihrer Gehilfen den Ex-Feldwebel an, setzten ihn in ein Taxi, transportierten ihn zum Hafen und brachten ihn aufs Schiff. Es war am späten Nachmittag, und die Sonne tauchte die Felsen der Insel La Gomera, die sie linker Hand passierten, in kupfernen Glanz, als Centeno auf Deck erschien und auf die Reling gestützt den würzigen Duft des Meeres einsog, der die letzten Alkoholdünste aus seinen Lungen verjagte. Er betrachtete den grenzenlosen, blauen Ozean, der sich vor ihm ausbreitete. Er wußte, dies war das Versteck seiner Feinde, die als einzige ihm auf seinem Weg zum Reichtum noch im Wege standen.

Als die Sonne hinter dem wie mit dem Lineal gezogenen Horizont unterging, erinnerte er sich an jenen anderen Sonnenuntergang auf der Terrasse von Mozaga. Damals hatte sich die Sonne hinter der Bergkette von Timanfaya versteckt und den schwarzen Kratern, Weingärten und bunten Bougainvilleen des Gartens tausendundeine Farbschattierung entlockt.

Er ertappte sich dabei, daß er ständig an Lanzarote denken mußte, an diese steinige und unwirtliche Insel, gegen die er von Anfang an einen instinktiven Widerwillen verspürt und deren Menschen er nie verstanden hatte. Doch jetzt schien diese Insel sich gewaltsam einen Platz in seinem Herzen und in seiner Erinnerung erkämpfen zu wollen und zog seine Gedanken magnetisch an. Die Vorstellung, den Rest seines Lebens in diesem Haus auf dem Hügel zu verbringen, war ihm alles andere als zuwider. Zweifellos wäre dies ein krönender Abschluß für ein so intensives Leben wie das seine. Immerhin konnte er, der Sohn einer Taschendiebin, jetzt in der Luxuskabine eines Ozeandampfers nach Amerika reisen und war obendrein stolzer Besitzer einer Hacienda sowie eines schnittigen, blitzblanken roten Buick.

Es erschien nach Mitternacht und war fast so groß wie das Schiff, gegen das es etwa anderthalb Meter unterhalb des Wasserspiegels stieß. Die Planken ächzten und bogen sich unter der Wucht des Aufpralls, während es von Heck nach Bug unter dem Kiel vorbeizog und verschwand, nur um nach wenigen Minuten auf dieselbe Art zurückzukommen. Es mußte etwas entsetzlich Großes sein, denn allein die Berührung mit seinem Körper brachte die »Isla de Lobos« zum Schwanken.

Sie standen an Deck und zündeten Petroleumlampen und Fackeln an, die sie aus Stöcken und alten Lumpen gefertigt hatten, doch sosehr sie sich auch anstrengten, sie bemerkten nicht die leiseste Spur auf dem Wasser. Als einziges konnten sie nur feststellen, daß es weder ein Pott- noch ein Killerwal oder Hai sein konnte, denn dann hätten sie zumindest dessen Flossen erkennen müssen.

Schließlich entdeckten sie einen Schatten, und sie ahnten, daß es sich um eine gigantische Seeschlange oder die abscheulichste Muräne handeln mußte, die je in der Tiefe des Ozeans existiert hatte. Sie schien direkt aus dem Reich der Mythen zu stammen, das sie aus den phantastischen Geschichten Maestro Juliáns kannten, der immer versichert hatte, daß es auf dem tiefsten Meeresgrund fast zwanzig Meter große Tintenfische gäbe, deren Fangarme so dick wie Menschenleiber seien, oder auch Schlangen, die es durchaus mit derart apokalyptischen Meeresungeheuern aufnehmen könnten. Die Perdomos hatten geglaubt, daß solche Wesen nur in der Vorstellung des Alten existierten, der allzuoft seiner Phantasie freien Lauf gelassen hatte.

»Wenn du uns von vorn rammst, versenkst du uns«, flüsterte Abel. »Aber ich glaube nicht, daß du das willst. Du versuchst herauszukriegen, wie stark wir sind und ob wir gegen dich antreten können.«

»Wie sollen wir uns da wehren?« fragte Asdrúbal. »Wir könnten höchstens versuchen, sie mit einer Haifischharpune zu erwischen.«

»Damit würden wir sie nur reizen«, warnte sein Bruder. »Am besten, wir lassen sie in Ruhe, bis es hell wird. Am Tag können wir sie sehen und entsprechend handeln. Bis dahin aber sollten wir uns in die Kajüte verziehen, denn so ein Tier kann sich plötzlich aufbäumen und einen von uns in die Tiefe reißen.«

Dies schien die vernünftigste Lösung zu sein. Alle fünf kletterten in die Kajüte, wo sie sich die beiden Kojen teilten. Asdrúbal lag auf dem Boden in der Mitte. Mit gespannter Aufmerksamkeit verfolgten sie die unzähligen Stöße des Tieres, das seine Wucht von Mal zu Mal zu steigern schien, bis der Schoner schwankte, als habe ihn die Hand eines Zyklopen gepackt, und die Planken stöhnten, als wollten sie jeden Moment bersten.

»Mach die Tür zu!« flehte Aurelia Ihren Sohn an. »Wenn sie uns in die Tiefe reißt, wollen wir zusammen untergehen. Ich will nicht, daß diese Bestie sich einen nach dem anderen holt.«

Asdrúbal wollte gerade aufstehen und der Bitte seiner Mutter Folge leisten, da sagte Yaiza, die geistesabwesend und zusammengekauert in einer Ecke der Koje gesessen hatte: »Das wird nicht nötig sein. Großvater sagt, das Tier könne uns nichts anhaben, und morgen früh komme Wind auf.«

Ihre Mutter warf ihr einen Blick zu. »Hast du ihn gesehen?«

»Er hat mit mir gesprochen. Er ist draußen und verscheucht das Monster.«

Alle sahen sie an und wagten kaum zu atmen, während sie auf den nächsten Angriff des Tieres warteten, der mit mathematischer Präzision und noch stärkerer Wucht kam als zuvor.

»Es scheint sich ja wenig um Großvater zu kümmern«, spottete Sebastián. »Vielleicht glauben Seeschlangen nicht an Geister.«

»Sie wird verschwinden«, wiederholte Yaiza hartnäckig. »Wenn der Wind einsetzt, wird sie verschwinden.«

Es waren noch fast drei Stunden bis zum Morgengrauen, und zweifellos waren es die längsten und schrecklichsten drei Stunden ihres Lebens, denn die dumpfen Stöße wurden immer wuchtiger und stärker, und die »Isla de Lobos« glich immer mehr einem unbedeutenden Spielzeug, dem ein verwöhntes Kind Schlag auf Schlag versetzt.

Yaiza, die als einzige fest an ihre eigenen Worte zu glauben schien, war mit dem Kopf gegen das Schott gelehnt eingedöst, doch plötzlich riß sie die Augen auf, horchte, ohne jemanden anzusehen, und murmelte dann heiser: »Er kommt! Der Wind kommt auf!«

Die Spannung in der winzigen Kajüte stieg ins Unerträgliche. Endlich vernahmen sie jenes langersehnte schwache Winseln, das über die glatte Oberfläche des Meeres huschte und ihnen wie die schönste Musik erschien. Im nächsten Augenblick schlug der Wind gegen die schlaffen Segel, die sich aufbäumten und über das Deck peitschten.

»Da ist er!« schrie Abel vor Freude auf. »Mein Gott, es ist wahr! Da ist der Wind!«

Sie eilten an Deck, um auf ihren Gesichtern den Wind zu spüren, und als hätte dieser oder der erste schmale Lichtstreifen am Horizont das Ungeheuer vertrieben, lenkte es einen letzten Angriff gegen den Schiffsrumpf und tauchte dann geräuschlos in die tiefen Abgründe, aus denen es gekommen war. Um was für ein Tier es sich gehandelt hatte, würden sie nie erfahren, doch dies war im Moment auch nicht ihre dringendste Sorge, denn jetzt hatten sie alle Hände voll zu tun, hin und her zu laufen, die Schoten festzuziehen, die Segel zu spannen und mit dem Ruder zu hantieren, damit der ersehnte Ostwind sie endlich packen und an die fernen Küsten Amerikas treiben konnte.

Aurelia konnte nicht anders, sie drückte ihre Tochter an sich, küßte sie und dankte ihr zum ersten Mal im Leben für jene seltsame »Gabe«, den Toten zu gefallen.

»Mir brauchst du nicht zu danken«, entgegnete Yaiza ruhig wie immer. »Danke lieber dem Großvater.«

Die Windstärke war genau richtig, und es gab keine Böen, die dem morschen Schoner hätten gefährlich werden können. Es war ein gleichmäßiger, stetiger Wind, den sie brauchten, um an Fahrt zu gewinnen. Als in ihrem Rücken die Sonne aufging, glitt die »Isla de Lobos«, jenes schwimmende Floß, das nur noch ein Schatten des stolzen Schoners war, den Ezequiel vor vielen Jahren gebaut hatte, wieder über das Wasser. Und wieder trug sie den Stolz und die Kühnheit zur Schau, die sie schon damals ausgezeichnet hatten, als sie mit einem auf einem Leuchtturm geborenen Mädchen an Bord, das der Pfarrer später auf den Namen Margarita taufte, den Canal de la Bocaina durchquerte.

»Wir werden es schaffen«, versicherte Abel zuversichtlich. »Mein Gott, wenn der Wind sich hält, werde ich meine Familie heil an die Küste bringen!«

»Die Küste ist noch weit«, warf Sebastián ein.

»Wie weit?«

»Mehr als dreihundert Meilen.«

Mit erfahrenem Blick musterte Abel das Meer, warf dann vom Bug aus ein Stück Holz ins Wasser und zählte, wie lange das Schiff brauchte, um es zu überholen. »Fünf Knoten«, rief er. »Wenn wir das Wasser aus den Ladeluken pumpen, könnten wir es vielleicht sogar auf sechs oder sieben bringen. Wie lange würden wir brauchen, wenn alles so bleibt?«

Sein Sohn rechnete schnell. »Sechs Tage. Sechs bis acht.«

»Gut! Ich werde dafür sorgen, daß das Schiff sich noch eine Woche über Wasser hält. Yaiza, übernimm du das Ruder! Ihr beiden kommt mit mir hinunter, um das Wasser abzupumpen. Aurelia, du wirfst alles, was wir nicht unbedingt brauchen, über Bord: Möbel, Fässer, Kojen, den Spiegel, alles!«

»Den Spiegel nicht!« protestierte sie. »Er ist das letzte Andenken an meine Mutter.«

Abel Perdomo wollte etwas einwenden, änderte dann jedoch seine Meinung und lächelte. »Na schön«, stimmte er zu. »Behalte vorerst den Spiegel, aber wenn wir bis heute nachmittag keine sechs Knoten schaffen, werfe ich ihn dem Monster von heute nacht hinterher, damit es sieht, wie häßlich es ist!«

Er balancierte über die Balken am Bug und kletterte in den Schiffsraum hinunter, wo seine Söhne bereits an der Lenzpumpe arbeiteten. »Schneller, Jungs!« feuerte er sie an. »Wir werden diesem Ozean zeigen, wer die Maradentros sind und woher wir unseren Ruf haben.«

Und sie strengten sich an, gaben alle Kraft, die sie mit dem Mut der Verzweiflung ihren starken Körpern abringen konnten, denn sie kämpften ums Überleben.

Drei Stunden später, als sie das Wasser noch nicht einmal zur Hälfte abgepumpt hatten und erschöpft innehielten, um eine Pause zu machen, stand Abel plötzlich auf, stöhnte, warf einen Blick um sich, als hielte er Ausschau nach jemandem, und murmelte verzweifelt: »Pack doch mit an, Alter! Schau uns doch nicht so zu, als hätte das alles nichts mit dir zu tun! Ich weiß, daß du die ganze Nacht zu tun hattest, um das Ungeheuer zu vertreiben, aber ich weiß auch, daß du immer hart im Nehmen warst. Du konntest schließlich auch drei Tage ohne Schlaf auf Thunfischfang gehen.«

Sebastián, der neben ihm saß und sich den Schweiß abwischte, der ihm übers Gesicht lief, fragte besorgt: »Glaubst du jetzt auch schon an die Gegenwart des Großvaters?«

»Wenn er gewußt hätte, was ihm bevorsteht, wäre er an Land geblieben«, antwortete Abel verwirrt. »Aber wenn deine Schwester behauptet, er sei bei uns, dann ist er es. Die Kleine täuscht sich nie. Wo wären wir wohl ohne sie?«

Um ein Haar hätte Sebastián geantwortet, daß sie ohne Yaiza wahrscheinlich noch in Playa Blanca wären, aber dann ließ er es sein, denn das Gesicht seines Vaters nahm einen seltsamen Ausdruck an, und Yaiza kam gerade in diesem Moment herunter und fragte: »Habt ihr keinen Durst? Mutter macht gerade Wasser. Kommt mit.«

In der Tat war Aurelia damit beschäftigt, mit Hilfe einer Wasserkanne und eines Gummischlauches – ähnlich dem, den Asdrúbal in den Montañas del Fuego benutzt hatte – Wasser zu destillieren.

»Ich fand es schade, die Möbel einfach über Bord zu werfen«, erklärte sie. »Benutzen wir sie lieber als Feuerholz und gewinnen etwas Trinkwasser.«

Das Wasser war schon seit mehr als einer Woche ihr dringlichstes Problem, denn entgegen Sebastiáns Versicherung hatte es nicht geregnet. Sie hatten das Trinkwasser immer weiter rationieren müssen, und der Durst war ein ständiger Begleiter auf dieser endlosen Reise geworden.

Über das Feuer gebeugt schauten sie zu, wie ein kostbarer Tropfen Süßwasser nach dem anderen in die halbvolle Flasche tropfte, die Aurelia unter den Gummischlauch gestellt hatte.

»Wieviel Holz hast du dafür gebraucht?« fragte Abel und zeigte auf das wenige Wasser.

»Unser Bett und die Beine der Kommode«, antwortete Aurelia. Und gab sich Mühe, sich ihren inneren Aufruhr nicht anmerken zu lassen. »Wenn wir Glück haben, gewinnen wir drei Liter Trinkwasser aus den Möbeln!«

Er strich ihr über die Wangen und tröstete sie: »Ich glaube, daß Möbel noch nie eine bessere Verwendung gefunden haben. Wenn wir mehr Holz brauchen, können wir auch das Ruderhäuschen an Deck auseinandernehmen, die Reling, ja sogar die Masten, wenn es sein muß. Solange es noch Goldbrassen im Meer gibt und wir etwas zu verbrennen haben, werden wir überleben.«

»Und solange wir uns über Wasser halten«, setzte Asdrúbal hinzu.

»Wir halten uns über Wasser, mein Sohn«, versicherte Abel. »Wir schaffen es, und wenn es uns bis zum Hals steht.« Es sah ganz so aus, als habe Abel mit dem ersten Windstoß seinen alten Kampfgeist wiedergewonnen. »Wir haben fast dreitausend Meilen hinter uns. Ich wette, in Lanzarote hätte keiner einen Pfifferling dafür gegeben, daß wir auch nur die Hälfte schaffen! Wir haben uns für die schwerste Route entschieden, die, auf der die meisten aufgeben müssen, und wir sind nur noch eine Woche vom Ziel entfernt. Wir werden es schaffen!«

Sein Glaube und seine Zuversicht steckte die ganze Familie an. Die ganze Familie, mit Ausnahme einer Person, die die Gabe besaß, »die wilden Tiere zu besänftigen, die Fische anzulocken, das Leid der Kranken zu lindern und den Toten zu gefallen.« Sie war die einzige, die sich jetzt nachdenklich abwandte. Denn sie war die einzige, die die Zukunft kannte.

Obwohl die Hauptstadt nur drei Stunden entfernt war, verspürte Centeno nicht die geringste Lust hinzufahren, denn durch die unwegsame Berggegend führte nur eine Schotterstraße, deren endlose Kurven man nicht einmal zählen konnte, ohne dabei schwindlig zu werden. Schwindel jedoch hatte er auf dem Meer genug erlebt, und das, was er suchte, würde er in Caracas sowieso nicht finden, eher schon im heißen, verdreckten, lauten Hafen von La Guaira, wo die »Montserrat« nach einer monotonen Überfahrt an einem feuchtwarmen Nachmittag angelegt hatte.

Er mietete sich drei Straßen von der Hafeneinfahrt entfernt in einem verschwiegenen Hotel ein und verbrachte den Rest des Tages damit, sich an das tropische Klima zu gewöhnen. Bei dieser drückenden Schwüle brach ihm der Schweiß aus, sobald er sich bewegte, und die Hitze und der ohrenbetäubende Verkehrslärm ließen ihn nicht schlafen. Am nächsten Morgen begab er sich in aller Frühe zur Hafenbehörde.

Als erstes zeigte er dem Beamten, der hinter dem Schalter saß und unwillig die Lektüre seiner Zeitung unterbrochen hatte, zwei Zwanzig-Bolivar-Schein. »Ich brauche eine Auskunft über ein Schiff«, sagte er.

Der Beamte, der die vierzig Bolivar mit der größten Selbstverständlichkeit in eine Tasche seines Hemdes steckte, fragte: »Was für ein Schiff?«

»Ein kleines. Ein Fischerboot. Die ›Isla de Lobos‹. Meine Familie ist an Bord.«

»Woher kommt es?«

»Aus Lanzarote, von den Kanarischen Inseln. Es sind Auswanderer...«

»Wann haben sie abgelegt?«

»Am zweiundzwanzigsten August.«

Der Mann, ein Kreole mit spitzem Gesicht und Knollennase, pfiff anerkennend durch die Zähne. »Sagen Sie bloß, die wollen bis hierher rudern!«

»Sie segeln.«

»Nein, der Name des Schiffes sagt mir nichts, aber wenn Sie einen Moment Zeit haben, kann ich in der Liste nachschauen.«

Er verschwand in einem kleinen Nebenraum und kehrte kurz darauf mit einem dicken Stapel von Papieren wieder, die er mit dem Finger durchblätterte. »›Isla Blanca‹, ›Isla de la Sal‹, ›Isla de Borneo‹...« Er las weiter und schüttelte den Kopf. »Nein, tut mir leid, Señor, aber hier taucht keine ›Isla de Lobos‹ auf. Sind Sie sicher, daß sie nach La Guaira wollten?«

»Das haben sie gesagt.«

»Vielleicht haben sie es sich anders überlegt. Oder der Wind hat sie woanders hingetrieben. Jedenfalls ist dieses Schiff bei uns nicht registriert worden.«

»Könnten Sie mich benachrichtigen, wenn es ankommt? Vielleicht könnten sie auch herausfinden, ob es in einem anderen Hafen angelegt hat?«

»Das kommt ganz darauf an«, lautete die vage Antwort.

»Würden fünfhundert Bolivares helfen?«

»Ich glaube schon!« nickte der Beamte. »Für fünfhundert Bolivares kann ich in allen Küstenhäfen nachfragen. Wo erreiche ich Sie?«

Centeno warf ihm einen Fünfzig-Bolivar-Schein auf den Schalter und verabschiedete sich mit einer Handbewegung. »In ein paar Tagen komme ich wieder. Das hier ist für Ihre Spesen. Einverstanden?«

Damit trat er hinaus in die feuchte Hitze des Tages, zufrieden mit dem Ergebnis seiner Nachforschungen. Er wußte, daß der Beamte alle Hebel in Bewegung setzen würde, um herauszufinden, ob die ›Isla de Lobos‹ irgendwo an der Küste Venezuelas angelegt hatte.

Amerika war zwar groß, das war ihm klar, aber er war zu dem Schluß gekommen, daß Venezuela das einzig logische Ziel der Perdomo Maradentros sein konnte. Auf den meisten Inseln in der Karibik sprach man kein Spanisch, und eine Fischerfamilie aus Lanzarote würde sich wohl kaum an einem Ort niederlassen, wo sie die Sprache nicht verstand.

Centeno hatte den Hafen von La Guaira zu seiner Operationsbasis auserkoren, doch da ihm die Stadt mit ihrer Hitze und den vielen Menschen zusetzte, mietete er noch am selben Nachmittag einen großen Wagen und fuhr an die Strände der Umgebung. In dem einsamen Fischerdorf Macuto fand er das, was er suchte.

Es war ein kleines, schreiend rosa gestrichenes Holzhaus, dessen große Fenster, die durch ein Metallgitter geschützt waren, aufs Meer hinausgingen. Das Haus war von einem dichten Palmenhain umgeben, und der nächste Nachbar war fünfhundert Meter entfernt. Aber vor allem der Geruch des Ortes hatte es Centeno angetan, ein schweres, feuchtes, fast klebriges Aroma, eine atemberaubende Mischung aus der vom Regen getränkten Erde des Dschungels, dem Jod des Meeres, der vor sich hin faulenden Vegetation, Schiffsteer und frischer Farbe. Er hatte das schockierende und berauschende Gefühl, alles platze hier vor Leben.

Es war wie der Beginn eines neuen Lebens. Als er in dieser Nacht in einem alten Schaukelstuhl auf der Veranda saß und die Wellen beobachtete, die wie Gespenster aus dem Dunkel tauchten und sich mit langem, heiserem Rauschen am Strand brachen, um dann genauso plötzlich wieder im Dunkel zu verschwinden, empfand er ein seltsames Gefühl des Glücks.

Er hatte sich in La Guaira eine Schachtel langer, erlesener Havanna-Zigarren gekauft und rauchte jetzt langsam und genüßlich. Hin und wieder nippte er an seinem Glas mit ausgezeichnetem Rum. Ja, hier fühlte er sich wohl, war mit sich im reinen. Er war überzeugt, den richtigen Ort gefunden zu haben, um unerkannt und in aller Ruhe darüber nachdenken zu können, wie er den Perdomo Maradentros ein Ende bereiten konnte.

Der Hausverwalter, ein hochgewachsener Schwarzer, der offensichtlich nur die Miete kassieren und sich dann so schnell wie möglich wieder aus dem Staub machen wollte, hatte nicht einmal seinen Namen wissen wollen. Er hatte erklärt, daß er stets in der Taverne zu finden sei, ihm die Schlüssel ausgehändigt und war dann verschwunden.

Damián Centeno hatte noch nie über ein eigenes Haus verfügt. Sein ganzes Leben hatte er in Kasernen, Lagern und Pensionen verbracht – die Jahre hinter Gittern nicht mitgezählt. Das Gefühl, von einem Zimmer ins andere gehen zu können, auf der Terrasse zu sitzen oder sich in der Küche ganz allein ein Ei zu braten, löste ein fast wollüstiges Glücksgefühl aus. Er fragte sich, was Justo Garriga wohl sagen würde, wenn er ihn auf dem knarrenden Schaukelstuhl sehen könnte, im Schutz der rauschenden Kokospalmen.

Er würde mich für verrückt erklären, sagte er sich lächelnd. Vollkommen verrückt, dabei habe ich mich noch nie so wohl gefühlt wie jetzt.

Gelegentlich dachte er an Justo Garriga, den einzigen Freund, den er je gehabt hatte, doch er vermißte ihn nicht. Was der Mann aus Alicante am letzten Abend gesagt hatte, stimmte: Sie waren beide einsame Wölfe. Diese Tage, die er mit Fischen, Schwimmen, langen Strandspaziergängen und im Schaukelstuhl verbrachte, ehe er wieder zum Büro des Beamten aufbrach, hätte er nicht gern mit jemandem geteilt.

»Keine Spur!« begrüßte der Beamte ihn schlecht gelaunt. »Ich habe mich bei allen Häfen der Küste erkundigt, aber niemand hat von diesem Schiff gehört. Sind Sie sicher, daß es ›Isla de Lobos‹ heißt?«

»Ganz sicher.«

»Nun, ich habe ein Vermögen für Telegramme ausgegeben.« Er zog ein Bündel Zettel aus der Schublade. »Hier sind die Quittungen.«

Centeno warf einen Blick darauf, rechnete nach und legte ihm dann das Doppelte der Summe auf den Schalter. »Suchen Sie weiter«, sagte er. »Das Angebot gilt immer noch.«

Er verließ den Pier, stieg in seinen Wagen und fuhr zum Flughafen von Maiquetia. Dort erkundigte er sich nach Flügen nach Barbados, Martinique, Guadeloupe und Trinidad.

»Heute nachmittag gibt es einen Flug nach Martinique«, informierte ihn eine hübsche junge Rothaarige mit unzähligen Sommersprossen im Gesicht. »Von dort haben Sie Anschluß zu den anderen Inseln.«

Während er auf seinem Platz saß, durch das Kabinenfenster das Blau der Karibik betrachtete, das wenige Meter hinter der Startbahn begann, die Motoren aufheulen hörte und darauf wartete, daß der Pilot Gas gab, damit das Flugzeug an Geschwindigkeit gewann und sich in die Lüfte erhob, mußte er an die klapprige »Junker« denken, mit der die Deutschen sie damals an die russische Front geflogen hatten. Zusammengepfercht hatten sie auf Eisenbänken längs der Kabine gehockt, zitternd vor Kälte, mit nichts als Eis und Schnee unter sich. Nur er und Justo hatten es damals geschafft, zu Fuß nach Hause zurückzukehren.

Oft hatte er den Verdacht, daß die Vorsehung ihn zum Überleben auserwählt hatte – zu einem Mann, der zum Leben verurteilt war, während all seine Freunde fielen wie vom Herbstwind verwehte Blätter. Nur er hatte sich halten können, sich mit Krallen und Zähnen am Ast des Lebens festgeklammert, egal ob es nur eine Brise war, die ihn bedrohte, oder ein Hurrikan. Und der Tod schien ihn zu respektieren, hatte Messer, Bomben und Kugeln abgelenkt und höchstens ein paar Narben an Körper und Geist hinterlassen.

Centeno hatte längst vergessen, warum er an den meisten Kriegen teilgenommen hatte, doch die Gründe, warum er diesmal töten sollte, würde er nie vergessen können, gleichgültig wieviel Zeit noch vergehen sollte, denn es ging um seine Zukunft und sein Glück.

Fünf Tage lang blies der Wind. Aber im Morgengrauen des sechsten Tages bemerkte Sebastián, der das Ruder in der Hoffnung übernommen hatte, im ersten Licht des Tages vielleicht schon Land ausmachen zu können, daß der wunderbare Gesang der Segelleinen, der Taue und Wanten verstummte und die Segel eins nach dem anderen anfingen, kraftlos zu flattern, bis sie schließlich erschlafften.

»Vater!« rief er aufgeregt.

Abel Perdomo sprang auf, während Asdrúbal, der durch den Aufschrei ebenfalls wach geworden war, liegenblieb und seinen Bruder nur bekümmert anschaute.

»Nein, nicht schon wieder!«

Doch sie wußten, daß es so war; sie wußten, daß die plötzliche Stille, die über sie gefallen war, den Ozean aufs neue in einen tiefen Traum verbannt hatte. Sie hätten die Stille, in der sich die »Isla de Lobos« verfangen hatte, beinah mit Händen greifen können.

Die Kielspur versiegte, und das Boot kam zum Stehen. Mit einem wütenden Faustschlag zertrümmerte Abel eine der morschen Planken am Heck. Der Stoß hallte wie Donner, sein

Echo glitt über das schlafende Wasser und verlor sich in der Ferne.

»Warum?« rief er. »Mein Gott, warum ausgerechnet jetzt, wo wir nur noch zwei Tage von der Küste entfernt sind?«

Aurelia und Yaiza, verstört durch die plötzliche Stille und den Stillstand des Schiffes, kletterten an Deck und mußten mit ansehen, wie die Sonne auf einem Ozean aufging, der einem indigoblauen Ölteppich glich.

»Mein Gott!«

Der Rücken einer Goldbrasse funkelte im Wasser – Bestätigung dafür, daß sie nicht mehr segelten, sondern wieder Schiffbrüchige geworden waren. Obwohl Yaiza diese Fische liebgewonnen hatte, verabscheute sie jetzt ihren Anblick, denn mehr als irgend jemand anders wußte sie, was die Rückkehr der Goldbrassen zu bedeuten hatte.

»Versuche, unseren Standort zu berechnen. Nimm dir ruhig Zeit, aber versuche, so genau wie möglich zu arbeiten«, befahl Abel seinem Ältesten.

Fast eine halbe Stunde später, nachdem er seine auf spärlichen Daten beruhenden Berechnungen immer und immer wieder überprüft hatte, verkündete Sebastián entschieden: »Achtzehn Strich Nord, achtundfünfzig Strich West, vielleicht auch sechzig...« Er schüttelte pessimistisch den Kopf. »Das heißt, mehr als hundert Meilen nordöstlich von der Insel Antigua.«

Sein Vater wandte sich an Aurelia. »Wieviel Wasser haben wir noch?«

»Etwa fünf Liter. Und das, was wir noch destillieren können.« Sie sah sich um. »Aber viel Brennholz ist nicht mehr da. Alles ist feucht.«

Abel zeigte nach oben. »Die Masten nicht. Wir werden den Besanmast verfeuern, und wenn Wind aufkommen sollte, was ich bezweifle, behelfen wir uns mit dem Großmast.« Er warf ein Stück Holz ins Wasser und studierte es. »Strömung ist vorhanden, sie treibt uns nach Westen.«

»Wie stark ist sie?« fragte Aurelia.

»Schwer zu sagen. Mit etwas Glück müßten wir so an die sechs Meilen am Tag schaffen.«

Aurelia rechnete schnell nach, ließ es dann aber lieber sein. Sie biß sich auf die Lippen, drehte sich um und stieg in die Kajüte, wo sie so tat, als richtete sie die Matratzen. Nachdem die beiden Kojen verbrannt worden waren, lagen sie jetzt auf dem Boden.

Gerade wollte Yaiza ihr zur Hand gehen, da kam ihr Vater herein und drängte sie beiseite. »Laß mich mal.«

Abel konnte sich nicht erinnern, seine Aurelia jemals weinen gesehen zu haben. Jetzt war die unerschütterliche Ruhe dieser starken und mutigen Frau jedoch ins Wanken geraten. Sie saß zusammengekauert auf jenem winzigen Flecken Boden, der ihnen noch geblieben war.

»Laß uns bloß nicht im Stich«, flüsterte Abel und lächelte aufmunternd. »Die Kinder brauchen dich jetzt mehr als je zuvor. Vergiß nicht, wir sind immer noch zusammen, und wir leben. Du darfst nicht aufgeben.«

»Aber das ist so schwer. Ihr bringt euch um mit Pumpen, und trotzdem steigt das Wasser unablässig. Es ist nutzlos!«

»Das Leben ist nie nutzlos«, entgegnete er. »Es ist das einzige, was zählt. Wir haben doch keine Kinder in die Welt gesetzt und sie bis hierhin gebracht, nur um uns jetzt geschlagen zu geben. Wir müssen weiterkämpfen.«

»Weiterkämpfen, aber womit, Abel? Was sollen wir tun? Ohne Wind sind wir verloren. Es ist diese Ohnmacht, die mich so hilflos macht. Wir können nichts tun – gar nichts.«

»Wir müssen uns über Wasser halten, das genügt. Du hast gestern selber gesagt, daß manche Monate auf einem Floß überlebt haben, und dieses Schiff ist mehr als ein Floß.«

»Jetzt nicht mehr«, widersprach sie entschieden. »Das weißt du selber. Auf einem Floß muß man nicht ständig Wasser pumpen. Schau dich doch an! Und schau dir die Kinder an! Eure Füße und Beine sind voller Geschwüre, weil ihr den ganzen Tag bis zu den Knien im Salzwasser steht. Sebastián kann kaum noch gehen, und ich sehe, wie er leidet, obwohl kein Wort der Klage über seine Lippen kommt. Und der Durst! Ihr arbeitet wie die Verrückten und sterbt vor Durst!« Sie drückte die Hand ihres Mannes fester, doch ihre Stimme wurde heiserer und war kaum noch zu hören. »Ich habe keine Angst vor dem Tod, Abel«, flüsterte sie. »Aber ich kann die Vorstellung nicht ertragen, daß ich tatenlos zusehen muß, wie meine Kinder sterben.«

»Ich habe auch Angst um sie. Yaiza ist so schwach, und Sebastián kommt mir entmutigt vor. Asdrúbal ist der einzige, der noch bei Kräften ist.«

»Nein«, widersprach sie. »Da täuschst du dich. Asdrúbal kann jeden Moment zusammenbrechen, denn er fühlt sich verantwortlich für alles, was passiert ist. Yaiza aber wird durchhalten.«

»Großvater ist ihr nicht mehr erschienen.«

»Manchmal habe ich das Gefühl, daß sie uns etwas verschweigt. Das macht mich unruhig.«

»Hast du mit ihr geredet?«

»Wenn sie sich verschließt, kann man ihr kein einziges Wort entlocken.« Sie zuckte die Achseln. »Aber vielleicht bilde ich mir das nur ein, und sie ist genauso müde, durstig und mutlos wie wir alle. Wahrscheinlich fühlt sie sich auch noch schuldig.« Sie zeigte nach oben. »Geh wieder hinauf zu ihnen. Sie brauchen dich mehr als ich. Und mir geht es schon wieder besser. Du hast recht: Wir sind noch immer zusammen, wir leben noch, und wir haben dreitausend Meilen zurückgelegt! Hättest du dir je träumen lassen, daß unsere alte Nußschale so weit kommen würde?« Sie zwang sich zu einem müden Lächeln.

Er streichelte sanft ihre Hand und stieg wieder an Deck, wo seine Kinder schweigend zusammensaßen und entmutigt auf den trägen Ozean starrten.

»Asdrúbal, hol die Axt«, befahl Abel heiser. »Wir bauen den Besanmast ab und machen Brennholz daraus. Das gibt noch ein paar Liter Trinkwasser. Und du Yaiza, versuch etwas zu fischen. Wir müssen bei Kräften bleiben, und die Goldbrassen sind die einzigen, die uns dabei helfen können. Selbst die fliegenden Fische scheinen uns verlassen zu haben. Also los, bewegt euch!«

Ein Segelschiff seiner Masten zu berauben, war das Schlimmste, was es gab. Abel, für den der alte Schoner ein Teil seines Lebens war, empfand deshalb nicht nur Trauer, als er mit der Axt in der Hand dastand, sondern auch Scham. Es kam ihm vor, als gälten die Hiebe ihm selbst, seinem Leben, seiner Vergangenheit.

Nur mit Mühe hielt er die Tränen zurück, als er sich erinnerte, mit wieviel Sorgfalt sein Vater jenen Stamm ausgesucht und wie sie beide zusammen ihn abgehobelt, geschliffen und geteert hatten, um ihn dann so aufzurichten, wie er jahrzehntelang gestanden hatte.

Die Jahre, der Wind und das Meer hatten das Holz gehärtet. Mehr als drei Jahrzehnte lang hatte es die Last der Segel, Stürme und Sonne ertragen und dafür gesorgt, daß die »Isla de Lobos« Tausende von Meilen zurücklegte. Über die hohe Spitze dieses Mastes waren Millionen von Wolken gezogen, hatten Myriaden von Sternen geträumt, und in seinem Schatten hatten drei Generationen der Maradentros Zuflucht vor der sengenden Sonne gefunden.

Es tat weh, zuzusehen, wie er sich jetzt in Brennholz verwandelte, das Stück um Stück im schwarzen Schlund des verrußten Ofens verschwand, verschlungen von jenem grausamen und tödlichen Feind, den er schon immer gefürchtet hatte: dem Feuer, dem einzigen, der ihn für immer zerstören konnte.

Und er wurde zu Wasser.

Und der Mann, der ihn vor langer, langer Zeit abgehobelt und geschliffen hatte, trank das Wasser und machte ihn zu einem Teil seiner selbst.

Als die Nacht hereinbrach, setzte Yaiza sich neben ihren Vater und nahm seine Hand. »Sei nicht traurig«, sagte sie. »›Er‹ wußte, daß die ›Isla‹ es nie bis nach Amerika schaffen würde. Sie gehört an ein anderes Ufer.«

»Und an welches Ufer gehören wir?«

Das Mädchen, das während der entbehrungsreichen Reise reifer geworden war, zuckte die Achseln. »Wer weiß! Wir Menschen können uns anpassen, die Schiffe nicht.« Sie lächelte. »Nicht wenn sie so alt und müde sind wie unseres.«

»Ich bin auch alt. Und sehr müde. Glaubst du, daß ich mich noch an ein anderes Ufer anpassen kann?«

Das Mädchen schwieg, denn schon seit langem hatte sie das Gefühl, daß es auf diese Frage keine Antwort mehr gab. Sie lehnte den Kopf an die Schulter ihres Vaters, wie sie es als kleines Mädchen getan hatte, und lauschte dem Herzen, das hinter der starken, behaarten Brust schlug. »Ich liebe dich«, flüsterte sie.

Abel Perdomo schloß die Augen und sagte zärtlich: »Ich dich auch, mein Kleines.«

»Aber du sagst es nie.«

»Du bist ja auch schon eine Frau.«

»Was hat denn das damit zu tun? Jetzt brauche ich es mehr als zuvor. Den anderen glaube ich sowieso nicht.«

»Warum nicht?«

»Weil sie mich nicht mehr lieben. Nicht so wie du.«

»Du kannst nicht ewig ein Kind bleiben«, sagte er. »Das wäre feige, und du hast gezeigt, daß du kein Feigling bist. Und außerdem bist du meine Tochter, eine Maradentro.«

Sie schüttelte den Kopf. »Die Maradentros waren schon immer Männer. Vergiß nicht, ich bin das erste Mädchen seit vier Generationen in unserer Familie.«

»Und wenn schon! Du bist eine Maradentro. In deinen Adern fließt mein Blut und das des Großvaters Ezequiel. Deine Vorfahren waren die tapfersten Männer, die je zur See gefahren sind. Wußtest du, daß dein Urgroßvater Zacharias achtzehn Mal um Kap Horn nach China gesegelt ist?«

Yaiza kannte diese Geschichte auswendig, denn die Abenteuer des Urgroßvaters Zacharias waren in der Familie immer wieder erzählt worden. Doch sie schwieg und ließ ihn von neuem die – zum größten Teil erfundenen – Heldentaten schildern, die seit Jahrzehnten weitergegeben wurden. Auch heute bedeuteten die starken Schultern ihres Vaters Trost und Geborgenheit. Sie spürte seinen Arm in ihrem Rücken und horchte auf die tiefe, heisere Stimme, die zu ihrem Leben gehörte, seit sie sich erinnern konnte.

Irgendwann schlief sie ein, und der Schlaf übermannte auch Abel. Niemand hätte zu sagen vermocht, wie lange sie von unbekannten Quellen geträumt hatten, als plötzlich ein ohrenbetäubender Lärm sie hochfahren ließ.

Es war riesig. Riesig groß, riesig lang und riesig stark. Es machte einen unglaublichen Krach und war von Bug bis Heck hell erleuchtet. Und es kam mit der Geschwindigkeit und Wucht eines Schnellzuges geradewegs auf sie zu. Es gab nicht die geringste Möglichkeit, ihm auszuweichen. Der hohe, scharfkantige Bug glich dem Schwert Gottes, das herniederfuhr, um Leben zu beenden.

Sie schrien und winkten mit den Armen, doch ihre Anstrengungen waren vergeblich, wurden erstickt vom Donnern der Motoren und dem Dröhnen der Schiffsschrauben. Wie gebannt sahen sie die gewaltige Masse aus Licht und Stahl auf sich zukommen. Doch im letzten Augenblick änderte die »Mongolia« ihren Kurs um einen Strich Steuerbord und raste etwa fünfzehn Meter entfernt an ihnen vorbei.

Getroffen von dem stürmischen Wellengang, den die riesigen Schiffsschrauben erzeugten, streckte der Schoner sich vom Bug bis ans Heck, knackte in allen Fugen und tauchte mit dem Bug so tief ins Wasser, daß sein Kiel zu sehen war. Dann richtete er sich mit letzter Kraft noch einmal auf, während seine Passagiere sich aneinanderklammerten, widerstand wie betäubt den wütenden Angriffen des gewaltsam aus dem Schlaf gerissenen Ozeans und trieb tödlich verwundet auf dem sich nur langsam wieder beruhigenden Wasser.

Mudos van e inmóviles los muertos,
la sombra de la vela les protege,
el mar se lamenta bajo la curva quilla,
y el sol marca el camino del Oeste.

Die »Isla de Lobos« war kein stilles Totenschiff mehr, sondern ein bereits totes Schiff, das seinen Kampfgeist eingebüßt hatte, als die Schiffsschrauben der »Mongolia« mächtige Wellen gegen ihren Rumpf schleuderten. Das grausame Opfer des Besanmastes hatte sie in ein sterbendes Wesen verwandelt, doch diese Wellen hatten ihr den Todesstoß versetzt. Sie löste sich zusehends auf wie das faule Fleisch eines Kadavers. Und wenn Abel Perdomo eines Tages behauptet hatte, die Seele des Schiffes könne man am besten am Ruder fühlen, dann war es offensichtlich, daß die Seele den Schoner verlassen hatte, denn das Ruder war nur noch ein Rad.

Die »Isla de Lobos« hatte gefährliche Schlagseite, ihr Bug versank allmählich im Wasser, und schließlich mußten sie auch den Großmast herunterholen, der mehr eine Gefahr als eine Hilfe war. Dann schlugen sie den Herd aus seiner Verankerung, um ihm, mit Holzpflöcken abgestützt, die letzten Tropfen Trinkwasser aus den Überresten des Mastes zu entlocken.

Die Verzweiflung, mit der sich das Wrack mehr schlecht als recht über Wasser hielt, war auf seine Passagiere übergegangen. Sie saßen im Schatten des größten Segels, das sie notdürftig über die Überreste des Holzwerks auf Deck gespannt hatten, und fragten sich immer wieder, warum das Schicksal ihnen mitten in der Nacht ausgerechnet einen Ozeandampfer über den Weg hatte schicken müssen.

»Vor drei Stunden hätte er uns noch gesehen. Drei Stunden früher und wir wären gerettet gewesen.«

»Denk nicht mehr daran«, sagte Asdrúbal zu seiner Mutter.

»Warum?« widersprach sie. »Warum darf ich nicht einmal, ein einziges Mal, unser Pech verfluchen?«

»Weil du dann nur noch mehr verzweifelst, und das Schiff davon auch nicht mehr umkehrt. Wahrscheinlich ist es längst in Amerika.«

»Das ist nicht gerecht! Es ist einfach nicht gerecht, daß Gott so ein Spiel mit uns treibt. Was haben wir denn getan?«

»Wir haben einen Mann getötet, nein, einen Jungen, fast noch ein Kind!«

Aurelia sah ihren Sohn streng an. »Ich erlaube nicht, daß du so etwas sagst. Ich akzeptiere nicht, daß alles, was uns passiert, eine Strafe dafür sein soll. Es ist nicht gerecht.«

»Es wäre ungerechter, wenn uns diese Strafe ohne Grund auferlegt worden wäre.« Asdrúbal schwieg nachdenklich und fuhr dann fort, ohne seine Mutter anzusehen: »Laß mich doch glauben, daß es eine Strafe ist, denn wenn ein Wunder geschieht und wir gerettet werden, kann ich glauben, daß ich meine Strafe verbüßt habe.« Er schaute auf. »Ich glaube nicht, daß je einer so hart für etwas hat bezahlen müssen, was er nicht mit Absicht getan hat.« Er zeigte auf seinen Bruder, der ein paar Meter weiter döste. »Damals, als er mich auf die »Isla de Lobos« brachte, hat er gesagt, es sei nicht nur meine Angelegenheit, sondern die der ganzen Familie. Nun gut! Jetzt hat die ganze Familie gezahlt. Was nun?«

Die Antwort erhielten sie zwei Tage später, als sie am frühen Morgen einen Schrei hörten, aufschauten und einen Fregattvogel über dem kreisen sahen, was von der »Isla de Lobos« übriggeblieben war. Anscheinend waren ihm jedoch die funkelnden Goldbrassen zu schwer, und mit einem erneuten Schrei, der klang wie ein Abschied, nahm er Kurs nach Westen.

Ihre Ergriffenheit war zu groß, als daß sie anfangs ein Wort hätten herausbringen können. Sie sahen sich nur an, und ihre Augen füllten sich mit Freudentränen, denn sie wußten, was das Auftauchen dieses Vogels bedeutete.

Wenn er sein Nest im Morgengrauen verlassen hatte, war er etwas mehr als drei Stunden geflogen und wahrscheinlich nicht einmal in gerader Luftlinie. Welche Entfernung hatte er in dieser Zeit zurücklegen können? Wie lange würde er brauchen, wenn er in direkter Linie nach Westen flog?

»Was weißt du über Fregattvögel?«

Sebastián, dem die Frage seines Vaters gegolten hatte, zuckte die Achseln. »Was soll ich schon darüber wissen«, antwortete er. »Ich nehme an, daß sie nicht alle dieselben Gewohnheiten haben und auch nicht dieselben Entfernungen zurücklegen. Es kommt auf den Fischreichtum bei ihren Brutplätzen an. Und auf die Jahreszeit. Zugvögel können Hunderte von Meilen zurücklegen.«

»Aber Zugvögel fliegen in Schwärmen, und dieser hier war allein.« Abel studierte die Meeresoberfläche und schüttelte dann heftig den Kopf. »Ich könnte schwören, daß wir uns nicht mehr über dem tiefen Abgrund befinden, sondern der Ozean langsam in Küstengewässer übergeht.« Er wandte sich an Sebastián: »Bitte stelle unsere Position fest. Ich will nie zur See gefahren sein, wenn wir uns nicht weniger als sechzig Meilen vor der Küste befinden. Und die Strömung treibt uns weiter.«

Als Sebastián fertig war, sah er zu seinem Vater auf und lächelte. »Du hast recht«, sagte er. »Vierzehn Strich Nord und fast sechzig West. Wenn die Karte stimmt, dann müßte es hier irgendwo sein: etwa hundert Kilometer vor Guadeloupe. Das heißt, daß wir stark nach Süden abgetrieben worden sind in den letzten Tagen.«

»Das ist gut«, sagte sein Vater erleichtert. »Alles, was Bewegung bedeutet, ist gut.« Er wandte sich an Asdrúbal, der bisher schweigsam zugehört hatte. »Was meinst du – wird sie es noch ein paar Tage aushalten?«

»Nein!«

Die Antwort war schockierend, aber sie schien Abel nicht zu überraschen. »Wie lange noch?«

»Wir können froh sein, wenn uns morgen abend das Wasser nicht bis zu den Knien steht. Und mit einem so schweren Schiff wird die Abdrift viel geringer sein. Wir werden immer langsamer vorwärts kommen.«

»Ich verstehe.« Sein Vater überlegte einen Augenblick und deutete dann nach vorn. »Heute nachmittag müssen wir alle Segel, Matratzen und trockene Wäsche, die wir noch haben, auf den Querbalken des Bugs legen. Wir werden uns nicht noch einmal überraschen lassen. Wenn wir ein Schiff sehen, machen wir Feuer. Vielleicht bemerkt es uns und kommt uns zu Hilfe.«

»Und wenn die ›Isla‹ dabei verbrennt?«

Abel Perdomo lächelte über die dumme Frage seiner Tochter. »Kleines, um die ›Isla‹ in Brand zu setzen, bräuchten wir dreitausend Liter Benzin. Sie ist so vollgesogen wie ein Moosteppich im Frühling.«

Der Nachmittag verging, und die Nacht brach herein. Sie achteten auf das schwächste Lebenszeichen oder kleinste Licht, aber die gemeinsame Nachtwache war umsonst, und die Nacht verstrich genauso dunkel, heiß, einsam und stumm wie all diese Nächte seit Beginn der Überfahrt.

Doch mit dem Morgengrauen erschien eine Wolke am westlichen Horizont. Sie war nicht groß und auch nicht besonders finster, aber das Entscheidende war, daß sie stundenlang über demselben Punkt verharrte. Dies war einerseits nicht verwunderlich, denn die Stille, die sie umgab, war allumfassend, andererseits aber doch irgendwie merkwürdig, denn es war eigenartig, daß auch in größerer Höhe nicht genug Wind wehte, um eine einfache Wolke zu bewegen.

»Vielleicht ist es Land.«

Niemand sagte etwas. Die Kehlen waren längst ausgetrocknet, und die Lippen vom Durst und von der Sonne aufgesprungen. Aurelia hatte die Wasserrationen auf drei Fingerbreit pro Tag reduziert. Reglos im Schatten des Segeltuchs zu liegen war die einzige Möglichkeit, am Leben zu bleiben. Wasser zu pumpen oder sich zu fragen, ob das, was sich hinter der geheimnisvollen Wolke am Horizont verbarg, Land sein könnte oder nicht, war reine Kraftverschwendung.

Die Nacht war lang.

Wieder verbrachten sie sie wachend und suchten nach einem Licht irgendwo in der Finsternis. Am darauffolgenden Tag versuchten sie zu schlafen und so dem quälenden Durst zu entfliehen. Die Hitze wurde immer drückender. Die Tropensonne stach durch das Segeltuch auf ihre Köpfe und drohte, das längst von Durst, Hitze und Müdigkeit ausgetrocknete Hirn zu verbrennen.

Auch an diesem Tag kam der Fregattvogel nicht wieder. Nur die Goldbrassen, ein paar fliegende Fische, die sich in der Ferne tummelten, und ein großer Hai, dessen Flosse bereits höher über das Wasser ragte als der niedrigste Teil des Schiffsrandes, leisteten ihnen Gesellschaft.

Sie hatten keinen Hunger, denn der Durst verdrängte jedes andere Bedürfnis. Als die Sonne am Horizont unterging und die ferne Wolke tiefrot färbte, starrten sie alle auf diesen Punkt, begierig, das Geheimnis zu lüften.

»Es ist Land«, sinnierte Abel laut. »Ich bin sicher, daß es Land ist.«

In dieser Nacht phantasierte Yaiza im Schlaf. Einmal fuhr sie schreiend aus einem Alptraum, denn sie sah Großvater Ezequiel vor sich, der kam, um sich zu verabschieden. Dann erschienen ihr »Señá« Florinda, die sie fast drei Jahre nicht mehr gesehen hatte, und die Männer, die in den schrecklichen Stürmen des Jahres sechsundvierzig bei Cabo Juby ertrunken waren.

Aber auch in dieser Nacht kreuzte kein Schiff ihren Weg, und die »Isla de Lobos« wurde so überflutet, daß man auf Deck kaum noch das Gleichgewicht halten konnte.

»Wir sinken, Vater«, flüsterte Sebastián ihm ins Ohr. »Es wäre besser, wir ließen das kleine Boot zu Wasser, damit Yaiza und Mutter darin schlafen können. Wir binden es am Heck fest und können es notfalls jederzeit losmachen.«

»Das wird deine Mutter nicht mitmachen«, antwortete Abel überzeugt. »Ich kenne sie.«

»Aber wir müssen sie retten!«

»Ich weiß, mein Sohn«, sagte er und klopfte ihm beruhigend auf die Hand. »Mach dir keine Sorgen. Heute nacht sinkt sie noch nicht. Sie wird sich noch ein paar Stunden über Wasser halten.«

»Ich habe Angst!«

»Ich auch, mein Sohn, ich auch...«

Nie hatte der Tagesanbruch so lange auf sich warten lassen, nie war die Sonne so zaghaft am Horizont erschienen, als fürchtete sie sich davor, diese Totenlandschaft mit dem ewig schlafenden Meer, dem ewig ruhenden Wind und dem gleichförmigen Horizont zu erhellen, in deren Zentrum ein langsam sinkendes Wrack trieb. Vielleicht wollte sie aber auch jene verzweifelten fünf Menschenwesen nicht sehen, denen das neue Licht das Ende ihrer Hoffnungen bringen würde. Doch schließlich huschten die ersten Strahlen über die stillen Wasser, erreichten die sehnsüchtigen Gesichter und bestätigten ihnen, daß sich unter der Wolke tatsächlich Land verborgen hatte.

Aber es war weit entfernt, so weit entfernt wie damals, als sie Playa Blanca an Bord eines noch lebenden Schiffes verlassen hatten und von einer freundlichen Brise vorwärtsgetrieben worden waren; so weit entfernt wie Amerika immer gewesen war, bis zu jener verfluchten Johannisnacht; so weit entfernt wie Lanzarote in diesem Augenblick.

Nichts bewegte sich mehr, weder die »Isla de Lobos« noch das Meer, noch der Dunst, den sie drei Tage lang mit einer Wolke verwechselt hatten. Unter ihm versteckte sich die Insel.

»Welche Insel?«

»Guadeloupe wahrscheinlich. Oder vielleicht diese kleine Insel, La Désirée, hier rechts.«

»La Désirée!« rief Aurelia. »Die Ersehnte! Was für ein passender Name. Wahrscheinlich hat sie einer getauft, nachdem er wie wir den unendlichen Ozean überquert hatte.«

Abel schien sie nicht gehört zu haben. Eine Weile stand er in Gedanken versunken da. Er musterte das Boot und stellte fest, daß das Wasser bis fast zur Kajüte eingedrungen war. Ohne Deck, das die Bildung von Luftblasen in den Ladeluken ermöglichte, waren die Stunden der »Isla de Lobos« gezählt. Eine plötzliche Bewegung hätte gereicht, um sie kieloben treiben zu lassen.

»Laß das kleine Boot zu Wasser«, befahl er Asdrúbal, »und binde es fest.«

Das zwei Meter lange und ein Meter breite Boot, das kaum Tiefgang besaß, war nicht viel mehr als ein winziger Nachen, der dazu diente, vom Ankerplatz ans Ufer zu rudern. Wie ein Teller trieb es auf der ruhigen Oberfläche des Wassers, und als sie es mit der Weite des Meeres verglichen, wurde ihnen seine Winzigkeit vollends bewußt.

Abel streckte die Hand nach seiner Tochter aus. »Yaiza! Du nach vorne... vorsichtig! Versuch, dich möglichst wenig zu bewegen.«

Das Mädchen nahm ohne ein Wort seine ausgestreckte Hand. Behutsam stieg sie von der »Isla« in das kleine Boot um, wo sie sich zusammenkauerte wie ein verschrecktes Tier.

»Sebastián! Du nach Steuerbord ans Ruder! Asdrúbal auf die andere Seite und Mutter hier ans Heck.«

Sie sahen sich an. Die Frage schien sinnlos, trotzdem stellte Aurelia sie. »Und du?«

»Ich bleibe.«

Alle vier hatten bereits Platz genommen, während Abel das Tau des Nachens in der Hand hielt. Dieser lugte kaum noch aus dem Wasser und wäre unter dem Gewicht eines Mannes seiner Statur auf der Stelle gesunken.

»Wenn du bleibst, bleiben wir alle«, widersprach Aurelia mit ruhiger Stimme. »Wir sind eine Familie.«

»Und ich bin ihr Oberhaupt! Der Kapitän dieses Schiffes, derjenige, der hier die Befehle gibt! Ihr geht.« Er schaute seinen Söhnen, die ihn wie versteinert beobachteten, in die Augen und sagte mit einer Stimme, die keine Widerrede duldete: »Ihr müßt den ganzen Tag rudern und auch die ganze Nacht, wenn es sein muß. Es hängt jetzt von euch ab, ob ihr gerettet werdet und mir Hilfe schicken könnt. Rudert langsam, ihr habt Zeit, und das Meer ist ruhig. Nehmt das Wasser mit. Widersprich mir nicht!« wies er seine Frau an, die protestieren wollte. »Ihr braucht es nötiger als ich.« Er zwang sich ein Lächeln ab. »Habt keine Angst. Es ist nicht das erste Mal, daß ich Schiffbruch erleide. Mit etwas Glück dreht sich das Boot um, und wenn noch genug Luft im Schiffsraum ist, wird es noch ein paar Tage auf dem Wasser treiben. Ich klettere dann auf den Kiel. Also rudert!« Seine Stimme war heiser. »Unser Leben hängt jetzt von euch ab.« Er ließ das Tau los und gab dem Boot einen leichten Stoß, damit es sich ein paar Meter entfernte. »Sagt nichts«, bat er. »Verliert keine Zeit. Rudert!«

Seine Söhne gehorchten. Sie ruderten los, langsam und im Takt, wie sie es Tausende von Malen getan hatten, im Canal de la Bocaina oder in den Gewässern um die Isla de Lobos, entfernten sich Schlag um Schlag. Mutter und Schwester starrten wie betäubt jenes Wesen an, das sie mehr liebten als alles andere auf der Welt, und das ihnen von dem geneigten Deck des Wracks aus ebenso starr nachschaute.

Asdrúbal und Sebastián preßten die Zähne aufeinander und ruderten weiter. Yaiza biß sich in die Hand, um nicht zu weinen, und Aurelia schaute zu, wie ihr geliebter Mann in der Ferne immer kleiner wurde, während sie im Geiste ihr ganzes gemeinsames Leben Revue passieren ließ wie eine Reihe von bunten Träumen.

Einen Moment lang wollte sie ins Wasser springen und zu ihm zurückkehren, um ihr Leben an seiner Seite zu beenden, doch dann sah sie ein, daß sie damit auch ihre Kinder zum Tode verurteilt hätte. Ihr Platz war hier, an Bord eines Spielzeugschiffes, das kaum vorwärts kam. Doch ihr Herz blieb an Bord eines sinkenden Schiffes, auf ewig verbunden mit einem Mann, der zum Sterben bereit war.

Es heißt, der Schwarze habe einen Weißen getötet. Es sei ein fairer Kampf gewesen, und der Weiße sei der Angreifer gewesen. Doch die Behörden wollten nichts davon wissen und verurteilten den Schwarzen zum Tode. Sie warfen ihn in ein dunkles Verlies, wo er bis zum Tag seiner öffentlichen Hinrichtung ausharren mußte, denn er sollte als Abschreckung für all jene dienen, die der Versuchung erlagen, sich den Weißen gleichzustellen.«

Der alte Mann zog an seiner langen Pfeife, machte eine kleine Pause, damit seine Zuhörer über den eigentlichen Sinn seiner Worte nachdenken konnten, stieß eine dicke Rauchwolke aus und fuhr dann fort: »Ich kann mich noch gut an die Frau des Schwarzen erinnern. Es war seine Geliebte oder seine Ehefrau vor Gott, wenn auch nicht vor dem Gesetz, denn damals besaßen die Schwarzen noch keinerlei Rechte, nicht einmal das zu heiraten. Sie war wunderschön, immer fröhlich, hatte einen ebenmäßigen Mund und eine wohltönende Stimme. Sie hatte geschickte Hände und stellte Figuren, Teller und Krüge aus Ton her, die sie auf dem Markt verkaufte. Sie pries ihre Ware mit so lustigen Liedern an, daß alle Damen der

Stadt und auch viele Männer, die nicht in erster Linie an ihren Töpfereien interessiert waren, bei ihr einkauften.«

Er sah auf und griff nach seinem leeren Glas. Centeno verstand und winkte mit einer knappen Geste nach dem Kellner, der eine neue Flasche des dunklen, schweren Gebräus brachte, das der Alte trank.

»Doch die Schwarze liebte ihren Mann, Señor. Sie liebte ihn über alles und wandte sich an den Richter, an die Polizei und an die Behörden von Saint-Pierre, um eine Begnadigung zu erwirken oder wenigstens eine gerechtere Strafe. Doch all diese Türen blieben ihr verschlossen, Señor. Die Weißen schenkten ihr kein Gehör, und sogar ihre eigenen Leute machten sich über sie lustig. Einst von ihr abgewiesene Männer versuchten jetzt mit Gewalt, in ihre abgelegene Hütte am Meeresufer einzudringen. Dort hinten war es, auf der Landzunge, die Sie von hier aus sehen. Keiner achtete ihren Schmerz und ihre Trauer, keiner respektierte die Tatsache, daß der Mann, dem sie gehörte, in einem dunklen Kerker dahinvegetierte und auf seinen Henker wartete.«

Centeno betrachtete den Schwarzen, fasziniert von den unzähligen Runzeln, die sein heiteres und zugleich so unendlich trauriges Gesicht durchzogen, als wäre es geprägt von einer unerträglichen Verbitterung, einem unvorstellbaren Schrekken. Sie verliehen auch seinen Augen jenen sonderbaren Ausdruck, der Centeno gleich zu Anfang aufgefallen war. Selbst der kleine Junge, der ihn in diese Taverne geführt hatte, lauschte gebannt der Geschichte, die er bestimmt schon Hunderte von Malen gehört hatte.

»Wie schrecklich, Señor! Wie schrecklich! Damals war Saint-Pierre die Hauptstadt von Martinique. Es war eine prächtige

Stadt mit breiten Straßen, großen Palästen, Hotels, Theatern und einem ausgedehnten Hafen, in dem Schiffe aus aller Welt anlegten. Es war ein sehr schöner Ort, Señor, in dem sogar die Schwarzen ein einigermaßen gutes Leben hatten, wenn die Weißen es gestatteten.« Er schüttelte ungläubig den Kopf. »Jene Frau aber haßte diese Stadt, denn für sie war sie grausam. Sie, Señor, Sie müßten wissen, was der Haß einer Frau bewirken kann, wenn sie am Rand der Verzweiflung ist.« Er schnalzte mit der Zunge. »Und so beschwor sie Elegbá. ›Elegbá! Elegbá!‹ rief sie. ›Ich beschwöre dich mit all meiner Kraft: verfluche diese herzlose Stadt, die mich verspottet und mir mit Gewalt nehmen will, was ich liebe.‹ Und die Göttin Elegbá erhörte ihr Flehen, Señor! Fragen Sie mich nicht, warum, aber im tiefsten aller Urwälder hörte Elegbá die Stimme jener schönen Schwarzen, deren Vorfahren vor vielen Jahrhunderten aus eben diesen Urwäldern gekommen waren, und antwortete ihr. Und der schlafende Berg, der kahle Berg, der Mont Pelé donnerte und warnte Schwarz und Weiß vor dem, was ihnen zustoßen könnte, wenn sie eine Dienerin Elegbás weiter beleidigten und quälten.«

Wieder schüttelte der Alte den Kopf, und sein Blick verlor sich in der Weite des Meeres, auf dem nur die kleinen Boote einiger Fischer zu sehen waren.

»Wie schrecklich, Señor! Wie schrecklich! Niemand wollte auf diese Warnung hören, und als die Schwarze drohte, weiterzugehen und den Berg zu bitten, seine wahre Macht zu zeigen, vertrieben die Weißen sie aus dem Justizpalast und die Schwarzen, Männer und Frauen, folgten ihr durch die Straßen und warfen mit Steinen nach ihr. Dann drohten sie, sie würden sie am erstbesten Baum aufknüpfen, wenn sie sich je wieder in der Stadt sehen ließe.

Es war der achte Mai. Der achte Mai neunzehnhundertzwei, Señor. Ein Tag, der verflucht sei bis ans Ende der Welt. Mein Herr hatte mich nach Fort-de-France geschickt, um zwei Pferde, die er an einen dortigen Pflanzer verkauft hatte, abzuliefern. Fröhlich kehrte ich nach Hause zurück, denn ich hatte meine Arbeit getan, aber dann hörte ich das Grollen jenes schrecklichen Berges, spürte das Beben unter den Füßen und bemerkte den schrecklichen Geruch nach Schwefel, der in der Luft hing.

Als ich auf dem Gipfel angelangt war, genau auf dem grauen Berggipfel dort drüben, blieb ich einen Augenblick stehen und betrachtete den Berg, der nicht aufhören wollte zu grollen, und plötzlich, Señor, und ich schwöre es bei meinen Söhnen, die an diesem Tag umkamen, plötzlich sah ich, wie sich der Mont Pelé öffnete, als wäre er ein riesiger, roter Schlund, und aus diesem Schlund stieß eine Feuerzunge ein flammendes Meer, das lautlos und grauenhaft durch die Luft wirbelte und sich über Saint-Pierre legte. Nachdem es die Stadt Stück für Stück unter sich begraben hatte, erreichte es den Hafen, verschlang die Schiffe und verschwand über das Meer wie ein riesiger Ball, der über das Wasser rollte und sich in der Ferne verlor.

Und als ich näher hinsah, Señor, gab es keine Stadt mehr. Bis auf das letzte Gebäude hatte sich alles in einen Haufen Schutt und Asche verwandelt, aus dem nur noch Rauchschwaden emporstiegen. Von den dreißigtausend Menschen, die dort ihre Häuser hatten, hat keiner überlebt. Seitdem ist der Berg wieder friedlich. Die Rache von Elegbá ist getilgt. Ich eilte damals zurück nach Fort-de-France, um zu erzählen, was ich gesehen hatte, aber sie wollten mir nicht glauben. Sie hielten mich für verrückt oder betrunken, doch als dann immer mehr Zeugen kamen und wir in die verfluchte Stadt zurückliefen, war dort niemand mehr am Leben. Weder Mann noch Frau, noch Kind. Niemand hatte überlebt, mit Ausnahme des verhaßten Schwarzen, mit dem alles angefangen hatte. Er war durch eine Laune der Göttin Elegbá gerettet worden. Das Gemäuer seines Verlieses hatte der furchtbaren Hitze der Feuersbrunst, die Ketten und sogar die dicken Gitter der Gefängniszelle geschmolzen hatte, standgehalten. Und so, Señor, starb Saint-Pierre de Martinique, die schönste aller Städte...«

»Und was wurde aus der Schwarzen?«

»Sie wurde verrückt, Señor, genau wie ihr Mann. Als wir ihn aus der Zelle holten, war er schon verwirrt. Ihn hatte die Angst verrückt gemacht, sie der Schrecken über all das Leid, das sie heraufbeschworen hatte. Eine Zeitlang trieben sie sich noch auf der Insel herum, dann stürzten sie sich gemeinsam in einen Abgrund. Wie schrecklich, Señor! Wie schrecklich!«

Als Centeno aus der Taverne trat, versteckte sich die Sonne hinter dem Meer und färbte den Horizont der Karibik tiefrot. Schatten fielen über die bedrohliche Silhouette des Mont Pelé und würden bald auch das Skelett der zerstörten Stadt erreichen.

Die Vorstellung, die Nacht in Saint-Pierre verbringen zu müssen, behagte ihm nicht. Er stieg in den Wagen und fuhr nach Fort-de-France, das »Paris der Antillen«, wo er in zwei Tagen seine Reise fortsetzen würde. Auch hier, auf Martinique, hatte man ihm keine Nachricht über die »Isla de Lobos« geben können.

»Wenn es ein Segler ist, dann wird er nicht kommen«, hatte ihm der gutgekleidete, förmliche Marineoffizier erklärt. »Es herrscht eine Flaute wie schon seit Jahrhunderten nicht mehr. Wie konnten sie sich gerade diese Jahreszeit aussuchen, um den Atlantik zu überqueren? Sie hätten bis Dezember warten sollen. Entschuldigen Sie, Monsieur, aber Ihre Verwandten haben einen fatalen Fehler begangen. Nicht einmal ein Dummkopf käme auf die Idee, jetzt über den Ozean segeln zu wollen.«

»Sie hatten aber keine andere Wahl!«

Der Franzose schien aufzuhorchen. »Wieso nicht, Monsieur? Aus politischen Gründen? Waren sie gezwungen, das Land wegen der Diktatur zu verlassen?«

»Sie sind vor dem Hunger geflüchtet, Monsieur – unter anderem.«

Der Beamte nickte verstehend. »Gut! Ich verspreche Ihnen, ich werde mein Möglichstes tun. Ich werde die Behörden in Guadeloupe und Maria Galante verständigen, aber Sie müssen sich auf das Schlimmste gefaßt machen, Monsieur. Die Flauten sind hier oft tödlich. Vielleicht sind sie aber auch nach Süden abgetrieben, nach Barbados oder Trinidad. Am Freitag läuft das nächste Schiff aus.«

Mario Zambrano war alles andere als ein Feigling, aber trotzdem hatte er den größten Teil seines Lebens auf der Flucht verbracht. Mit zweiundzwanzig war er von zu Hause geflohen, weil er den ständigen Streit zwischen seinen Eltern, Geschwistern und Onkeln nicht länger ertragen konnte, denn im Haus der Zambranos in Granada hatte sich in jenem Frühling des Jahres sechsunddreißig ein Vorspiel dessen ereignet, was Monate später das ganze Land erfassen sollte.

Die Familie war durch tiefe, ideologische Differenzen gespalten, und die Wortgefechte, die nicht selten in Handgreiflichkeiten übergingen, hatten so verheerende Formen angenommen, daß Mario Zambrano eines Tages beschloß, sein Studium der Kunst an den Nagel zu hängen, seine Habseligkeiten zu packen und den nächstbesten Zug Richtung Paris zu nehmen. Dort war er wenigstens in der Nähe dessen, was er am meisten liebte – der Malerei – und weit weg von dem, was er haßte – den politischen Diskussionen.

Es überraschte ihn nicht, daß kurz darauf in Spanien ein Bürgerkrieg ausbrach. Dies hatte er seit langem befürchtet, da ja nicht einmal Wesen von gleichem Blut und gleicher Bildung sich darüber hatten einig werden können, wie sie regieren oder regiert werden wollten. Obwohl er sich als Spanier fühlte, beschloß er, sich aus dem widerlichen Kampf herauszuhalten, und lehnte es während der nächsten drei Jahre ab, auch nur eine einzige Nachricht zu lesen, die mit seinem Land zu tun hatte. Ebenso verbrannte er alle Briefe seiner Familie ungeöffnet, obgleich er sich ihr noch immer eng verbunden fühlte, aber die Vorstellung zu erfahren, welcher Bruder für den Tod des anderen oder gar seines Vaters verantwortlich war, erfüllte ihn mit Entsetzen.

Später, als er bereits einige seiner Bilder verkauft hatte und mit sich und seinen Freunden zufrieden war, die sich wie er gerne amüsierten und zugleich für die Malerei begeisterten, bemerkte er, wie sich die Welt um ihn herum wieder verdüsterte. Eines Tages beschimpfte die Frau, die er liebte, ihn als Kommunisten und Judenfreund. Im gleichen Moment witterte Mario Zambrano, der sich nie im geringsten für die Nationalität, den Glauben oder die Herkunft seiner Freunde interessiert hatte, daß irgend etwas Schreckliches bevorstand. Ohne lange nachzudenken, packte er seine Koffer und machte sich auf die Suche nach einem ruhigen Ort, wo niemand über Politik sprach und wo es gutes Licht zum Malen gab.

Er fand ihn in Form eines hübschen kleinen Häuschens auf dem Hügel gegenüber der alten Festung von Richepanse, im Hafen von Basse-Terre, auf der windgeschützten Seite von Guadeloupe. Hier vereinten sich Weite und Glanz der Karibik, und er füllte Leinwand um Leinwand mit Meer, Licht und exotischem Leben.

Während der nächsten vier Jahre weigerte er sich, auch nur eine Zeitung zu lesen, und verbat sich jeden Kommentar über den wahnwitzigen Krieg, in dem sich Menschen und Völker, die er so gerne noch gemalt hätte, skrupellos abschlachteten. Er lebte von Fischfang und Ackerbau, richtete ein kleines Restaurant am Strand ein, verkaufte hin und wieder ein Bild und vermietete den damals noch seltenen Touristen seinen Kutter, den er aus dritter Hand erworben hatte und mit dem er sie dann wagemutig zu den benachbarten Inseln und Buchten hinausfuhr.

Als der Krieg zu Ende war, verspürte er kein Verlangen, nach Europa zurückzukehren. Statt dessen beschloß er, für immer da zu bleiben, wo er war, denn mittlerweile war er stolzer Besitzer eines prachtvollen Lokals auf der Avenida Victor Hugo von Pointe-à-Pitre, der Hauptstadt der Insel. Hier ließen sich seine Bilder, die das Meer und die Sinnlichkeit des Landes wiedergaben, so gut verkaufen, daß er von der Malerei hätte leben können.

Manchmal, wenn er an Granada oder Paris dachte, überkam ihn so etwas wie Heimweh, doch dieses Heimweh war für Mario Zambrano ein fast immer angenehmes Gefühl, unvergleichlich süßer als die grausame Realität, daß viele, die er hinter sich gelassen hatte, längst tot und begraben waren. So hätte man sagen können, daß Mario Zambrano noch immer auf der Flucht war, auch wenn er sich schon seit Jahren am selben Ort aufhielt, denn er flüchtete vor sich selbst und seiner Unfähigkeit zu leiden.

Doch niemand kann ewig vor seinem Schicksal davonlaufen. Mario Zambranos Spürsinn versagte, als er an einem schwülen Morgen im November dem Hafenkommandanten Claude Duvivier über den Weg lief und sich von ihm überrumpeln ließ. »Guten Morgen, Zambrano! Sie kommen mir wie gerufen – ich brauche Sie!«

»Wozu?«

»Sie müssen mir einen kleinen Gefallen tun. Bitte begleiten Sie mich zum Hospital. Ich erkläre es Ihnen unterwegs.«

So kam es, daß Mario Zambrano unversehens vor dem schönsten und aufregendsten Wesen stand, das er je gesehen hatte. Das Mädchen saß neben seiner Mutter in einem großen, hellen Saal des Hospital General von Pointe-à-Pitre und starrte ihn aus unergründlichen grünen Augen an. Hinter den beiden standen zwei junge Männer, offensichtlich ihre Brüder.

»Es tut mir leid, traurige Nachrichten überbringen zu müssen, aber der Hafenkommandant hat mich darum gebeten, denn er spricht kein Spanisch. Obwohl in den letzten Tagen mehrere Schiffe und Flugzeuge das Gebiet abgesucht haben, hat man keine Spur von Ihrem Mann finden können.« Er schaute Aurelia an, als versuchte er, sich der Faszination zu entziehen, die Yaizas Blick auf ihn ausübte. »Wir bedauern es außerordentlich, aber die Suche ist jetzt abgebrochen worden.«

Wenn er Schreien, Weinen oder Proteste erwartet hatte, so wurde er enttäuscht. Die Perdomo Maradentros hatten sich zwar Mühe gegeben, eine vage Hoffnung aufrechtzuerhalten, hatten es aber tief in ihrem Innern gewußt, daß Abel mit seinem Schiff untergegangen war.

Schon als sie sich von der »Isla de Lobos« entfernten und die Überreste des Schoners in der Ferne immer kleiner wurden, wußten sie, ohne ein Wort oder auch nur einen Blick wechseln zu müssen, daß der gutmütige, starke Mann, die Achse, um die ihr Leben sich gedreht hatte, sie für immer verlassen würde. Als nicht einmal mehr Asdrúbal ihn sehen konnte, als das Blau des Ozeans ihn verschluckt und in einen Teil seiner selbst verwandelt hatte, bissen sie die Zähne noch fester zusammen und ruderten so kräftig sie konnten. Sie hatten keine Zeit zu weinen, denn es ging darum, sich zu retten, damit sein Opfer nicht umsonst gewesen war.

Wie sie es geschafft hatten, wußten sie selber nicht. Sie hatten sich so angestrengt, daß es Augenblicke gab, in denen ihre Arme nicht mehr zu ihrem Körper gehörten, sondern sich nach eigenem Willen bewegten. Daß man ihnen jetzt etwas bestätigte, was sie ohnehin wußten, war kein Grund, den Schmerz, der sie seit dem Augenblick der Trennung nicht mehr losgelassen hatte, nach außen dringen zu lassen.

»Danke.« Das war alles, was Aurelia sagte.

»Bitte danken Sie in unserem Namen allen, die uns geholfen haben«, setzte Sebastián hinzu. »Sie waren sehr freundlich.«

»Sie haben ihr Möglichstes getan, um das Schiff zu finden«, versicherte Mario Zambrano. »Aber der Ozean ist weit.«

»Das wissen wir«, sagte Aurelia und verzog die Lippen zu einem ironischen Lächeln. »Besser als irgend jemand sonst.«

»Was wollen Sie jetzt tun?«

Die Mutter und ihre drei Kinder sahen sich an. Offensichtlich hatten sie sich darüber noch keine Gedanken gemacht.

»Ich weiß es nicht«, antwortete Aurelia ruhig. »In unserer Familie hat immer mein Mann entschieden, und wir sind uns noch gar nicht richtig bewußt, daß er nicht mehr bei uns ist.« Sie hielt inne, und man konnte ihr die Sehnsucht nach Abel förmlich von den Augen ablesen. »Wir hatten auch nicht damit gerechnet, in ein Land zu kommen, dessen Sprache wir nicht verstehen. Wir haben unser Schiff verloren, und das war alles, was wir hatten.«

»Haben Sie kein Geld?«

Aurelia griff in die Tasche ihres schlichten schwarzen Kleides und zog ein paar Scheine heraus. »Achthundert Peseten«, sagte sie. »Die Zeiten waren schlecht.«

Als er die traurigen Scheine in ihrer Hand sah, spürte Mario Zambrano ganz deutlich dieses Gefühl von Gefahr, das ihn immer veranlaßt hatte, gerade noch rechtzeitig zu flüchten. Er witterte sie, und einen Augenblick war er versucht, aufzustehen und den Raum zu verlassen, denn er hatte seine Aufgabe erfüllt und in diesem Hospital nichts mehr verloren. Wenn da nur nicht diese unerforschlichen grünen Augen gewesen wären, die ihn auf seinem Platz festnagelten! Er kam sich vor wie ein von einer Schlange hypnotisiertes Kaninchen.

»Wo wollen Sie hin?« Er ertappte sich dabei, daß er diese Frage stellte, ohne es zu wollen.

»Nach Venezuela.«

»Haben Sie dort Verwandte?«

»Wir haben weder Verwandte noch Freunde, außer in Lanzarote.«

»Vielleicht sollten Sie lieber dorthin zurückkehren. Das Konsulat würde sich um Sie kümmern und für die Heimreise sorgen.«

»Wir können nicht mehr nach Lanzarote zurück.«

Mario Zambrano nickte. »Ich verstehe. Kommandant Duvivier hat Ihren Konsul über Ihre Anwesenheit bisher nicht unterrichtet, für den Fall, daß Sie es nicht wünschten. Wir wissen, daß die derzeitige spanische Regierung die Auswanderung behindert, und es gibt viele Regimekritiker, die das Land ohne ihre Einwilligung verlassen. Ich nehme an, Sie ziehen es auch weiterhin vor, daß der spanische Konsul von Ihrer Anwesenheit in Guadeloupe nichts erfährt.«

»Ja.«

»Duvivier wird dafür sorgen.« Zambrano hielt inne. »Ich hoffe, er wird Ihnen Papiere beschaffen, damit Sie eine Weile auf der Insel bleiben können. Schließlich sind Sie Schiffbrüchige. Politische Flüchtlinge und Schiffbrüchige erfreuen sich im allgemeinen der Sympathie der Inselbehörden.« Er stieß einen Seufzer aus. »Aber im Hospital können Sie nicht bleiben. Die Betten werden gebraucht.«

»Natürlich, das ist uns klar.«

»Wissen Sie denn schon, wohin?«

Aurelia hob die Hand mit den Geldscheinen. »Glauben Sie, daß es reicht, um uns irgendwo einzumieten?«

Mario Zambrano rechnete schnell nach und verzog dann zweifelnd das Gesicht. »Pointe-à-Pitre ist eine schnell wachsende Stadt, die große Probleme mit der Wohnungsnot hat.« Die grünen Augen ruhten unverwandt auf ihm. Es war, als zerstörten sie seinen Willen. »Ich habe noch ein Zimmer in meinem Haus, unten in Basse-Terre«, fing er an und verwünschte sich im selben Augenblick dafür, es gesagt zu haben. Doch er fuhr fort, als spräche ein anderer aus ihm: »Die jungen Männer könnten auf meinem Kutter schlafen.« Er hob die Hände und erstickte ihre Einwände. »Nur ein paar Tage, bis Duvivier Ihnen die Papiere besorgt hat und Sie eine Möglichkeit finden, nach Venezuela weiterzureisen.« Er lächelte. »Da Sie Menschen vom Meer sind, können Sie mir dafür mein altes Boot in Ordnung bringen.« Zum ersten Mal wagte er, Yaiza in die Augen zu schauen. »Es wäre mir eine Ehre, wenn du mir Modell stehen könntest. Ich bin Maler.«

Eine Stunde später saßen die fünf in Marios altem Citroën. Langsam verließen sie die Vororte von Pointe-à-Pitre und bogen dann in die kurvenreiche Straße ein, die sich durch die dichte, tropische Vegetation bis hinunter nach Basse-Terre schlängelte. Sie sprachen kaum ein Wort. Die Passagiere waren noch ganz in ihren Erinnerungen gefangen oder dachten an die ungewisse Zukunft, und der Fahrer mußte auf die schmale, gefährliche Straße achten.

Als sie an ihrem Ziel ankamen, brach gerade die Nacht herein. Die Perdomos zogen sich ohne einen Bissen zu essen zurück, und Mario Zambrano trat hinaus auf die Terrasse, von wo er einen Blick auf die Festung und die Stadt hatte. Er betrachtete die Lichter und fragte sich wohl zum hundertsten Mal an diesem Tag, warum er diesmal seinen Egoismus beiseite schob und sich in Probleme verstricken ließ, denen er sonst immer mit soviel Geschick aus dem Weg gegangen war.

»Es muß am Alter liegen«, murmelte er leise vor sich hin, während er sich mit unendlicher Geduld eine seiner vielen Pfeifen stopfte. »Entweder werde ich alt, oder dieses Mädchen hat mich verhext.«

Plötzlich fiel ihm auf, daß Yaiza bis dahin nicht ein einziges Wort gesprochen hatte. Trotzdem hatte er das Gefühl, mehr über sie zu wissen als über jede andere Frau in seinem Leben. Er stellte sich vor, wie er sie am nächsten Tag malen würde, und zum ersten Mal in seinem Leben fragte er sich, ob er imstande sei, die Schönheit und das Geheimnis dieses Gesichtes mit den riesigen Augen auf die Leinwand zu bannen.

Die »Graciela« war ein Kutter, der in seiner unheilvollen Geschichte durch so viele Hände gegangen war, daß er auch das bißchen Charakter verloren hatte, was er ursprünglich gehabt haben mochte. Das Boot stank nach Schimmel, ächzte und stöhnte fortwährend, obwohl es an einem ruhigen Ankerplatz lag, und schien nicht einmal die grundsätzlichsten Regeln der Seefahrt befolgen zu wollen. Es war, als hätten Segel, Rumpf und Ruder vor langer Zeit beschlossen, die gegenseitigen Beziehungen und die unentbehrliche Zusammenarbeit einander aufzukündigen.

Sebastián und Asdrúbal, die den Gestank in der engen Kajüte nicht ertragen konnten, hatten in dieser Nacht lieber an Deck geschlafen. Nun lagen sie still nebeneinander, schauten dem Sonnenaufgang zu und beobachteten, wie die bunten Fischerboote hinausfuhren und die ersten Autos über die Küstenstraße fuhren. Schließlich setzte Asdrúbal sich auf und fragte: »Was machen wir jetzt?«

»Arbeiten, würde ich sagen. Soviel wie möglich sparen, um nach Venezuela weiterfahren zu können. Hier verstehen wir ja nicht einmal die Sprache der Einwohner. Wenn dieser Maler nicht aufgetaucht wäre, hätten wir die Nacht unter einer Brücke verbringen müssen.«

»Er hat es auf Yaiza abgesehen!«

»Jeder hat es auf Yaiza abgesehen! Bis zu dem Tag, an dem sie heiratet und wir die Verantwortung ihrem Mann überlassen, wird Yaiza unser größtes Problem sein, ob wir es wollen oder nicht. Aber dieser Zambrano macht mir nichts aus. Mir scheint, er will sie tatsächlich nur malen.«

»So fängt es immer an. Später wird er mehr wollen!« rief Asdrúbal wütend. »Seit das Mädchen zur Frau geworden ist, haben wir nichts als Unglück erlebt. Dir macht das vielleicht gar nichts aus, denn du wolltest doch schon immer nach Amerika. Jetzt sind wir in Amerika.« Asdrúbal lächelte bitter. »Auf Lanzarote waren wir arm, aber hier sind wir Bettler!«

Sein Bruder schüttelte bedächtig den Kopf. »Hilfe nehme ich an, aber keine Almosen. Als erstes werden wir unser Essen damit bezahlen, daß wir aus diesem Kutter wieder so etwas Ähnliches wie ein Schiff machen. Hast du schon mal auf einem so verrotteten Deck gestanden?«

»Nein, wirklich nicht. An unserer Küste wäre dieser Kahn beim ersten Windstoß gekentert.« Asdrúbal schaute Sebastián an und fuhr dann entschlossen fort: »Du bist der Ältere und der Klügere von uns beiden. Von nun an bist du das Oberhaupt der Familie. Du triffst die Entscheidungen, und ich werde tun, was du für richtig hältst, bis Mutter und Yaiza in Sicherheit sind. Das Wichtigste ist, daß die Familie beisammenbleibt, denn wenn jeder auf sich angewiesen wäre, bliebe er ein Niemand, und alle unsere Anstrengungen wären umsonst gewesen.«

Mario Zambrano wußte nicht, ob ihn die über dem Berggipfel stehende Sonne geweckt hatte oder der angenehme Duft nach Kaffee und geröstetem Brot, der ihm in die Nase stieg. Er stieg aus seiner Hängematte, lehnte sich über die Brüstung der Terrasse und sah überrascht, daß der alte Kutter auf Holzpflöcken auf dem Strand aufgebockt war. In der Küche fand er Yaiza und Aurelia, die das Frühstück bereiteten.

»Was machen Ihre Söhne denn da unten?« fragte er, ohne auch nur Guten Morgen zu sagen.

»Sie reparieren Ihr Schiff. Das wollten Sie doch, oder nicht?«

»Ja, sicher«, murmelte Mario verwirrt. »Aber doch nicht sofort. Sie müssen sich doch erst erholen.«

»Sie waren drei Monate auf See, und außerdem haben wir keine Zeit, uns zu erholen. Wir wollen nach Venezuela. Möchten Sie Eier zum Frühstück?«

»Nein danke. Ein Brot genügt mir.« Er machte eine hilflose Handbewegung. »Hören Sie«, protestierte er. »Ich wollte Ihnen helfen, ich wollte Sie nicht ausbeuten. Sie sollten die Dinge nicht so ernst nehmen. Ich kann mich nicht erinnern, diese Küche je im Leben so sauber gesehen zu haben.«

Aurelia bedeutete ihm, Platz zu nehmen und setzte sich neben ihn, während Yaiza Kaffee einschenkte. »Sehen Sie«, erklärte sie, »wir sind Ihnen sehr dankbar für Ihre Gastfreundschaft, aber wir sind eine Familie, die nie von der Wohltätigkeit anderer abhängig sein wollte.« Sie lächelte, als wollte sie ihre Worte abschwächen. »Wir müssen das Gefühl haben, unser Essen zu verdienen, sonst können wir nicht hierbleiben. Verstehen Sie, was ich meine?«

Mario Zambrano nickte und schaute Yaiza an, die sich gerade über ihn beugte, um ein Messer neben seinen Teller zu legen. »Mir genügt es, wenn sie mir Modell für ein Bild steht, das ist mir wichtiger als alles andere.«

Aurelia streckte den Arm aus und berührte seine Hand: »Machen Sie sich keine Sorgen, meine Tochter wird Ihnen Modell sitzen. Aber meine Söhne werden auch weiterhin Ihr Schiff reparieren, und ich werde mich um den Haushalt kümmern. So leistet jeder von uns etwas.«

Am späten Morgen setzte Yaiza sich in einem blaßgelben Gewand auf den Rand der Brüstung, mit dem Rücken zum Meer und den Festungstürmen. Mario Zambrano stellte sich vor sie und baute seine Staffelei auf, doch als er die Hand hob, zitterte sie zum ersten Mal in seinem Leben. Er spürte, daß er nicht imstande war, den tiefen Ernst und die Unschuld im Gesicht seines Modells auf ein Stück Leinwand zu bannen.

»Erzähl mir etwas von dir«, sagte er, als könne er dadurch seinen Puls beruhigen. »Erzähl mir etwas, das mir hilft, dich so einzufangen, wie du bist, denn ein Porträt soll nicht nur eine Reproduktion sein. Es muß etwas über die Person aussagen.« Er sah ihr tief in die Augen. »Verstehst du, was ich sagen will?« Sie nickte und schwieg. »Erzähl mir also etwas über dich«, wiederholte er. »Bisher habe ich noch nicht einmal deine Stimme gehört.«

»Am Tag meiner Geburt kam der Regen, und niemand hatte je soviel Regen auf Lanzarote gesehen.« Yaizas Stimme klang weich, leise und distanziert, als spräche sie über eine andere Person und Tatsachen, die nichts mit ihr gemein hatten. »Als ich sehr klein war, gab es eine Frau, die versicherte, daß ich die Gabe besäße, die wilden Tiere zu besänftigen, die Fische anzulocken, das Leid der Kranken zu lindern und den Toten zu gefallen. Doch mit den Jahren fiel mir auf, daß es noch mehr war:

ich zog das Unglück an. Zuerst war es die Heuschreckenplage, später Streitigkeiten zwischen den Dorfjungen, die Scheidung von Adela und Bruno, weil er ständig hinter mir her und sie eifersüchtig war, und schließlich sogar der Tod.« Sie starrte Mario Zambrano an, dem bisher noch kein einziger Strich gelungen war und der ihr gespannt zuhörte. »Wenn ich nicht auf der Welt wäre, könnte mein Vater noch leben und viele andere auch.« Sie seufzte tief auf. Man sah ihr an, daß sie nicht darüber sprechen wollte. »Das ist alles«, schloß sie. »Und ich möchte nicht, daß Ihr Bild dies widerspiegelt.«

»Warum nicht?«

»Weil es nur mir gehört. Und so teuer Sie Ihr Bild auch verkaufen mögen – keiner hat das Recht, sich meine Gefühle ins Wohnzimmer zu hängen. Mein Vater ist tot, meine Mutter jagt Kakerlaken in Ihrer Küche, und meine Brüder rackern sich ab, um ein Boot zu reparieren, das ihnen nicht einmal gehört. Alles meinetwegen. Glauben Sie, es würde mir gefallen, daß jemand, der mich nicht kennt, all dies aus Ihrem Bild erfährt?«

»Nein«, mußte Mario Zambrano einräumen, »ich glaube nicht.«

»Dann wäre ich Ihnen dankbar, wenn Sie nur das festhalten würden, was Sie sehen. Wenn es Ihnen nichts ausmacht.«

Was konnte er ihr schon antworten, schnappte doch die verdammte Falle, vor der er sich bisher immer hatte retten können, gerade zu. Mario Zambrano spürte es nicht nur, er war sich ganz sicher, daß das Mädchen mit den riesigen grünen Augen »ihm Unglück bringen würde«; in diesem Fall besaß sein Unglück jedoch eine konkrete Gestalt, denn es offenbarte sich in Form einer in ein blaßgelbes Gewand gehüllten Schönheit. Sie so nah zu spüren und doch so weit entfernt zu wissen, einzusehen, daß die drei Meter Abstand zwischen ihnen einen unüberbrückbaren Abstand darstellten, brachte ihn aus der Ruhe. Und das war für Mario Zambrano schon der erste Schritt, sich unglücklich zu fühlen.

»Wie wird der Mann aussehen, den dieses Mädchen eines Tages lieben wird?« fragte er sich, während er die Festungstürme skizzierte und der Person im Zentrum des Bildes, das ihn beunruhigte, auswich. »Wie würde ich mich fühlen, wenn ein solches Geschöpf mich mit anderen Augen ansehen und sich mir hingeben würde?«

Mario Zambrano hatte viele Frauen gekannt. Er war mit seinem Los zufrieden: Bei den meisten Frauen, die er begehrt hatte, hatte er Erfolg gehabt. Er hatte sie alle genossen und an keiner gelitten, denn seine Beziehungen beschränkten sich im allgemeinen auf einen Austausch, bei dem er nie mehr gab, als von ihm erwartet wurde, und auch nie mehr verlangte, als er selbst anzubieten in der Lage war. Wie bei allem war Mario Zambrano auch hier seiner Devise treu geblieben, Konflikte zu vermeiden. Doch an diesem Morgen, als er auf der Terrasse seines schönen Hauses auf dem Hügel saß und noch keine vierundzwanzig Stunden vergangen waren, seit er Yaiza kennengelernt hatte, fingen die Mauern, die er egoistisch um sein Glück aufgebaut hatte, zu bröckeln an. Dabei wußte er ganz genau, daß das faszinierende Mädchen nie etwas anderes in ihm sehen würde als den freundlichen jungen Mann, der sie malen wollte.

»Wie alt bist du?«

»Sechzehn.«

»Hattest du in Lanzarote einen Freund?«

Im selben Augenblick bereute er, eine so dumme Frage gestellt zu haben. Unter dem eisigen Blick Yaizas kam er sich kindisch und geradezu lächerlich vor. »Entschuldige«, sagte er schnell. »Ich hatte vergessen, daß du nicht von dir sprechen willst.«

»Reden wir doch über Sie.«

»Über mich?« fragte er überrascht. »Was sollte dich an mir schon interessieren?« Er lächelte. »Ich nehme kaum an, daß du ein Bild von mir malen willst, oder?«

»Nein, da haben Sie recht. Aber ich habe Ihre Bilder im Haus gesehen. Ein paar gefallen mir.« Sie dachte nach. »Auf welcher Seite haben Sie im Bürgerkrieg gekämpft?«

»Ich habe den Bürgerkrieg nicht mitgemacht.«

Die Antwort schien Yaiza zu überraschen. Sie schaute ihn interessiert an. »Ich dachte immer, alle Männer müßten in den Krieg. Wie alt sind Sie denn?«

»Fünfunddreißig.«

»Wenn Sie Spanier sind, müßten Sie doch am Krieg teilgenommen haben.«

»Ich bin vor Ausbruch des Krieges fortgegangen. Ich hasse den Krieg.«

»Und wenn Sie nicht fortgegangen wären – auf welcher Seite hätten Sie gestanden?«

»Auf keiner von beiden.«

»Man hätte Sie gezwungen.«

»Dann hätte ich mich geweigert.«

»Und wären erschossen worden.«

»Schon möglich«, räumte Zambrano ein. »Wahrscheinlich hätte man mich an die erstbeste Wand gestellt.« Er mußte lächeln. »Aber zum Glück war ich schlauer und habe mich rechtzeitig abgesetzt.«

Yaiza schwieg und grübelte, als verwirrte sie irgend etwas. »Als ich Sie im Hospital zum ersten Mal sah, hatte ich das Gefühl, Sie seien im Krieg gewesen«, gestand sie schließlich. »Deshalb bin ich so überrascht. Für gewöhnlich täusche ich mich in solchen Dingen nicht.«

»Nun, diesmal schon.«

Sie antwortete nicht, sondern fiel in ein erneutes Schweigen. Man konnte sehen, daß sie von ihrem Irrtum nicht so überzeugt war. Vielleicht dachte sie aber auch darüber nach, ob sie, nachdem sie den Ozean überquert hatten und so weit von der Insel entfernt waren, auf der irgendeine ferne Urgroßmutter ihr jene seltsame Gabe vererbt hatte, das Zweite Gesicht verloren haben könnte. Schließlich hatte sie schon als kleines Mädchen davon geträumt, es eines Tages abstreifen zu können.

Damián Centeno verbrachte zwei Tage mit einer hübschen Puertoricanerin, der Tochter eines Chinesen und einer Mulattin, die zwar erst seit sechs Monaten im Freudenhaus arbeitete, sich aber schon nach Abwechslung zu sehnen schien. Muñeca Chang war anders als die Huren, die der Ex-Legionär bisher kennengelernt hatte. Nicht nur wegen ihrer fremdartigen Züge und der glatten, dunkelglänzenden Haut, sondern vor allem, weil sie nicht von Traurigkeit und Enttäuschung erzählte, sondern an ihrem Beruf Spaß zu haben schien. Außerdem sprach sie Englisch, Französisch, Spanisch und Chinesisch, was Centeno Respekt abverlangte.

»Wenn du mit mir nach Barbados kommst und für mich dolmetschst, zahle ich dir das Doppelte von dem, was du hier verdienst«, schlug er ihr in ihrer zweiten gemeinsamen Nacht vor.

»Was hast du in Barbados zu tun?«

»Ich muß ein paar Verwandte suchen.«

»Gestern hast du mir noch erzählt, du seist ganz allein auf der Welt. Keine Eltern, keine Familie.«

»Stimmt auch«, sagte Centeno, ohne die Ruhe zu verlieren. »Aber das ist eine lange Geschichte. Es geht um eine Erbschaft.«

»Um viel Geld?«

»Genug.«

Sie lächelte verschmitzt. »Wenn das so ist, komme ich mit. Aber du mußt mir das Dreifache von dem zahlen, was ich hier verdient hätte.«

»Einverstanden.«

»Wann läuft dein Schiff aus?«

»Um drei. Ich werde etwas früher da sein, um dir eine Fahrkarte zu kaufen.«

Der Kauf der Schiffspassage für Muñeca hinderte Centeno daran, noch einmal bei der Hafenbehörde vorbeizusehen und mit dem freundlichen Beamten der Marinekommandantur zu sprechen, ehe dieser zu einem dringenden Einsatz abberufen wurde. Wenn sein Französisch etwas besser oder Muñeca schon dagewesen wäre, hätte der Gefreite, der seinen Vorgesetzten vertrat, ihm vielleicht erklären können, daß dieser zu einer Rettungsaktion gerufen worden war, für die die benachbarte Insel Guadeloupe um Hilfe gebeten hatte. Es ging um das Wrack eines Schiffes, das in einem Umkreis von etwa hundert Meilen östlich der Inseln vermißt wurde.

Als Centeno und Muñeca nachmittags um drei das Schiff bestiegen, das sie zu der nahe gelegenen Insel Barbados bringen sollte, konnte daher der ehemalige Fremdenlegionär nicht wissen, daß die Armeeflugzeuge, die in diesem Moment vom Flughafen Fort-de-France starteten, dasselbe vorhatten wie er: den alten Schoner ausfindig zu machen, der vor drei Monaten in Playa Blanca abgelegt hatte.

Es war eine kurze und angenehme Überfahrt, und in Barbados stiegen sie in einem Luxushotel ab. Es war eines der schönsten und vornehmsten Gebäude, die Centeno je betreten hatte, und der unverfälscht viktorianische Stil spiegelte die Vollkommenheit des Konzepts wider, mit dem die englische Aristokratie sich dem tropischen Leben angepaßt hatte. Das Halbdunkel in den Sälen, die Pagen in Livrée, das diskrete Gemurmel in dem riesigen Speisesaal bildeten einen faszinierenden Kontrast zu dem strahlenden Himmel, den bunten Kleidern der Einheimischen und ihrem lauten Lachen und Tanzen.

Am nächsten Tag fuhren sie nach Bridgetown, wo ein steifer, sehr englischer Butler ihnen mitteilte, daß ihm bedauerlicherweise keine Information über ein spanisches Segelschiff namens »Isla de Lobos« vorliege. Er versicherte jedoch, daß er es als seine Pflicht betrachte, bei allen britischen Küstenbehörden der Karibik nachzufragen, ob das genannte Schiff irgendwo angelegt habe.

Sie nutzten den restlichen Vormittag zu einem Spaziergang durch die lärmende Stadt, in der Scharen von kohlrabenschwarzen Kindern versuchten, ihnen alle möglichen Souvenirs zu verkaufen. Nachmittags erforschten sie mit dem Wagen die paradiesische Insel und hielten an einem einsamen, windgeschützten Strand, um sich zu lieben. Am Abend kehrten sie ins Hotel zurück, und Centeno genoß als reicher Mann die ersten Ferien, die sich ihm in seinem fast fünfzigjährigen Leben boten.

Nach dem Abendessen trat er mit einem Glas Cognac in der einen und einer dicken Havanna in der anderen Hand auf die Terrasse, um die frische Abendluft zu genießen. Wenn die Jagd nach den Perdomo Maradentros ihm ein solches Leben bescherte, dann lohnte es sich wirklich, sie zu jagen und zu töten.

Ehe er sich in seine luxuriöse Suite zurückzog, um mit Muñeca allein zu sein, bat er den breitschultrigen Nachtportier, ein Telegramm an die Hafenbehörden von Fort-de-France aufzugeben mit der Bitte, ihn im Hotel zu benachrichtigen, falls sie eine Nachricht von der »Isla de Lobos« erhielten. Doch in seinen verrücktesten Träumen hätte er sich nicht vorstellen können, daß er schon vierundzwanzig Stunden später Antwort erhalten sollte.

Heute nacht ist mir Don Matías erschienen.«

Aurelia legte die dicke Bürste, mit der sie den schmutzigen Fußboden der Küche geschrubbt hatte, beiseite und betrachtete ihre Tochter, die dabei war, ein paar alte Hosen von Mario Zambrano zu bügeln, die er Asdrúbal geschenkt hatte.

»Was hat er gesagt?«

»Nichts. Er hat nichts gesagt. Er blieb einfach nur vor meinem Bett stehen und starrte mich an, wie die Toten es tun.«

»Bist du sicher, daß er tot ist? Kann es nicht einfach nur ein Traum gewesen sein?«

»Ich war wach. Es fing gerade an, hell zu werden. Du hast dich zweimal im Bett umgedreht, als hättest du ihn auch gesehen.«

»Ich habe nichts gesehen. Und auch nichts geträumt.«

»Aber ich habe ihn gesehen. Er war tot, doch er ist nicht von allein gestorben. Jemand hat ihn getötet.«

»Wer?«

Da Yaiza darauf keine Antwort wußte, wandte sie sich wieder ihrem Bügeleisen zu.

»Ich weiß es nicht. Ich habe dir doch schon gesagt, er hat mich nur angeschaut.«

»Kann es Centeno gewesen sein?«

»Das weiß ich nicht, wirklich nicht.«

Ihre Mutter setzte sich auf einen Stuhl, als hätte sie plötzlich alles Interesse daran verloren, den verdreckten roten Fliesenboden je wieder sauberzubekommen, und strich sich mit dem Handrücken über die Stirn.

»Es könnte Centeno gewesen sein. Oder Rogelia mit ihrem Trunkenbold von Mann. Bist du sicher, daß er tot ist?«

»Ganz sicher.«

»Gott sei Dank! Ich sollte es nicht sagen, aber er hätte ihn schon vor drei Monaten töten sollen! Dann wäre dein armer Vater noch am Leben, und wir hätten nicht unser Zuhause verloren.« Sie hielt inne. »Wenn Don Matías tot ist, können wir, sobald sich alles beruhigt hat, wieder zurückkehren.«

»Nein, das können wir nicht.«

»Warum nicht?«

»Ich weiß auch nicht, warum, aber es geht nicht.«

Sie hängte die Hose über die Rückenlehne eines Stuhls, setzte sich auf eine Fensterbank und betrachtete abwechselnd das Meer und ihre Mutter. »Ich hatte Don Matías noch nie gesehen. Ich weiß nicht, wie er aussieht, doch der Mann, der mich heute morgen besuchte, war er. Und es war kein ruhiger Toter. Die Toten haben einen ganz bestimmten Blick. Als wüßten sie, daß alles vorbei ist, obwohl sie meistens nicht sagen können, warum es vorbei ist oder was das bedeutet. Wenn sie fragen, erwarten sie nichts, nicht mal eine Antwort. Aber ich hatte das Gefühl, daß Don Matías durchaus auf etwas wartete, als er so vor meinem Bett stand.«

Aurelia Perdomo wusch sich die Hände. Mit dem Rücken zu Yaiza sagte sie ärgerlich: »Wann werden die Toten dir endlich nicht mehr erscheinen? Das bringt nur Unruhe. Genügt nicht, was schon passiert ist – daß dein Vater tot ist? Muß es denn immer weitergehen? Was soll denn noch alles passieren?«

Yaiza schaute in die Ferne. »Wenn es dir lieber ist, sage ich in Zukunft gar nichts mehr.«

»Nein, so habe ich es nicht gemeint.« Aurelia trocknete sich mit einem Handtuch die Hände ab, trat zu ihrer Tochter, faßte sie am Kinn und zwang sie, sie anzuschauen. »Ich spüre es, wenn du mir etwas verschweigst, denn vor mir kannst du keine Geheimnisse bewahren. Ich kenne dich zu gut. Und das macht mich so unruhig. Die Sache mit deinem Vater zum Beispiel. Du wußtest, daß er sterben würde, nicht wahr? Ich habe es auf dem Schiff gemerkt. Du wußtest im voraus, daß er der einzige war, der sich nicht würde retten können, aber du hast nichts gesagt.« Sie strich ihr zärtlich übers Haar. »Ich liebe dich, meine kleine Tochter«, flüsterte sie. »Ich liebe dich mehr als alles andere auf der Welt, aber ich verabscheue dieses Zweite Gesicht und verfluche die, die es dir gegeben hat. Solange du das nicht verlierst, wird das Leben eine Hölle sein.«

»Aber was kann ich dafür? Soll ich es vielleicht jemand schenken, der es haben will? Es gibt so vieles, worum man mich beneidet und das ich so gerne loswerden würde!« Sie lehnte die Stirn gegen die Brust ihrer Mutter und kämpfte gegen die Tränen an. »Wir waren so glücklich, wenn wir auf die Jungs warteten und sie uns dann vom Boot aus Zeichen gaben, wie der Fang gewesen war! So glücklich, wenn wir auf der Terrasse saßen und Maestro Juliáns Lügenmärchen zuhörten!«

»Was ist denn hier los?«

Die beiden Frauen drehten sich um und entdeckten Mario Zambrano, der mit zerzausten Haaren auf der Türschwelle stand und aussah, als hätte er nur wenig oder schlecht geschlafen.

Aurelia winkte ab. »Nichts, nur alte Erinnerungen.«

Der Maler trat an den Herd, griff nach der Kaffeekanne und zeigte auf Yaiza. »Ich kann es nicht zulassen, daß du traurig bist«, sagte er. »Wenn die Modelle traurig sind, fangen die Bilder an zu vergilben.«

»Unsinn! Höchstens Photos vergilben.«

»Und Gemälde, Señorita, und Gemälde! Hast du jemals von der *Mona Lisa* gehört? Nun, die *Mona Lisa* ist ein solches Gemälde, das vergilbt, weil das Modell traurig war. Doch Leonardo da Vinci war ein Meister. Er rettete das Bild und beließ es in diesem Schwebezustand, halb Ja, halb Nein, in dem wir es heute kennen. Denn man kann nicht sagen, ob sie lächelt oder Leonardo verflucht, weil er sie so da sitzen läßt.«

»Sie sind aber mächtig verwirrt heute morgen!«

»Wer wäre das nicht! Im Morgengrauen hat jemand die Mäuse im Keller und die Fledermäuse auf dem Dachboden aufgescheucht. Haben Sie nichts gehört? Ich hätte schwören können, daß wir einen Zombie im Haus hatten, denn nur ein Zombie kann die Tiere derart erschrecken.«

»Was ist den ein Zombie?«

»Ein lebender Toter. So wie ich, aber schwarz und dünn und ohne Kater.« Er lachte und rührte in dem Kaffee, den er sich eingegossen hatte. »Bist du bereit für die Arbeit?«

»Wann Sie wollen.«

»Dann lauf und zieh dich um, denn sobald ich gefrühstückt habe, geht es los. Wir haben nur zwei Stunden Zeit. Ich muß nach Pointe-à-Pitre, um die Sache mit Ihren Papieren zu regeln. Ich hoffe, daß Duvivier sie fertig hat.«

Während Yaiza hinausging und Aurelia Brot für das Frühstück röstete, wies Mario Zambrano auf die Tür. »Ist bei ihr wirklich alles in Ordnung? Wir können es auch verschieben. Es besteht keine Eile.«

Aurelia schüttelte den Kopf. »Sie ist verwirrt, das ist alles. Sie ist sehr sensibel und liebte ihren Vater über alles. Mit der Zeit wird sie schon darüber hinwegkommen.«

»Sie geben ihr die richtige Hilfe«, nickte er. »Ich frage mich, warum das Schicksal eine so wunderbare Familie wie die Ihre so straft und meine, die sich bis aufs Messer haßte, verschont.«

»Warum haben Sie nie eine eigene Familie gegründet? Weil in Ihrem Elternhaus so viel Streit herrschte?«

»Vielleicht. Ich habe aber auch nie eine Frau gefunden, mit der ich mein ganzes Leben hätte verbringen wollen.« Er sah sie an und lächelte. »Aber was nicht ist, kann noch werden. Ich bin ja erst fünfunddreißig.«

»Heiraten muß man früher«, widersprach Aurelia. »Nur so kann man sicher sein, die Kinder wachsen zu sehen. Mein Abel war eher ein Bruder meiner Söhne als ihr Vater.«

Sie wollte weitersprechen, wurde jedoch von einem leisen Klopfen an der Küchentür unterbrochen. Hinter dem Fliegengitter tauchte das lächelnde Gesicht einer schwarzen Frau auf. »Darf man eintreten?« fragte sie in schlechtem Französisch.

»Mamá Shá!« rief Mario Zambrano überrascht. »Was führt Sie so früh am Morgen zu uns? Um diese Zeit liegen Sie doch sonst noch in den Federn? Herein mit Ihnen!«

Die Schwarze machte die Tür auf und zwängte ihren voluminösen Körper seitlich durch den schmalen Spalt zwischen Tür und Fliegengitter.

Mario Zambrano war aufgestanden und hatte einen großen Korbsessel mit hoher Rückenlehne herangeschoben. Es war der einzige Stuhl im ganzen Haus, auf dem der massige Körper der Frau Platz fand.

»Danke, mein Sohn!« sagte diese als erstes. »Du denkst immer an alles. Wer ist denn diese schöne Frau hier – ein Modell oder eine neue Freundin?«

»Weder noch, Mamá Shá. Sie ist eine Landsmännin.«

»Das ist gut«, bemerkte die Schwarze. »Ich hasse es, französisch sprechen zu müssen. Die mit ihren dummen *mosius*! Ich bin Dominikanerin!« setzte sie stolz hinzu und wandte sich an Aurelia. »Aus Puerto Plata, dem schönsten Ort der ganzen Insel.« Sie kramte in ihrer abgewetzten, aus alten Vorhängen genähten Handtasche, zog eine dicke Havanna heraus, steckte sie zwischen die Lippen und fragte, während sie sich im Zimmer umsah: »Ist irgend etwas passiert?«

»Was sollte passiert sein?« gab Mario Zambrano die Frage zurück und reichte ihr eine Schachtel Streichhölzer.

»Etwas Interessantes. Das heißt, etwas, was für mich interessant wäre...«, verbesserte sie sich. »Kurz vor Tagesanbruch sind alle meine Katzen und Hunde aufgeschreckt, und ich mußte als erstes an dieses Haus denken.« Sie zündete die stinkende Zigarre an, deren zerfranste Spitze einer Artischocke glich, nahm ohne mit der Wimper zu zucken einen tiefen Zug und sagte: »Seit drei Tagen geht mir dieses Haus nicht aus dem Sinn.« Sie musterte Aurelia, als wollte sie sie studieren oder irgend etwas an ihr entdecken und fragte dann: »Haben Sie vielleicht noch ein Täßchen von diesem herrlich duftenden Kaffee übrig für eine arme Schwarze, die noch nicht gefrühstückt hat?«

»O ja, natürlich!« Aurelia brachte das geröstete Brot und holte auch den Kuchen, den sie tags zuvor gebacken hatte. »Nehmen Sie Zucker?«

»Nein danke, das macht dick.« Sie lachte über ihren eigenen Witz und fragte Mario Zambrano, wobei sie unverwandt Aurelia anschaute: »Ist wirklich nichts passiert?«

»Im Morgengrauen?«

»Ja, im Morgengrauen!« rief Mamá Shá.

»Ich bin aufgewacht«, gestand Mario Zambrano. »Und wenn wir in Ihrem Land wären, hätte ich schwören können, daß wir einen Zombie im Haus hatten.«

»Die Zombies wissen nichts von Ländern«, entgegnete die Schwarze. »Aber sie reisen auch nicht.« Sie zog einen weiten Kreis mit der Zigarre und beobachtete, wie der Rauch durch das Zimmer schwebte und sich langsam auflöste. »Nein«, sagte sie entschieden. »Ein Zombie war es nicht, aber irgend etwas anderes ist hier.«

»Was meinen Sie mit irgend etwas?« fragte Mario Zambrano belustigt.

»Mach dich nicht lustig über mich, du kleiner Spanier«, warnte die Schwarze ihn ernsthaft. »Untersteh dich! Ich weiß, wovon ich rede. Wenn meine Katzen und Hunde so erschrekken, muß es einen Grund haben.« Sie machte eine Pause. »Ein köstlicher Kuchen«, lobte sie. »Sie müssen mir das Rezept verraten. Sind noch andere Menschen im Haus?«

»Meine Tochter.«

»Weiß?«

»Natürlich.«

»Wieso natürlich?« fragte die Schwarze überrascht. »Hätte sie nicht auch einen schwarzen Vater haben können?«

»Aber ja, sicher«, antwortete Aurelia verwirrt. »Doch da, wo wir herkommen, gibt es keine Schwarzen. Es ist nicht so wie hier.«

»Verstehe«, sagte Mamá Shá. »Hören Sie, dieser Kuchen ist wirklich ganz vortrefflich. Tun Sie Zimt rein?«

»Eine Prise.«

»Hab' ich mir gedacht.«

Plötzlich hielt sie inne und starrte auf die Tür, wo Yaiza erschienen war. Die Hand mit der Zigarre zitterte wie Espenlaub. »Allmächtiger Gott!« rief sie. »Allmächtiger Gott aller Götter!«

Sie sprang so behende auf die Beine, wie man es von dieser schwergewichtigen Person niemals erwartet hätte, senkte das Haupt, ohne die Augen von Yaiza zu nehmen und flehte: »Segne mich, segne mich, mein Kind, damit ich für den Rest meiner Tage geweiht bin. Segne mich, ich bitte dich!«

Als sie sah, daß das Mädchen wie versteinert stehenblieb und sie nur verwirrt anschaute, stützte sie sich mit einer Hand auf den Tisch, ging in die Knie und schob sich, den Oberkörper hin- und herwiegend, als wäre sie in Ekstase, auf Yaiza zu. »Segne mich, o du Auserwählte Elegbás, du von Gott Geliebte, bei der die Toten Trost suchen!«

Dann warf sie sich vor Yaiza nieder und schlang die Arme um ihre Beine, als wären sie der letzte Strohhalm, an den sie sich klammern konnte. »Segne mich, o segne mich!« rief sie hysterisch.

Der Schock bewirkte, daß Yaizas Regel fünf Tage zu früh einsetzte. Aurelia erlitt beinahe einen Nervenzusammenbruch, denn der Anblick der hundertzwanzig Kilo schweren, fetten Schwarzen, die sich auf der Erde wälzte und schreiend ihre Tochter anbetete, als sei diese eine lebende Göttin, ging über ihre Kräfte.

Mario Zambrano blieb nichts anderes übrig, als energisch einzugreifen und Ruhe in das lärmende Durcheinander zu bringen. Zuerst zwang er Mamá Shá, die Beine des Mädchens loszulassen, sich wieder hinzusetzen und den Mund zu halten. Anschließend beruhigte er, so gut er konnte, Aurelia und Yaiza.

»Aber sehen Sie es denn nicht?« fragte die Schwarze, die an ihrem Verstand nicht den geringsten Zweifel hegte. »Sehen Sie denn nicht? Dieses Mädchen ist von der Aura einer Auserwählten Elegbás umgeben! Nur einmal, vor mehr als zwanzig Jahren, bin ich einer von Gott Auserwählten begegnet, und die besaß nicht die Hälfte der Kraft, die dieses Mädchen hat.« Sie streckte die Arme aus. »Berühr doch wenigstens meine Hand, Kleine! Berühre mich, damit ich in Frieden sterben kann.«

Doch Mario Zambrano versetzte ihr einen Schlag und schob ihren Arm beiseite. »Hören Sie auf«, schrie er. »Sehen Sie denn nicht, wie erschrocken sie ist? Glauben Sie, Sie könnten durch die Welt gehen, sich wildfremden Menschen zu Füßen werfen und sich von ihnen segnen lassen?«

»Aber sie muß doch daran gewöhnt sein!« entgegnete Mamá Shá im Brustton der Überzeugung. »Oder etwa nicht?«

Yaiza schüttelte ungläubig den Kopf, als könnte sie das alles nicht fassen.

»Aber wie ist das möglich?« rief Mamá Shá. »Hat dir denn noch niemand gesagt, daß du eine Auserwählte Gottes bist?«

»Lassen Sie den Unsinn«, fuhr Aurelia erbost dazwischen. »Was soll denn das, ›Auserwählte Gottes‹? Meine Tochter ist ganz und gar nicht auserwählt, sie ist nur ein bißchen zu schnell zur Frau geworden.«

»Sie sind ja verrückt!«

»Die Verrückte sind Sie!«

»Aber Mamá Shá, wie können Sie jemanden in meinem Haus so beleidigen? Ich habe immer gedacht...«

»Man muß doch verrückt sein, wenn man allen Ernstes behauptet, daß dieses vom Himmel gesandte Geschöpf nur ein frühreifes Ding ist!« fiel die Schwarze ihm ins Wort. »Das sieht doch ein Blinder.« Sie starrte Mario Zambrano vorwurfsvoll an. »Oder siehst du das etwa nicht?«

Der Maler erkannte, daß er sich in seinem eigenen Netz verstrickt hatte, und wußte keine Antwort. Auch Aurelia konnte eine Tatsache, die sie seit der Geburt ihrer Tochter ahnte, nicht leugnen und schwieg. Diese stumme Anerkennung ihres Triumphes schien die Dominikanerin zu besänftigen. Sie ließ von den beiden ab und wandte sich wieder der zu, die sie wirklich interessierte.

»In meinem Land würde man dich zu einer Königin machen, und in Haiti mindestens zu einer Kaiserin. Aber ich warne dich, Kleine, die Haitianer sind schlechte Menschen. Laß dich nicht mit ihnen ein, denn sie haben den Voodoo zu einem bösen Ritus gemacht und es von seinem wahren Ursprung entfremdet. Du bist das Licht, aber sie würden dich zur Herrscherin über ein finsteres Reich machen.« Sie sah sie mit großer Ehrfurcht an. »Wann bist du in Basse-Terre angekommen, Kleine?«

»Vor drei Tagen.«

»Drei Tage!« frohlockte Mamá Shá. »Da siehst du es, meine Ahnung hat mich nicht getäuscht. Seit drei Tagen kann ich an nichts anderes denken als an dieses Haus. Was machst du hier?«

»Ich sitze ihm Modell.«

Mamá Shá sprang auf, als wäre sie von einer Tarantel in ihren riesigen Hintern gestochen worden. »Nein!« schrie sie ganz außer sich. »Nein! Niemand darf dich malen!« Bestürzt wandte sie sich Mario Zambrano zu. »Bist du denn ganz und gar verrückt geworden? Sie darf nicht gemalt werden. Wenn du das tust, wird sich der Zorn Elegbás gegen dich wenden.«

»Jetzt habe ich aber genug von Ihrem Unsinn, Mamá Shá«, antwortete Mario Zambrano gereizt. »Ich verliere allmählich die Geduld. Entweder Sie benehmen sich jetzt wie ein zivilisierter Mensch, oder ich muß Sie bitten, mein Haus zu verlassen.«

»Zivilisiert«, sagte die andere verächtlich. »Was weißt du schon von Zivilisation, wenn du nicht einmal die Zeichen Gottes in einem Gesicht erkennst? Und wenn du sie weder erkennst noch deuten kannst, wie willst du sie dann auf eine Leinwand bannen? Soll ich dir sagen, was dabei herauskommt? Eine Karikatur! Jawohl, Señor! Du würdest eine Karikatur dieser Tochter Elegbás anfertigen. Kommende Generationen würden eine schreckliche Enttäuschung erleben, wenn sie dein Bild anschauen und das Licht, das die Göttin ihr schenkte, darin nicht wiederfinden.« Sie umriß mit beiden Händen den Körper Yaizas, die sie wie hypnotisiert anstarrte. »Siehst du die Aura, die sie umgibt? Erkennst du die Farben? Nein? Dann sag mir, wie du sie malen willst?« Sie schüttelte heftig den Kopf. »Du darfst sie nicht malen! Laß es sein, oder der Fluch Elegbás wird dich vernichten.«

Wenn man ihr so zuhörte, hätte man durchaus glauben können, daß sie recht hatte, denn es war ihr gelungen, eine Atmosphäre zu schaffen, in der selbst ihre absurdesten Behauptungen logisch klangen. Aurelia war die erste, die aus der Trance erwachte und abwehrend den Kopf schüttelte, als wollte sie einen Alptraum vertreiben.

»Jetzt reicht es aber!« rief sie. »Wir haben nicht den Ozean überquert und all das Leid auf uns genommen, um uns solche Tollheiten anzuhören. Wir wollen in Frieden leben. Warum hat es denn alle Welt auf meine Tochter abgesehen? Was hat sie getan? Sie will weder eine Auserwählte Gottes sein noch das Zweite Gesicht besitzen oder den Toten gefallen. Sie ist nur ein einfaches Mädchen, nicht anders als alle Mädchen in ihrem Alter.«

Mamá Shá wollte etwas erwidern, doch Mario Zambrano unterbrach sie mit einer knappen Geste, schob seinen Stuhl beiseite und half ihr auf die Beine. »Lassen Sie es gut sein für heute«, befahl er, ohne ihr die Möglichkeit eines Einwands zu geben. »Ich bitte Sie, zu schweigen. Gehen Sie jetzt. Irgendwann, wenn wir mehr Ruhe haben, können wir darüber reden.«

Die Schwarze schien zu verstehen, daß ihre Chance vertan war und sie keine zweite erhalten würde. Sie warf Yaiza noch einen seelenvollen Blick zu, griff nach ihrer abgewetzten Handtasche und verließ das Haus so unwillig und schweren Schrittes, daß man den Eindruck hatte, es koste sie eine Riesenüberwindung.

Geraume Zeit wagten weder Aurelia noch Yaiza oder Mario Zambrano zu sprechen. Doch dann griff letzterer zur Kaffeekanne, schenkte ihnen nach und sagte zaghaft: »Es tut mir leid.«

»Aber es ist nicht Ihre Schuld.«

»Ich habe schon immer gewußt, daß sie eine exzentrische Person ist, aber bisher fand ich ihre Hirngespinste lustig. Ich hatte keine Ahnung, daß es so schlimm um sie steht.«

Er trank den Kaffee aus und schob seinen Stuhl zurück. Man sah ihm an, daß es auch ihm schwer fiel, die Küche zu verlassen.

»Ich muß jetzt losfahren, wenn ich wirklich noch nach Pointe-à-Pitre will. Warten Sie mit dem Abendessen nicht auf mich, vielleicht übernachte ich dort.«

Mutter und Tochter blieben schweigend und regungslos sitzen, bis sich der Motorenlärm des alten Citroën in der Ferne verlor. Schließlich seufzte Aurelia tief auf und schüttelte resigniert den Kopf. »Ich hatte schon gehofft, daß weit weg von

Lanzarote alles anders würde und wir die Alpträume endlich vergessen könnten, aber jetzt fürchte ich, daß alles nur noch schlimmer wird. Viel schlimmer.«

Mario Zambrano kehrte früher als geplant aus Pointe-à-Pitre zurück und traf seine Gäste auf der Terrasse an, wo sie den Mond über der karibischen See betrachteten, der sich weiß hinter den Umrissen der hohen Palmen auf der südwestlichen Spitze der Insel erhob und auf dem stillen Wasser spiegelte.

Der Maler war in Hochstimmung. Als erstes warf er einen Stapel Dokumente auf den Tisch. »Ihre Papiere!« verkündete er. »Alles in Ordnung. Sie haben drei Monate Aufenthaltsgenehmigung. Außerdem haben wir Ihren Verwandten benachrichtigt, daß sie leben und sich hier auf der Insel befinden.«

»Verwandten?« fragte Aurelia erschrocken. »Was für einen Verwandten? Wir haben keine Verwandten mehr.«

Der Maler schaute sie verwirrt an. »Ich meinte, das hätten Sie gesagt, aber Duvivier versicherte mir, daß sich in Guadeloupe ein Verwandter nach Ihnen erkundigt hat.«

»Wie ist sein Name?«

Zambrano war verwirrt, als fiele es ihm schwer, zu verstehen, warum sich plötzlich eine solche Angst seiner Gäste bemächtigt hatte. »Ich weiß es nicht mehr. Ich glaube, Duvivier hat mir seinen Namen genannt, aber ich kann mich nicht erinnern...«

»War es Damián Centeno?«

Yaiza hatte die Frage gestellt. Zambrano spürte plötzlich eine unerklärliche Angst, die ihm die Kehle zuschnürte. »Ja... ja, ich glaube, so hieß er. Er hält sich zur Zeit auf Barbados auf. Die Marinekommandatur von Martinique hat ihm ein Telegramm geschickt.« Er sah sie der Reihe nach an und fragte dann: »War das falsch?«

Es verging eine ganze Weile, bis er Antwort erhielt. Sebastián war zu dem Schluß gekommen, daß ein Mensch, der sich ihnen gegenüber so großmütig gezeigt hatte, ein Anrecht darauf hatte, die ganze Wahrheit zu erfahren. So erzählte er ihm alles, angefangen bei jener unseligen Johannisnacht.

»Yaiza hat uns versichert, daß Don Matías tot ist«, schloß er. »Aber offenbar ist nicht einmal das genug, um Centeno aufzuhalten. Mein Gott! Amerika erschien uns so groß, und schon weiß er, wo wir sind!«

»Aber Amerika ist nicht Lanzarote«, wandte der Maler ein. »Hier kann er Ihnen nichts tun. Die Polizei...«

»Für Centeno gibt es keine Polizei«, schnitt Aurelia ihm das Wort ab. »Er hat den Atlantischen Ozean überquert, um meinen Sohn zu töten. Er läßt nicht locker.«

»Duvivier wird dafür sorgen, daß man ihn nicht einreisen läßt.«

»Wie will er das bewerkstelligen? Will er etwa die ganze Küste bewachen lassen? Alle Yachten durchsuchen, die sich der Insel nähern? Wie lange? Von so etwas würde Centeno sich nicht abschrecken lassen. Er käme mit dem Flugzeug oder einem Frachter, er würde schwimmen oder sich einen Tunnel unter dem Ozean graben. Ich glaube, dieser Mensch hat nur noch eins im Kopf: den Tod meines Sohnes Asdrúbal. Wie kann man nur so rachsüchtig sein? Don Matías glaubt, daß sein Sohn nur dann Ruhe finden kann in der anderen Welt, wenn auch Asdrúbal mit dem Leben bezahlt.«

»Er glaubt gar nichts mehr, Mutter!« erinnerte sie Yaiza. »Don Matías weiß, daß es keinen Frieden gibt, weder für ihn noch für seinen Sohn, noch für sonst jemand. Aber selbst wenn er wollte, jetzt könnte er Centeno nicht mehr aufhalten.«

»Warum nicht?«

»Weil er tot ist und Centeno lebt.« Sie unterbrach sich, um über etwas nachzudenken, das ihr nicht aus dem Kopf gehen wollte. »Erinnerst du dich an die Tätowierung, die Centeno auf dem Arm trug? Ein Herz, das von einem Bajonett durchbohrt wird? Gestern nacht, als er sich auf das Fußende meines Bettes stützte, sah ich bei Don Matías genau dieselbe Tätowierung auf der Hand.« Sie drehte sich zu ihren Brüdern um. »Was kann das bedeuten?«

Darauf wußten sie keine Antwort, aber nicht die Tätowierung beunruhigte sie, sondern die Tatsache, daß der Mann, der sie gezwungen hatte, ihre Heimat zu verlassen, ihnen noch immer auf den Fersen war.

»Ob er allein ist?«

Sie erinnerten sich, daß er auf Lanzarote in Begleitung sechs weiterer Männer gewesen war. Vielleicht waren die noch bei ihm. Vielleicht war er aber auch nur in Begleitung seines Adjutanten. Möglicherweise glaubte er aber auch, niemanden brauchen zu können, wenn er einem Mann über den Ozean folgte, um ihn zu töten.

»Was machen wir jetzt?«

»Wir gehen weg, was können wir anderes tun?«

»Wir könnten uns ihm stellen und ein für allemal Schluß damit machen.« Aurelia drehte sich zu Sebastián um, der das gesagt hatte. »Wie? Du willst ihn töten? Wir wissen alle, daß diesen Menschen nur der Tod aufhalten kann, aber ich will nicht, daß meine Familie sich die Hände mit Blut befleckt. Wir werden zusehen, daß wir diese Insel so schnell wie möglich verlassen und auf dem Kontinent untertauchen. Amerika ist groß, wie soll er da unsere Spur finden?«

»Bis jetzt hatte er keine Schwierigkeiten«, warf Asdrúbal ein.

»Weil er den Namen des Schiffes kannte. Daran hatten wir nicht gedacht, und das war ein Fehler. Wir konnten uns nicht vorstellen, daß er uns bis hierher verfolgen würde. Wir haben uns eingebildet, daß alles vorbei ist, wenn wir Lanzarote verlassen. Aber wir haben uns getäuscht. Nun gut, wir haben dazugelernt. Von nun an werden wir eben unsere Spuren verwischen.«

»Nein!« Sebastián war aufgestanden und lief unruhig die lange Terrasse auf und ab. »Das ist keine Lösung. Wie weit wir auch flüchten, wir werden ständig in Angst leben müssen, daß Centeno uns irgendwo aufspürt. Dieser Mensch ist wie ein Jagdhund, besessen. Der gibt nie auf. Nein«, sagte er fest. »Ich habe keine Lust, den Rest meines Lebens auf der Flucht zu verbringen.« Er zeigte auf seinen Bruder. »Und er? Was für eine Zukunft erwartet ihn? Er ist Centenos Opfer und hat ihn nicht ein einziges Mal von Angesicht gesehen. Wie soll er leben, wenn jeder, der sich im Bus neben ihn setzt, Centeno sein könnte? Es wäre die Hölle. Verstehst du das nicht?«

»Natürlich verstehe ich das«, antwortete Aurelia. »Aber schlimmer als das ist es, sich noch eines Mordes schuldig zu machen. Asdrúbal hat diesen Jungen getötet, nun gut. Es war ein Unfall, und in diesem Augenblick blieb ihm nichts anderes übrig. Er hat dafür bezahlt. Wir alle haben dafür bezahlt, wir haben euren Vater verloren und alles, was wir besaßen.«

»Das Leben eines solchen Mannes ist nichts wert«, sagte Sebastián störrisch. »Jemand, der für Geld tötet, verdient es, ohne Skrupel umgebracht zu werden.« Er stützte sich auf die Brüstung und schaute hinaus in die Nacht, auf den leuchtenden Mond. Mit dem Rücken zu ihnen sagte er: »Du kannst sicher sein, daß es mir nichts ausmachen würde, ihn umzubringen. Ganz im Gegenteil. Ich wäre stolz, der Menschheit einen Dienst erwiesen zu haben.«

»Und ich lasse es nicht zu, daß ein Mitglied meiner Familie stolz darauf ist, einen Menschen umgebracht zu haben«, entgegnete Aurelia fest. »Nicht einmal, wenn es sich um Centeno handelt. Lebend wird er eines Tages aufgeben, uns zu verfolgen. Tot jedoch würde er uns bis ins Grab verfolgen. Nein, wir gehen. Es steht fest.«

»Aber wie?« wandte Asdrúbal mit leiser, kaum hörbarer Stimme ein. »Ich bin deiner Meinung, Mutter. Ich habe diesen Jungen auf dem Gewissen, und ich weiß, was das bedeutet. Aber auch Sebastián hat recht. Wir können nicht ewig fliehen. Und was noch schwerer wiegt, mit achthundert Peseten würden wir nicht besonders weit kommen.«

»O Gott!« rief seine Mutter fast schluchzend. »Wie lange willst du uns noch auf die Probe stellen? Warum willst du, daß meine Söhne zu Mördern werden? Was verlangst du denn noch von uns? Sag es endlich, was noch?«

»Sie könnten das Boot nehmen.«

Alle starrten Mario Zambrano an, der seit fast einer Stunde geschwiegen hatte.

»Was haben Sie gesagt?«

»Sie könnten das Boot nehmen, wenn es seetüchtig ist. Bis Venezuela sind es nur vierhundert Meilen. Wenn Sie mir schreiben und mich wissen lassen, wo es ist, kann ich jemanden schicken, der es abholt.« Das, was er sagen wollte, schien ihn unsägliche Überwindung zu kosten. »Wenn Sie erst einmal in Venezuela sind, können Sie weiter ins Landesinnere vordringen. Dort wird Sie keiner finden, nicht einmal Centeno.«

Ein ungläubiges Schweigen breitete sich aus, und aller Augen ruhten auf Mario Zambrano. Doch für ihn zählte nur Yaizas Blick, der ihn zu verbrennen schien.

»Warum tun Sie all das für uns?« fragte das Mädchen endlich.

»Weil Mamá Shá recht hat: Ich könnte dich nie malen. Oder weil ich nicht will, daß jemand getötet wird, nicht mal, wenn es sich um einen gedungenen Mörder handelt. Sein Tod soll Sie nicht auch noch verfolgen. Fahren Sie! In der Vorratskammer gibt es noch genügend Proviant, und außerdem kann ich Ihnen etwas Geld leihen. Sie werden es mir zurückzahlen, sobald Sie können, das weiß ich. Ziehen Sie diesen schmutzigen alten Kutter ins Wasser und fahren Sie los. Wenn er sie tatsächlich bis nach Venezuela bringt, wird es das einzig Nützliche sein, was er je getan hat. Ich bitte Sie – Sie müssen die Insel so schnell wie möglich verlassen, sonst wird sie noch zu einer Falle.«

Die vier sahen sich an und sagten nichts.

Schließlich brach Aurelia das Schweigen. »Meint ihr, ihr könnt das Schiff seeklar machen?«

Sebastián nickte. »Wenn wir mit der ›Isla de Lobos‹ dreitausend Meilen zurückgelegt haben, werden wir mit dem Kutter auch vierhundert schaffen.«

Seine Mutter wandte sich an Mario Zambrano. Ihre Stimme schien die alte Zuversicht wiedergewonnen zu haben. »Ich verspreche Ihnen, daß Sie in sechs Monaten Ihr Geld wiederhaben und auch den Gegenwert für den Proviant, den wir mitnehmen. Sie können sich darauf verlassen.«

»Das weiß ich.« Lächelnd stand er auf. »Wenn Sie einverstanden sind, sollten wir uns sofort an die Arbeit machen. Ich wäre ruhiger, wenn ich wüßte, daß Sie im Morgengrauen aufbrechen.«

Widerstrebend wie jedes Schiff, das das Meer nicht liebt, machte sich der Kutter auf den Weg. Als Mario Zambrano ihm vom Ufer aus nachschaute, war er zum ersten Mal im Leben wirklich unglücklich, denn dieses Boot entführte die einzige Frau, für die er je mehr als nur körperliche Leidenschaft empfunden hatte. Zugleich war er jedoch auch erleichtert. Er war an Flucht gewohnt, und je weiter die »Graciela« sich entfernte, um so deutlicher wurde ihm, daß auch dies nur eine Form von Flucht war.

Er war überzeugt, daß ihn die Erinnerung an die grünen Augen des Mädchens und die mysteriöse Aura, die sie umgab, noch lange nicht loslassen würden. Doch er wußte auch, daß Yaiza ihm nie näher sein würde, als sie es hier gewesen war.

Er erwiderte den Gruß der beiden am Heck stehenden Frauen und beobachtete, wie Asdrúbal das Segel hißte und Sebastián am Ruder stand. Hinter ihm ging gerade die Sonne auf und färbte die leichte gekräuselte See türkisgrün. Jetzt erfaßte eine kräftige Brise das rote Segel des Kutters, der langsam an Fahrt gewann.

Im selben Moment hörte er einen Schrei und fuhr erschrokken herum. Die voluminöse Gestalt von Mamá Shá stürzte auf ihn zu und schwenkte die mit allerlei Krimskrams vollgestopfte alte Handtasche. Mit dem anderen Arm fuchtelte sie wild herum, um dem Schiff zu bedeuten, auf der Stelle umzukehren. Sie war so schnell gelaufen, daß sie am Strand erschöpft in die Knie sank, doch als sie merkte, daß ihr Heulen und Wehklagen nichts fruchtete, raffte sie sich noch einmal auf und watete ins Wasser, bis die Wellen ihren Rock umspülten.

»Geh nicht fort, Kleine«, jammerte sie. »Geh nicht fort, du Tochter Elegbás, Geliebte Gottes, Königin meines Lebens! Laß mich nicht allein! Verlaß mich nicht!«

Mario Zambrano lief ihr nach, nahm sie beim Arm und zwang sie umzukehren, damit die Wellen sie nicht umwarfen. »Kommen Sie, Mamá Shá«, drängte er. »Beruhigen Sie sich.«

Offensichtlich hatte sie ihn gar nicht gehört, denn sie achtete nur auf die reglose Gestalt Yaizas, die sie vom Deck des Schiffes aus beobachtete.

»Was soll denn aus mir werden, wenn sie mich verläßt?« schrie die Schwarze. »Wie soll ich leben, wenn Gott mich verstößt? Meine Königin! Meine Göttin! Komm zurück!«

»Sie kann nicht, Mamá Shá. Sie muß uns verlassen.«

»Aber warum denn nur?«

»Weil jemand ihr Böses will.«

Die Schwarze musterte ihn mit einem stechenden Blick. »Böses? Wer kann ihr Böses wollen, wenn die Götter sie beschützen?«

»Das ist eine lange Geschichte, Mamá Shá. Kommen Sie, wir gehen ins Haus.«

Doch sie stieß ihn zurück. »Ich rühre mich nicht von der Stelle, bis sie zurückkommt und mich mitnimmt.«

»Sie kommt nicht zurück, Mamá Shá.«

»Sie kommt«, widersprach die Schwarze starrköpfig.

Dagegen kam Mario Zambrano nicht an. »Wie Sie meinen«, sagte er schließlich. »Von mir aus können Sie hier bis zum Jüngsten Tag warten.«

Der Kutter verlor sich langsam in der Ferne. Noch einmal hob Mario Zambrano die Hand und winkte ihm hinterher. Dann drehte er sich um und stieg bedächtig den Hügel zu seinem Haus empor. Dort trat er auf die Terrasse und sah, daß Mamá Shá sich am Ufer in den Sand gesetzt hatte und dem Boot nachstarrte. Yaiza stand noch immer am Heck, doch man konnte sie kaum noch erkennen.

»So was Verrücktes«, murmelte er vor sich hin. »Um ein Haar hätten sie mich noch angesteckt mit ihrer Verrücktheit.« Er drehte sich um und betrachtete das Bild auf der Staffelei, auf dem nur die Umrisse Yaizas zu erkennen waren; keiner ihrer Gesichtszüge war ihm gelungen. Ein tiefes Gefühl der Erleichterung erfaßte ihn, als er erkannte, daß er sich diesem Problem – das Eigentümliche des Mädchens einzufangen – nun jedenfalls nicht mehr zu stellen brauchte.

Später, beim Kaffee, fragte er sich, inwieweit Mamá Shá recht gehabt hatte mit dem, was sie über das unbeschreibliche Geheimnis Yaizas gesagt hatte. Er versuchte sich vorzustellen, daß sie immer noch da am Ende des langen Tisches aus schwarzem Holz saß und hatte sogar das Gefühl, daß ihr Geruch noch im Raum hing, jener seltsame Duft nach Kindfrau, der alle anderen Gerüche in der alten Küche verdrängte.

»Verdammt!« rief er. »Ich muß sie mir aus dem Kopf schlagen, oder sie wird noch zur fixen Idee.«

Er reckte sich, nahm eine Flasche Rum aus dem obersten Regal und schenkte sich ein volles Glas ein. Bis der Kaffee fertig war, hatte er es langsam und genüßlich ausgetrunken. Dann ging er mit der Flasche und dem Glas in der einen und der Kaffeetasse in der anderen Hand auf die Terrasse und machte es sich gemütlich. So wollte er abwarten, bis die »Graciela« endgültig am Horizont verschwunden und er betrunken war.

Eine halbe Stunde später kam Mamá Shá angewatschelt und fiel in den breiten Korbsessel neben ihm. Eine Zeitlang starrten sie sich an wie zwei Wesen, denen man plötzlich alles genommen hatte, was ihnen je etwas bedeutet hatte.

»Warum?« seufzte die dicke Schwarze schließlich. »Warum?«

»Weil jemand ihnen Böses will. Ein Mann. Sie haben den Ozean überquert, um ihn abzuschütteln, aber jetzt befürchten sie, daß es nichts genützt hat und sie ein Leben lang auf der Flucht sein werden.«

»Elegbá wird sie beschützen«, versicherte Mamá Shá. »Niemand kann sich Elegbá in den Weg stellen.«

»Nun, bislang hat Ihre Göttin aber nicht viel für sie getan«, bemerkte Mario Zambrano ironisch. Der Alkohol schien zu wirken. »Wenn das das Leben ist, das die Auserwählten Elegbás fristen müssen, kann ich nur hoffen, daß sie mich verschont.«

»Du wirst nie verstehen, was es heißt, ein Auserwählter zu sein, niemals!«

Der Maler hob mit einer komischen Geste sein Glas. »Darauf trinke ich!« rief er. »Daß ich auch weiterhin nur ein armer Exilspanier sein möge, der das wenige, was man ihm gelassen hat, so gut wie möglich genießt: Rum, Frauen und gelegentlich eine schöne Landschaft zum Malen.« Er trank langsam aus. »Ich glaube nicht an die Götter. An keinen Gott, sei er weiß oder schwarz.« Er deutete mit dem Glas auf das Boot, das nur noch ein Fleck am Horizont war. »Obwohl ich gestehen muß, als sie hier auf dieser Terrasse saß, war ich nahe dran, doch an einen Gott, den Himmel und Engel in menschlicher Gestalt zu glauben.« Er lächelte und verzog das Gesicht zu einer bitteren Grimasse. »Soll ich Ihnen etwas beichten, Mamá Shá? Ich habe mich in dieses Mädchen verliebt wie ein echter Anfänger. In vier Tagen! Ach, was sage ich, in vier Minuten! Ich kam in diesen Saal, erblickte sie, sie sah mich an und paff! schon war es passiert.«

Die Schwarze kramte in ihrer unförmigen, vollgestopften Tasche, bis sie eine ihrer schon mehrfach angerauchten und wieder ausgedrückten zerfransten Zigarren fand. Sie zündete sie an, lehnte sich im Sessel zurück. »Die Götter sind eifersüchtig«, erklärte sie. »Sie wollen die, die sie lieben, nicht mit anderen teilen. Es kommt sogar vor, daß sie die Auserwählten auf die Probe stellen, auch wenn es dabei nur darum geht, sich von der Richtigkeit ihrer Wahl zu überzeugen. Und dieses Mädchen ist eine Auserwählte. Es bricht mir das Herz, sie auf diesem Schiff zu wissen, aber ich bin auch glücklich, daß ich sie sehen und mit ihr sprechen durfte. Ich durfte sie berühren, und das bedeutet, daß mein Leben nicht umsonst gewesen ist.« Sie schloß die Augen, als ließe sie alles noch einmal Revue passieren, und fügte dann hinzu: »Manchmal, in Augenblikken des Zweifels, fürchtete ich, mein Leben auf der Suche nach Wahrheiten verschwendet zu haben, von denen die meisten Menschen meinen, es gäbe sie nicht. Was, wenn ich mich getäuscht habe? fragte ich mich. Was, wenn die jahrelange Suche nach einem Zeichen, das nie erschien, letztlich nur die Phantasie einer verrückten Schwarzen war? Es war eine Qual, denn für einen Gläubigen kann nichts schlimmer sein als der Zweifel.« Sie sah ihn lächelnd an. »Doch jetzt! Jetzt weiß ich, daß jene Jahre, die ich dem ›Wissen‹ widmete, mir die geistigen Augen öffnete – jetzt sah ich in ihr den Beweis, daß es noch jemand Größeren gibt als uns, jemanden, der ein solches Geschöpf mit dem Finger berührt und in die Welt schickt, damit wir armen Menschenwesen seine wahre Macht erkennen.«

»Ich frage mich, wer von uns beiden betrunkener ist«, überlegte Mario Zambrano laut. »Oder verrückter. Ich, weil ich mich vollaufen lasse und mich in ein unerreichbares Mädchen verliebt habe, oder Sie, weil Sie diese widerlichen Zigarren rauchen und mich unbedingt davon überzeugen wollen, daß ich vier Tage lang einer Tochter der Götter Unterschlupf gewährt habe.«

Mamá Shá schwieg eine geraume Zeit. Sie war damit beschäftigt, in ihrer Tasche nach zwei Stricknadeln und einem dicken Wollknäuel zu suchen. »Ich will dich überhaupt nicht überzeugen«, sagte sie schließlich. »Doch so gefühllos du auch sein magst, es wird dir nicht entgangen sein, daß das Haus sich verändert hat. Der Geist des Mädchens ist noch hier. Es ist, als wären Wände und Möbel von ihrem Wesen erfüllt. Das Schiff entfernt sich zwar, ein Teil von ihr jedoch ist hiergeblieben.« Sie sah ihn starr an. »Erlaubst du mir jetzt, ab und zu hierherzukommen und ihre Anwesenheit in mich aufzunehmen?«

»Solange Sie mein Haus nicht in einen Tempel verwandeln! Ich habe etwas gegen Voodoo und auch gegen die, die ihn praktizieren.« Er trank sein Glas aus und schenkte sich den Rest der Flasche ein. »Früher fand ich Sie und Ihre Magie lustig, aber nach allem, was geschehen ist...«

»Keiner wird etwas erfahren, du kannst dich auf mich verlassen.« Sie lächelte und entblößte die weißen Zähne. »Es soll unser Geheimnis bleiben. Im übrigen solltest du nicht so schlecht über Voodoo denken. Es gibt viele Scharlatane, vor allem unter den Haitianern und Brasilianern, die es zu einer Art des Karnevals gemacht haben. Aber wenn man der Sache auf den Grund geht, öffnen sich einem die Augen, und man sieht Dinge, die man sich sonst nicht hätte träumen lassen.«

»Ich ziehe es vor, sie nicht zu sehen.«

»Hast du Angst?«

Als er merkte, daß er die Flasche bis auf den letzten Tropfen geleert hatte, stand Mario Zambrano schwankend auf, lehnte sich über die Brüstung und starrte mit glasigem Blick aufs Meer, dessen Weite das Boot verschluckt hatte. »Ich gehe zum Hafen hinunter«, sagte er schließlich, ohne sich umzudrehen. »Ich glaube, wenn ich noch länger hierbleibe, stürze ich mich ins Meer.«

»Das Trinken wird dir auch nicht helfen«, warnte die Schwarze. »Es nützt nichts, sie vergessen zu wollen. Im Gegenteil. Du mußt darum kämpfen, dir stets vor Augen zu halten, daß du ein solches Wesen kennengelernt hast. Es wird dir guttun.«

»Sie sehen das von einer anderen Warte und können nicht verstehen, was ich fühle.«

»Doch mein Sohn, ich verstehe, aber ich weiß, daß es so besser ist.« Sie schüttelte den Kopf und nahm ihr Strickzeug wieder auf. »Da wärst nie glücklich geworden an ihrer Seite. Ständig hätte dich die Vorstellung gepeinigt, sie verlieren zu können. Du weißt genau, daß sie dir nicht gehören kann. Du leidest jetzt schon, obwohl du sie erst vier Tage kennst. Wie wäre es wohl geworden, wenn sie bei dir geblieben wäre?«

»Ich habe nie daran gedacht, sie zu besitzen, Mamá Shá. Nicht so, wie Sie meinen. Glauben Sie mir?«

»Ja, natürlich glaube ich dir. Doch mit der Zeit hättest du dich verändert. Wenn man jemanden liebt, will man ihn auch besitzen. Und zwar ganz besitzen. Aber sie gehört allen. Allen und keinem.« Sie seufzte. »Das wird ihr Schicksal sein, und es war ihr vom Tag ihrer Geburt an vorgezeichnet.«

Mario Zambrano schwankte auf die kleine Treppe zu, die zum Strand hinunterführte und fragte: »Bleiben Sie hier?«

»Wenn es Ihnen nichts ausmacht«, sagte die Schwarze lächelnd. »Ich spüre ihre Anwesenheit und außerdem«, ihre Stimme wurde heiser, »außerdem ist es so, als hielte mich eine unsichtbare Macht hier fest... ich weiß, daß sie nie zurückkehren wird, aber ich weiß auch, daß ich hierbleiben muß.«

Mario Zambrano starrte sie an, ohne zu verstehen, wovon sie sprach. Schließlich nickte er und stieg die steile Treppe hinunter.

Als sie allein war, schaute Mamá Shá sich um, als wäre sie selbst erstaunt, hier zu sein. Sie versuchte noch einmal vergeblich, das Schiff zu erspähen, ließ sich dann wieder in ihren Korbsessel fallen und schloß die Augen.

Wie von eigenem Leben erfüllt, setzten ihre Hände die mechanische Arbeit des Strickens fort.

Muñeca Chang gefiel es auf Barbados. Das Hotel war prachtvoll, das Wetter schön und überhaupt nicht drückend. Diese Ferien bedeuteten eine willkommene Erholung nach Monaten der Betäubung, in denen sie so viele Kunden abgefertigt hatte, daß sie sich kaum noch an ihre Gesichter erinnern konnte. Um so größer war ihre Enttäuschung, als der Page mit dem Telegramm vor der Tür stand und Damián Centeno plötzlich wie ausgewechselt war.

»Ich muß weg«, verkündete er.

»O nein! Es war gerade so schön!«

»Ja, aber diese Angelegenheit kann nicht warten.«

»Nur noch ein paar Tage!«

»Tut mir leid.« Es war wirklich ein anderer Mann, der jetzt sprach. Offenbar war er mit seinen Gedanken ganz woanders. »Du kannst ja bleiben, wenn du magst. Ich werde versuchen, die Sache so schnell wie möglich zu erledigen, aber ich kann dir nicht sagen, wie lange es dauert.«

»Ich will nicht ins Freudenhaus zurück. Noch nicht!«

»Dann bleib hier.« Er legte ein Bündel Scheine auf den Nachttisch. »Das sollte für ein paar Wochen genügen. Und jetzt tu mir einen Gefallen und erkundige dich nach der schnellsten Verbindung nach Guadeloupe.«

»Soll ich dich nicht begleiten?«

»Nein, ich möchte, daß du ein braves Mädchen bist und hier auf mich wartest.« Er zeigte auf das Telefon. »Ruf bitte an.«

Muñeca tat es, sprach mit der Rezeption und sagte dann, die Hand auf die Sprechmuschel gelegt: »Übermorgen früh gibt es eine Passagiermaschine, aber wenn du es sehr eilig hast, kannst du ein Privatflugzeug mieten.«

»Dann mach etwas aus für acht Uhr morgen früh am Flughafen. Und zieh dir was Hübsches an, ich will dich ins beste Restaurant der ganzen Insel ausführen.«

Es wurde eine denkwürdige Nacht. Sie speisten bei Kerzenschein und tanzten in einem teuren Lokal am Ufer des stillen Meeres. Centeno verlebte die Nacht eines Millionärs in dieser luxuriösen Atmosphäre, eine wunderschöne Frau in den Armen haltend und den besten Champagner trinkend; eine Nacht, in der das Geld der Quinteros aus Mozaga so verschwendet wurde wie nie zuvor.

Die schwarzen Musiker ließen sich von ihren eigenen Calypso-Rhythmen mitreißen und trommelten wie besessen auf den *steel drums.* Als sie endlich eine Pause machten, kamen vom Strand drei Gitarristen und eine Mulattin und setzten die Vorführung mit der gleichen Begeisterung fort.

»Wenn du keine Hure wärst, würde ich dich nach Lanzarote auf meine Hacienda mitnehmen«, flüsterte Centeno, als ein langsames Stück kam und sie eng umschlungen tanzten.

Das fröhliche Lachen Muñecas flirrte über die stille Oberfläche des Wassers. »Sind Huren auf Lanzarote nicht erlaubt? Wie groß ist denn deine Hacienda?«

»Das weiß ich noch nicht.«

Sie schob ihn etwas von sich weg und sah ihn überrascht und belustigt an. »Das weißt du nicht?« fragte sie. »Hast du wirklich eine Hacienda oder willst du mir einen Bären aufbinden?«

»Ich habe eine«, antwortete Centeno ernst. »Es ist eine Erbschaft, und ich muß noch eine Sache erledigen, ehe ich sie antreten kann. Dann weiß ich, wie groß sie ist und wieviel Geld ich besitze.«

Muñeca lachte verschmitzt. »Und was muß du noch erledigen? Einen Erben loswerden?«

»Nicht ganz.« Er drückte sie zärtlich an sich. »Vielleicht erzähle ich es dir eines Tages, falls ich beschließen sollte, dich tatsächlich nach Lanzarote mitzunehmen.«

Als das erste Tageslicht durch die Ritzen der Jalousien drang, zog Centeno sich leise an, ließ den Koffer zuschnappen und verließ das Hotel. Das Flugzeug, eine blau-weiße Maschine, ließ gerade die Propeller anlaufen. Der dicke Pilot nahm Centenos Gepäck, warf es auf den Rücksitz und bedeutete ihm mit einer Handbewegung einzusteigen.

Zehn Minuten später flogen sie über den Ozean, und trotz der dröhnenden Motoren und des Schaukelns der Maschine fiel Centeno in tiefen Schlaf.

Als die Räder auf der Landebahn des Flughafens von Pointe-à-Pitre aufsetzten, wachte er auf; und von diesem Augenblick an verschwendete er keinen Gedanken mehr an Muñeca Chang und die schöne Zeit, die sie gemeinsam verbracht hatten. Jetzt galt es, sich auf das zu konzentrieren, was wirklich wichtig war: die Maradentros zu finden, die beiden Jungen zu erledigen und dann zu verschwinden.

Als das Flugzeug am Ende der Piste abbremste und zum Stehen kam, nahm er aus der Innentasche seiner Jacke ein Bündel Banknoten und reichte es dem Dicken. »Warten Sie bis morgen«, sagte er. »Wenn ich bis mittags nicht da bin, können Sie zurückfliegen.«

Der Pilot zählte nach, zögerte einen Augenblick und nickte dann. »In Ordnung. Ich warte bis zwölf Uhr. Spätestens dann muß ich aber los, ich habe noch einen Auftrag in Trinidad.«

»Und entfernen Sie sich nicht allzu weit vom Flugzeug.«

»Keine Sorge.«

Centeno bestieg ein Taxi und fuhr zum Hafen, wo der Kommandant Claude Duvivier ihm mitteilte, daß sein Verwandter Abel Perdomo vermißt, der Rest der Familie aber glücklicherweise am Leben sei und bei einem spanischen Maler namens Mario Zambrano in Basse-Terre Unterkunft gefunden habe.

»Sie können es nicht verfehlen«, schloß er. »Es ist ein weißes Haus mit einer großen Terrasse direkt über dem Meer. Genau auf dem Hügel gegenüber der alten Festung von Richepanse.« Er streckte ihm die Hand entgegen. »Grüßen Sie Ihre Familie von mir. Sie müßten Sie schon erwarten, ich habe erst gestern Zambrano von Ihnen erzählt.«

Eine halbe Stunde später saß Centeno vor einer riesigen Languste und einer Flasche Weißwein in einem Restaurant am Hafeneingang und dachte darüber nach, wie er mit seinen Opfern fertig werden und anschließend die Insel mit dem gleichen Flugzeug, mit dem er gekommen war, verlassen könnte. Er fühlte sich ruhig, sogar angenehm entspannt, obwohl Duviviers Worte darauf schließen ließen, daß die Maradentros bereits mit seinem Besuch rechneten. Er hätte es vorgezogen, sie im Glauben zu lassen, daß er die Jagd bereits vor drei Monaten aufgegeben hatte, doch jetzt, da der Mann tot und das Schiff untergegangen war, hatten sich die Schwierigkeiten auf ein Minimum reduziert. Jetzt mußte er nur noch mit einer Frau, einem Mädchen und zwei Jungen fertig werden. Er faßte den Entschluß, gleich die ganze Familie auszulöschen, um eventuellen späteren Problemen vorzubeugen. Er hatte Aurelia zwar nur von weitem gesehen, aber er glaubte nicht, daß sie den Tod zweier Söhne tatenlos hinnehmen würde.

Er beendete gemächlich seine Mahlzeit, bestellte einen Kaffee, steckte sich die letzte Havanna aus der in La Guaira gekauften Schachtel an und rief nach einem Taxi, das ihn zur Festung Richepanse in Basse-Terre fahren sollte. Er hatte seinen Koffer in der Gepäckaufbewahrung abgegeben und trug nur eine Waffe, Geld und seinen Paß bei sich. Mehr brauchte er nicht, um sich wohl zu fühlen, und außerdem konnte er so jederzeit untertauchen, falls es brenzlig werden sollte.

Er besuchte die Festung wie einer der vielen Touristen und beobachtete vom nördlichen Turm aus eine geraume Zeit die auf dem Hügel verstreuten Häuser. Es gab zwei, die der Beschreibung des Kommandanten entsprachen. Lange blieb er so stehen und achtete auf das kleinste Lebenszeichen, doch er konnte niemanden entdecken. Später stieg er zum Strand hinunter und suchte den Pfad, der auf den Hügel hinaufführte.

Etwa dreißig Meter unter dem ersten Haus versteckte er sich im Dickicht und wartete. Das mußte das Haus sein, denn es war das einzige, das über eine große Terrasse verfügte und genau gegenüber der alten Festung lag. Er ließ eine halbe Stunde verstreichen, ohne jedoch die geringste Bewegung oder das kleinste Geräusch zu registrieren. Dann öffnete er das Hemd und vergewisserte sich, daß der Revolver schußbereit war. Bei Einbruch der Dämmerung würde er die Treppe hinaufschleichen, die direkt zu dem Haus führte.

Die hölzernen Stufen knarrten unter seinem Gewicht, so daß er schon fürchtete, sie könnten diejenigen warnen, die sich im Haus befanden. Er gelangte zum großen Fenster, das nach Westen auf das Meer blickte, und wagte einen Blick durch die Scheibe. Im Halbdunkel erkannte er ein paar schlichte Möbel und eine Unzahl von Gemälden, die den größten Teil der Wände bedeckten und überall herumstanden. Er ging vorsichtig weiter und kam auf die Terrasse, wo nur ein mit Gläsern, Dosen, Paletten und Pinseln beladener Tisch stand. Er duckte sich in eine Ecke, lauschte und umklammerte dabei seine Waffe. Als er sicher war, daß niemand sich im Haus befand, stand er mit zwei Schritten mitten auf der Terrasse.

Die kurze Dämmerung der Tropen hatte sich so schnell über die Landschaft gesenkt, daß er eine Weile brauchte, um die dicke Schwarze zu bemerken, die in einem Korbsessel saß und schlummerte. Er betrachtete sie aus der Nähe und überlegte einen Augenblick, ob er sie überhaupt wecken oder gleich den Weg, den er gekommen war, wieder zurückgehen sollte, doch dann fiel ihm ein, daß er sich beeilen mußte, wenn er sein Flugzeug noch erreichen wollte. Er knipste die Lampe an, die direkt über der schlafenden Frau hing.

Nicht einmal das Licht weckte sie auf. Centeno zog sich einen Schemel heran, setzte sich ihr gegenüber und schüttelte ihre auf dem Schoß liegenden Hände, in denen noch der Schal lag, an dem sie gestrickt hatte. »Hallo!« rief er. »He! Hallo! Wachen Sie auf, bitte.«

Mamá Shá schlug die Augen auf, als kostete sie das große Mühe, und starrte den Fremden verständnislos an. »Was ist los?« fragte sie schließlich. »Was wollen Sie?«

»Ich suche Mario Zambrano, wohnt er hier?«

»Ja, das ist sein Haus, aber er ist nicht da.«

»Wo ist er?«

»Unten im Dorf.«

»Wann kommt er zurück?«

Die Schwarze musterte ihn und schüttelte schließlich den Kopf. »Keine Ahnung«, antwortete sie. »Kommt ganz darauf an, wieviel er trinkt und welche Freundin ihm über den Weg läuft. Wenn er Genevieve oder *La Gringa* trifft, kann es gut und gern drei Tage dauern, bis er wieder aufkreuzt.«

»Drei Tage!« Diese Möglichkeit brachte Centeno offensichtlich aus der Ruhe. Er schaute sich um, als suchte er nach einer Lösung des Problems, und obwohl er keineswegs vorhatte, die Alte in die Angelegenheit zu verstricken, fragte er nach kurzem Nachdenken: »Wissen Sie, eigentlich suche ich ein paar Verwandte von mir, die vor kurzem aus Spanien gekommen sind. Man sagte mir, sie seien hier, im Hause des Señor Zambrano. Haben Sie sie vielleicht gesehen?«

Die dicke Mamá Shá grübelte, starrte auf Centenos Tätowierung und die Narbe auf der Brust und nickte unmerklich. »Ja, ich kenne sie.«

»Wo sind sie denn?«

»Sie sind fort.«

»Fort?« Centeno fuhr zusammen. »Seit wann?«

»Seit heute morgen, bei Tagesanbruch.«

»Und wo wollten sie hin?«

Die dicke Schwarze schüttelte den Kopf. »Das weiß ich nicht.«

»Wie, das wissen Sie nicht? Sie müssen es wissen! Wie sind sie gefahren?«

Sie machte eine Handbewegung in Richtung der Schatten, die die Karibik verhüllten. »Mit dem Schiff. Mario hat ihnen sein Boot geliehen. Ich glaube, sie wollten nach Kuba.«

»Nach Kuba?« wiederholte Centeno ungläubig. »Sind Sie sicher?«

»Das haben sie jedenfalls gesagt«, erklärte die Schwarze. »Aber vielleicht wollten sie ja in Wirklichkeit nach Mexiko oder Panama. Wer weiß!« Sie zeigte in die entgegengesetzte Richtung von der, in der die »Graciela« am Morgen verschwunden war. »Ich bin hier eingeschlafen. Aber ich habe noch gesehen, wie sie am Horizont verschwanden.«

Sie hielt das Gespräch für beendet, und da sie nichts weiter zu sagen hatte, nahm sie ihre Strickarbeit wieder auf. Doch als sie nach der Wolle griff, rutschte diese ihr aus der Hand und fiel vor ihren Füßen zu Boden. Sie machte Anstalten, sich zu bücken, mußte jedoch einsehen, daß ihr enormer Umfang dies verunmöglichte. So starrte sie Damián Centeno an und gab ihm dadurch zu verstehen, daß sie seine Hilfe brauchte.

Der Ex-Feldwebel war so in Gedanken versunken, daß es einige Zeit dauerte, bis er merkte, was sie wollte, doch dann bückte er sich und streckte die Hand nach dem Wollknäuel aus.

Zuerst ließen ihn der Schmerz und die Überraschung nicht begreifen, was geschehen war, doch als er sich aufrichtete und mit der Hand an die Schulter fuhr, bemerkte er wenige Zentimeter neben dem Schlüsselbein das stumpfe Ende einer Stricknadel, die auf der anderen Seite neben dem Schulterblatt wieder herausragte. In seinem Erstaunen wollte er noch etwas sagen, doch seine Stimme erstarb, als Mamá Shá die zweite Nadel aus dem Schal zog und ihm mit der vollen Wucht ihrer hundertzwanzig Kilo in die Brust stieß, fast in Höhe des Herzens. Centeno sackte von seinem Hocker nach hinten, hielt sich bei dem vergeblichen Versuch, das Gleichgewicht zu halten, am Tisch fest und zog diesen mit, wobei Pinsel, Farbtöpfe, Flaschen und Terpentindosen auf ihn herunterfielen.

Am Boden liegend, von Überraschung und Schmerz wie gelähmt und immer noch nicht begreifend, was geschehen war, kämpfte er vergeblich darum, die zweite Nadel, die fast ganz in ihn eingedrungen war, herauszuziehen, und stöhnte fast unhörbar: »Warum haben Sie das getan? Warum?«

Reglos, wie ein lebender schwarzer Buddha, beobachtete Mamá Shá ihn mit einem seltsamen Glitzern in den Augen und sagte: »Weil sie eine Auserwählte Gottes ist und du das Böse. Weil sie Elegbás Tochter ist und ich die geringste ihrer Dienerinnen. Weil ihr Schicksal vorbestimmt ist und ich sie schützen muß. Wie konntest du dreckiges Schwein es wagen, die Hand gegen ein von den Göttern erwähltes Geschöpf zu erheben? Du Narr! Vom ersten Augenblick an wußte ich, wer du bist. Ich wußte sogar, daß du kommst, denn Elegbá hatte mir aufgetragen, hier auf dich zu warten, um ihre Tochter zu verteidigen...« Sie kramte in ihrer Tasche, zog eine ihrer ekelhaften Havannas heraus und steckte sie an. »Zur Hölle mit dir!« setzte sie hinzu. »Dort wirst du kein Unheil mehr anrichten können.«

Centeno, der im selben Moment begriff, daß er voller Farbe, Terpentin und Petroleum war, versuchte, sich auf einem Arm aufzurichten und streckte die Hand aus: »Nein! Um Gottes willen, tu das nicht!« schrie er.

Die Schwarze aber hörte nicht auf ihn, stieß eine dicke Rauchwolke aus und warf ihm das brennende Streichholz zwischen die Beine, wo sich eine Petroleumlache angesammelt hatte.

In Sekundenschnelle verwandelte sich Damián Centeno in eine lebendige Fackel, die sich über die Terrasse wälzte, bis sie gegen die Brüstung stieß, sich mühsam aufraffte und vor den unbewegten Augen der dicken Mamá Shá in die Tiefe stürzte.

Mit dem ersten Tageslicht wurde die dunkle Küstenlinie am Horizont sichtbar. Eine langgezogene Bergkette hob sich vor dem blassen Blau des Himmels ab. Sebastián, der am Ruder stand, wußte sofort, daß der höchste Gipfel der Monte Ávila am Ende des Valle de Caracas sein mußte.

»Amerika!« sagte er, und der Geschmack des Wortes gefiel ihm, als wäre jene Insel, von der sie kamen und die von Franzosen bevölkert war, deren Sprache er nicht verstand, nicht Amerika gewesen. Das wahre Amerika, von dem er immer geträumt hatte, war grünes Festland, ein riesiger, zum Teil unerschlossener Kontinent, auf dem alle Mörder dieser Welt ihre Spur verlieren würden.

Die Überfahrt von Basse-Terre war lang gewesen, lang und beschwerlich. Doch trotz des störrischen Kutters, der sich immer noch nicht mit dem Meer hatte anfreunden können, waren sie nun endlich angekommen und betrachteten voller Erwartung die Neue Welt, in der für sie ein neues Leben anfangen würde. Ein neues Leben...

Nur eines ist dazu notwendig, dachte Sebastián bei sich. Yaiza muß das Zweite Gesicht verlieren, damit sie uns das Leben nicht mehr so schwermacht.

Doch er ahnte, daß dieser Wunsch nie in Erfüllung gehen würde, wohin sie sich auch wandten, was sie auch taten. Seine Schwester war ein auserwähltes Wesen und besaß die Gabe, »die wilden Tiere zu besänftigen, die Fische anzulocken, das Leid der Kranken zu lindern und den Toten zu gefallen«. Warum der Schöpfer einem einzigen Wesen so viel gewährte und sich solche Gaben dann in einen Fluch verwandelten, würde Sebastián nie verstehen. Aber offensichtlich war dies das Schicksal seiner Schwester und damit das Schicksal aller Maradentros. Egal wohin sie gingen und wie gut sie sich vor Centeno versteckten, immer würden sie die unbeschreibliche Schönheit und das Geheimnis Yaizas mit sich schleppen müssen. Und das war ungefähr das gleiche wie mit einem weithin sichtbaren Edelstein, der jedermanns Begierde erweckte, herumzulaufen.

Asdrúbal, der in eine Decke gehüllt an Deck geschlafen hatte, schlug die Augen auf und starrte ihn an. Mit einer Kopfbewegung deutete Sebastián nach vorn, auf den Küstenstreifen. Sein Bruder nickte, rührte sich jedoch nicht. Mit dem Rükken zum Mast betrachtete er das Meer und die Silhouette der leuchtend grün bewachsenen Küste.

Sie segelten ohne Eile, von einer leichten Brise angetrieben. Der lustlose Kutter schwankte hin und her wie ein betrunkener Vagabund. Kurz darauf kam Aurelia an Deck und übernahm das Ruder, während ihre Söhne sich hungrig auf das von ihr gebrachte Frühstück stürzten.

»Und Yaiza?« fragte Sebastián.

»Ich glaube, sie hat nicht gut geschlafen«, antwortete seine Mutter. »Sie hat sich im Bett hin und her gewälzt, und ich weiß nicht, ob es der Gestank da unten war oder ihre Alpträume.« Sie deutete nach vorn. »Wann werden wir anlegen?«

Asdrúbal, der noch immer in seine Decke gehüllt dastand, zuckte die Achseln. »Bei diesem Wrack kann man nie wissen«, sagte er. »Es kann ganz plötzlich mit sechs Knoten davonziehen, aber im Moment sieht es eher danach aus, als würde es jemand von hinten festhalten. Es ist das verrückteste Schiff, das ich je erlebt habe.«

»Dir fehlt die ›Isla de Lobos‹, nicht wahr?«

»Dir nicht? Sie war mehr als ein Schiff! Man hätte meinen können, sie reagierte wie ein Mensch. Sie konnte singen, wenn sie fröhlich war, mit den Delphinen lachen und sogar weinen wie ein kleines Kind. Als Großvater starb, war sie drei Monate so bedrückt wie ein Hund, der seinen Herrn verloren hat.«

»Wenigstens ist Vater da unten jetzt nicht so allein.«

Sebastián legte den Arm um Aurelia, die krampfhaft das Ruder umklammerte, und alle drei schwiegen, versunken in Erinnerungen an den Mann, der ihnen sein Leben geopfert hatte. Daß sie lebten und sich der Küste Venezuelas, deren Umrisse immer deutlicher wurden, Meter um Meter näherten, hatten sie nur ihm zu verdanken. Das würden sie nie vergessen.

Die stille Andacht wurde unterbrochen, als Yaiza an Deck erschien. Sie sog tief die salzige Seeluft ein und betrachtete lange die gezackte Bergkette. Dann trat sie zu den anderen und küßte jeden auf die Wange. »Guten Morgen«, sagte sie. »Es scheint, als wären wir endlich am Ziel.«

»Es ist nur Venezuela«, erklärte Sebastián. »Der Anfang. Wir müssen weiter ins Landesinnere, wenn wir nicht wollen, daß Damián Centeno uns aufspürt.«

Das Mädchen schüttelte langsam den Kopf, während in den großen grünen Augen jenes seltsame Leuchten erschien, das sie so gut kannten. »Nein!« murmelte sie heiser. »Wir brauchen ihn nicht mehr zu fürchten.«

Alle drei starrten sie fassungslos an. Schließlich, fast über sich selbst beschämt, setzte Yaiza leise hinzu: »Damián Centeno ist mir heute nacht erschienen. Er ist tot.«

Anhang

Stumm gehen sie und reglos, die Toten,
geschützt vom Schatten des Segels,
unter dem Kiel klagt das Meer,
und die Sonne weist den Weg nach Westen.

Glücklicher werdet ihr sein auf festem Grund,
unter dem hellen Leuchtturm des Herrn,
weit von schwüler Hitze und Sturm,
weit von ewigem Durst und sengender Sonne.

Bittet Gott, er solle auch uns zu sich nehmen,
er solle auch unser Ruder führen,
wenn wir nach Westen aufbrechen,
im stummen Schiff der Toten.

MONTAÑA CLARA
LA GRACIOSA
La Caleta
Órzola
Volcán Coron
Famara
LANZAROTE
Haría
Costa de Barlovento
Tinajo
Mozaga
San Bartolomé
Masdache
Montañas del Fuego
oder Montañas de
Timanfaya
Yaiza
Uga
Arrecife
Salinen von Janubio
Costa de Sotavento
Femés
Rubicón
Bahía de Avila
Playa Blanca
Punta de Pechiguera
Punta del Papagallo
Canal de la Bocaina
ISLA DE LOBOS
Leuchtturm
Corralejo
FUERTEVENTURA
Norden
Süden

Glossar

banderillero	Stierkämpfer, der den Stier mit Wurfpfeilen reizt
bardinos	Jagdhunde
barraka	das Zweite Gesicht
bonitos	gestreifter Thunfisch
conejeros	Eigenbezeichnung der Einheimischen Lanzarotes
duro	Fünfpeseten-Münze
El Guirre	der Geier
El Triste	der Traurige
folía	kanarische Volksweise
gofio	Mehl aus geröstetem Mais
luchada	Wettkampf
Milmuertes	wört. übers.: tausend Tode
Montañas de Fuego	wört. übers.: Berge des Feuers
mosius	Verballhornung von »monsieur«
Tercio	spanische Fremdenlegion
timples	Musikinstrument
viejas	zehn Zentimeter langer Meerfisch

Alberto Vázquez-Figueroa
Tuareg
Roman
Aus dem Spanischen von Hartmut Zahn
380 Seiten

Gacel Sayah vom Nomadenstamm der Tuareg zählt zu den letzten freien Jägern, die wie ihre Vorfahren die Sahara durchstreifen. Mit seiner Familie lebt er fern jeder Zivilisation, und nur ab und zu tragen Reisende auch in sein Zeltlager die Kunde von großen Städten und von blutigen Auseinandersetzungen zwischen den dort lebenden Arabern und den französischen Kolonialherren.

Eines Tages schleppen sich zwei erschöpfte Unbekannte in Gacels Zeltlager, und dieser gewährt ihnen, ohne Fragen zu stellen, Unterkunft und Pflege. Kurz darauf trifft eine Truppe von Soldaten bei den Zelten ein, tötet den einen der beiden Männer und verschleppt den anderen. Für Gacel, der tatenlos mitansehen muß, wie das den Tuareg heilige Gesetz der Gastfreundschaft mit Füßen getreten wird, ist die Rache dieses frevelhaften Übergriffs oberste Pflicht. Er verläßt seine Familie und begibt sich auf die Suche nach seinem gefangengenommenen Gast.

Diese Suche wird für Gacel zu einem äußerst gefährlichen Abenteuer, denn der Unbekannte ist der Sozialist Abdul-el-Kebir, Führer der von dem herrschenden Militärregime brutal unterdrückten Opposition. Auf seiner strapazenreichen Reise quer durch die Sahara und die angrenzenden Städte kommt Gacel mit einer Welt in Berührung, deren Gesetze ihm völlig fremd und unverständlich sind. Dieser unfreiwillige Kontakt mit der westlichen Zivilisation und einigen ihrer machthungrigen Vertreter endet für ihn tragisch.

Pressestimmen zu Tuareg

Von Zeit zu Zeit gelingen Romane von mythischer Dimension. Sei es »Der Herbst des Patriarchen« von Gabriel García Márquez oder Hemingways »Der alte Mann und das Meer«. In dieser Tradition schreibt der Spanier Alberto Vázquez-Figueroa. Sein jüngst erschienener Band »Tuareg« schildert den Kampf eines einzelnen gegen die Urgewalt der sengenden, verschlingenden Wüste und die Übermacht einer modernen, bis an die Zähne bewaffneten Staatsmaschinerie.

Rheinischer Merkur

»Tuareg« ist ein spannender Abenteuerroman, der einmal wieder den entschwundenen magischen Helden huldigt.

Frankfurter Allgemeine Zeitung

Die Geschichte eines Michael Kohlhaas aus Nordafrika, eines Mannes, der im Kampf gegen die verachtete Zivilisation sein Leben geben muß, weil er nicht imstande ist, sich anzupassen.

Nürnberger Nachrichten

In bezaubernden Bildern läßt der Autor die Wüste entstehen, ihren unwiderstehlichen Reiz und ihre bedrohliche Macht. Rallye Paris–Dakar mit anderen Mitteln: Hier ist der Gejagte den Jägern haushoch überlegen.

Kölnische Rundschau